SACHMET  5

FÜNFTER TEIL

DER ZORN DES SETH

ROMAN
KATHARINA REMY

2011 AD:
Luxor, Ägypten
Anna versucht mit Raphael in ihrem Haus in Saarbrücken eine schöne Zeit zu verbringen, aber das gelingt ihr nicht wirklich. Immer noch von Rachegelüsten getrieben, will Raphael schnellstmöglich nach Luxor zurück um an seinem Peiniger Vergeltung zu üben. Anna, geplagt von den Erinnerungen an die Vergangenheit, findet ebenfalls keine Ruhe. Georgs unverhofftes Auftauchen macht die angespannte Situation nicht unbedingt leichter …
Zurück in Ägypten bekommt Anna ein neues Betätigungsfeld, *Kom el Hettan* ist nicht mehr ihr Ausgrabungsort. Sie soll in *Deir el Medine* tätig werden, jenem Ort, wo sie einst in der Felsenkammer die Statue gefunden hat! Jene düstere, unheimliche Kammer, in der sie vier Monate zuvor etwas unaussprechlich Grauenvolles getan hatte, jener Raum, der seit dreitausenddreihundert Jahren verflucht ist …

1385 v. Chr.:
Uaset, Kemet
Nach wie vor trauert Bent um ihre große verlorene Liebe, die einst von Sachmet geraubt wurde. Doch die unverhoffte Begegnung mit einem rätselhaften Fremden veranlaßt sie nach langer Zeit Ranofer wieder zu treffen. Auf seinen weisen Rat hin sucht sie mit ihm Pharaos Heeresverwaltung auf und Ranofer überredet Bent anschließend zu einem tollkühnen Abenteuer: Zu einer Reise auf dem Nil!
Von *Uaset* bis hinunter in das entfernte *Swenu* führt ihr Weg, hinein in unbekannte Regionen, zu fremden Städten und prächtigen Tempeln. Bent lernt Kemet, *Das Schwarze Land*, mit seiner betörenden Schönheit auf eine völlig neue Weise kennen. Und sollte auf dieser Reise ihrer beider Liebe tatsächlich erneut aufflammen, Ranofer wieder zu ihr finden? Doch schließlich, nach einigen abenteuerlichen Begegnungen in *Swenu* angelangt, steht Bent vor einer der größten Herausforderungen ihres Lebens. Nach der aufregenden Zeit in *Swenu*, noch während der Rückfahrt, setzt Bent sich mutig mit Ranofer und ihrer düsteren Vergangenheit auseinander.
Zurück in Uaset beschwört die Herrin des Isistempels ein gnadenloses Gottesurteil, nimmt Blutrache an all jenen, die sich einst an ihr versündigten …

Die Autorin:
Ich bin im Saarland (Deutschland) geboren, lebe in der Nähe von Saarbrücken und bin verheiratet. Reisen – nicht nur nach Ägypten – sind unsere Passion.
Das Land am Nil ist seit Jahrzehnten das Reich meiner Leidenschaften und Träume. Um diese versunkene Kultur, den Glanz der Pharaonen in all ihrer Pracht vor meinen Augen erstehen zu lassen, begann ich mit dem Schreiben. Die Lebens- und Denkweise der alten Ägypter, ihr unerschütterlicher Glaube an die Götter und an *Maat*, die alles im Gleichgewicht hält, ist das, was mich inspiriert und all meinen bereits erschienenen Romanen Leben einhaucht.

Wir kamen aus der Dämmerung der Zeit und wanderten unerkannt durch die Jahrhunderte. Verborgen vor den Augen der Welt, kämpften und trachteten wir danach, die Zeit der Zusammenkunft zu erreichen …

(Juan Sánchez Villa-Lobos Ramírez)

Das altägyptische Zeichen für *verbinden, Verbundenheit*
Es steht hier für meine Verbundenheit mit Jürgen, meinem Mann, der mich
in meiner kreativen Phase während des Schreibens möglichst in Ruhe
gelassen hat. Anschließend hat er sich meinen Text vorgeknöpft :-)
Und es steht für die Verbundenheit mit Elke Bassler,
die mir ein weiteres Mal ein anmutiges, betörend schönes Bild für ein
fantastisches Cover gezaubert hat!
Danke ihr zwei!
Was würde ich nur ohne euch machen!

Bibliographische Information der Deutschen Nationalbibliothek
Die Deutsche Nationalbibliothek verzeichnet diese Publikation in der Deutschen Nationalbibliographie; detaillierte bibliographische Daten sind im Internet über

http://dnb.d-nb.de abrufbar.

Impressum

Sachmet Der Zorn des Seth
Band 5
2. Auflage Mai 2022

ISBN 9783752658330
Titel: Copyright © Katharina Remy
http://www.amhorizontdersonne.de
Titelbild und Umschlaggestaltung:
Copyright © Katharina Remy und Elke Bassler
Illustrationen:
Copyright © Elke Bassler
Herstellung und Verlag: BoD - Books on Demand, Norderstedt

DIE RICHTER,
DIE DEN SCHULDIGEN RICHTEN
DU WEISST,
DASS SIE NICHT MILDE SIND
AN JENEM TAG,
AN DEM SIE ÜBER DIE
UNGLÜCKLICHEN GERICHT HALTEN,
IN DER STUNDE,
DA SIE IHRE PFLICHT TUN
(Aus dem Amduat)

PROLOG

Ägypten, Luxor
01. Juni 2011 A.D.

„Was machen Sie mit dem Herz, wenn Sie es haben?" Anna schaltete einen Gang höher, betrachtete mit einem flüchtigen Blick die Frau auf dem Beifahrersitz. Diese wirkte mit ihrem Kopftuch, ihrer langen Bluse, den flachen Sandalen und der Leinenhose auf einmal so gewöhnlich; weniger bedrohlich.

„Ich werde es zerstören", raunte sie unheilschwanger.

„Oh! Ja! Na prima! Dafür daß es über drei Jahrtausende unbehelligt in der Figur schlummern durfte!" Zornig stieg Anna in die Eisen, der alte Defender kam rumpelnd zum Stehen; Spaten, Besen, Kehrschaufel und anderer Krempel auf der Ladefläche rutschte scheppernd nach vorn, hinter ihnen wurde gehupt und geschimpft. Vorsichtig fuhr Anna an der einsamen Kalesche vorbei, lenkte den alten, schwergängigen Karren in die Einfahrt vom Winter Palace. „Und ich in meiner Naivität glaubte, Sie verstecken es in einem bunkerartigen temperierten Keller hinter Panzerglas, sinken davor in einen Sessel, im Glas ein Mouton Rothschild von 1945 oder ein Château Latour von 1961. Was für ein Genuß!" Der Spott troff nur so von Annas Lippen.

„Was ist das?"

„Du kannst mich…", zischte Anna wütend, „Rotwein."

„Nein! Keinen Wein. Wenn, dann hin und wieder ein Glas." Die schnurrende, heisere Stimme ging Anna durch Mark und Bein. „Ich werde seinen Inhalt trinken, es anschließend zerstören. Und ich werde endlich frei sein! Niemand sperrt mich mehr ein!"

„Und Sie sind sicher, daß bei Ihnen da oben alles in Ordnung ist?" Anna tippte sich an die Stirn. „Sie können doch nichts trinken, was… ach, was rege ich mich auf! Wo ist er? Sehen Sie ihn?"

„Nein."

„Er wird nicht weit sein. Vielleicht ist er zu den Fähren unterwegs. Nachts ist er drüben. Er wird sich bereits auf den Weg gemacht haben." Anna setzte den Blinker, gab Gas, scherte aus, fuhr über die Einfahrt vom Hotel Richtung Fähren. Vergeblich, der Alte hielt sich weder an den Anlegern auf noch bettelte er die wenigen Touristen dort an.

„Warten Sie!" Anna zog die Handbremse, stieg aus. „Ali!" Der Fährmann winkte ihr. „Hast du den Bettler, den Geist gesehen?"

„Der ist eben übergesetzt!"

„Danke!" Anna stieg wieder ein, knallte die Tür zu. „Wir müssen ihn drüben abfangen. Wie er schlurft, werden wir ihn nicht verpassen."

Schweigend fuhr Anna Richtung Brücke, auf der Westbank über die Schnellstraße.

„Es tut mir leid, was ihrem Gefährten passiert ist", bemerkte ihre Begleiterin, als sie in die Nähe von Malkatta kamen.

„Er kann unmöglich schon bis hierher zu Fuß gelaufen sein", gab Anna zur Antwort. „Er kann höchstens bis zu den Kolossen…"

„Das hätte nicht passieren dürfen…"

„Sei still! Erwähne es nicht!", giftete Anna. „Was geht dich mein Liebhaber an? Was geht dich mein Leben an! Ich brauch dein Geheuchel nicht!"

„Du weißt nicht, wer ich bin!"

„Es interessiert mich nicht im geringsten! Du kannst froh sein, daß ich nicht die Polizei eingeschaltet habe. *Du* hast ihn doch auf Mister Ney angesetzt! *Du* hast ihn doch auf Frau Schwab und Frau Marquard losgelassen! Um mir deine Macht über mich zu demonstrieren, damit du an mich herankommst, damit du das Herz haben kannst! Warum willst du nicht gleich die ganze Figur? Warum nur ein Teil davon?"

„Die Statue dient nur als Versteck. Das Herz gehört nicht zu der Statue. Es wurde erst später in ihrem Inneren verborgen. Erinnerst du dich?"

„Du gehst mir auf den Nerv mit dieser Frage!"

„Du hast es mit dem Baumeister dort versteckt, nachdem du erfahren hast, daß die *Hemet Nesut Weret* tot ist und der junge König nicht das ist, wofür er sich ausgibt."

Anna beugte sich über das Steuer, lachte lauthals und gehässig. „Also ehrlich! Meines Erachtens sind Sie nicht ganz dicht im Oberstübchen!"

„Er leugnete die Götter!", fauchte die Dame, „Genau wie du!" Böse schlug sie auf das Armaturenbrett; die Worte laut wie Donnerhall. Anna zuckte vor Schreck kurz zusammen. Das alte Plastik der Innenverkleidung zeigte tiefe Schrammen.

„Ey, du Miststück! Wenn du diesem Auto noch einen Kratzer beibringst, lernst du mich kennen! Ich schmeiß dich achtkantig raus! Hast du mich verstanden?"

„Sie wohnt immer noch in dir! Diese Wut, dieser Zorn! Ich tat gut daran! Das hält dich aufrecht!"

„Ach halt doch die Klappe!"

„Da vorn ist er!"

Tatsächlich. Der Alte saß zusammengesunken auf der kleinen Treppe auf dem Platz vor den Memnonkolossen, betrachtete anscheinend gedankenversunken die gewaltigen Statuen von Pharao Amenophis, den nahenden Sonnenuntergang und das Westgebirge. Anna hielt auf dem Parkplatz.

„Er kann sich nicht lösen. Es ist alles, was er kennt. Die Welt wie sie jetzt ist, ist ihm fremd. Niemals hat er versucht, sie anzunehmen. Und weil er so ist, wie er ist, wird er niemals Friede finden. Das, was er errichtet hat, sollte für ihn Bestand haben. Doch er findet nur Ruinen vor."

„Soll ich ihn auch noch bedauern?"

„Vielleicht."

„Pah!", schnaubte Anna verächtlich. „Er ist ein mehrfacher Mörder!"

„Er war auch einst ein Kind, das von seiner Mutter geliebt wurde."

Anna schaute ihrer Begleiterin konsterniert ins Gesicht. „Das ist nicht Ihr Ernst?"

„Nein. Aber man sollte nicht bloß in eine Richtung denken. Er war einst gut. Vor langer Zeit. Unschuldig im Herzen, als er das Licht der Welt erblickte, bis etwas geschehen ist, das ihn bösartig werden ließ. Vielleicht sollte man dieser guten, unschuldigen Seele in ihm verzeihen?"

„Verzeihen?"

Fassungslos starrte Anna durch die Windschutzscheibe, sah im Geiste Raphael im Dreck der Straße liegen, sein Blut das aus ihm herausfloß, im Staub unter ihm eine große Lache bildend, es klebte an ihren Händen, ihren Kleidern und sie konnte es nicht aufhalten... Dieser große, starke Mann schwach und hilflos, verblutend... Und Karen! Ihre Freundin. Diese liebe, taffe, erfolgreiche Frau... Alex in seinem grauenvollen Schmerz um die tote Gattin... Frau Marquard, wenn ich sie auch nicht gekannt habe... alle hingemetzelt durch seine Hand, sein Messer, seinen mörderischen Absichten... Wie brodelndes Gift stieg in Anna die heiße Gier der Blutrache hoch...

Und mein Kind!

Was?

Anna wischte sich über die Augen, schaute in den Rückspiegel, betrachtete zweifelnd ihr Gesicht.

Was mache ich hier? Und wer ist diese Frau? Was habe ich mit ihr zu schaffen? Am besten, ich laß sie aussteigen und fahre zurück. Ich will nach Hause! Ich hasse Ägypten! Ich hasse dieses Frühjahr! Hasse was ich tue! Ich nehme Raphael, wenn er aus dem Krankenhaus entlassen wird, und fahre mit ihm nach Hause!

Sie wischte ein bißchen verschmierte Wimperntusche unter dem Lid weg, zuckte erschrocken zusammen.

Ihr Gesicht!

Eine vom Feuer zerstörte Fratze! Heruntergezogene wimpernlose Lider und Mundwinkel, die Wangen, der Hals; alles voller schlecht verheilter, grober wulstiger rosafarbener Brandnarben. Mit einem entsetzten Schrei faßte Anna ihre glatten Wangen an.

Ich bin eine vollkommen unberechenbare Irre

„Erinnerst du dich?"

„Laß mich in Ruhe!"

„Willst du immer noch, daß ich dir helfe?" Sie legte sich das Kopftuch wie einen Hidschab vor das Gesicht, öffnete die Tür, machte Anstalten auszusteigen.

„*Tju!*"

„Er wird mitkommen. Ich frage ihn."

Tatsächlich stieg der alte Mann umständlich hinten in den Defender, ließ sich ächzend auf der Sitzbank nieder. Anna betrachtete ihn im Rückspiegel, schüttelte sich vor seinem Schmutz, seiner Verwahrlosung, meinte seinen Gestank keine Sekunde länger zu ertragen.

„Der Duft der Straße, Weib", grunzte er abfällig. „Mir wäre ein anderer Duft auch lieber. Hast du alles dabei, was zu so einer Zeremonie gehört? Ist wohl alles in dem Rucksack da. Senetscher? Antiu? Kyphi? Einen Räucherarm? Wenn alles entzündet ist, riecht es gleich angenehmer. Aber ich sehe hier nichts. Auch kein Sechem."

„Was soll ich mit einem Sistrum?", krächzte Anna unwirsch.

„Ein heiliges Gerät."

„Heiliger Strohsack! Wir können gern wieder dreitausend Jahre warten bis es dem hohen Herren genehm ist!"

„Nein Frau."

„Oh! Vom Weib zur Frau! Bin ich jetzt geadelt? Kannst auch anständig."

Er gab keine Antwort, brummte sich was in den ungepflegten dünnen Bart.

„Es ist alles vorbereitet. Dort, wo wir den Fluch von dir nehmen werden, Amenhotep, Sohn des Hapu!", schnurrte es so unheilvoll, daß Anna eine Gänsehaut bekam.

Schauerlich scheppernd und knarzend öffnete sich das dunkelrot angestrichene, solide Eisentor unter dem Felsvorsprung. Schaudernd betrachtete Anna kurz darauf die kleine, kaum zwei mal zwei Meter große Felsenkammer. Sand am Boden, die mit Zement geflickte, grob aus dem Felsen gehauene Decke, die damals, als die Kammer gefunden wurde, halb herunter gekommen war. Die beiden offenen Türflügel mit ihren bunten Hieroglyphen. Die zweite Kammer, eher eine Nische, säuberlich ausgearbeitet, etwas kleiner, die Rückwand geformt wie ein Anch ... Hier stand einst die Statue! Dreieinhalb Jahrtausende lang ...

Draußen wandelte die rasche Dämmerung sich in die Dunkelheit der Nacht, der mondlosen Neumondnacht.

„Wo sind wir hier?", nölte der Alte. „*Set Maat, der Ort der Weltordnung. Ein Platz für niedere Arbeiter!*"

„An einer heiligen Stätte!", knurrte Anna, räusperte sich, hielt die Stablampe hoch, wies mit dem Kopf zur zweiten Kammer daß er hineinginge.

„Heilige Stätte? Hier?" Er verstummte, bemerkte die Besonderheit der kleinen Kammer. „Anch", hauchte er, beinahe überwältigt, „sowas habe ich noch nie gesehen! Und ich habe viel in meinem Leben gesehen."

„Dann schauen Sie es sich an. Hier draußen, diese einfache Höhle, das ist nicht der passende Ort für ein erhabenes Ritual. Aber diese Kammer …"

„Bemerkenswert!", lobte Amenhotep als er den kleinen Raum betrat. „Das Zeichen des Lebens! Würdig der Zeremonie! Ja, ich bin einverstanden. Aber sag mir, wer hat das gemacht?" Er trat neugierig näher an die polierte glatte Wand, strich bewundernd mit der Hand darüber. Im Licht der Taschenlampe schimmerte der glattpolierte Kalkstein wie wertvolles Elfenbein.

„Ein Bildhauer von Gottes Gnaden. Ein wahrer Künstler!", versuchte Anna einen freundlichen, schmeichelnden Tonfall, schob einen der massiven schweren Türflügel geräuschlos zu, „Es ist ein Wunderwerk an Steinhauerkunst", und verkeilte einen flachen, hohen Stein in der tiefen Rille am Boden. „Die Türen sind einmalig ausbalanciert."

Der Alte drehte sich um. „Sie schwingen erstaunlich leicht und leise in den Zapfen!"

„Baumeister Bek gab sich alle Mühe!", schnurrte es drohend.

„Wer?"

„Dein Cousin! Und er versteckte die Statue hier drin! Die Statue jener Frau, der *du* das Leben und die Liebe gestohlen hast! Weswegen du heute hier bist! Du sollst wissen, warum!"

Der alte Mann machte einen unbeholfenen eiligen Schritt vor, als dämmere ihm, was nun kommen würde.

„Wage es nicht, auch nur einen Schritt zu machen!" Anna hielt Raphaels Waffe in der Hand, zielte damit auf ihn.

„Das würdest du nicht wagen!", lachte der Alte gehässig. „Nicht in dieser engen Kammer!"

„Nimm das runter, Tochter der Sachmet! Er weiß, was kommt!" Die Frau zog sich den Schleier vom Kopf, schaute den alten, im panischen Schrecken erstarrten Mann an. „*Er* kennt mich! Er weiß, daß *ich* nicht verhandele!"

„*Sechemet!*", krächzte er, aschfahl im Gesicht, rückwärts taumelnd, von Grauen gepackt, vor Entsetzen einer Ohnmacht nahe.

„Ja! Das ist mein Name! Und du stehst außerhalb der Maat. Du hast in all den Jahren nichts dazugelernt! Hast die Jahrtausende nicht genutzt um dich zu ändern, deinem Schicksal eine Wendung zu geben. Denke über dein sinnloses Dasein nach und ob du daran was ändern willst, denn sterben kannst du ja nicht. Aber von heute an wirst du niemanden mehr töten, niemals mehr Böses tun, keinen Schaden mehr anrichten! *Ich* allein bin die Wahrheit und die Gerechtigkeit!"

„Nein!", kreischte er in Todesnot. „Mach das nicht…"

Der zweite Flügel schloß sich lautlos, der verkeilende Stein rutschte an seinen Platz …

Stille

Nicht das kleinste Geräusch.

Anna würgte es tückisch in der Kehle, sie hastete hinaus, übergab sich, kotzte grüne Galle in den Sand, sank neben dem Eingang ins Geröll, kramte aus dem Rucksack eine Flasche Mineralwasser, schüttete sich davon in die Hand, wusch sich das Gesicht, spülte den Mund, spuckte die Brühe im hohen Bogen von sich, starrte in die Dunkelheit. Nach einer Weile erhob sie sich mit weichen Knien, betrat die Felsenkammer ein zweites Mal.

Drin legte sie die zitternde Hand auf die Wand mit dem grauenvollen Fluch, fuhr mit dem Finger über die Hieroglyphen, hielt über dem Namen *Bent Wenemet* inne, „Das Grab meiner Liebe", flüsternd. „Mir ist, als wäre ich schon einmal hier gestanden und hätte angstvolle, voller Grauen ausgestoßene Schreie gehört! Ich höre ihn da drin schreien! Das halte ich nicht aus! Das kann ich nicht verantworten! Wie soll ich mit dieser Schuld leben?"

Verstört betrachtete sie die zum Teil zerstörten Hieroglyphen außen auf der, jetzt wie eine harmlose Scheintür wirkenden Wand:

Ich, Sohn des Men..., B.., Ba...ister, Bildhauer, im Amt des Herrn, Er hat mich berufen und mich zu dem gemacht, was ich heute bin..., unser guter Gott A...otep-Neb-Maat-Re, möge er ewig leben und jung bleiben, Leben, Glück, Gesundheit. Und seiner großen königlichen Gemahlin Teje..., auch ihr Leben, Glück, Gesundheit... ich klage ihn an! Ich hasse ihn! Er hat sie mir genommen! Amenhotep, Sohn des Hapu, für alle Zeiten verfluche ich dich! Du bist schuld... Elend! Möge dein Geist niemals Ruhe finden! Millionen von Jahren sollst du umherirren. K...en Frieden sollst du finden. Denn du hast zerstört... ist. Dies hier habe ich gemacht... für die, der der Gott sich nähert. Für die Tochter der Blüten. Es ist das Grab meiner Liebe, der Ort meiner Schmerzen und meiner nicht enden wollenden Qual...

Anna griff nach der Lampe, hielt sie dicht an die Hieroglyphen.

„Baumeister Bek? *Das* ist der Name! *Ja*, Bek, es heißt Bek! Sahu-Re? Wieso ist mir das noch nie aufgefallen? Die der Gottvater nahe ist? Anna, die von Gott begnadete! Wieso steht *mein* Name da? Was ist das hier? Er soll mit seinem Schreien aufhören! Mach, daß das aufhört!"

„Kein Ton dringt heraus! Die Türen sind meisterhaft gearbeitet."

Anna schaute im Licht der Stabtaschenlampe der Frau ins Gesicht.

„Ich bin Anna! Ich kann das nicht verantworten!"

„Ich werde nichts sagen, dich nicht verraten", schnurrte sie leise, trat den verkeilenden Stein in der Rille fest. „Er wird nie wieder hier herauskommen. Und jetzt Anna, gib mir das Herz!"

„Ich kann Ihnen das Herz nicht geben. Ich muß dazu im Luxor-Museum die passende Gelegenheit abwarten. Sie müssen mir Zeit lassen!"

„Ich habe keine Zeit! Der Blutmond wird kommen und dann ist es zu spät!"

Laut donnernd knallte das Eisentor wie von Geisterhand zu, die vollkommene Düsternis von der Taschenlampe erhellt, deren Licht sich unheimlich in den Augen der Frau spiegelte. Grün, schillernd, wie das *Tapetum lucidum* eines Raubtieres. Vergebens rüttelte Anna an dem Tor.

„Machen Sie die Tür auf! Sofort!"

„Du weißt nicht, wer ich bin!"

„Das ist mir egal! Gehen Sie beiseite! Öffnen Sie auf der Stelle die Tür!"

„Du hast ihm geglaubt, sonst hättest du ihn nicht hier eingesperrt!"

„Ich habe ihn hier eingesperrt, weil er ein Mörder ist! Aber ich werde ihn wieder herauslassen! Mit so einer Schuld kann ich nicht leben! *Ich* bin keine Mörderin!"

„Du hast ihn hier eingesperrt, weil er unsterblich ist! Und *ich* habe diesen Fluch über ihn gelegt! Es ist auch meine Schuld! Und das verbindet uns"

„Sie sind doch nicht bei Trost!"

„*Bent Wenemet*! Tochter der Blüten! Dein Name steht an dieser Wand! *Sahu-Re*! Die, der der Gott nahe ist! Dein Name steht da an der Wand! Er *hat* keinen Frieden gefunden! Er ist jener, von dem hier die Rede ist! Er ist jener, dem dieser Fluch gilt!" Worte wie Donnerhall. Sie dröhnten in der kleinen Kammer unerträglich in Annas Ohren.

„Das kann nicht sein!"

„Ich habe den Fluch über ihn gelegt, weil er meiner Dienerin auf Erden Böses angetan hat! Grundlos! Er hat sie vergewaltigt, ihr Kind umgebracht, ihr Haus abgebrannt! Sie erniedrigt, gedemütigt! Glaubte ihn Demut zu lehren! Doch er ist uneinsichtig, verstockt!"

„Dienerin auf Erden! Pah! Reden Sie doch keinen Stuß! Zuviele Fantasy-Filme gesehen, hä? Machen Sie sofort die Tür auf…" Und Anna blieben vor Grauen die Worte im Halse stecken …

Das Licht der Taschenlampe flackerte wie die Flamme einer Kerze im Wind, rotes Licht verbreitend, rot wie Blut kroch es über die Wände, tauchte alsbald die gesamte Kammer in eine Blase aus Blut! Langsam und bedächtig sank die Frau an dem roten Tor zu Boden, in all den Dreck und Staub, „Ich bin *Sat Re Nebet Sedau*" grollend, „Und du solltest mich nicht in all meiner herrlichen Schrecklichkeit sehen! Doch die Zeit in der du lebst, hat dich unempfänglich gemacht gegenüber den Gottheiten… vielleicht glaubst du jetzt!" Sie legte sich lang hin, auf die Seite, elegant, wie eine schöne Frau auf einem Diwan, stützte sich auf einen Arm; draußen schien heißer Wind aufzukommen, heulend und pfeifend schickte er mißtönende Laute durch die Ritzen der Tür, schickte wabernden Dunst unter dem Eisentor in die kleine, blutrot leuchtende Kammer, irgendwo zirpte eine Heuschrecke.

„Der Mond steht nicht am Himmel in dieser Nacht, Thots Auge wird nicht auf mir ruhen. Er wird nicht sehen, daß ich mich offenbare. Du sollst dich erinnern, du sollst wissen, warum ich das Glasherz brauche und ich werde dir dabei helfen!"

Anna drückte sich an die steinernen Türen mit den heiligen Gottesworten, schaute mit Entsetzen einer grauenhaften Metamorphose zu. Erblickte bei klarem Verstand wie die Frau sich allmählich in eine leibhaftige, gewaltige Löwin verwandelte! Hörte glasklar die Worte aus dieser rauhen Kehle …

„Dein Name war Bent!", dumpf und kollernd, wie die Rufe von Löwinnen in der Savanne, tief ins Mark treffend, „Dein Name war Sahu-Re! Du warst Isis Dienerin auf Erden! Du warst meine Dienerin auf Erden! *Uaset* war deine Stadt! *Sie* hat dich zurückgerufen! Die Zauberreiche! Die Herrin allen Lebens! Und du, Anna, wirst mir, Sachmet, Die Mächtige, Tochter des Re, Herrin der Angst jetzt zuhören …

DEUTSCHLAND, SAARBRÜCKEN

Samstag, 18. Juni 2011 A.D.

„Na? Bereit für ein paar Schandtaten?"

„*Wofür*?", lachte Raphael, reichte Anna das schmutzige Frühstücksgeschirr herüber.

„Du hast dich lange genug ausgeruht und Trübsal geblasen, meinst du nicht? Die ganze Woche rumgesessen, vor dich hingestarrt, in den Garten gestarrt, sogar in den Fernseher gestarrt. Heut unternehmen wir mal was. Und ich habe am späten Vormittag den Termin in dem Tattoostudio. Mach dich hübsch und dann ab!"

„Dresscode?", fragte er ironisch.

„Nein! Aber eben hübsch. Da, mach die Tabs in den Spüler. Ich verschwinde mal im Bad."

Als sie zurückkam erntete sie einen scharfen, bewundernden Pfiff.

„Wow, Lady! So kenn ich dich noch nicht!"

„Cool, was?" Anna zupfte an der dunkelgrauen, engen Stone-Washed-Jeans und an der weißen Bluse, schlüpfte in die schwarze Bikerjacke, schloß die Terrassentüren, betätigte maulend den Schalter für die großen Rolläden. „Das nennt sich Sommer! Ist das kühl!"

„Nee, heiß! Und erst diese Schuhe!"

„Du bietest aber auch einen netten Anblick!" Sie griff an der Garderobe nach dem weißen Schal und ihrer Handtasche. Und er schaffte es mal wieder mit seinem unverschämt süßen, verlegenen Lächeln Anna völlig aus dem Konzept zu bringen.

„Hübsch genug?", fragte er, breitete die Arme aus, drehte sich einmal.

Sie bewunderte ausgiebig seine eng sitzende Jeans, das blütenweiße, nicht ganz zugeknöpfte Hemd und das schwarze Sakko, klatschte ihm frech eine auf den knackigen Hintern.

„Lecker!"

„Brauchen wir ein Taxi?"

„Wozu?"

„Hast du nicht gesagt, du hast gar kein Auto?"

„*Ich* hab auch keins!" Sie sperrte die Tür auf, die von der großen Diele in die Doppelgarage führte, wedelte ihm mit einem Schlüsselbund vor der Nase. „Komm!"

„Nochmal Wow!" Raphael blieb abrupt baff in der Tür stehen. „Ein Mach 1, V8!", flüsterte er ehrfurchtsvoll und ging bewundernd um das Auto rum.

„Für mich ist es ein schwarzer Mustang!"

„1969, Fastback! Cobra! Zweihundertfünfzig PS!"

„Ach? Du kannst doch noch reden?"

„Wie geil ist das denn? Was für eine unglaubliche Schönheit!"

„Praktisch, wenn der Herr des Hauses auszieht und sein Auto vergißt, weil er ein neues Spielzeug bestellte. Er hat's Pferdchen tatsächlich vergessen mit nach Berlin zu nehmen. Später meinte er, er stünde gut da in der Garage. Gut daß mein Hausmeister immer nach ihm schaut." Anna ließ das elektrische Garagentor hochfahren, sperrte hinter sich die Tür zu, warf ihm dem Schlüssel zu.

„Der wilde Hengst ist fahrbereit. Du fährst!"

„Wenn du dich *das* traust!", grinste er. „Das meintest du mit Schandtaten!"

„Das Pferdchen hat dir ein unglaublich süßes Lächeln ins Gesicht gezaubert. Allein das war es wert!" Sie schlug die Tür zu, schnallte sich an. „Am Ende der Straße rechts rum, Richtung Autobahn. Ist dort schon ausgeschildert."

Andachtsvoll gab Raphael Gas, der Motor dröhnte in der Garage, als könne er es kaum abwarten. „Wo willst'n hin?", witzelnd, „Mit dem Fingerhut Benzin im Tank kommst du nicht weit."

„Kurz vor der Auffahrt ist eine Tanke. Dreißig Liter reichen." Sie ignorierte Raphaels lautes Lachen.

„Hoffentlich hast du ein paar bequeme Schuhe dabei, könnte sein, daß wir ein Stückchen laufen müssen!"

„Dir vergeht dein freches Lachen noch, Süßer. Mach! Gib Gas. Aber denk dran: Dreißiger-Zone!"

„Sag Bescheid, wenn ich abfahren soll!"

„Ja! Mach langsam, hier ist Achtzig und es wird oft geblitzt!"

„Meine Fresse! Da kommt man ja mit einem Dreirad schneller voran! Sag Bescheid, wenn die nächste Tanke kommt."

„Nur keine Panik!"

„Uh! Hundertzwanzig! Aber die fahren wie die Schweine hier!"

„Die kennen sich ja auch aus."

„Ah! Endlich. Aufgehobene Geschwindigkeit. Nur in den Genuß komm ich nicht mehr, vorher ist der Sprit alle."

„Fahr einfach, vertrau mir."

„Ok!" Er gab Gas, Anna wurde bei dem Versuch das Radio lauter zu machen zurück in den Sitz gepreßt.

Dont Stop me now

„Yeah!" Raphael drehte die Lautstärke hoch, zog auf der linken Spur an den anderen Autos vorbei, daß Anna meinte, sie fliege. Sie wagte einen entgeisterten Blick auf das Tacho, krallte sich in den Sicherheitsgurt, schaute den laut mitsingenden Raphael von der Seite an.

„… Yeah, I'm a rocket ship on my way to Mars. On a collision course. I am a satellite. I'm out of control. I am a sex machine ready to reload. Like an atom bomb about to. Oh, oh, oh, oh, oh, explode. I'm burnin' through the sky, yeah…" Er schaute zu ihr rüber, „Halt mich nicht auf, Babe!"

„Singen kannst du auch noch! Hast du einen Baß! Cool!"

„Für die Badewanne langt's. Freddies Tonlage ist nicht ganz meine."

„Macht überhaupt nichts. Das…"

„… I'm burnin' through the sky, yeah. 200 degrees. That's why they call me Mister Fahrenheit. I'm travelling at the speed of light. I wanna make a supersonic woman of you…"

„… geht mir durch und durch."

Er schaute sie kurz lächelnd an, machte ein Petzauge, legte die Hand auf ihr Knie, schaute wieder auf die Straße.

„Fühl mich wie Steve McQueen!"

„Ok?"

„Bullit. Kommt gut? Was?", grinste er sie an. Und dann: „Kloschüsseln!"

„Wie bitte?"

„Die Keramikfirma da rechts!"

„Die machen auch Geschirr!"

„Kenn ich nur als Kloschüssel. Denk dran: wir haben begrenztes Flugbenzin an Bord. Reicht nicht bis zum Himmel."

„Du süßer Spinner!"

„Da vorn ist deine Welt zu Ende, da geht es nach… Wohin? Luxembourg? Da sind Weinberge!"

„Fahr einfach weiter, erste Ausfahrt hinter der Brücke, vor dem Tunnel, danach rechts rum."

„Mosel. Schengen? *Das* Schengen?"

„Jo!"

„Meine Fresse! Nichts als Tankstellen!"

Beladen mit Kaffee, Whisky und anderen leckeren Spirituosen, Crémant, Zigaretten und einem vollen Tank cruiste Raphael durch den kleinen Ort, fand unter der Brücke an der Uferpromenade einen Parkplatz.

„Das will ich mir ansehen."

„Klar, warum nicht."

Sie spazierten Hand in Hand durch den kleinen Park, betrachteten die wehenden Flaggen der europäischen Staaten, setzten sich auf eine Parkbank, genossen den Ausblick auf die Mosel mit ihren schönen Ausflugsschiffen.

„Wenn du das Schengen-Museum nicht besuchen willst, fahren wir zurück?" Anna drückte ihre Kippe aus, warf sie in den Mülleimer neben der Bank. „Oder möchtest du dir was in der Gegend anschauen? Nicht weit von hier, auf der deutschen Seite, gibt es eine römische Villa, aufgebaut auf den

Resten der Original Mauer, ein Stück weiter weg gibt es einen großen römischen Mosaikfußboden. Auf dem Rückweg, wenn du über Land fährst, liegt die malerische Saarschleife. Und noch Mettlach, mit dem Museum für Kloschüsseln", spaßte sie.

„Nein."

„Fall nicht schon wieder in Trübsinn!"

„Ok."

„Hey!" Ihr Ton schubste ihn aus seiner Lethargie.

„Ein ander Mal, Süße, wenn es nicht so kühl ist, hm? Ist kein gutes Wetter für Ausflüge."

„Die Sonne kommt durch! Das ist doch eine faule Ausrede!"

„Ist es."

Mit einem irren Tempo, als könne er seiner düsteren Vergangenheit davoneilen, raste er schweigend über die Autobahn zurück. Anna saß still neben ihm, bald am Ende ihrer Weisheit.

„Saarlouis City", sagte sie zu ihm. „Da mußt du raus, mach doch langsam, hier ist Lärmschutz!"

Mit den vorgeschriebenen fünfzig Sachen dröhnte er über die Brücke des Saaraltarms Richtung Innenstadt, hielt bei der roten Ampel an der Kreuzung, betrachtete die grasüberwucherten Kasematten mit ihren dekorativen Kanonen, „Vauban. Festungsstadt", murmelnd.

„Genau. Woher weißt du das?"

„Sieht man doch. Wo ist der Parkplatz? Ah, ich seh's. Ein ordentlicher Platz für Paraden."

„Ja. Und heutzutags für den Wochenmarkt und große Stadtfeste." Anna steckte Kleingeld in den Parkscheinautomat, zeigte mit dem Portemonnaie in der Gegend rum. „Da geht es in die Altstadt, da geradeaus ist die Fußgängerzone. Da du nicht mitkommen willst, kannst du dir prima die Zeit vertreiben. Treffen wir uns nachher an der Eisdiele da vorn?"

„Nee, keine Lust zuzusehen, wie du dir die Haut durchlöchern läßt", neckte er. „Du bist echt ein verrücktes Huhn, völlig durchgeknallt! Ok, Eisdiele…"

„Salü Anna! Schatzilein! Comment vas-tu?", flötete eine Dame, beladen mit unzähligen Einkaufstüten, fiel Anna überschwenglich um den Hals, drückte sie, küßte sie.

„Yolande! Süßes! Geht's dir gut?" Anna drückte zurück, Bussi links, Bussi rechts, Bussi links, Bussi rechts.

„Mais bien sûr! Très bien! Wir müssen uns unbedingt treffen! Kommen eben von der Sauna, und wir waren shoppen, Birgit wartet vorne am Auto, wink mal. Wollen wir gleich zusammen was trinken gehen?", ungeniert bekam Raphael zwischen dem übermütigen Geschnatter auch seinen Teil der Küßchen ab, „Salü, mon Cher! Oder essen?"

„Ein anderes Mal, Liebes, ich hab gleich einen Termin."

„Mach's gut! Au revoir, ma Chérie. Großer! Wir telefonieren! Dann kommt ihr! Ich stell schon mal den Schampus kalt!" Schon trippelte sie weiter.

„Ja! Mach das!" Und an Raphael gewandt: „Eine gute Freundin."

„Schon klar."

Anna trat auf die Straße, schritt mit klackernden Hacken flott Richtung Fußgängerzone, fühlte sich zum ersten Mal in ihrem Leben richtig vollständig, genoß die Blicke der Männer, die ihr bewundernd nachschauten. Mit Schwung warf sie sich das lange dunkle Haar über die Schultern, suchte und fand Raphael draußen an der vollbesetzten Eisdiele unter einem der großen Sonnenschirmen sitzend, gelassen das Gewusel der vielen Fußgänger betrachtend.

Wie lässig! Wie außerordentlich attraktiv!

„Ist bei Ihnen noch ein Platz frei?", scherzte sie, zog sich den Stuhl bei und gehässige, neidische Blicke der rundumsitzenden Frauen auf sich.

„Of course, Lady!", spaßte er mit, schob ein paar gläserne Schüsseln auf silbernen Tabletts und eine Kaffeetasse zur Seite.

„Die könnten mal den Tisch abräumen. Wenn auch viel Betrieb ist."

„Das ist alles meins."

„Was?", lachte Anna ungläubig.

„Mir ist vielleicht schlecht. Hab bestimmt seit zwanzig Jahren kein Eis mehr gegessen", feixte er. „Sowas von lecker! Bist du fertig? Tats weh? Zeig mal."

„Ging so. Gleich, ich brauch jetzt erstmal einen riesengroßen Becher von dem lecker Zeuch! Mit Sahne!" Sie gab ihre Bestellung auf, drehte sich zu ihm hin, zog den dünnen Schal vom Hals und den Ausschnitt der Bluse ein wenig tiefer. Das „Wow" blieb ihm im Hals stecken. Als hätte er einen Geist gesehen schaute er Anna an. Unter seiner Sommerbräune schien ihm jegliches Blut aus dem Gesicht gewichen.

„Was ist das?", flüsterte er entgeistert.

„Was hast du? Ist dir so schlecht?"

„Ich kenne das!"

„Kipp mir bloß nicht wieder aus den Latschen!"

„Was ist das, Anna!"

„Der Name einer ägyptischen Göttin."

„Ah. Hab's vielleicht mal irgendwo gesehen. Ich glaub, ich hatte doch zuviel von dem Eis", versuchte er ein Grinsen. „Sieht gut aus."

Anna angelte aus ihrer Handtasche das klingelnde Handy, hörte eine Weile aufmerksam zu, stopfte es in die Tasche zurück.

„Ärgerlich!", grummelte sie. „Eigentlich wollte ich nachher mit dir essen gehen. Hier gibt es unzählige gute Restaurants. Von gut bürgerlich bis raffiniert exotisch ist alles dabei. Aber das war ein Anruf vom DAI, ich muß nach Hause, von dort was über den PC regeln. Scheint dringend und wichtig.

Vielleicht wegen meiner Statue oder dem Papyrus."

„Ok."

„Hey! Raphael!"

„Hm?"

„Wo hast du deine Gedanken?"

„Du mußt zurück, alles klar. Ich zahl schon mal. Lad dich ein."

ANNAS HAUS, 16:50 UHR

Vorsichtig bugsierte er den laut dröhnenden, wertvollen Oldtimer in die Garage, „Hörst du das auch?", machte mit einem verwirrten Gesichtsausdruck den Motor aus. „Als wären Leute im Haus?"

„Ach was!" Anna schnappte ihre Handtasche, stieg aus, öffnete die Tür zum Garten, „Das sind keine Leute, das sind alles liebe Freunde!", fiel ihm um den Hals, drückte ihn herzlich und liebevoll, küßte ihn zärtlich.

„Alles Liebe zum Geburtstag, mein Schatz! Ich wünsche dir nur das Allerbeste!"

„Was? Woher…"

„Ey! Do sinnse jo!", brüllte jemand begeistert. Draußen, auf der Terrasse und im Garten Bierbänke, rotkarierte Tischdecken, Sonnenschirme, Bier vom Faß, fetzige Musik, Leute, ein loderndes Feuer unter einem dreibeinigen Grillrost, der köstliche Duft von Gebratenem lag in der Luft.

„Sagte ich nicht, du solltest im Sommer mal da sein! Zum Grillen?", strahlte Anna ihn an.

„Woher weißt du von meinem Geburtstag?"

„Du solltest mir weiß Gott nicht deine Reiseunterlagen in die Hand drücken, wenn du deine Daten vor mir geheimhalten willst."

„Am Flughafen? Als ich den Kofferwagen holte?"

„Jepp! Und jetzt feiern wir! Das hast du dir verdient! Komm, das wird ein Spaß!"

Die Nachbarn aus der halben Straße waren geladen, die Freundinnen, die sie eben in Saarlouis getroffen hatten, außerdem Annas Hausmeister und seine Gattin, die heimlich alles gewichtelt hatten.

„Danke, Frau Becker!", sagte Anna gerade zu ihr. „Das hat prima geklappt! Nein, wirklich, ihr Mann braucht sich nicht allein ums Feuer und das Grillen kümmern! Es sind genug Kerle da! Sie sind Gäste, nicht zum Schaffen hier! Ah, Raphael! Das ist Lex! Hallo mein Schatz, schön, daß du Zeit hast und da bist! Wo ist Helga, Harald?"

In dem ganzen fröhlichen Tumult gabs noch ein lautstarkes, fideles, schräges Geburtstagsständchen.

„Verdammt!" Raphael war gerührt. „Meine Fresse! Ich kenn die Leute doch gar nicht!"

„Wenn die mit dir fertig sind, kennst du sie!", neckte Anna. „Von wegen, ich kenne dich nicht, ich bin dir fremd, meine Welt ist dir fremd. Heute ist die beste Gelegenheit, mich mal richtig kennenzulernen! Und jetzt entschuldigt mich, ich muß die Schuhe ausziehen, mir tun vielleicht die Füße weh! Und mich umziehen. Herr Becker, eine Bitte. Würden Sie bitte die Sachen aus dem Auto holen? Den Crémant kaltstellen und die Schnäpschen. Einiges davon werden wir heute abend bestimmt noch brauchen."

ANNAS HAUS, 17:30 UHR

Anna packte mit an, kramte mit ihrer Haushaltshilfe Frau Becker in der kleinen Küche in dem Anbau neben dem Haus, stellte die Salatschüsseln und Brotkörbe auf die großen Tische, auf denen das Büffet aufgebaut war, schnappte sich ein Brötchen und ein kaltes Bier, ließ sich ein wenig erledigt draußen auf einer der Bänke nieder. Vor sich der große Schwenkgrill mit seinem gewaltigen Feuer. Große Buchenholzscheite brannten allmählich nieder. Ihr knurrte dermaßen der Magen, wurde Zeit, daß das Fleisch fertig wurde. Hungrig knabberte sie an der Semmel, suchte Raphael in den Getümmel. Da kam er, in der Hand ein Bier, bemerkte sie gar nicht, setzte sich ihr gegenüber an die Bank beim Feuer, starrte hinein, machte ein wenig einen verlorenen Eindruck.

„Wer bist denn du?", lachte er und hob Navajo hoch, der ihm um die Beine strich. „So ein hübsches Kerlchen!" Schnurrend rollte Nachbars Katerchen sich auf Raphaels Schoß zusammen, genoß die ausgiebigen Streicheleinheiten. Anna wollte gerade zu ihm hingehen, als Alex sich neben ihn setzte.

„Hey", hörte sie. Lex stieß mit seinem Bier an. „Nochmal Glückwunsch. Lex."

„Danke. Raphael." Navajo fühlte sich in der Zweisamkeit mit seinem neuen ziemlich besten Freund gestört und verzog sich diskret.

„Glück mit dem Wetter, was? Sah heute morgen gar nicht gut aus."

„Hm."

„Wenn Anna ne Party schmeißt, klappt das immer", grinste Alex.

„Partymaus, was?" Raphael rieb die Narbe an seinem Hals, fuhr sich durch den Nacken.

„Anna? Die hat's drauf." Lex nickte zu ihm hin. „Iss'n das?"

„Bundeswehreinsatz. Kosovo."

Schweigen.

Dann: „Noch'n Bier?"

„Jo."

„Kennst du sie schon lange?", fragte Raphael, als Lex mit dem Bier zurückkam.

„Anna? Seit bestimmt... laß mich überlegen... aber dicke seit zwanzig

Jahren. Woher kennst du sie?"

„Ägypten."

„Ah! Urlaub dort gemacht?"

„Jo."

Schweigen.

Dann: „Bist allein hier? Solo, was?"

„Solo!", bekräftigte Lex. „Getrennt lebend. Ich hier und sie da oben." Er wies mit dem Humpen in den Himmel.

„Scheiße!"

„Jo!" Alex stellte das Glas neben sich auf die Bank, starrte ins Feuer. „Im August ein Jahr. Verdammte Kacke! Ich dachte, ich krepier!"

„Kenn ich. Bin auch krepiert."

„Echt?" Alex packte seine Kippen aus, bot sie Raphael an.

„Danke, ich rauch nicht. Krebs. Vor über zwei Jahren."

„Nochmal Scheiße."

Schweigen.

Dann: „Anna ist meine Geliebte."

„Ok." Lex griff nach dem Bier. „Dann hat sie sich ja schnell getröstet."

„Seh ich aus wie'n Trostpreis?"

„War nicht so gemeint. Beinahe wäre *sowas* meine Geliebte geworden. Hab's in den Griff gekriegt. War nicht schön. Als ich mit harten Sachen anfing, zog ich die Reißleine."

Raphael hörte damit auf, ins Feuer zu starren, schaute Lex ins Gesicht.

„*Alex*?"

„Was?"

„Nein!" Raphael schüttelte den Kopf. „Ich meine, *du* bist Alex!"

„Jo. Sagte ich doch."

„Du sagtest Lex. Anna hat mir von dir und deiner Frau erzählt. Ich weiß, was ihr passiert ist."

„Fünfundvierzig, Traumjob, Klasse Frau, kerngesund, geht joggen und kommt tot zurück. Und ich kann diesem Schwein nichts mehr anhaben. Ich hätte ihm den Prozeß gemacht, kanns'te glauben. Meinen ganz eigenen! Wenn ich den in die Finger krieg, der ihn in Luxor abgeknallt hat, tret ich ihm in den Arsch!"

„In Luxor? Wann war das?"

„Da, jetzt, im Mai."

„Hab nix gehört."

„Ist ja wohl keine Nachrichtenmeldung in ARD oder ZDF wert, wenn in Ägypten einer niedergemacht wird."

„Ich wohn' in Luxor. Hab'n Secu…"

„Na ihr zwei Süßen? Habt ihr bald genug ins Feuer gestarrt?" Anna setzte sich gutgelaunt auf Raphaels Oberschenkel, knuddelte ihn, verstrubbelte übermütig seine Frisur. „Alex, Raphael ist mein Freund."

„Hat er mir erzählt."

„Habt ihr auch Hunger? Ich fall gleich vom Fleisch. Geht euch doch schon mal von der Vorspeise holen. Die Merguez sind fertig. Hört mal alle her! Das Büffet ist eröffnet! Lex, trinkst du noch'n Bier? Raphael, wenn du gehst, bringst du ihm eins mit?"

Anna blieb alleine auf der Bank sitzen, schaute ihren hungrigen Gästen zu, die alle schnatternd und lachend zum Büffet strebten oder sich ein Würstchen vom Schwenkgrill schnappten, schnaufte einmal tief durch. Das war verdammt knapp!

„Oh Mann ist der lecker!", nuschelte jemand mit vollem Mund auf einmal neben ihr, „Wie ich das vermißt habe!"

Anna zog tief die Luft ein, glaubte sich verhört zu haben, drehte ungläubig den Kopf.

„Schweinefein, Mäuschen! Was feierst du?"

„Was machst *du* denn hier?", hauchte sie entgeistert.

„Deinen Krabbencocktail vernaschen!" Georg schaufelte sich selig grinsend eine zweite volle Gabel in den Mund. „Davon kann ich einfach nicht genug bekommen!"

„Oh ich glaub, ich spinn!" Sie rempelte ihm den Ellbogen in die Seite.

„Begrüßt man so seinen Gatten? Hoffte auf ein begeistertes Küßchen oder so."

„Schon mal was von anrufen gehört? Von sich anmelden?"

„Ich komm den Mustang holen, Hasi. Am Haus wurde eine meiner Garagen frei. Weißt du, die von der alten Frau im 3. Stock. Ist gestorben. Und bei dem Traumwetter. Kam mit der Bahn her. Du läßt mich doch bei dir schlafen?"

„Ich sollte dich achtkantig rauswerfen!"

„Ich freu mich schon auf unser gemütliches Schlafzimmer. War ne lange Fahrt..." Er verstummte abrupt, schaute hoch und ungläubig dem großen Kerl ins Gesicht, der sich gerade auf der Bank gegenüber niederließ.

„Hallo", knurrte Raphael.

„Hey."

Bevor das Schweigen peinlich werden konnte, bekam Georg die Kurve. „Wie geht's dir?"

„Gut."

„War verdammt knapp, wie ich hörte."

„War verdammt nochmal wegen dir gut ausgegangen. Danke."

„Nicht der Rede wert. Hab gern geholfen."

Anna schob ihren leeren Teller beiseite, schaute hoch. Georg und Raphael strebten aus zwei Richtungen zu ihrem Platz, stellten beide ein Tellerchen mit buntem Salat auf den Tisch. Georg setzte sich ihr gegenüber, Raphael rutschte neben sie, Georg schob ihr das Tellerchen hin.

„Immer noch die alte Angewohnheit, nehme ich an? Den Salat zum Schluß, obwohl ich das im Leben nicht verstehen werde."

„Hast vergessen den Zwiebelring rauszufischen", spottete Raphael gehässig.

„Den schiebt sie wie ein verwöhntes Kätzchen an die Seite. Ich kenn sie nur zu genau. Was Mäuschen?"

„Ich geb euch zwei gleich Zwiebelringe!"

„Die mag sie nicht!", grollte Raphael.

„Ob mit oder ohne Zwiebelring, *du* wirst sie nicht halten können!", fotzelte Georg mit überlegenem Grinsen. „Dieses verwöhnte, verhätschelte Kätzchen ist seine Bequemlichkeit gewohnt. Seidene Laken, teure Schuhe, Designerklamotten, dicke Autos, Gourmetküche … Und wehe, ihr Temperament geht mit ihr durch! Hast du sie schon sauer erlebt? Sie wird dir irgendwann bei lebendigem Leib das Herz aus der Brust reißen und es noch klopfend und pulsierend verschlingen!"

Plitsch

Der Zwiebelring landete in Georgs Bier.

„Paß bloß auf, daß es nicht *dein* Herz ist, daß ich verschlinge!"

„Oh mein Liebling, mein Herz gehört dir doch längst!" Er griff nach Annas Hand, hielt und küßte sie zärtlich. „Hab ich mich eigentlich je mal bei dir bedankt? Dafür daß du mich immer runtergeholt hast, mich geerdet hast? Mein Schatz, für das Leben mit dir danke ich dir!"

„Arschloch!" Raphaels Faust knallte so heftig auf die Tischplatte, daß die Teller und Gläser hüpften, zornig stand er auf, zwängte sich durch die Gäste.

In Anna brodelte die reine Wut hoch, sie schaute Georg böse ins Gesicht, daß ihm sein fieses Grinsen einschlief.

„Dem geb ich was auf sein loses Maul! Jetzt lernt der mich mal richtig kennen!", brummte er gereizt, stand ebenfalls auf und ging Raphael nach.

Um Gottes willen!

Anna rutschte von der Bank, spähte durch den Garten, über die Gäste, sah Georg hinter Raphael in der Garage verschwinden, hastete ihm nach, blieb in der Tür stehen, hörte ihn „Ey, Sorry Alter, ist mir grad so rausgerutscht", sagen.

„Du kannst da nichts für? Was?"

„Die meiste Zeit nicht. Hab halt ein loses Maul."

„Geile Karre."

„Der Hammer! Fühlst dich wie Steve McQueen." Das entlockte Raphael ein Schmunzeln. „Reiner Zufall, daß ich da bin. Und hab nicht damit gerechnet, dich, beziehungsweise euch beide hier zu treffen. Dachte, ihr wäret noch in Luxor."

„Anna lud mich ein. Zum Erholen und so."

„Ok. Und wie lang bleibst du?"

„Bis sie wieder nach Ägypten geht. September, Ende September."

„Was wird hier eigentlich gefeiert?"

„'ne Geburtstagsparty."

„Von wem?"

Raphael zuckte nur mit der Schulter.

„Schon mal so'n Pferdchen geritten? Lust auf ne Runde?"

„Hab zwei Bier intus."

„Na und? Die verpuffen bei dir." Georg warf ihm den Schlüssel zu, betätigte den Schalter für das Tor, Raphael warf ihm die Schlüssel zurück, klatschte ihm freundschaftlich die Pranke zwischen die Schulterblätter, daß Georg beinahe in die Knie ging.

„Laß ma' Kumpel. Kam heute schon in den Genuß, danke!"

„Sie hat dich *mein* Auto fahren lassen?"

„Jepp!"

Anna machte, daß sie schleunigst aus der Garage kam, lief geradewegs Alex in die Arme.

„*Was* hat der eben gesagt?"

„Wer?"

„Dein Typ."

„Das ist nicht mein *Typ*!"

„Dann dein *Lover*. Er *wohnt* in Luxor? Und du, Mädchen, bist mir noch eine Erklärung schuldig!"

„Echt? Ich wüßte nicht…"

Er zog sie am Arm zu einem der Stehtische auf der Terrasse, hob zwei der Gläser hoch, hielt sie ins Licht.

„Die sind frisch!", maulte Anna und griff nach der Cognacflasche, goß ein, rückte den Teller mit dem Knabbergebäck bei.

„Was war mit dem Kerl, der in Luxor erschossen wurde? Du wolltest dich doch melden!"

„Und du solltest kein hartes Zeug trinken!"

„Den einen Cognac werd ich verkraften!"

„Ich sagte dir doch schon am Telefon, der Mann wurde erschossen nachdem er…" Anna trank aus, schüttelte sich, „er hat mich bedroht, mit dem Stilett, ein Wachmann vom Winter Palace hat das mitbekommen, ihn gewarnt, mit der Polizei gedroht, er nahm das Messer nicht runter, hörte nicht auf den Warnschuß, da bekam er den Fangschuß. Ich will mich nicht daran erinnern, das war furchtbar! Schenk mal nach!"

„Und *du* bleibst bei dem Sterbenden, hörst dir seine Lebensbeichte an?"

„Äh… ja!" Anna trank den zweiten Cognac aus, betrachtete Lex genau. „Sollte ich vielleicht weglaufen? Hältst du mich für so abgebrüht? Für dermaßen empathielos? Außerdem mußte ich ja wohl da bleiben, auf die Polizei warten!"

„Anna?"

„Hm?"

„Du machst mir doch was vor! Lüg mich nicht an!"

„Warum soll ich lügen?", empörte sie sich. „Du bist Hauptkommissar! Meinst du, ich mach *dir* was vor? Meinst du, daß wär witzig gewesen? Meinst du, ich als Ausländerin hätte mich in *der* Situation wohl gefühlt? Nur weil die mich da alle kennen, konnte ich glaubhaft für den Wachmann aussagen, bezeugen daß es Notwehr war! Nach meiner Scheißangst hat keiner gefragt!"

„Soll ich deinen Typen fragen, was er mitbekommen hat?"

„Untersteh dich! Wag es bloß nicht, hier den Bullen raushängen zu lassen! In meinem Haus, auf meiner Party! Er hat davon gar nichts mitbekommen, bloß was ich ihm erzählte!"

„Du kannst dir sicher sein, daß ich da nicht locker lasse!"

„Was heißt, nicht locker lasse?", schimpfte Anna, klatschte ihm auf den Oberarm. „Die Sache ist vorbei, erledigt, gegessen! Der Kerl ist tot! Was willst du? Fahr doch nach Luxor! Fahr hin, frag den Wachmann! Allerdings bezweifle ich, daß dein Arabisch dazu ausreicht!"

Alex schaute sie eine Weile lang schweigend an, griff nach seinen Kippen in der Hemdtasche.

„Bist du dir sicher, Anna, daß es der Mann war, der Karen…"

„Zweifelst du an meinen Worten?" Sie schubste ihn aufgebracht. „An meiner Aussage? Hab ich mir nicht den Arsch für dich aufgerissen? Wenn ich nicht nachgeforscht hätte, wüßtest du immer noch nicht…"

„Hör schon auf mit deiner Gardinenpredigt! Ist ja schon gut!"

„Ich geb dir gern ein Kärtchen vom Winter Palace. Ruf an, laß dir den Wachmann geben. Es war ihre Schreiberpalette! Ich habe sie doch gesehen!"

„Um was geht's?" Georg trat neben Anna, legte den Arm um ihre Hüfte, drückte sie an sich, „Hast du was gehört, Lex? Gibt's was Neues?", schenkte sich ebenfalls einen Cognac aus. Anna brach der pure Angstschweiß aus. Unwirsch rammte sie Georg den Ellenbogen in die Seite.

„Laß ihn in Ruhe! Er hat's gerade ein bißchen verdaut. Doch nicht heute!"

„Die Sache scheint vorbei!", knurrte Lex, drückte seine Kippe aus, ließ die beiden allein.

„Was issn mit dem los?", brummte Georg, rangelte mit Raphael, der zu ihnen trat.

„Hör mal… Hey, Süßer, wo warst'n?"

„Auf'm Klo! Rutsch mal, das ist jetzt meine Frau!"

„Ey, mach ma' halblang!"

„Hört mal zu ihr zwei... Hört ihr? He! Raphael!"

„Ja, nur ruhig, alles gut!"

„Ich hab Lex erzählt, daß dieser Bettler Karen erstochen hat."

„Was? Spinnst du?"

„Das muß ein Ende finden! Er muß damit abschließen. Und dieses Ekelpaket kam gerade recht. Ich hab ihm vorgeflunkert, ein Wachmann vom Hotel habe ihn erschossen. Damit Ruhe ist, damit er endlich Ruhe gibt!"

„Anna!" Georg legte seine Hand auf ihren Arm. „Der Mann ist nicht tot, lediglich unauffindbar! Wie willst du aus der Scheiße wieder rauskommen? Wenn er das herausfindet!"

„Wie denn?"

„Er ist schließlich Polizist. Dürfte für ihn kein großes Problem sein."

„Nein", Anna suchte Alex in dem Getümmel der Gäste, erblickte ihn mit Yolande plaudernd, „nein, ich glaube, er hat seinen Frieden gefunden. Die zwei würden doch prima zusammen passen, oder? Und sie ist auch schon so lange allein."

„Trinkst du einen Cognac mit, Raphael?"

„Jo Schorschi."

„Versprecht mir, daß ihr nichts sagt!" Sie hob das Glas.

„Der ist nicht fertig, Anna!", knurrte Raphael düster und rieb sich grüblerisch den kurzen Bart. „Noch lange nicht. Genau wie ich!"

„Wollt ihr mich jetzt da stehenlassen?", grinste sie mit aufgesetzter Fröhlichkeit. „Mit dem hochgehobenen Glas?" Sie guckte die beiden an, hörte aus dem Lautsprecher *Und am Ende der Straße steht ein Haus am See ...*

„Wünscht sich das nicht jeder alte Sack?", flüsterte Raphael.

„Ach, pah! Was seid ihr Spaßbremsen! Macht mal die Musik lauter! Ich liebe diesen Song!"

ANNAS HAUS, 01:50 UHR

Raphael lag, als sie aus dem Bad kam, wie Gott ihn schuf auf dem Bett, die Arme unterm Kopf verschränkt.

„Wow!", gurrte Anna angeheitert, ließ sich neben ihm nieder, griff ungeniert in pralles Leben.

„Hast du ein ganz kleines bißchen einen sitzen, Süßes? Wieviele Cognac hattest du?"

„Ganz nüchtern bist du aber auch nicht mehr!"

„Kein Wunder bei dem, was du alles aufgefahren hast. Lust auf einen wilden Ritt, Lady?", schnurrte er. „Alles nur für dich, Schönheit."

„Die ganze Pracht?"

„Gefällt dir was du siehst?"

„Und wie!"

„Nicht so laut, Lady! Psch! Dein Besserwisserex braucht das doch nicht mitkriegen!"

„Ich kann von dir nicht genug kriegen!"

Obwohl hundemüde starrte Anna nach der heißen Nummer noch eine Weile in die Dunkelheit, hörte Raphaels leisem Schnarchen zu, rempelte ihn sanft an. Stille. Nichts als göttliche Stille im Haus. Nach der rauschenden Party dröhnte es Anna ein wenig in den Ohren, doch allmählich döste sie weg, sank in einen Traum, die ersten verworrenen Bilder huschten durch ihren Geist. Sie hörte irgendwo die Dielen knarzen, die Schlafzimmertür gehen, schon sprang Raphael geschmeidig wie ein Panther aus dem Bett, „Da ist jemand im Zimmer!" flüsternd.

Es kann niemand im Haus sein! Alle Türen sind zu!

Es rumpelte bösartig, lautes, wütendes Brüllen, Anna fuhr hoch wie von einer Tarantel gestochen, knipste die Nachttischlampe an. Raphael hielt Georg im Schwitzkasten, drückte ihm mit dem Bizeps die Luft ab, den anderen Arm in seinem Genick; ein Griff wie ein Schraubstock, sein Blick voller Mordlust.

„Laß ihn los!", kreischte Anna entsetzt, „Was machst du denn! Hör auf! Raphael!"

„Hör auf sie, du irres Arschloch!", röchelte Georg mit bereits hochrotem Kopf.

„Raphael!", flehte Anna.

Schwer atmend ließ er endlich los, Georg schnaufte, drehte sich um, pumpte ihm dermaßen eine; im Nu war eine deftige, brutale Schlägerei im Gang!

„Aufhören! Sofort aufhören!" Anna fluchte wie ein alter Kutscher, starrte entgeistert Alex an, der plötzlich in der Tür stand, dazwischenging, die beiden Kampfhähne auseinanderriß.

„Was machst du denn hier?"

„Bin auf der Couch eingepennt!"

„Ich schlag dich tot, du Gorilla!" Nochmal ging Georg auf Raphael los. „Du bist doch völlig beknackt!", brüllend.

„Schleich du dich gefälligst nicht nochmal an!"

„Schluß jetzt, ihr Idioten!"

„Was willst du in meinem Schlafzimmer, Schorsch? Ihr seid doch alle drei hackedicht!"

„Der hat sie doch nicht mehr alle! Verdammtes Arschloch!"

„Was willst du hier?"

Georg rieb sich das Kinn, boxte Raphael gegen die Brust, was ihm einen weiteren Kinnhaken einbrachte.

„Fünfzehn Jahre lang war das mein Schlafzimmer!", brüllte er. „Bin im schläfrigen Dusel auf's Klo. Hab mich nach alter Gewohnheit einfach in der Tür vertan. Vollidiot! Zieh dir mal was über, du Gorilla, da bekommt man ja Komplexe!"

„Hättest zehn Minuten früher kommen sollen, *den* Komplex wärste nicht mehr losgeworden!", knurrte Raphael.

„Du blutest!", brummte Alex und wies mit dem Kopf zu Raphael hin. Der krallte sich sein T-Shirt, drückte es auf seine kaum verheilte große Wunde.

„Und du, Häschen", Georg warf Anna ein Kissen zu, „wenn's auch sauniedlich ist, brauchst uns trotzdem nicht alles zeigen! Cooles Tattoo übrigens."

„Raus!", keifte Anna. „Raus! Alle drei! Auf der Stelle!"

ANNAS HAUS
SONNTAG, 19. JUNI, 9:45 UHR

„Da!"

Wutentbrannt warf Anna am Morgen Raphael und Georg zwei Kühlpacks hin, knallte die Tür vom Gefrierschrank zu. Wenig zärtlich packte sie die beiden Raufbolde am Kinn, betrachtete erst Georgs dicke Lippe, dann die Schramme auf Raphaels Wange, direkt unter dem Auge. „Und du", ging sie auf Alex los, warf ein Brötchen nach ihm. „Du brauchst gar nicht so blöd grinsen! Hast du ordentlich getankt? Dir einen hinter die Binde gekippt? Bist du deswegen auf meiner Couch eingepennt?"

„Nein. Ich hatte nur ein paar Biere und den einen Cognac. Wollte nicht mehr fahren, bekam aber kein Taxi. Krieg ich noch'n Kaffee?"

„Willst *du* dich nicht wenigstens mal bei Georg entschuldigen?", fuhr sie Raphael an.

„Wozu? Kommt daher, baggert dich an! Schießt dich in den Wind, kommt reumütig zurückgeschlichen! Kann wohl nicht mit seiner jungen Ziege! Wurde Zeit, daß dem Affen mal seine Grenzen aufgezeigt wurden!"

„Wird Zeit daß du aus meinem Haus verschwindest!" Georg sprang wutentbrannt hoch, bereit Raphael an die Gurgel zu gehen. Auch der sprang hoch, packte Georg vorn beim T-Shirt

„Willst du, daß ich dir nochmal die Fresse poliere? Diesmal aber gründlich!"

„Das ist übrigens *mein* Haus!", empörte Anna sich lautstark, schnappte ihr Wasserglas, „Aufhören!" kippte seinen Inhalt mit Schwung über die beiden Streithähne.

„Du blutest schon wieder, Raphael! Was hast'n da? Sieht ja verboten aus."

„Da hat ihn in…"

„Das geht dich einen Scheiß an!"

„… Luxor einer massakriert! Schade, daß der nicht richtig getroffen hat…"

„Halts Maul, du Großkotz!"

„… dann hat er versucht den Kerl zu erschießen! Ging wohl daneben…"

„Du sollst die Schnauze halten!"

„Der Typ ist brandgefährlich, Lex."

Schon hatte Raphael Georg wieder beim Kragen, Lex ging dazwischen, rammte gegen den Tisch, Kaffee schwappte über, Tassen fielen um, eine zerschellte am Boden, ein Stuhl kippte nach hinten.

„Warst *du* das in Luxor?", zischte Lex, packte Raphael am Arm. „Du weißt doch mehr als du zugibst! Wieso hast du ne Waffe?"

„Weil ich's kann!", brummte Raphael, ließ Georgs T-Shirt los, schlug Alex' Arm weg. „Das war ein Irrer. Hat mit deiner Sache nichts zu tun."

„Schluß jetzt!", schimpfte Anna aufbrausend, kramte aus der Schublade einen Zollstock, knallte ihn schäumend vor Wut auf den Tisch.

„Los! Raus damit, auf den Tisch und messen! Mal sehen, wer gewinnt!"

„Was messen?" Allgemeine Verwirrung.

„Wenn ihr nicht sofort mit diesem Kinderkram aufhört!", zischte Anna drohend, wischte den Kaffee und das Wasser auf, stellte die Tassen wieder hin. „Setzt euch!"

Brummiges Schweigen. Keiner der drei wollte nachgeben. Georg betastete stinksauer seine Lippe, knurrte: „Du hast mir die gesamte Visage zerschlagen!"

„Du Affe hast doch genauso ausgeteilt!"

„Ich schmeiß euch alle drei achtkantig aus dem Haus! Gebt Ruhe!"

Lex setzte sich als erster, griff seelenruhig nach einem Brötchen, schmierte Butter darauf. „Haste noch Kaffee?"

„Bin ich hier die Kaltmamsell?"

„Bitte, Anna, ist jetzt gut!"

Anna knallte zornig die Kaffeekanne auf den Tisch. „Du gehst zum Arzt!", giftete sie Raphael an, „Und du", drohte sie Georg mit einem sauren Gürkchen, „nimmst deine Karre und verschwindest! Und du machst daß du nach Hause kommst! Sonst… Ihr seid ja schlimmer wie kleine Kinder!", schimpfte sie, musterte bärbeißig die drei kernigen, betröppelten Typen an ihrem Küchentisch, mußte laut über ihre Zerknirschtheit lachen.

„Ihr seid so blöde!", kicherte sie.

„Was *sonst*?", grinste Alex.

„Dann müssen wir ohne Abendessen sofort ins Bett!", grölte Georg. „Ohne, daß wir noch'n bißchen spielen dürfen!" Allgemeines Gelächter.

„Tschuldigung Anna! Mäuschen, tut mir leid."

„Ach! Pah!", fluchte Anna und warf die Gurke nach ihm.

„Sorry Kumpel", knurrte Raphael, „dachte ein Einbrecher wär im Haus."

„Schon ok, Nachtwächter."

„Ich schwörs dir! Eines Tages hab ich dich! Eines Tages greift deine Zahnbürste ins Leere, *Fätzlein*!"

Raphael klopfte Alex brutal kameradschaftlich zwischen die Schulterblätter, daß dem prustend das Brötchen aus der Hand fiel. „Wie in alten Zeiten! Was Sa...mut... Sascha... Man ruft dich doch Sascha?"

„Nöp!" Alex sammelte bedächtig seine verstreuten Salamischeibchen ein, packte sie wieder obenauf. Anna saß wie versteinert, Raphael betrachtend, der plötzlich grüblerisch vor sich hin stierte.

ANNAS HAUS
MONTAG, 20. JUNI 2011, 11:30 UHR

„Was hat Helmut gesagt?"

Anna schob ihren Krempel beiseite. Unterlagen, Bücher, Schreibblock, Stift. Den ganzen Vormittag saß sie unter der vom blühenden Geißblatt überwucherten Pergola, übersetzte Hieroglypheninschriften für das Neue Museum in Berlin. Gerade kam Raphael auf die Terrasse heraus, knallte den Schlüssel auf den Tisch. „Willst du auch einen Kaffee? Na sag schon! Was ist los? Ist es schlimm?"

„Nichts, alles in Ordnung. Nur ein bißchen von der Naht aufgeplatzt. Dein feiner Doktor meint, das wäre nicht schlimm. Ist er endlich abgezischt?" Er verschwand ohne Annas Antwort abzuwarten im Haus, kam zurück mit einer Tasse, füllte sich den Humpen aus der Thermoskanne, setzte sich ihr gegenüber.

„Er hat vor, ein paar Tage zu bleiben."

„Ach nee!", schnaufte Raphael ungehalten. „Ich hab nicht vor, dich mit ihm zu teilen, daß das klar ist!"

„Du brauchst mich nicht teilen!"

„Was macht er dann hier?"

„Das hat er doch gesagt! Das Auto holen."

„Und sich präsentieren, aufdrängen. Erzähl mir doch nix!"

„Er wußte doch gar nicht, daß wir hier sind!"

Raphael schnaubte wütend, trank von seinem Kaffee, schaute in den Garten.

„Er mag sein wie er will, Raphael, aber er lügt nicht!" Anna klappte ein Buch zu, legte Block und Stift darauf, griff über den Tisch nach Raphaels Hand. „Er muß in unsere Verwaltung, dort etwas klären, nach dem Rechten sehen. Ich bin froh, daß er das macht. Ich will nicht, daß ein Fremder das für mich macht. Ich brauche Georg und sein Wissen *und* seine Loyalität!"

„Loyalität?"

„Sagtest du letzte Woche nicht, auf was bauen wir unsere Beziehung auf."

„Jo."

„Du hast recht, unsere Beziehung war bis jetzt lediglich eine einzige heiße Nummer. Wir reden nicht. Essen, trinken, fallen über uns her wie Verhungernde. Deine Verletzung läßt dies im Augenblick nicht zu, also schweigen wir. Das ist keine Beziehung, Raphael!"

„Aus deiner Sicht wohl nicht."

„Ich weiß von dir überhaupt nichts. Daß du aus Kiel stammst; nebenbei bei einem Essen erwähnt. Daß du Witwer bist. Daß du Berufssoldat warst, einen Wachschutz hast. Punkt. Mehr weiß ich nicht."

„Zeitsoldat."

Anna grinste. „Ist das ein Unterschied?"

„Jo, Lady", er grinste zurück.

„Ich liebe dich, Raphael, und ich will mein Leben mit dir verbringen. Aber nicht schweigend. Nicht nebeneinander her. Und *ich* bin nicht die, für die du mich hältst. Nicht die verwöhnte Gattin eines erfolgreichen Immobilienmaklers. Nein, guck nicht so entsetzt. Sicher bin ich Archäologin. Und die verwöhnte Gattin. Aber ich bin auch die Tochter meiner Eltern. Und deshalb werde ich auf Dauer nicht drum herumkommen, dir von mir zu erzählen. Und warum Georg trotz unserer Trennung weiterhin zu meinem Leben gehört. Ich besitze fünf Mietshäuser."

„Ok."

„Mit je dreißig Wohnungen."

Raphael starrte Anna an, als käme sie vom Mond.

„Dazu kommen vier große Geschäftshäuser in der Saarbrücker Innenstadt. Voll mit Büros, Arztpraxen, Anwaltskanzleien. In zweien davon haben große Bekleidungsgeschäfte ihren Sitz. Allein die Einnahmen von den Mietwohnungen belaufen sich im Monat auf über hunderttausend Euro."

„Verdammt!", entfuhr es Raphael zornig. „In seinen Augen bin ich zurecht ein Nachtwächter!"

„Hör auf mit dem Unsinn!"

„Was bist du, Anna?", brauste er auf. „Da bin ich doch ein Nichts dagegen!"

„Ich bin eine sehr wohlhabende Frau, Raphael!", flüsterte Anna ihm zu. „Das hänge ich weder an die große Glocke noch gehe ich mit meinem Wohlstand hausieren. Es geht niemanden etwas an. Ich verwalte und hege das Erbe meiner Eltern. All das ist nicht auf meinem Mist gewachsen, dafür habe ich mich nicht krumm legen müssen. Es ist mir in den Schoß gefallen und ich habe es nun mal."

„Ich weiß nicht, wie ich damit klar kommen soll."

„Und ich weiß nicht, in wie weit ich dir davon erzählen soll. Ich lernte dich als feinen Kerl kennen, doch in den letzten Tagen bist du mir fremd geworden. Als wärest du ein anderer. Dieses… Attentat auf dich, es hat dich verändert. Mein Liebling, ich will für dich da sein, aber du…"

„Ich will nicht darüber reden!"

„Dich bedrückt doch etwas. Das ganze Wochenende schon."

„Ich fuhr mit dem Auto deines Mannes, feierte mit wildfremden Menschen meinen Geburtstag, liege mit einer verheirateten Frau in ihrem Bett, in einem Haus, das mir nicht gehört. Bin in einem Land, das mir fremd geworden ist. Hab mich geprügelt. Was willst du hören? Was paßt dir am besten? Und jetzt noch das!"

„Natürlich, entschuldige."

„Schon gut, Lady."

Sie schwiegen eine Weile, starrten in den verblühten Flieder, schauten einem Schwarm Kohlmeisen bei ihren lustigen Eskapaden zu, bemerkten Navajo, der die Meisen aus ganz anderen Gründen hochinteressant fand.

„Tz, tz", lockte Raphael, „na komm her mein Junge!" Und der Kater kam tatsächlich, maunzte, schnurrte, sprang Raphael auf den Schoß. „Was guckst du? Ich mag Katzen!"

„Schon ok! Navajo geht sonst zu niemanden."

„Zu mir kommt er ständig. Seit Samstag. Wegen der Hunde, weißt du, sonst hätt ich selbst Katzen."

„Ja, klar." Anna nickte, schob den Block mit den Übersetzungen zu ihm hin. „Das da mache ich zwischendurch. Um nicht einzurosten. Und das, was ich in Ägypten bin – *das* bin ich! Die ausgebeulte Hose, die Hemdbluse, die staubigen Stiefel. Ein Zopf, ungeschminkt. Die Archäologin, das ist die wahre Anna! Das habe ich für mich ganz alleine. Hab es mir selbst erkämpft, erobert. Das alles bin ich. Und hier und in Berlin bin und war ich die elegante Gattin, die wohlerzogene Tochter. In Ägypten bin ich nur Anna, nur ich selbst!"

Sie nahm von dem Kaffee, trank einen Schluck. „Ich bin hier und da beratend für Museen unterwegs, gebe manchmal ein Interview für Dokus. Gebe da, wie viele andere Experten, meinen Senf ab. Vor einem tollen Hintergrund sitzend um der Menschheit zum tausendsten Mal zu erklären, daß die Pharaonen Götter waren, daß niemand genau sagen kann, wer den Sphinx erbaut hat, oder wie letztens aktuell: bestätige an Hand der Forschungen, daß Echnaton Tut-Ench-Amuns Vater war. Allein damit, ohne auf das Vermögen meiner Eltern oder auf unser gemeinsames Vermögen, daß ich mit Georg erwirtschaftet habe, zurückzugreifen, allein mit den Ausgrabungen und mit den Tantiemen aus dem Film bestreite ich meinen Lebensunterhalt. Ich bin eine normal arbeitende Frau, Raphael! Auch wenn ich mir zwischendurch mal was außergewöhnliches gönne."

Er sagte nichts, wartete ab ob noch was käme.

„Für mich ist das letzte dreiviertel Jahr ebenso eine Zeit des Umbruchs gewesen. Normalerweise würde ich in Berlin, bei Georg in meinem Büro sitzen und Buchführung und so Kram erledigen. Halbtags. Den anderen halben Tag mit Langeweile verbringen und auf ihn warten. Ich bin auch entwurzelt. Mein Leben ist auch nicht mehr wie es war." Navajo sprang auf den Tisch, gab Anna einen Nasenstüber, sagte freundlich Miau und verschwand.

„Zwei Gestrandete", versuchte Raphael ein Lächeln.

„Aber echt. Oh, schon Mittag vorbei! Hast du Hunger? Ich hab noch Unmengen von dem Krabbencocktail, Kartoffelsalat ist noch da, und von dem Roastbeef. Ich kann es ganz dünn aufschneiden, wie Carpaccio… Man hat bei solchen Partys einfach immer zuviel von allem…"

Was für eine gequirlte Scheiße! Was für ein saudummes Gespräch… Nichts als verlegenes Gequatsche… Ich habe einen Menschen auf dem Gewissen! Sollte dir *davon* erzählen, mein Herz erleichtern… Alles beichten! Ich bin nicht Anna… und du bist nicht Raphael!

„Wollen wir zum Essen draußen sitzen bleiben?"

„Ja. Hilfst du mir?"

ANNAS HAUS, 12:30 UHR

„Sara verschwand eines Tages", sagte Raphael ruhig, legte Messer und Gabel ab, griff nach dem Baguette riß ein Stück ab, dippte damit die Soße vom Teller. „Ich war sieben."

„Das war bestimmt nicht leicht."

„Ging einfach weg, Anna! Ja, reich rüber, der Krabbencocktail ist wirklich einmalig. Und wenn ich weiter bei dir bleibe, werde ich zum Säufer. Montags mittags am hellichten Tag… was für Zeugs? Crémant! Zum Wohl Süße."

„A votre Santé! Wo ging sie hin?"

„Aus dem Haus, stieg in einen quietschbunten Bully und verschwand. Nachdem sie mich bei den Großeltern abgeladen hatte. Mit all meinem Krempel. Ich seh mich noch dort am Fenster stehen. Den kleinen Kerl mit seinem wehen Herzchen."

„Auf ihren Selbstfindungstrip? Sie hat mir davon erzählt."

„Selbstfindungstrip!", fluchte Raphael verächtlich. „Hippietour! Lange Haare, langer Kaftan, langer Joint, noch längerer Trip. Om Shanti Om und Hare Krishna, Buddha, John Lennon und Gandhi, alles auf einmal. Großvater ist evangelischer Pfarrer!"

Anna verschluckte sich beinahe an ihrem Crémant.

„Ist? Er lebt noch?"

„Dreiundachtzig und topfit."

„Na sowas."

„Pfarrer, Anna", grollte er, „auf dem platten Land! Dorfpfarrer. Kannst du dir vorstellen was da abging?"

„In den späten Sechzigern? Anfang der Siebziger? Lieber nicht."

„Sie fiel auf wie ein bunter Hund, das Gerede über den unehelichen Enkel des Pfarrers war gerade mal verstummt als sie verschwand." Er kramte hinten aus seiner Hosentasche die Börse, suchte darin, reichte Anna ein altes quadratisches Foto mit weißem Rand.

„Bist du das? Wie süß!"

„Der daneben!"

„Nicht wirklich!" Anna zog zornig die Brauen zusammen. „Das bist du nicht! Du bedienst jetzt nicht das Klischee des übergewichtigen Kindes, das sich geschworen hat, nie wieder so auszusehen?"

„Doch! Frustfresser! Erledigte sich, als ich zum Bund ging."

Raphael starrte in den Garten, in die Ferne und offensichtlich auch in die Vergangenheit.

„He!"

„Hm?"

„Nicht in Schwermut sinken! Du bist melancholisch, Raphael. Laß nicht zu, daß es von dir Besitz ergreift. Du mußt aufpassen, daß das keine Depression wird oder ein Burn-out, wie auch immer."

„Ok, Lady." Er griff nach seiner Gabel, stocherte in dem Krabbencocktail. „Ich hab genug Scheiße in meinem Leben an der Backe gehabt, Anna. Ich will einfach bloß meine Ruhe. Glaubte, sie mit dir gefunden zu haben. Du kannst dir nicht vorstellen, was ich für einen Mut aufbrachte, dich in der Bar anzusprechen. Das machst du normal nur einmal in deinem Leben; die Frau fragen, ob sie den Rest deines Lebens mit dir verbringen will. Ich hab dich da gesehen, schick, elegant, verdammt sexy. Ich brauchte drei Anläufe, du hast mich gar nicht bemerkt in deinem Zorn. Ich schnappte nach Luft wie ein Fisch auf dem Trockenen, kurz davor wieder zu gehen, mich davonzuschleichen wie ein geprügelter Hund, bevor ich mich gründlich blamiere…"

„Wie gut, daß du geblieben bist!", lächelte sie ihm zu.

„Hab all meinen Mumm zusammengekratzt!", scherzte er.

„Georg hat ein Auge auf den Verwaltungskram."

„Ja, ok."

„Das in Berlin ist sein eigenes Ding. Als die Mauer fiel, kaufte er Schrottimmobilien im Osten. Aber nicht, daß du falsch von ihm denkst."

„Ich denk nicht über ihn."

„Er kaufte die Häuser, sanierte sie und machte guten, bezahlbaren Wohnraum draus. Hat sich nicht wie viele andere bereichert. Oder noch schlimmer, die alten, eingesessen Mieter rausgeekelt und die luxussanierten Wohnungen für einen Wucherpreis an Yuppies vermietet. Klar sind auch Luxusimmobilien dabei, ein gesundes Mischungsverhältnis eben. Aber er ist bodenständig geblieben. Zwar wirkt er manchmal gewaltig überheblich", schmunzelte sie, „das ist eben seinem Erfolg geschuldet."

„Soll ich ihm deswegen einen Orden verleihen?"

„Ich will dir doch lediglich klarmachen, wie er tickt."

„Der ist eine tickende Zeitbombe!"

„Hey!", aufgebracht warf Anna ein Stückchen Brot nach Raphael, „Quid pro quo!"

„'tschuldige."

„Er kam als Lehrling in Vaters Firma. Meine Eltern hatten ihr Leben lang schwer geschuftet. Als junge Leute nach dem zweiten Weltkrieg damit angefangen, Häuser aufzubauen, Häuser zu kaufen, zu vermieten. Ich kam ziemlich spät, lange nach meiner Schwester, die Eltern gingen schon stramm auf die vierzig zu. Doch umsichtig und gründlich wie sie waren, entwickelte sich ihr Geschäft zu dem, was es heute noch ist. Ich kannte Georg von der Schule. Eins gab das andere, Raphael, also heirateten wir. Als sei es das selbstverständlichste auf der Welt. Was besseres als Georg konnte Vater gar nicht passieren. Jemand, der sich interessiert, mit der Firma identifiziert. Er hat es von der Pike auf gelernt, weil es ihm Spaß machte. Und bald war er der zweite Chef, Vaters Stütze und rechte Hand."

„Klassische Karriere, hm? Die Hand der Prinzessin und das halbe Königreich obendrein." Raphael fuhr sich über die Narbe am Hals, hielt Anna sein Glas hin.

„Sowas in der Art, ja." Anna schenkte nach, nahm sich von dem Brot, nickte zu ihm hin.

„Und das?"

„Dummheit."

„Quatsch!"

„Eine Sekunde nicht aufgepaßt und der Serbe rammte mir von hinten sein Messer an den Hals."

„Und dann?"

„Das willst du nicht wissen. *Ich* sitze hier, das sollte genügen. *Ich* hatte verdammtes Glück." Er trank einen Schluck, schaute ihr tief in die Augen, überlegte einen Moment, meinte finster: „Du kannst was wegstecken, hm?"

„Bin hart im Nehmen!", meinte Anna schmunzelnd, geflissentlich überhörend was er gerade gesagt hatte.

„Es ist mein voller Ernst!"

„Natürlich! Schau mich doch nicht so an, da kriegt man ja Angst!"

„Ich gehörte zu einer Spezialeinheit. Mehr kann ich dir dazu nicht sagen, denn das unterliegt selbst nach all den Jahren noch der absoluten Geheimhaltung. Meine Truppe war dazu abgestellt Kriegsverbrecher ausfindig zu machen. Und notfalls im Nahkampf zu stellen. Ich allein habe über fünfzehn Männer auf dem Gewissen, Anna. Mörder, Vergewaltiger, Sadisten, enthemmte Dreckschweine. Auch wenn ich dazu von oben die Absolution erteilt bekam macht es das nicht besser. Ich bin ein Mörder, Lady, ein eiskalter Killer."

Anna stockte der Atem, legte mit zitternder Hand das Besteck beiseite.

„Ich glaube, ich kann nichts mehr essen", hauchte sie fassungslos.

„Er sollte sich nicht nochmal anschleichen! Ob gewollt oder ungewollt. Für meine Reflexe gibt es keine Garantie!"

„Er", Anna schluckte, griff nach ihren Zigaretten, zündete eine an, „will in die Wohnung gehen, die meine Eltern nahe der Innenstadt bewohnten."

„Besser ist das."

„Sie", Anna blies den Rauch aus, „richteten sich dort ein, machten die Wohnung altersgerecht, du weißt schon", versuchte sie ein Lachen, zog den Aschenbecher bei, versuchte irgendwie zur Normalität zu finden, „alles ebenerdig, barrierefrei, Fahrstuhl. Sie zogen dorthin und überließen uns dieses Haus."

„Ist ein schönes Haus."

„Danke."

„Ich will hier keinen Seelenstrip, Anna!"

„Verstehe."

„Du verstehst nichts. Ich will und kann darüber nicht reden. *Und* es ist Vergangenheit, das sollte man ruhen lassen. Meinst du, es wäre einfach für mich? Der Alte Pfarrer, der Enkel ein Mörder? Einer ein Mann Gottes, der andere Satan…"

„Hast du seinetwegen deine Heimat verlassen? Genau wie Sara? Bist du deswegen in Ägypten geblieben?" Er gab keine Antwort, starrte in den Garten.

„Liebt er dich?"

Raphael schaute sie einen Moment lang schweigend an, nahm ihr die Zigarette ab, machte einen tiefen, qualmenden Zug. „Familie ist wichtig", grollte er mit Tränen in den zugekniffenen Augen, reichte Anna die Kippe zurück. „Sie ist alles was wir haben, oder? Alles was uns ausmacht, was aus uns geworden ist. Was in uns drin ist, unsere Gene, unseren Verstand. Alles Gute, alles Böse."

Anna nickte.

„Killerinstinkt!", raunte er böse. „Ich frage mich, wer *mein* Vater war!"

„So darfst du nicht denken!"

„Wo ist deine Familie, Mädchen?"

„Sie sind alle tot, Raphael. Ich habe nur noch Georg."

„Ich sollte ihn besuchen, was? Ihn und meine Großmutter. Wenn ich schon mal hier bin… reinen Tisch machen."

„Sie werden nicht jünger."

„Eben!"

„Wenn ich eines vermisse, Anna, dann ist es mein Pool!", murmelte Raphael ihr später träge zu. Aus dem Anbau hatte er die Sonnenliegen und den Schirm geholt, alles aufgebaut, gerade lagen sie faul in der Wiese, genossen den herrlichen Sommertag.

„Wir könnten uns ein Jacuzzi kaufen", begeisterte Anna sich übermütig. „Ist schnell aufgebaut und kein Brimborium wie ein Pool. Ich bin ja nie da, deshalb lohnt sich ein Pool nicht."

„Der Rasen müßte gemäht werden und der Flieder geschnitten."

„Herr Becker wird das schon machen. Wenn er alles vom Samstag gründlich verstaut und eingelagert hat. Schon jetzt sieht der Garten wieder aus, als wäre nichts gewesen."

„Haste ne Heckenschere? Ich langweil mich, Anna."

„Mit mir?", empörte sie sich spaßend.

„Weißt du", er griff an dem Sonnenschirmständer vorbei nach ihrer Hand, „als du im Mai unverhofft vor meinem Garagentor standest?"

„Hm!"

„Wie eine Fata Morgana. Ich... das war mit einer der glücklichsten Tage in meinem Leben. Also außer meiner Hochzeit mit Elena und dem Leben mit ihr. Als du da standest... In dem Moment war ich der glücklichste Mensch den du dir vorstellen kannst. Mir ist beinahe das Herz gebrochen, als du im Januar nach Deutschland zurückgingst. Ich glaubte, dich nie wieder zu sehen, glaubte dich verloren. Dazu dieser ganze Mist des arabischen Frühlings. Ich war mir sicher, daß du nie wieder nach Ägypten zurückkommst."

„Nicht doch!" Anna setzte sich auf, richtete den Bikini, legte ihre Hand auf seinen starken Oberschenkel spürte zarten Flaum auf harten Muskeln.

„Als du da standest, in deinem grünen Kleid, dem weißen Schal, schick, zuckersüß... Du kamst wegen deiner Statue. Aber zuerst bist du zu *mir* gekommen!"

„Ich hab dich so vermißt!" Ihre Hand wanderte zärtlich unter den Saum seiner Bermudashorts.

„Ich dich auch!" Er setzte sich auf die Kante der Liege, schnappte sein Shirt, zog es über, schaute ihr tief in die Augen, griff abermals nach ihrer Hand.

„Schau mich doch nicht so an! Da werde ich ja schwach... bitte. Raphael, was ist denn?"

„Ich sollte nicht mehr säumen, oder? Ich werde auch nicht jünger... Ich wäre in dem Augenblick am liebsten auf die Knie gesunken... Leider war ich dreckig wie ein schwarzes Schwein..."

„Du warst voller Öl...", lachte Anna, von einem „Hey!" hinter ihr unterbrochen.

„Och Georg!"

„Ich hol nur meine Tasche, laßt euch nicht stören."

„Willst'n Kaffee?" Anna stand auf, wickelte sich in ihren Pajero.

„Wenn's keine Umstände macht."

„Nee, Kumpel, macht's nicht", grollte Raphael, hievte sich aus der tiefen Liege, baute sich vor Georg auf.

„Ich bin nicht dein Kumpel!"

„Kuchen ist auch noch da!", fauchte Anna energisch.

„Was denkst du? Was Süßes?" Raphael machte mit böser Miene einen Schritt auf Georg zu.

„Ich warne euch!"

Noch ein Schritt und ein Griff an Georgs Revers. „Willst du dich nicht setzen, Kumpel? Innen Schatten, auf der Terrasse! Ein bißchen zu heiß für einen so piekfeinen Anzug."

„Pfeif mal deinen Wachhund zurück!"

„Raphael!"

„Was denn? Bin ich vielleicht unhöflich?"

„Hör auf!"

„Schon gut Anna, ich störe euch. Bin auch gleich wieder weg."

„Nee, komm, setz dich. War nur Spaß!"

„Gehts wieder mit der Lippe?", hörte Anna Raphael fragen, als sie mit Geschirr und dem Kuchen auf die Terrasse trat, das Tablett auf den Tisch stellte.

„Schon ok."

„Tut mir leid, wollte dich nicht angehen. Hab jemand ins Zimmer kommen hören, dachte nicht mehr dran, daß ein Gast im Haus ist."

Und du hättest ihm ohne zu zögern das Genick gebrochen!

Das Geschirr klapperte fatal ins Annas Hand.

„Ich sagte ja, iss ok. Danke, Anna." Georg nahm Tasse und Teller entgegen, schaute Raphael einen Moment lang ins Gesicht. „Du sagtest in Luxor zu mir, paß auf sie auf. Das hab ich gemacht. Jetzt ist es an dir, auf sie aufzupassen!"

„*Ich*?"

„Auf der Straße, am Boden."

„Ich erinnre mich."

„Anna?"

„Hm?"

„Ich hab Tizia aus der Wohnung geworfen."

„Nicht dein Ernst!"

„Ich war ihre Kochkünste satt!"

„Jetzt hör doch mal auf mit dem Unfug!"

„Tüte aufreißen, Tiefkühlpizza in den Ofen schieben, Mikrowellenessen auf abgeteilten Plastiktellern. Die Königin des Fast Food! Ist nicht ganz mein

Geschmack." Er goß sich Kaffee ein, reichte die Kanne an Raphael. „Bin ich nicht gewohnt. Hatte mal eine Frau, die mir ein ordentliches Essen hinstellte, wenn ich von der Arbeit kam. Egal wie spät es war. Wenn sie auch bloß sechs Monate im Jahr bei mir war. Sie hat nie gejammert, sich nie beklagt. Sie war da, hübsch zurechtgemacht, hat mich nach meiner Arbeit gefragt, wie mein Tag war. Hat sich nie darüber mokiert, wie schwer und anstrengend ihr eigener Arbeitstag war; mir im Gegenteil stolz davon erzählt. Ich hatte mal eine Partnerin auf die ich mich verlassen konnte. Zu Hause halt." Er versuchte ein schiefes Grinsen, wurde dann ernst.

„Sie hat mir eine verdammte Szene gemacht, als ich aus Luxor zurückkam! Wo ich jetzt herkomme, was ich solange gemacht habe, was mir einfallen würde, ob ich schöne Urlaubstage verlebt hätte, unterstellte mir alles mögliche, blabla. Ohne Sinn und Verstand, ich sah nur eine keifende Furie, aufgedonnert, billig, gehässig, rechthaberisch. Sie hörte nicht auf damit, fing immer wieder damit an. Tagelang. Bis es mir reichte."

„Und das Kind?"

„Das hat sie natürlich mitgenommen."

„Tut mir leid, Schorsch."

„Wenn's dem Esel zu wohl wird…"

„Alter Esel, hm?", schmunzelte Raphael verständnisvoll.

„Verdammte Kacke! Das war der größte Bockmist den ich je im Leben gebaut hab. Ich…", er schaute die beiden an, rührte Zucker in seinen Kaffee, „wünsch euch alles Gute. Werdet glücklich. Und macht nicht den gleichen Bockmist wie ich."

„Och Georgy!" Anna legte ihre Hand mitfühlend auf seine, drückte sie.

„Laß gut sein, Schatz. Gib mal den Kuchen rüber." Er nahm sich ein Stück, stocherte mit der Gabel darin herum, raunte: „Ich muß noch ein paar Tage bleiben, Mäuschen. Das Haus im Kaiserweg, du weißt Bescheid?" Georg nickte zu Raphael hin.

„Du kannst frei reden. Ich hab ihm von den Häusern erzählt. Was ist mit dem Haus?"

„Die neuen Verträge. Das muß alles seinen ordentlichen Gang gehen. Eine Etage muß noch renoviert werden, halt all so Zeugs. Die Anwälte, Notare, die Verwalter, ich muß mich einfach kümmern."

„Ein großes Bekleidungsgeschäft hat mir gekündigt", wandte Anna sich an Raphael, „und eine Straße weiter sich ein eigenes Gebäude gebaut. Und hier ziehen nun andere Mieter rein. Sechs Stockwerke. Wieviel ist schon vermietet, Georg?"

„Vier Etagen. Und ich bekam allen Ernstes die Anfrage von einem Puffbetreiber, der…"

„Also echt!", schimpfte Anna.

„Er hätte gut gezahlt!", alberte Georg und machte ihr ein Petzauge.

„Sperrbezirk, Anna! Noch so was! Ins Erdgeschoß zieht nun ein großes Schuhgeschäft."

„Das geht mich alles nichts an, Anna." Raphael wollte aufstehen, den Tisch verlassen.

„Bleib sitzen, Junge. Ich bin fertig. Störts dich, Anna, wenn ich den Mustang in der Garage lasse? Ich brauch ihn in der Innenstadt nicht. Da steht er nur im öffentlichen Parkraum rum, das muß nicht sein."

„Das stört mich doch nicht."

„Ok, ihr zwei", Georg stand auf, schaute auf seine Uhr, trank seinen Kaffee aus, „das Taxi wird jeden Moment da sein, ich bin dann mal weg." Er küßte Anna auf die Wangen, „Mach's gut, Süße! Machts gut ihr beiden."

ANNAS HAUS, 17:20 UHR

„Er war so stolz mit dem Kleinen!"

„Das tut mir echt leid für ihn."

„Ich kann keine Kinder bekommen, Raphael. Und er wünschte sich welche. Das war mit das schlimmste an unserer Ehe. Dieser unausgesprochene, und wahrscheinlich noch nicht einmal gedachte Vorwurf seinerseits, diese unausgesprochene Versagensangst meinerseits. Aber wir konnten uns nicht dazu durchringen, ein Kind zu adoptieren. Und ich bin irgendwann nur noch eine alte, vertrocknete, faltige Schachtel, verwelkt, verbittert und einsam."

„Nicht doch, Anna!"

„Hast du Kinder?"

„Hab ich mich dahingehend mal geäußert?"

„Nein."

„Sie hatte eine ganze Säuglingsstation voll damit. Witzelte oft, daß sie sich nicht noch Arbeit mit nach Hause bringt."

Anna mußte lächeln, verdrückte ein wehmütiges Tränchen. „Wie war sie?"

„Elena? Ruhig und besonnen. Ein bißchen dicht am Wasser gebaut. Manchmal ein bissi fusselig."

„Kara."

„Wer?"

„Sie erinnert mich an jemand. Ich kannte sie einmal…"

„In dem Haus in Assuan baute ich drei Kinderzimmer. Sie wollte aufhören, Anna. Irgendwann damit aufhören Karriere zu machen, Geld zu verdienen… Ich weiß nicht, was sie geritten hat. Sie war so stur. Hatte bloß ihre Arbeit im Kopf. Die Zimmer mutierten zu Gästezimmern, Büro, Rumpelkammer. Und… und dann, dann war es zu spät…"

„Das tut mir leid!"

„Braucht es nicht."

„Ich…"

„Ja?"

Muß dir was sagen… „könnte was essen!"

„Nicht dein Ernst? Guck dir das mal an!" Er kniff sich in die Hüfte. „Das ist Speck!"

„Da muß man aber ganz genau hingucken. Ich geh uns ein bißchen Vorspeise holen, ja?"

Anna packte Oliven, Schafskäse, Tomaten und Baguette auf den Tisch, stellte einen Teller hauchdünn geschnittenes Roastbeef dazu, schenkte von dem Crémant aus.

„Der wird doch schal!", bemerkte sie bei seinem skeptischen Blick, setzte sich, stieß mit ihm an, meinte aufgekratzt: „Hast du schon mal eine Nilkreuzfahrt gemacht?"

„Nee!", lachte er, „Mir reichen die Touristen, die kopflos herumlaufen, da muß ich nicht mitspielen."

„Weißt du, was ich furchtbar finde? Wenn die Leute sich im Tal der Könige benehmen wie auf dem Oktoberfest. Lachen, grölen, rumalbern. Die Gräber betreten, als wären sie auf dem Volksfest und gingen in die Geisterbahn. Völlig daneben! Das ist schließlich ein Friedhof!"

„Manche wissen eben nicht, wann es Zeit ist."

„Das Schweizer Team hat ein Grab dort gefunden."

„Respekt!"

„Und ich war kürzlich in der Felsenkammer wo einst meine Statue stand."

„Was hast'n dort gemacht?"

„Wollte es mir mal wieder ansehen. Weißt du, die Kammer ist wie ein Anch geformt, also die Rückwand. Und davor stand die Statue. Das war ein erhabener Augenblick als ich sie fand."

„Das glaub ich gern."

„Naja", sie lachte, „eigentlich hab ich wie ein durchgeknallter Teenager gekreischt, so erschrocken bin ich. Dachte, da stünde jemand."

„Der Fluch der Mumie", flachste er.

„Man kann die Kammer mit zwei schweren, steinernen Türflügeln verschließen und einfach mit einem Stein verkeilen. Wehe, du bist da drin. Da kommst du nie wieder raus. Außen auf den Türen steht ein schauerlicher Fluch geschrieben."

„Gruselig. Oder?"

„Der Fluch? Ja, der ist gruselig. Jemand wird dazu verdammt niemals zu sterben."

„Großer Gott!"

„Anscheinend hat er der Frau, deren Statue da verborgen war, etwas angetan. Und der Mann der sie liebte…"

„Was ist denn? Anna! Schatz! Du weinst ja!"

„Reich mir deinen Arm…"

„Was?" Er hielt ihr über den Tisch die Hand hin.

„Der Mann der sie unsterblich liebte hat ihr damit ein Denkmal gesetzt. Selbst nach mehr als drei Jahrtausenden spürt man noch seine Liebe. Ist das nicht schön? Romantisch, oder?" Sie tupfte mit der Serviette die Tränen weg.

„Ja. Was ist denn mit deiner Statue? Hast du was gehört?"

„Sie wird immer noch restauriert. Bist *du* romantisch?"

„Ich?" Er guckte baff, ließ ihre Hand los, griff nach dem Teller mit den Tomaten. „Nicht unbedingt!"

ANNAS HAUS, 22:30 UHR

„Raphael! Was ist nur mit dir los?", fragte sie als sie im Bett lagen. „Den ganzen Tag schon werde ich das Gefühl nicht los, daß du mir was sagen willst. Ist wirklich alles ok mit deiner Wunde? Oder verheimlichst du mir was?"

Der laue Sommerwind blähte die Gardinen vor den offenen Balkontüren, draußen war es noch ein wenig hell, eine Amsel trällerte ihr Abendlied, Grillen zirpten. Sommersonnwende, der längste Tag des Jahres ging zu Ende. Sie lagen sich gegenüber, schauten sich in die Augen und Anna meinte, abgrundtiefen Schmerz in den seinen zu sehen.

„Nichts. Alles in Ordnung, kein Grund zur Sorge. Ruf Helmut an, wenn du willst. War ein schöner Tag und ich bin müde. Bin nicht mehr gewohnt, daß es so lange hell ist."

„Das flunkerst du doch!"

„Was willst du denn hören?"

„Ich will hören, daß du mich liebst!", flüsterte Anna und streichelte ihm durch das blonde Haar und sanft über die Schramme auf der Wange.

„Mehr als mein Leben. Sagte ich schonmal."

„Ich liebe dich auch. So sehnsüchtig, daß es manchmal richtig weh tut."

„Ich…", er strich ihr liebevoll eine Haarsträhne zurück, ergriff zärtlich ihre Hand, legte sie auf sein Herz. „Fühlst du es? Es schlägt nur für dich!"

„Du bist ja hoffnungslos romantisch!"

„Quatsch!" Er setzte sich auf, fuhr sich durchs Haar. „Dort, in der Garage…"

„Als du so dreckig warst?", schmunzelte Anna.

„Ich… verdammt!" Abermals nahm er ihre Hand, küßte ihr den Handrücken, schaute sie an. „Das gehört sich so nicht! Aber bevor mir nochmal was in die Quere kommt… Mein Herz, meine Liebste. Ich bin für dich da. Auf immer und ewig! Das schwöre ich dir! Anna… wenn du frei wärest… Würdest du mich heiraten?"

Sie hielt sich stumm an seiner Hand fest, drückte sie, für ein paar

Herzschläge lang unfähig ihm Antwort zu geben, völlig überwältigt „Ich kann dich nicht heiraten..." hauchend.

„Scheiße!", fluchte er leise und zog sich die Decke hoch.

„Das kam jetzt ein wenig überraschend", flüsterte Anna entgeistert. „Kannst du mir ein bißchen Zeit lassen?"

„Er wird dich niemals gehen lassen", grollte er aufgebracht. „Du bist mit ihm verheiratet und darauf pokert er. Pokert auf Zeit, darauf, daß du meiner überdrüssig wirst, darauf, daß sein verwöhntes Kätzchen in sein komfortables zu Hause zurückgekrochen kommt!"

„Red doch keinen Scheiß!"

„Was willst du *denn* mit mir?", brauste er auf. „Bin ich dein Spielzeug? Dein Bodyguard? Eine nette Abwechslung vom Ehealltag?"

„Raphael!", flehte sie.

„Was?"

„Nichts, verzeih mir!"

„Ich steh nochmal auf, kann jetzt nicht schlafen. Gute Nacht." Laut klappte die Schlafzimmertür zu.

Sie knipste die Nachttischlampe aus, starrte weinend in die Dämmerung der kurzen Nacht, hörte ihn nebenan ein wenig rumoren, kratzte sich aufgewühlt über das neue Tattoo.

Du bist doch schon mein Mann! Ich kann dich doch nicht nochmal heiraten! Und was, wenn Sachmet das nicht gefällt? Ich werde es nicht verkraften, sollte dir etwas zustoßen... Verflucht, was ist das?

Sie machte das Licht wieder an, betrachtete bestürzt das juckende, beißende Tattoo, „Verdammt!", kramte nach einem Papiertaschentuch, tupfte die Blutstropfen ab. Irgendwo klappte eine Tür, sie hörte Raphael die Treppe hinunterpoltern, nochmal schlug eine Tür. Dann hörte sie den Mustang dröhnen!

„Was machst du denn!", rief sie laut in die Nacht, strampelte die Decke weg, rutschte aus dem Bett, hastete hinaus, die Treppe runter, stand in der Diele, blickte entgeistert in die leere Garage. Dumpf schlug das große Tor zu, im Durchzug flatterte ihr ein Blatt vor die Füße:

Ich bring ihm die Karre wieder, keine Sorge. Und ich komme zu dir zurück. Brauch auch ein wenig Zeit. Und ich will dem Mann Gottes ins Gesicht sehen, wenn Satan persönlich vor ihm steht.

KEMET, UASET

1385 v. Chr.
In der Jahreszeit des Achet, im Monat Hut Heru

Seine streichelnden, fordernden, warmen Hände! Seine Liebe, seine Leidenschaft! Er beugte sich zu ihr herunter, küßte sie zärtlich, schaute ihr in dem Augenblick, als er tief in sie eindrang, liebevoll in die Augen. Griff nach ihren Händen, verschränkte seine Finger mit den ihren. Inniger konnte man nicht miteinander umgehen. Wonnevoll erregt erwiderte sie seine Stöße, ließ sich von ihm lieben, genoß seinen schönen Körper, erkundete ihn mit streichelnder Hand. Ich liebe dich, Ranofer, wie ich im ganzen Leben noch keinen Menschen geliebt habe. Bleib immer bei mir, verlaß mich nie!

Nie, meine Liebste! Ich werde immer bei dir sein! Ich liebe dich, mehr als mein Leben. Wie könnte ich dich vergessen? Verlassen?

Seine schönen, leuchtenden Augen strahlten sie an, wurden blaß, schauten in die Ferne. Sein Gesicht, so makellos, so männlich, zerfloß zu einer schwarzen, schwärenden, von Eiter zerfressenen Fratze, Blut trat aus der schrecklichen Wunde an seinem Hals, schoß heiß und klebrig über sie, tot sank er auf sie nieder.

Schreiend fuhr Bent aus dem grauenhaften Traum hoch, fauchend verschwand Bast, die sich mit ins Bett und gerade eben auf Bents Bauch gekuschelt hatte. Keuchend, von Schweiß bedeckt, strampelte Bent das Laken beiseite, schrie sich fast die Seelen aus dem Leib. Vergebens versuchte sie die Kerze anzuzünden. Verflucht! Wenn doch nur endlich das Flämmchen brennen würde, dann wäre der tote Ranofer hoffentlich ihrem Bett entschwunden.

„Bent! Oh, bei allen Göttern! Bent, was ist passiert?" Pesechet hastete zu ihr in die Kammer, in der Hand eine kleine Lampe mit einer flackernden Kerze.

„Wo ist Kara?", krächzte Bent und krallte sich zitternd in das Leintuch.

„Zu einer Entbindung. Sie ist gar nicht im Haus. Bent, was ist dir?"

„Ein Alptraum, Pesechet, ein grauenvoller Alptraum", schluchzte Bent.

„Bei der Großen Mutter!" Pesechet faßte erschüttert an das Amulett an ihrem Hals, küßte den Isisknoten. „Was hast du geträumt?"

„Von der Seuche, Pesechet. Von den schwarzen Eiterbeulen, Blut floß über mich…"

Pesechet sank neben Bent auf das Bett, legte fürsorglich einen Arm um sie. „Nicht weinen! Nicht! Das ertrag ich nicht! Du kannst nichts dafür! Es war Sachmet, die die Pest über uns brachte. Nicht doch, Bent, beruhige dich! Bitte!"

„Ich bin schuld!", kreischte Bent aufgebracht. „Ich ganz allein! Sie könnten noch leben! Alle!" Sie schlug auf das Bett, warf das Kissen zu Boden, trat danach.

„Sie werden alle ihren Frieden gefunden haben! Mesechnet wird dir verziehen haben! Haben wir ihr nicht eine schöne Feier ausgerichtet? Hat sie nicht ein schönes Grab? Ihre Leiden sind ausgestanden, sie ist im *Sechet Iaru*, friedlich bestellt sie dort ihr Feld, frei von allem Mühsal."

„Meine Schuld!" Bent weinte, schluchzte, schniefte völlig aufgelöst.

„Hör auf damit!", ging Pesechet sie vergebens an, packte sie bei den Schultern, schüttelte sie. „Ich will dich nicht so sehen!" Als auch das nichts half, klatschte sie Bent eine saftige Maulschelle. „Hör auf! Sofort!"

„Was fällt dir ein?", zischte Bent aufgebracht.

„Ich will das nicht! Nicht bei dir!"

Bent schaute sie an, dachte daran, was Chemsit ihr erzählt hatte. Und jetzt saß Pesechet auf ihrer Bettkante.

„Du brauchst nicht wegzurutschen. Ich habe genau verstanden, was du mir damals sagtest", flüsterte Pesechet betrübt, als sie anscheinend bemerkte, welche Zweifel Bent plötzlich hegte. „Ich werde es beherzigen…" Draußen wurde laut an die Pforte unter dem großen *Bechenet* geklopft. „Um diese Zeit?"

„Die Sonne ist aufgegangen, Pesechet. Danke daß du mir den Kopf zurechtrücktest. Gehst du nachsehen? Wer von den Wächtern hat Dienst? Öffne nicht, wenn du nicht sicher bist."

„Ein junges Mädchen, Sahu-Re." Zum zweiten Mal an diesem Morgen betrat Pesechet Bents Kammer. „Sie sagt, sie wolle mit dir reden. Eine *Ta Schepsi*, Herrin. Eine wirklich vornehme junge Dame. Soll ich sie reinlassen? Und Herr Montju selbst hat die Nachtwache übernommen. *Er* klopfte so heftig, wollte die Dame nicht unnötig warten lassen."

„Bring sie in die erste… nein, zweite Kammer. Sag ihr, ich käme gleich." Besuch? Pah! Um diese Tageszeit! Die Leute haben wirklich keinen Anstand mehr. Nachlässig wusch Bent sich den Schlaf aus den Augen, warf irgendeinen zerknitterten Kittel über, schlüpfte in die Strohlatschen, fuhr sich mit zehn Fingern achtlos durch das wirre Haar.

Hexe von Uaset

Pah!

Die Irre von Uaset!

Mürrisch betrat sie die dämmrige Kammer. „Was willst du so früh am Morgen?"

„Meine Tante schickt mich. Ihr müßt wissen, sie ist mir wie eine Mutter, seit meine…" Die junge Dame erhob sich aus dem schlichten Sessel aus Papyrushalmen, streckte die Hand aus, „Ich bin hier, Dame Sahu-Re", ergriff fürsorglich Bents Hand. Und Bent blickte augenblicklich ihr Herz!

Kühl, unnahbar, pflichtbewußt, verzweifelt, die Altvorderen achtend, keinen Widerspruch wagend! Eine wohlerzogene junge Dame!

„Ja, ja, setz dich wieder. Ich sehe dich, wenn meine Augen auch schlecht sind“, flunkerte Bent, zog sich den anderen Sessel bei. „Ich höre, meine Dame.“

„Verzeiht, wenn ich ohne Umschweife zur Sache komme. Meine *Mut* ist bei der Geburt meiner Schwester gestorben, Herrin. Seither bin ich die Dame des Hauses. Und meine Tante wacht über mich. Ich soll die Ehe eingehen, doch… oh, hat sie es Euch nicht erzählt? Ich sollte wohl ein wenig ausholen, damit Ihr versteht, oder?“

Bent nickte, gab den Anschein völliger Ruhe, wartete ungeduldig daß die junge Frau endlich zur Sache käme.

„Ich sollte seinen Bruder zum Manne nehmen. Doch er starb. Ich hab ihn gemocht! Er war ein feiner Junge. Obwohl ungestüm und draufgängerisch, wie sein Vater. Nichts ließ er sich sagen!“ Sie tupfte mit ihrem Schleier Tränen aus dem ungeschminkten Gesicht. „Mußte unbedingt diesen Streitwagen mit diesen neuen wilden Pferden des Onkels… noch nicht recht ans Geschirr gewöhnt… schwarze Hengste, wild und unberechenbar… Nie vergesse ich den Tag, als Vater, mit blutendem Herzen und gebrochen, weil er nicht auf ihn hörte, ihn tot auf seinen Armen in unser Haus brachte. Die Tante, auf Besuch, in tiefste Verzweiflung stürzte, Mutter, hochschwanger, in Aufregung versetzte.“

„Das tut mir leid“, warf Bent ein, „Aber ich sehe nicht, wie ich helfen kann.“

„Oh, verzeiht, ich schweife zu sehr ab. Vater und die Tante und der Onkel beschlossen also, daß die abgemachte Ehe in jedem Fall Bestand haben soll und ich den jüngeren Bruder ehelichen muß. Aber…“ Sie schaute Bent flehend an, versuchte ohne Worte flehend ihren Unmut kundzutun.

„Du willst ihn nicht?“, brachte Bent es auf einen Nenner. Die junge Frau schüttelte kaum merklich verneinend den Kopf.

„Vater sagt, es sei unumgänglich…“

„Nun, mich in die Heiratspolitik der Bürger von Uaset einzumischen, liegt nicht in meiner und der Großen Mutter Isis Macht. Ich glaube nicht, daß ich dir helfen kann.“

„Ich mußte warten, bin beinahe schon zu alt für die Ehe. Aber er ist jünger und man sagte mir, wenn er erwachsener ist, dann… Er lernte außerhalb seines Elternhauses. Ich habe ihn ein paar Jahre nicht gesehen. Jetzt ist er zurück. Ich will ihn nicht!“ Beinahe verlor die junge Frau ihre Beherrschtheit riß sich im letzten Augenblick zusammen, weinte still in ihren Schleier, „Er hat etwas unheimliches an sich“, murmelnd, „Ich habe Angst vor ihm. Doch wie soll *ich* Vater entgegentreten?“

Chepre, die Morgensonne, schob sich über die Mauern des Isistempels, schickte einen vorwitzigen Sonnenstrahl in die düstere Kammer, beleuchtete das Gesicht der jungen Frau. Höchstens erst vierzehn Sommer lang tanzte dieses junge, frische, unschuldige Herz auf dieser Welt. Was für eine blendende Schönheit! Welch ein makelloses, traumhaft schönes Antlitz! Die schmale, gerade Nase, hohe Wangenknochen, die Haut glatt und prall, der volle Mund mit den sinnlichen Lippen, und erst die Augen! Wenn auch ein wenig verweint, so verzauberten sie im hellen Licht des Morgens selbst Bents erkaltetes Herz. Darüber umrahmten die zarten Augenbrauen, wie die Fühler von Schmetterlingen, sanft gebogen, die wunderschönen dunklen, sanften Augen mit den langen Wimpern. Bent kam es vor, als kenne sie die Dame.

„Teje, der ich zaghaft meine Bedenken anvertrauen wollte, sagte…"

„Wer?"

„Die Tante. Die Prinzessin aller Frauen. Eure Freundin."

„Wer seid Ihr?" Bent krallte entgeistert die Hände in die Lehnen des Sessels.

„Taduchipa! Ja, kennt Ihr mich denn nicht mehr? Ich war doch hier, als die Tante Euch zur Hohepriesterin geweiht hat. Sahu-Re, bitte, helft mir!"

Bent, fassungslos, sank von dem Stuhl, ließ sich auf die Knie nieder, streckte die Arme vor, „Nebet", hauchend, „Sat Nesut, verzeiht. Ich habe die königliche Hoheit nicht gleich erkannt."

„Nein! Nicht doch, erhebt Euch, Mutter! Ich bin doch keine Königstochter, keine Prinzessin!"

„Der Kronprinz ist Euer zukünftiger Gatte?", hauchte Bent, von Ehrfurcht ergriffen. „Wie kann ich helfen? Das steht außerhalb meiner bescheidenen Möglichkeiten, meine Dame."

„Was soll ich nur tun?", schluchzte Taduchipa verzweifelt. „Ich kann mich meinem It nicht anvertrauen. Ich liebe ihn so! Das würde ihm das Herz brechen! Weglaufen?", fragte sie zaghaft. „Oh, das wäre wahrscheinlich die einzige Möglichkeit, meinem Schicksal zu entfliehen. Oder… wenn Ihr mich hier als…"

„Nein!" Taduchipa zuckte bei der rauhen lauten Stimme Bents zusammen. „Der Tempel der Großen Mutter ist kein Zufluchtsort für geflüchtete Bräute!"

„Nein, natürlich nicht. It würde Euch das Haus auf den Kopf stellen und das nicht ungestraft durchgehen lassen."

„Wer ist Euer Vater?"

„Der ehrenwerte Herr Eje, Dame Sahu-Re, Imi ra nut Tjati und… oh, er wird mich bald suchen lassen, wenn ich nicht heimkomme. Sagte nur, ich müßte schnell eine Erledigung machen. Senmut wird wohl schon ungeduldig draußen. Ich muß gehen."

„Pharaos Großwesir?" Bent blieb vor Aufregung kurz die Luft weg. Was fiel diesem Mädchen bloß für ein Unfug ein? Weglaufen! Sich hier verstecken! Nichts als Grillen im Kopf!

Eje?

Bent überlief es heiß und kalt! Erinnerte sich schlagartig an jenen Tag, als sie zum ersten Mal die Heuschrecken rief, den Wind beschwor. Als sie mit verbrannter Fratze zum ersten Mal nach einem Jahr von Iaret die Erlaubnis erhielt, als geheilt geltend die Mauern dieses Hauses zu verlassen. Als sie mit Bek durch die Stadt spazierte, vor Ejes vornehmen Haus Sachmets rachedurstige Gewalt über sie kam.

Sachmet!

Ihrer Rache entgeht man nicht!

Sie allein ist für Pharaos Schutz zuständig!

Und der Kronprinz, *Sameref, Sein liebender Sohn*, der zukünftige Pharao, der *Tjet*, Sprößling, Pantherfellträger,[1] verunglückte in Ejes Obhut. Sachmets maßlose rachsüchtige Brutalität traf das Haus des Eje mit voller Wucht! Auge um Auge! Das Leben des *Sa Nesu* für das Leben von Ejes Gattin! In ihrem ganzen Leben vergaß Bent nicht die grauenvollen Todesschreie der Gebärenden, hörte heute den gotteslästerlichen Fluch, den Eje im Augenblick ihres Todes ausstieß, bedauerte noch heute das Kind, das ohne *Mut* aufwachsen mußte.

Wenn der ehrenwerte *Imi ra nut Tjati* herausfand, wer für den Tod seiner geliebten Gattin Tie verantwortlich war ... nicht auszudenken! Ohne Zweifel würde Parser in dem Fall nicht Bents Henker sein!

„Niemand kann mir helfen, außer...", schluchze Taduchipa, von dem Sessel hochfahrend. „Aber... oh, verzeiht. Jetzt habe ich doch beinahe vergessen, weswegen ich herkam." Aus ihrem kleinen, schmucken Korb zog sie einen *Qahet*, überreichte ihn Bent feierlich. „Die Einladung! Die Tante und der Onkel wünschen ausdrücklich, daß Ihr, Dame Sahu-Re, demnächst den Feierlichkeiten zur Bekanntgabe meiner Heirat im nächsten Jahr beiwohnt." Zögernd griff Bent nach dem Schreiben.

„So früh? Noch fast ein ganzes Jahr!"

„Die Könige und Fürsten der unzähligen Vasallenstaaten, Könige und Fürsten von weit entfernten Landen mit denen wir Handel treiben, selbst aus den *Fremdländern weit im Norden von Asien*,[2] die Abgesandten, die ... sie müssen alle anreisen, es planen. So haben sie genügend Zeit dazu. Das nächste Opetfest", schluchzte die Prinzessin, „*Heb nefer en Ipet*, es wird mein Schicksal besiegeln. Das *Jmen Ipet Sut em Ipet Resit Ipet*[3] ist das letzte Fest, daß ich als Jungfrau begehe. Das letzte Fest, daß ich als freie Frau feiern werde, bevor ich... oh ihr Götter, oh Isis, steh mir bei, Hathor, erhöre mein Flehen, ich wünschte, ich wäre tot!"

---

[1] Titel eines altägyptischen Kronprinzen
[2] Damit betitelt Pharao Amenhotep III. in einer Liste auf dem Sockel seiner Statue aus Kom el Hettan ägäische Ortsnamen
[3] Beiname des Opetfestes: Amun von Karnak im südlichen Harem der Ipet

„Na na na!", raunzte Bent. „Solche Wünsche äußert man nicht! Bedenkt, welch eine Position Ihr zukünftig einnehmt!"

„*Hemet Nesut Weret!*", flüsterte die junge Dame. „Ich werde einst Große Königliche Gemahlin sein! Wie soll ich das bloß schaffen? Ich bin doch nur ein Mädchen!"

Ich wurde vergewaltigt, zusammengeschlagen, verbrannt, hinfortgejagt, man hat mein Kind und alle meine Freundinnen umgebracht! Wie habe *ich* das geschafft? Ich kann dich nicht bedauern! *Du* wirst einen riesigen Hofstaat um dich haben, liebende Menschen und wohlwollende Götter! Selbst dein Schwiegervater ist ein Gott! *Ich* hatte niemanden!

Mit kaltem Blick betrachtete Bent ihren Besuch, öffnete die Tür, geleitete die Dame hinaus. „Ich danke Euch, Dame Taduchipa, für die Einladung. Ihr erweist mir damit eine große Ehre. Alleine sei dahingestellt, daß ich erscheinen werde. Mir scheint es nicht recht, daß eine einfache Frau wie ich einem solch bedeutungsvollen Fest beiwohnt."

„Majaret deutete mir schon an, daß Ihr, Dame Sahu-Re, bescheiden seid. Ich werde nicht dulden, daß Ihr auf Grund Eurer Demut nicht zu diesem Fest erscheint." Taduchipa sagte das mit solch einer liebenswerten Anmut und Freundlichkeit, daß Bent beinahe gewillt war zuzusagen. Schnell neigte sie ergeben den Kopf. „Ich werde darüber nachdenken, Dame Taduchipa."

„Und ich würde mich über Eure Zusage freuen, Dame Sahu-Re! *Anch Uda Seneb*, meine Dame, *em Hotep!*"

„*Tju*, geht in Frieden! Leben, Heil, Gesundheit wünsche auch ich."

Bent hatte sich gerade auf ihrem Bett lang gemacht, wollte die Mittagsruhe genießen, als Baket klopfte und durch die Tür rief, ein Mann bräuchte ihre Hilfe. Seufzend erhob sie sich wieder, richtete das Kleid, das Haar, öffnete die Tür.

„Mesechnet fehlt, Bent", seufzte Baket, während sie mit ihr über den Hof ging. „An allen Ecken. Uadja ist nicht da und Kara und Pesechet kennen sich mit sowas gar nicht aus. Hast du neulich der jungen Dame helfen können?"

„Jaja. Und dieser? Was hat er denn?"

„Ich weiß es nicht. Hab sowas noch nie gesehen. Würdest du dich bitte kümmern?"

„Du meinst, *ich* hätte schon alles gesehen?"

„Du bist älter als ich. Bestimmt ist dir sowas schon mal unter die Augen gekommen."

„Wo ist er?"

„Gegenüber. In der Kammer direkt neben Pesechets Wohnung."

Bent blieb stehen, betrachtete den Lotosteich, fischte ein Blatt heraus, fragte wie nebenbei: „Wie geht es Ranofer? Hab ihn lange nicht gesehen."

„Danke, gut."

„Wie geht es in deiner Ehe?"

„Auch gut. Warum?"

„Nur so. Willst du keine Kinder?" Bent betrachtete Bakets flachen Bauch. „Du bist schon bald vier Monate Ehefrau."

„Doch, schon, nur nicht so bald, ich…"

„Liebst du ihn? Liebt er dich?"

„Er…"

„Was?" Bent beherrschte sich, nicht zu schnauzen.

„Er ist sehr zurückhaltend. Fast schon kühl. Viel zu schüchtern."

„Aha."

„Er ist ein feiner Mann, Bent!"

„Das glaub ich dir. Vielleicht bist du auch zu schüchtern. Vielleicht würde etwas mehr Hitze deinerseits seine zurückhaltende Kühle hinwegfegen."

„Meinst du? Ach Bent! Das geht dich wirklich gar nichts an!"

„Nein, das geht mich nichts an. Hast Recht. Und jetzt seh ich nach dem Kranken."

Sie betrat die kühle Kammer, betrachtete den jungen Mann der da hinter dem Tisch saß. Groß, fast schon wuchtig, männlich, kernig. Mit seinem mißmutigen Gesicht schaute er hoch, stand ein wenig umständlich auf, verneigte sich anständig.

„Die Dame Sahu-Re!"

„Jaja, schon gut, setz dich wieder."

„Ich hörte stets Gutes von Euch und dem Haus! Deshalb kam ich her. Hoffe, daß ihr mir helfen könnt."

„Um was geht es?"

Er legte seine linke Hand vor sie auf den Tisch. Auf dem Handrücken, in der Nähe des Gelenkes ein dicker Knoten, bald so groß wie eine Feige. „Ich halte das nicht mehr aus. Diese Schmerzen sind unerträglich. Und es wird immer dicker. Könnt Ihr mir helfen? Ich bin Schreiber, kann kaum noch mein Brot verdienen! Schreiber für den ehrenwerten *Imi ra Schenuti en Amun*", fügte er stolz hinzu.

„Für den *Scheunenvorsteher des Amun*? Dem Herrn Bürgermeister?" warf Bent beeindruckt ein.

„Ich bin bloß einer der unzähligen *Schreiber des Bürgermeisters*. Nichts Besonderes."

„Schreibt man nicht mit der guten Hand?"

Er gab ein verächtliches Schnaufen von sich, schaute sie zornig an. Sein

Antlitz voller Bitterkeit. Wäre es nicht von Groll, Verdrießlichkeit und Verbitterung so entstellt, wäre er eigentlich recht hübsch. Ein herbes, kantiges, männliches Gesicht, nicht unbedingt schön, aber keineswegs häßlich. Bent bemerkte den *Medu* neben seinem Stuhl, das kleine Amulett an seinem Hals. Ein billiges Amulett, aus einem grauen Stein geschnitten, darauf hineingeritzt das Bildnis der …

Eine Frau mit Hörnern auf dem Kopf, dazwischen ein Kringel

Jetzt legte er auch die rechte Hand auf den Tisch. Bent zog entsetzt tief den Atem ein. Nur drei Finger, steif, entstellt, verbogen, unbrauchbar, zur Handfläche hin gekrümmt, die Handfläche selbst zum Arm hin gekrümmt.

„Gute Hand, was?", schnaubte er abfällig.

„Verzeiht!"

„Natürlich." Er ließ die Rechte wieder in seinen Schoß sinken. „Könnt Ihr mir helfen?"

Bent nahm seine Hand in ihre, besah sich den Knoten, fühlte in ab, hielt seine Hand eine Weile fest. Vor ihren Augen flimmerte es, sie spürte auf einmal nackte, kalte Angst, Todesangst. Meinte, eine Frau stürbe unter Qualen … Unwirsch schüttelte sie den Kopf, rieb sich die Augen.

„Was ist Euch?"

„Nichts! Tachut soll sich das ansehen." Sie stand auf, öffnete die Tür. „Baket!"

„Ja?"

„Ruf Tachut!" Bent setzte sich wieder. „Wie ruft man dich?"

„Djehutimes." [4]

„Ha!", lachte Bent aufgewühlt. „Wahrlich, ein toller Name für einen Schreiber. Bald jeder Mann in der Stadt heißt so."

Ihm gelang ein schelmisches, lausbubenhaftes Grinsen, was ihn sogleich hübsch und liebenswert wirken ließ. „Alle anderen heißen Ahmose oder Amenhotep."

„Aber echt." Bent lächelte zurück, fühlte sich irgendwie in seiner Gesellschaft wohl. Einer, mit dem man zusammen beim Bier sitzen konnte. Einer mit dem man über alles reden könnte …

„Thot rettete einst mein Leben. Ich sollte ihm dankbar sein."

„Dann tragt Ihr aber das falsche Amulett um den Hals. Das ist Hathor, die Wonnetrunkene."

„Es gehörte meiner *Mut*. Es ist alles, was ich von ihr habe."

Mut?

„So, dann zeig mal her um was es geht, Bent, hm!" Tachut schlurfte in die Kammer, Djehutimes erhob sich ein zweites Mal von dem Stuhl. Deshalb bemerkte Bent seinen verkrüppelten Fuß …

---

[4] Tutmosis = Thot ist geboren. Thot ist u.a. der Gott des Mondes und der Schreiber

Sowas habe ich schon einmal gesehen …

„Au, au, au!", unkte Tachut, als sie die Beule auf der Hand begutachtete. „Da brauchen wir eher einen Handwerker als einen Heiler, was mein Kleiner? Oi, was bist du groß! Bent ruf mal den Gärtner, der soll mit seinem Kasten herkommen."

„Baket! Ruf den Gärtner!"

„Tachut!", kreischte Bent, wollte ihr in den Arm fallen. „Das kannst du doch nicht machen! Er ist Schreiber! Du wirst ihm die Hand zertrümmern!"

„Gehst du jetzt weg!"

„Aber du kannst doch nicht mit dem Hammer…"

Bumm

Entsetztes Schweigen von allen vieren. Djehutimes war alle Farbe aus dem Gesicht gewichen. Schweiß perlte auf seiner Stirn und er hatte eine dicke Gänsehaut trotz der Hitze hier drin. Steif und starr blickte er schnaufend auf seine angebundene Hand auf der breiten Sessellehne. Die Beule war weg! Ungläubig bewegte er die Finger.

„Hm! Geht doch!" Tachut legte den schweren Hammer beiseite, tätschelte dem großen Mann die Wange.

„Ich glaub, mir wird schlecht", raunte Bent.

„Ach, pah! Halb so schlimm!", plärrte Tachut, als sei der Herr schwerhörig, „Wär beinah danebengegangen, was? Wie ist es, junger Mann? Hä? Besser?"

„Wenn ich wieder zu Atem gefunden habe, Alte, gebe ich dir Antwort!", zischte er aufgebracht.

„Bent, du machst ihm einen Umschlag aus den Blättern vom *Matet* und mit dem *Sefetsch* und dem Fett vom *Asch*-Baum. Hm! Das hilft gegen steife Gelenke, ist gut gegen Schwellungen und Geschwüre und Steifheit. Aber das da, mein Junge. Da kann ich gar nichts machen."

„Das ist mir bewußt. Das habe ich von Geburt an. Das war kein Unfall oder so."

„Ja, ja, hm, das sehe ich. Und jetzt kommt ihr alleine zurecht, nicht wahr! Eine alte Frau braucht viel Ruhe."

„Danke!", rief er ihr nach als sie durch die Tür schlurfte.

„Pah!", schnaubte Tachut ohne sich umzudrehen, winkte mit dem Stock.

Baket schnaufte, sank entgeistert in einen der Stühle, „Das war äußerst lehrreich", hauchend."

„Mach!" Bent zerrte sie hoch, schob sie durch die Tür. „Los, den Umschlag! Geh Sellerie holen." Und zu Djehutimes gewandt: „Oh du liebe Güte! Hat es sehr weh getan? Ich kann mich nur entschuldigen, aber sie ist schon alt…"

„Nein, nein, alles gut! Es ist tatsächlich besser. Der Schmerz zwar ein anderer, und zum Aushalten, aber das rührt wohl von dem Schlag her. Äh… du hättest nicht einen Becher Bier oder sowas, mir ist ein wenig flau. Und ich wäre dir dankbar, wenn du mich losbinden würdest."

Bent entgegnete nichts, setzte sich ihm gegenüber, nickte zu seiner anderen Hand und dem Fuß hin. „Ich habe sowas schon einmal gesehen", raunte sie düster.

„Es gibt viele wie mich", brummte er zornig.

„Genau so? Die fehlenden beiden Finger? Der Mittelfinger und der Ringfinger? Und dein Fuß. Kaum als Fuß zu erkennen, dennoch kein Klumpfuß."

„Nein. Ähnlich."

„Wo hast du das her?" Sie beugte sich vor, griff an das Amulett. „Es gab zwei davon. Eins habe ich und das andere glaubte ich am Hals meiner Mutter. Als sie beerdigt wurde!" Sie klatschte ihm jäh eine bitterböse, knallharte Ohrfeige. „Du hast meine *Mut* umgebracht!", brüllte sie ihn aufgebracht an, sank zurück auf den Stuhl.

„*Was?* Ich habe niemanden umgebracht! Wie kommst du dazu, sowas zu behaupten!"

Bent stand auf, kramte aus der Lade des Tisches ein Tuch, schneuzte sich, wischte Tranen von den Wangen.

„Bind mich los, Dame!"

„Wie alt bist du?"

„Ich wurde im Jahr sieben des glorreichen Djehutimes, *Mit vollkommenen Erscheinungen, Mit beständigen Königtum, Mit reichlicher Schlagkraft, der die Neun Bogen zurückschlägt, dem Von Re Erschaffenen, Herrscher der Maat* [5] neugeboren auf den Stufen vom Tempel des Thot gefunden. Mach mich sofort los!"

„Am Tag als er unseren Guten Gott Amenhotep zu seinem Erben erklärte und Iaret zu seiner Großen Königlichen Gemahlin erhob?", krächzte Bent. „Es war ein Feiertag!"

„Davon weiß ich nichts."

„Aber ich! Ich vergesse nicht. Niemals. Alles was ich sehe und höre, kann ich mir merken. Ich habe mir auch alles gemerkt, was Bek mich gelehrt hat. Ich war in dem Jahr ebenfalls sieben Jahre alt."

„Das kann nicht sein, Dame. Ihr seht aus wie eine siebzehnjährige."

„Da täuscht du dich…" Bent rang mühsam um Fassung. „Sie kam in das Haus ihres Bruders. Sie hielt meine Hand, sagte zu mir, mein Schatz, nun beginnt ein neues Leben. Ein besseres. In einem richtigen Haus, nicht in der Kammer, dem Loch in dem wir hausen. Auch nicht die Schenken, in denen wir unterschlüpfen. Ein Haus mit einer richtigen Familie darin. Und du bekommst Geschwister. Die Nichten und Neffen werden dich lieben und nächsten Monat bekommst du ein echtes Geschwister. Du wirst es lieben…

---

[5] Königstitulatur von Pharao *Djehutimes*/Thutmosis IV.

Und wenn euer Vater aus dem Krieg mit den Nubiern…" Bent schluchzte ob dieser unverhofften, jähen Erinnerung erschüttert in das Tuch, schlug es ihm unverhofft mit voller Wucht um die Ohren. „Du hast sie umgebracht!", schrie sie aufgewühlt. „Sie hat dich geboren und ist daran verblutet!"

„Mach mich los, Frau! Seid Ihr wahnsinnig!" Er duckte sich vor dem nächsten Schlag, hob den Arm mit der verkrüppelten Hand über seinen Kopf, versuchte mitsamt Stuhl rutschend der Wütenden auszuweichen.

„*Degem*! Alraune! Bilsenkraut! *Schepen*!" Jedes Wort ein Schlag mit dem Lappen. „Das sollte ich dir geben, anstatt Sellerie und *Sefetsch*!" Aus ihrem Kasten fingerte sie wutentbrannt das eherne Messer.

Scharf! Tödlich!

Unbändiger Zorn führte ihre Hand als sie auf ihn zutrat. „*Du* bist an allem schuld!"

Er schob sich weiter angstvoll mit dem Stuhl ein Stück rückwärts, Tränen in seinen Augen. „Das habe ich nicht gewollt… Nicht doch, steckt das Messer weg!"

Keuchend hob sie den Arm, bereit zuzustechen, schlitzte ihm mit einer raschen Bewegung die Binde auf, mit der er an die Lehne gebunden war, sank erschüttert zurück in den Sessel.

„So!", zwitscherte Baket gutgelaunt und stellte eine Schüssel auf dem Tisch ab. „Da haben wir alles…"

„Hau ab!"

„Ja, Herrin", zuckte Baket unter dem harten Ton zusammen.

„Bring *Irep Maa*! Und zwei Becher, und Brot und Datteln! Beeil dich!"

„Ja, Herrin."

„Gib deine Hand her." Schweigend verteilte Bent sorgsam die duftende, grün schillernde, kühlende Masse auf seiner Hand, band fürsorglich eine Binde drumherum, sagte kein weiteres Wort bis Baket das Gewünschte brachte und wieder aus dem Raum gegangen war.

„Mir fehlen die Worte", flüsterte er heiser.

„Und mir erst!" Sie funkelte ihn mit der glühenden Wucht ihrer blaßblauen, blind scheinenden Augen an.

„Was ist damit?", er nickte scheu zu ihr hin. „Eine Augenentzündung?"

Die Macht der Göttermutter. Sie ließ mich dich erkennen. Sie ließ mich erinnern.

„Nein, nichts. Alles bestens."

„Wie heißt du? Welchen Namen gab sie dir?"

„Bent."

„Der Mitannier sagt das zu seiner Tochter."

„Das weiß ich."

„Bist du eine *Nebet Hay*? [6] Hast du Kinder?"

---

[6] Verheiratete Frau

„Dank dir nicht!", grollte Bent voll kleinlicher Bosheit.

„Wie hieß sie?"

„*Mut!*"

Mit unglaublicher Tapferkeit strich er ihr sanft über die Wange, „Alle kleinen Mädchen nennen ihre Mutter *Mut*", erhob sich, zog sie vom Stuhl hoch, nahm sie in die Arme. „Meine machen das auch."

Bebend hielt Bent still. Leer, ausgebrannt, hohl wie eine alte Kalebasse.

„Wo komme ich her?"

„Aus dem Dorf südlich des Fischerhafens."

Er ließ sie los, schaute ihr in die Augen. „Keine gute Gegend."

„Nein."

„Warum…"

„Warum?", brauste Bent auf. „Warum sie dich weggeworfen hat wie ein Stück Abfall?"

Djehutimes zog scharf die Luft ein. „Ich bin vieles gewohnt, aber das hat mir noch keiner an den Kopf geworfen!"

„Anders kann man das doch nicht nennen!", zürnte Bent aufgebracht. „Sie hatte selbst vier Kinder, die Tante, dieses zänkische, gemeine Weibsstück! Und ich… ich…", Bent rang nach Worten, unterdrückte den Schmerz in der Kehle und die aufsteigenden Tränen. „Alle Nase lang hat sie eins geworfen, wie Ferkel, alle Nase lang ist ihr eins gestorben, ein ständiges Gebären und Sterben. Und dann kam *Mut* in dieses Haus, brachte mich auch noch mit und… dann kamst du… noch ein unnützer Esser mehr im Haus…"

„Hab ich noch mehr Geschwister?"

„Nein."

„Wo ist der Vater?"

„Es kam nie jemand. Keiner kam und holte mich da weg!"

„Vielleicht ist er im Krieg mit den Nubiern gefallen?"

„Was weiß denn ich!", grollte Bent. „Ich kenne keinen Vater, es gab nie einen Vater…" Sie griff nach dem Tuch, schneuzte sich, versuchte ihre Kaltschnäuzigkeit zurückzugewinnen. Abermals nahm er sie in den Arm, voller Güte und Herzenswärme, liebevoll und mitfühlend.

„Wie soll ich mit dieser Schuld leben?", flüsterte er niedergeschlagen. „Ich habe meine Mutter umgebracht…"

„Und ich? Ich hätte auf dich aufpassen sollen! Ich bin doch die große Schwester! Doch ich habe dich vergessen", flüsterte sie gegen seinen Hals. „In dem neuen Leben habe ich dich vergessen. Vergessen über all den Schlägen, dem Hunger, dem Elend in das sie mich brachte. Ein neues Leben! Pah! Sie kann froh sein, daß sie tot ist, das hätte sie nicht durchgestanden. Und du kannst froh sein, daß sie dich dort nicht behalten haben."

Sie machte sich los, er griff ihre Hand. „Willst du, daß ich dir von mir erzähle?"

„Du machst nicht den Eindruck, daß es dir schlecht in deinem Leben ging. Setz dich doch. Ein *Sesch*. Beamter."

„Das war ich nicht immer, Bent."

„Du solltest Thot wahrlich dankbar sein, daß du diesem Haus entfliehen konntest. Diesem Elend, in dem ich alleine zurückblieb…"

„Vielleicht. Wer kann das wissen. In deinem Elend hätte ich bestimmt nicht gelernt, wie man *Mehit* [7] sammelt. Ich weiß, wie das geht. Wenn man im undurchdringlichen, manchmal bis zu zehn Ellen hohen *Tjufi* bis zum Hals im schlammigen, brackigen Wasser steht und die scharfen *Wadj* und Blätter dir die Hand zerschneiden…"

„Bis zum Hals!", schnaubte Bent aufgebracht, schenkte von dem Wein aus, schob ihm den Becher hin.

„Wenn man ein kleiner Junge ist… kaum daß man laufen, in meinem Fall humpeln, und denken kann… Ich bin oft beinahe ersoffen, die Mücken zerstachen mich, vor den riesigen Libellen fürchtete ich mich. Doch ich biß die Zähne zusammen. *Das*, schwor ich mir, wird *nicht* mein Leben sein! Eines Tages werde *ich* dich beherrschen, *Mehit*!" Er nahm seinen Becher, schaute ihr ins Gesicht.

„Auf dieses Wiedersehen", flüsterte er vor Rührung, „Schwester!"

„*Tju*! Auf dieses… Und dann? Was hast du dann gemacht?"

„Zwischen all den Schlägen? Und all den unnötig auferlegten Strafen? Ich habe gelernt, wie man das Mark aus den Stengeln kratzt, sie bleuten mir ein, wie man es sorgfältig in Streifen schneidet, zusammenlegt, klopft und schlägt und glättet bis es das geworden ist, was seine Bestimmung ist. Ein *Djema*! Bereit zum Beschreiben mit den heiligen Gottesworten. Von den weisen, ach so frommen, ehrwürdigen heiligen, scheinheiligen Priestern des Thot!", spottete er, übermannt von seinem Zorn, seiner Erinnerung.

„Wie wurdest du Schreiber?"

„Ich habe ihnen zugesehen. Ich habe es nachgemacht, ich habe es heimlich gelernt. Schlich nachts in die Säle, wo sie die Schriften kopierten, solange, bis ich verstanden habe, was sie da machten. Und *dieses* Wissen konnten sie nicht mehr aus dem Krüppel herausprügeln, also lehrten sie es mich richtig. Oh sie wissen genau wie man es macht – jemanden etwas lehren, *Meter*, das können sie gut. Mit Stockschlägen! Ich lernte das *Kemit* [8] in und auswendig…"

„Bist ein echter Dickkopf, hm?", unterbrach Bent ihn schmunzelnd. Er

---

[7] *Mehit* = Papyrus. *Tjufi* = Papyrusdickicht. *Wadj* (grün, frisch) = der einzelne Stengel

[8] Schulbuch. Das erste Schulbuch ist bereits aus der 12 Dynastie bekannt. Bestehend aus einer Liste mit für die Verwaltung wichtigen Formulierungen, Begriffen, Vorlagen, üblichen, immer wiederkehrenden Begrüßungsformeln. Die Schüler lernten, wie man Briefe schrieb, Anreden formulierte, Sachverhalte darstellte und wie man Biographien schreibt

lächelte, fast verlegen, rieb sich das Kinn, betrachtete sein verbundenes Handgelenk, bewegte die Finger.

„Du mußt in ein paar Tagen nochmal kommen, damit ich den Verband wechseln kann."

„Das mache ich. Also ich schrieb und übte jeden Tag bis in die Nacht bis ich alles fehlerfrei und tadellos beherrschte. Und eines Tages verlangte der *Idenu em Per Djehuti*, daß wenn ich seine Tochter zur Frau nähme, er mir bescheinigen und beglaubigen würde, daß ich ein wahrer *Sesch*, ein Schreiber sei."

„Dann hast du doch noch dein Glück gefunden. Frau und Kinder, ein vornehmer Schwiegervater und einen sehr angesehen Beruf."

Er trank einen Schluck, grinste Bent an. „Sie ist ein rechter Besen. Ein wenig älter als ich. Ein wenig unansehnlich. Aber wer nimmt schon einen wie mich? Bei ihr war es wohl nicht anders. Auch sie wollte wohl keiner."

„Du könntest dich scheiden."

„Ach, laß nur", winkte er ab, „Ich hab mich an sie gewöhnt."

„Und die Mädchen? Wieviele?"

„Zwei", meinte er stolz. „Eine niedlicher als die andere. Die Große kommt bald ins heiratsfähige Alter. Und zwei Söhne! Sie kamen gleich auf einmal. Und sie ist wieder schwanger."

„Uih!", entschlüpfte Bent. „Fruchtbarer Boden. So ein Besen kann sie dann ja nicht sein."

„Ich hab ausgesorgt."

„Aber echt. Im Alter werdet ihr gut versorgt sein." Bent trank von dem Wein, schaute ihn an, suchte in seinem Gesicht vergebens nach verlorengegangenen Erinnerungen, „Sind sie gesund?", blaffend.

„*Tju*! Jedes einzelne! Gesund und stark."

„Das freut mich für dich. Wie willst du jetzt nach Hause kommen? Mit der verbundenen Hand wirst du dich schwerlich auf deinen *Medu* stützen können. Die braucht ein paar Tage Ruhe."

„Keine Ahnung. Irgendwie wird es schon gehen. Es geht immer irgendwie."

„Unsinn!" Bent stand auf, rief abermals nach Baket. „Ruf Ahmose, er soll Raneb suchen." Und an Djehutimes gewandt: „Wo wohnst du?"

„Kennst du dich aus im Ort? Weißt du wo der Anwalt Neferka wohnt?"

„Nein."

„Weißt du wo der Tempel der sanften Katzengöttin Bastet ist?"

„*Nein!*"

„Jedenfalls kommst du von dort an einen kleinen Markt. Da mußt du weitergehen. Dort steht ein Haus. Es war vor Jahren abgebrannt, jetzt ist es wieder aufgebaut. Das kann man gar nicht verfehlen. Bunte Säulen und eine prächtige Hohlkehle zieren seinen Eingang. Wenn du von dort aus noch gut drei, dreieinhalb *Schenoch* [9] weitergehst, kommst du… Möchtest du", er erhob sich, versuchte mit dem *Medu* zurechtzukommen, sank kopfschüttelnd bitterböse in den Sessel zurück, „uns besuchen kommen?"

„Danke nein. Ich möchte deinem Besen nicht begegnen. Bleib sitzen. Raneb hat einen Eselskarren. Er bringt dich, wohin du willst."

„*Dwa Netjer ink*, Bent. Trotzdem ist sie eine anständige Frau."

„Ich kann das nicht, Djehutimes, nein. Ich bin Familie nicht gewohnt."

„Sie würde dich mögen", er schmunzelte.

„Eine giftige Schwägerin? Ha! Träum von was anderem, Fremder."

„Was bin ich dir schuldig?"

„Überhaupt nichts!"

„Das geht doch nicht!"

„Es ist alles abgegolten, du bist mir nichts schuldig."

Der beinerne Kamm fuhr mit Wucht in das lange, schwarze Haar, zerrte und riß schmerzhaft an den Strähnen. Bent knallte ihn auf den Tisch, griff zu dem Krug mit dem *Ben*-Öl, verteilte ein wenig von dem Öl auf ihrer Hand, knetete es ins Haar. Jetzt ließ es sich kämmen! Dann betrachtete sie sich in dem Anch, zupfte den Umhang des Kleides zurecht, griff nach dem Schleier und verließ den Tempel der Isis durch die Tür der Waschküche. Stampfte mit flottem Schritt an dem Haus der Wächter vorbei, über den schmalen Feldweg, an den schlammigen Feldern vorbei. Wanderte durch die brütende Spätsommerhitze, verscheuchte vergebens mit dem Fächer die Mückenschwärme, verfluchte ihren blöden Einfall, als sie mit dem Fuß in eine matschige Pfütze trat. Endlich stand sie vor dem Haus, in das sie bis heute keinen Fuß gesetzt hatte. Dort riß sie die Tür auf, trat ohne anzuklopfen ein. Der große, schwarze Hund kam bellend auf sie zugelaufen, kläffte sich fast die Seelen aus dem Leib.

„Kusch dich!", fauchte sie ihn an. Jaulend verschwand das Tier mit eingezogenem Schwanz unter dem Tisch an dem Ranofer dumpf brütend vor sich hin starrend saß. Sogleich sprang er hoch.

„*Em Hotep*! Ich muß mit dir reden!", blaffte Bent, erfaßte augenblicklich seine von der Hitze des Tages verwischte schwarze Schminke die seinen Augen, seinem feurigen Blick unheimliche Düsternis verlieh, die brutal wirkende Uniform aus Leder, den Kragen, den Lederriemen quer über seiner nackten Brust der den schweren Gürtel hielt, die breiten Lederarmbänder an

---

[9] 52,4 Meter

seinen Oberarmen und Handgelenken, das unrasierte Gesicht. Er sah aus wie ein wilder unberechenbarer reizbarer Krieger, hart und unnachgiebig. Wirkte wie ein Fremder. Nicht mehr wie der besonnene, ausgeglichene Hauptmann ihrer Tempelwache.

„Herrin!"

„Ich bin nicht mehr deine Herrin!"

„Sahu-Re! *Anch Uda Seneb*! Was macht Ihr denn hier?"

Bent schaute sich um, fegte ein paar Wäschestücke von einem Stuhl, setzte sich. „Hast du einen Becher Wasser? Es ist heiß draußen."

„Natürlich. Mit Honig? Den muß ich allerdings erst suchen."

„Nein." Sie schaute sich um, während er nach einem Becher kramte. Was für ein Chaos in den beiden Räumen herrschte! Ungemachte Betten, herumfliegende Kleider, schmutziges Geschirr, nicht gefegt.

„Was ist das hier für ein Saustall?", schnauzte sie ihn an, als er ihr den Becher reichte.

„Sie ist ja nie da!", grollte er aufgebracht, setzte sich breitbeinig ihr gegenüber. „Der Tempel fordert ihre ganze Aufmerksamkeit. Soviele Kranke, Verwundete, Schwangere. Wo kommen die bloß alle her? Und sie muß viel lernen, sagt sie. Ihr Ehrgeiz frißt sie noch auf!" Er selbst nahm sich einen Becher saures Bier, knallte ihn auf den Tisch vor sich, rückte die Schüssel mit den Feigen vor sie. „Mein Abendessen!", giftete er. „Jetzt kann ich noch bis zum Markt laufen um mir was von einer Garküche zu holen. Ich kam ja eben auch erst vom *Ipet Resit*."

„Sie muß überhaupt nicht viel lernen und im Tempel ist so gut wie gar nichts los!", ergrimmte Bent sich. „Was geht hier vor?"

„Nichts!", zürnte er, „Was willst du hier?"

„Du warst im Krieg mit den Nubiern?"

„Na und."

„Weißt du, wie man herausfindet, woher ein Soldat kam und wo er gefallen ist?"

„Es sind genug dort geblieben!", brummte er. „Warum die Erinnerung an Tod und Elend aufwühlen?"

„Der Feldzug im Jahre sieben seiner allerheiligsten Majestät Djehutimes, Fätzlein!"

„Da war ich nicht dabei!", lachte er. „Seh ich so alt aus? Das ist ja viel zu lange her."

Bent strahlte ihn an, froh, ihm ein Lächeln ins Gesicht gezaubert und seinen Trübsinn vertrieben zu haben.

„Du siehst nicht alt aus!", hauchte sie und nestelte den Umhang auf. „Du bist ein schöner Mann! Obwohl ein paar weiße Fäden sich durch dein Haar ziehen und durch den Bart. Sieht gut aus."

„Danke. Ja, oh, komm, gib das her, ich nehm es dir ab. Es ist viel zu heiß."

Fürsorglich nahm er ihr den Umhang und den Schleier aus der Hand, legte ihn säuberlich zusammen und über eine Stuhllehne, setzte sich wieder, starrte ihr entgeistert und schamlos in den tiefen Ausschnitt des Kleides.

„Früher faßte ich sowas als Schmeichelei auf!", grollte sie aufgebracht. „Schäm dich!"

„Was ist das?"

„Brüste!", lästerte sie zischend.

„Nein! Das da!"

„Eine Tintenzeichnung. Sowas wirst du doch wohl schon mal gesehen haben. Samut hat auch eine."

„Ich kenne das!"

„Natürlich kennst du das. Du bist mir oft genug im Tempel begegnet!"

„*Sechemet*!" Er erhob sich, beugte sich tief über sie, die Hände auf den Sessellehnen. „Ich kann das lesen! Die Herrin der Schlacht! Die Dame des roten Tuches! Die Göttin, die jeden Krieger begleitet! Sie ist *meine* Göttin!" Er schaute ihr tief und fest in die Augen, suchte anscheinend in seinen Gedanken nach Worten, nach Erinnerungen, schlug mit der flachen Hand erbost auf den Tisch, faßte ungestüm nach ihrer Hand.

„Bin ich dir je im Rausch zu nahe getreten, Herrin?"

„Nein!", rief sie empört. „Wie kommst du denn darauf!"

„Ich träume davon, Bent!", grollte er. „Ich sehe dich, dieses Tintenbild, in jeder endlos schlaflos verbrachten Nacht vor mir!"

Oh ihr Götter!

„Ich…" Aufgewühlt ließ er ihre Hand los, trank von seinem Bier, schaute sich das Chaos in dem Haus an, fuhr sich durch das lange Haar, strich über die Narbe an seinem Hals. „Sie ist…" Sein innerer Sturm ließ ihn verstummen, schaute ihr mit flehenden Augen ins Gesicht.

„Ich träume von dir, Bent! Nacht für Nacht! Sehe dich, wie du mich lockst, nackt, mit klingelnden kleinen goldenen Muscheln an den blitzenden Fußkettchen. Ich träume davon, dich…", er schloß die Augen, rieb sich Wange und Kinn, rang nach Worten, „da ist ein Bett, breit, voller weicher Kissen, mit roten Vorhängen… Du warst im Recht, als du zu mir sagtest, ich solle ihr liebevoll begegnen. Ich kann das nicht! Jedenfalls nicht immer. Ich habe ihr in einer leidenschaftlich verbrachten Nacht wohl wehgetan, denn sie hält sich von mir fern. Und so träume ich jede Nacht davon, daß *du* mir gibst, was *sie* mir verwehrt!"

„Sei still, Ranofer!" Bent, kaum eines klaren Gedanken fähig, verschlug es völlig die Sprache. „So was sagt man sich nicht. Sowas denkt man nicht einmal im Traum! Du gehörst zu Baket."

„Nein!" Er stand auf, schloß die Tür, kam auf Bent zu, gefährlich, verwegen. Sie sprang hoch, mutig, zornig, ungehalten, bemerkte gnadenlose erbarmungslose Wildheit in seinen Augen, wie zu einem schonungslosen

Zweikampf entschlossen.

„Bleib mir vom Leib!", fauchte sie.

Sein fester Griff um ihre Oberarme fast schmerzhaft, sein Gesicht, zum Kuß bereit, dicht über ihrem.

„Laß mich los, sonst trete ich dir in die Eier!"

„Ich bin nur ein armer Kerl!", grollte er, schüttelte sie sanft, riß sie lüstern in seine Arme. „Ich kenne das Kriegshandwerk, hab so manchen Feind in die ewige Dunkelheit geschickt. Ich weiß nichts von vornehmen Damen. Aber du bist die Frau die Sachmet ist! Gaukelst mir Nacht für Nacht die Erfüllung all meiner Träume vor! Reize mich nicht, sonst schwöre ich bei Re, ich vollende wovon ich des nachts träume!"

„Laß mich *sofort* los! Oder ich kratz dir die Augen aus!", zischte sie.

Sein Duft! Seine starken, warmen Hände! Seine fordernde Hitze! Gleich würde sie die Beherrschung verlieren. Die brutal zügellos erregend anmutende Stimmung entflammte sich hitzig, rasch wie ein Flächenbrand. Ungestüm krallte sie ihm die Nägel in den Rücken, bereit ihm fauchend und beißend die Haut vom Leib zu ziehen. Wenn er sie jetzt hier sofort, auf der Stelle auf dem staubigen Boden nehmen würde … sie würde sich mit hemmungsloser Gier auf's schamloseste von ihm durchficken lassen … Es fehlte nicht mehr viel, gleich wich ihre mühsam aufrecht gehaltene Beherrschtheit völliger Wollust, dem heißblütigen, rasenden wohlbekannten Rausch gleich; weit jenseits fremdelnder Verlegenheit einem verheirateten Mann gegenüber. Seine wilde, hitzige Glut riß sie dicht an jenen gefährlichen feurigen Abgrund tief in ihr drin. Bent fühlte sich außerstande, dem irgend etwas entgegenzusetzen, beinahe war sie bereit, sich fallen zu lassen, gänzlich gehen zu lassen.

Das kann, will ich nicht!

„Gnadenlose schamlose rasende Leidenschaft wohnt in deiner Brust!", hauchte er schmachtend, sie bedrängend, ihr einen heißblütigen Kuß raubend. „Laß es mich herausfinden!"

Das war zuviel! Schon erwiderte sie voller triebhafter, unbeherrschter Begierde seinen heißen, lüsternen, fordernden Kuß, schnappte ihn unbeherrscht bei dem Lederriemen, sank mit ihm auf den blanken Boden, riß an seinem Schurz, seiner Unterwäsche, ließ ihn gewähren, daß er ihr das Kleid hochschob. Sie krallte sich in sein Haar, zerkratzte ihm die Haut, biß ihm in die sinnlichen küssenden Lippen, spürte ihn tief und hart in sich.

„Du bist kein Traum! Nicht wahr?", stöhnte er sehnsüchtig.

„Nein, Ranofer!"

„Dieses Glitzern in deinen Augen, ich kenne es! Bent…" Sie spürte ihn noch härter, noch fester in sich. „… ich… kann mich nicht mehr beherrschen!"

„Oh, warte, mein Herz", stöhnte sie voller Hitze, „nur ein paar Augenblicke…"

Heiß brennende, lodernde, leidenschaftlich flammende Erlösung, Schweiß auf der Haut, zärtliche Küsse …

Sie rutschte ein wenig zur Seite, schob fahrig ihr Kleid über die Knie.

„Wenn das jemand mitbekommen hat", keuchte sie außer Atem, „werden sie uns Steine an den Kopf werfen!"

„Oh, verzeih, Bent. Was kam nur über mich! Verzeih mir. Habe ich dir wehgetan?"

„Nein!", schluchzte sie, setzte sich auf, lehnte sich mit dem Rücken an die Wand.

„Anscheinend doch!"

„Ach sei doch still!", giftete sie ihn an.

„So hat sich denn der Traum bewahrheitet! Du bist wie ich! Wild, unbeherrscht! Ich hätte *dich* nehmen sollen!"

Sie langte ihm eine, die sich gewaschen hatte. „Liebst du mich?"

„*Tju!*"

Entgeistert schaute sie ihm ins Gesicht, „Ranofer!", hauchend.

„Wie du bist! Wie du dein Haus führst! Deinen Anstand! Dafür, daß du dir nichts gefallen läßt. Das liebe ich. Aber ich bekomme kein Herzklopfen in deiner Nähe, wenn du das meinst. Nein! So liebe ich dich nicht."

Dafür bekam er noch eine gewatscht. „Muscheln an Fußkettchen!", schimpfte sie, „Weiche Kissen! Rote Vorhänge! Männerträume! Pah!" Jedesmal ein Schlag an den Hinterkopf. Aber ganz zart.

„Ich kann mich nur nochmals entschuldigen." Er schaute sie sowas von zerknirscht an, daß ihr fast vor Sehnsucht nach ihm das Herz stehen blieb. „Ich werde nach *Swenu* zurückgehen. Fort von hier. Nach Verwandten und Freunden suchen… dann kann sie beruhigt hier leben. Sie wird versorgt sein."

„Das darfst du nicht!" Voller Schrecken krallte sie sich in seinen starken Oberarm.

„Wollt Ihr mich davon abhalten? Mit welchem Recht? Ich bin Euch nichts schuldig. Und falls ich dir jetzt ein Kind gemacht habe… ich werde dafür gerade stehen, es anerkennen, keine Sorge."

„Halt die Klappe! Was geht dich mein Bauch an!"

„Steht auf, Herrin!" Er stand auf, hielt ihr die Hand hin, zog sie vom Boden hoch, zupfte ein paar Fusseln von ihrem Kleid. „Aus diesem Dreck! Wie konnte ich nur? Vergib mir, das hätte nicht passieren dürfen."

„Ich habe es genossen!", hauchte sie.

„Werd ich dich wiedersehen?", er zog sie zu sich, Hoffnung im Blick, flüsterte „Willst du es wieder genießen?"

Oh, das war entschieden die falsche Frage! Heiß, wie gerade eben noch die leidenschaftliche Glut, kochte ihr jetzt Wut hoch.

„Ich bin nicht deine *Hure!*", fuhr sie ihn an, giftig, bösartig. „Ich bin die Herrin des Isistempels! Was bildest du dir ein?" Voller Zorn wollte sie ihm schon wieder eine scheuern, flink packte er sie beim Handgelenk.

„Eine dumme Frage. Entschuldige."

Aufgewühlt holte sie ihren Umhang vom Stuhl, legte ihn um, griff nach dem Schleier.

„Weswegen bist du hergekommen?" Er setzte sich, schenkte betrübt von dem Bier nach, bot ihr davon an. „Doch nicht, um dich mit einem einsamen Kerl im Dreck zu wälzen. Du wirst doch jetzt nicht gehen wollen! Laß uns nicht so auseinander gehen…" Er stellte den Krug ab, schaute sie mit bestürzter Miene an. „Mein Herz? Sagtest du eben ‚mein Herz' zu mir?"

„Was sagt man nicht alles, wenn die Leidenschaft über den Verstand herrscht. Das eben wollen wir vergessen, aber ganz schnell!", fauchte sie, setzte sich zögernd in den Stuhl, versuchte das schmerzende, wehmütige Herz zu beruhigen. „Ich bin gekommen um zu fragen, ob es möglich ist herauszufinden, woher ein Soldat kam und wo er gefallen ist." Mit Mühe unterdrückte sie ihre Aufregung, versuchte den aufgewühlten Tanz des Herzens zu beruhigen, griff mit anscheinend ruhiger Hand nach dem dünnen Bier. Niemals würde das helfen, ihr klopfendes Herz zu beruhigen. „Hast du keinen Wein? Brachte ich nicht *Irep Maa* zu deiner Heirat? Er kann doch unmöglich alle sein."

„Nein nein, ich bringe dir davon. Aber er ist sehr stark, dir wird schwindlig werden."

„Und wenn schon! Und bring auch gleich von deinen braunen Blättern!"

„Selbstverständlich findet man mühelos heraus, von wo einer herkam und wo er geblieben ist!", brummte er, kippte das Bier in den Krug zurück, spülte den Becher mit Wasser aus, schenkte von dem guten Wein ein. „Dort, wo die Soldaten eingezogen werden, in den Kasernen. Wo sie sich freiwillig zum Dienst melden oder nach einer durchzechten Nacht plötzlich dort wachwerden, weil sie ihr Zeichen irgendwo drunter gesetzt haben." Letzteres sagte er mit einen Schmunzeln.

„War es bei dir so?", sie lächelte zurück.

„Nein! Warum willst du das wissen, Schönheit?"

Oh nenn mich doch nicht so, mein Liebling!

„Es könnte sein, daß ich meinen Vater auf diese Weise ausfindig machen könnte."

„Die Kasernen sind kein Ort für eine Dame. Da kannst du nicht hingehen, Herrin. Nichts als rohe, rauhe, ungebildete Kerle. Eine Frau hat da nichts verloren. Aber wenn du seinen Namen und seinen Dienstrang weißt, ist das schnell herausgefunden."

„Weder noch."

„Dann mußt du in der Heeresverwaltung nachfragen lassen."

„Und wo ist die?"

„Hier in der Stadt, drüben. Aber auch dort wird man dich nicht vorlassen. Einer von Hundert, Bent! Jedes Jahr wird einer von Hundert eingezogen, in Kriegszeiten einer von Zehn. Das ist eine harte, rauhe Welt der Männer."

„Dann werde ich den obersten Kriegsherrn fragen. Ich werde zu ihm gehen! Wer ist das?"

Statt einer Antwort lachte Ranofer laut und von Herzen daß es nur so dröhnte. Selten hatte Bent ihn dermaßen erheitert gesehen.

„Hör auf mich auszulachen! Wer ist der oberste Kriegsherr? Wer hat bei den Soldaten das Sagen?"

Ranofer wischte sich ein Lachtränchen aus den Augen, grinste belustigt in sich hinein, trank kopfschüttelnd einen Schluck vom *Irep*. „Pharao!", prustend. „Herrlich, Mädchen! Aber so wie ich dich kenne, wirst du es schaffen, daß er dir sein göttliches Gehör schenkt! Ich seh dich jetzt schon: Giftig wie eine wütende Katze in den Palast marschieren und den Gott fragen, ob er deinen Vater kennt!"

„Du machst dich lustig über mich!"

„Aber wie käme ich dazu!", schnaubte er wiehernd. „Nie im Leben würde ich mir das erlauben!"

„Und du wirst mich begleiten!"

Ranofer schlug mit der flachen Hand auf den Tisch, kriegte sich vor Lachen gar nicht mehr ein.

Zornig wanderte Bent über den Feldweg zurück. Zornig auf Baket, zornig vor allem auf sich selbst. Wie konnte sie sich nur so gehenlassen? Wie konnte das geschehen? Ranofer war verheiratet! Und sie keine Hure mehr! Das war Ehebruch! Hundsgemeiner, hinterhältiger Ehebruch. Und darauf stand im schlimmsten Fall sogar die Todesstrafe. Die Ehe, wenn auch niemals ein großes Aufhebens darum gemacht wurde, war eine unantastbare, beinahe heilige Verbindung zweier Menschen. Da wurde Vertrauen vorausgesetzt und der unabdingbare Glaube an die Treue und Zuverlässigkeit des Partners. Und sie wälzte sich in unersättlicher Geilheit mit einem verheirateten Mann am Boden seiner Wohnstube. Einerlei ob sie ihn liebte, einerlei, daß er einmal ihr Liebhaber war, ja sogar ihr Gatte. Er gehörte jetzt einer anderen Frau! Genau wie Bek zu Titji gehörte oder Pharao zu seiner Königin. Was sie sich jahrelang selbst verbot, warf sie innerhalb kürzester Zeit über den Haufen. Dreimalige Ehebrecherin! Oh, sie würde sich nicht selbst

Unschuldsbekenntnisse aufsetzen können, sie im Jenseits vorlegen um freigesprochen von jeder Schuld im *Sechet Iaru* friedlich leben zu können! Maat würde diese Verfehlungen in ihrem Herzen sehen! Und das wog schwer gegen ihre Feder!

Laut knallte sie die Pforte im großen Eingangstor des Tempels hinter sich zu. Pesechet steckte den Kopf aus ihrer Tür.

„Wo ist Baket?", zürnte Bent.

„Im Badehaus. Sie arbeitete den Nachmittag im Garten. Wird Zeit, daß sie gleich kommt, das Abendessen ist fertig. Nefru hat deines schon auf den Tisch vor deiner Kammer gestellt."

„Danke!" Bent eilte durch den Hof, an dem Lotosteich vorbei, links an der Seite der Festhalle entlang, betrat Bakets Kammer, suchte, fand und entzündete eine Kerze draußen an der Lampe, betrachtete erzürnt Bakets Wohnraum.

„Penible, spießige, jüngferliche Ordnung?", zischte sie böse, während sie sich in der sorgfältig gefegten Stube umschaute. Das gemachte schmale Bett, drunter ein sauberer Pißpott, der säuberlich aufgeräumte Tisch mit den sortierten Schriftrollen, die sie zum Lernen brauchte, der Schreiberpalette, das Töpfchen fürs Wasser, darin die Pinsel. Der Stuhl davor ordentlich unter den Tisch geschoben. Die Truhe mit ihrer Wäsche, alles fein und gründlich zusammengelegt, duftend nach Seife und dem segensreichen Nordwind in dem die Wäsche getrocknet war. Bent ließ ergrimmt den Deckel fallen, betrachtete das akkurat gefaltete Handtuch neben der glänzenden Waschschüssel, das Stück Seife auf einem bunt glasierten Tellerchen, Natron in einer kleinen Schale daneben, um sich die Zähne damit zu putzen und um es unter die Arme zu streichen damit man dort nicht anfing zu riechen. Ein Flakon mit *Baqet*-Öl, ein Tiegelchen Augenschminke, daneben lag ein kleiner Kamm und eine hübsche, bunte Haarspange. Und Ranofer saß im Dreck! Im Chaos! Sie stellte ihm eine Schüssel mit Feigen hin! Da kann er ja sehen, wie er satt wird! Oh warte! Komm nur erst her! Dann wirst du mich kennenlernen!

Sie spürte wie die rote Glut ihr hochkochte, Wut ihr Denken beherrschte. Schon brannte es auf ihrer Haut, die *Medu Netjer* begannen zu kribbeln als würden Ameisen über ihren Ausschnitt krabbeln … Schwer atmend bemerkte sie, wie sich die Tür der Kammer öffnete. Kaum daß Baket sie hinter sich geschlossen hatte, schnellte Bents Hand an deren Kehle. Baket quiekte erschrocken wie ein Ferkel.

„Was spielst du hier für ein Spiel?", fauchte Bent, drückte der jungen Frau beinahe die Luft ab, spürte, wie ihre spitzen Fingernägel sich in die zarte Haut des Halses drückten, Blut darunter hervortrat. Bent roch es, schmeckte es auf ihrer Zunge, war geneigt, fester zuzugreifen, im Blutrausch Baket die

Kehle zuzudrücken, sie zu schütteln, schnaufend darauf zu warten, daß ihr, einer Gazelle im Löwenmaul gleich, die Luft wegblieb und die Augen brachen. Bent spürte wie ihre Augen, die sich nach oben hin verdrehten, immer schärfer sahen …

Geh aus meinem Kopf! Wenn er dir auch huldigt! Das ist eine Sache zwischen ihr und mir! Verschwinde! Ich brauche dich nicht! Oh Isis, Königin des Himmels, Himmelskönigin, Mutter der Natur, Herrin aller Elemente, erstgeborenes Kind der Zeit, Höchste der Gottheiten, Erste der Himmlischen steh mir bei! Ruf *sie* zurück!

Das Jucken ließ nach, die wallende Hitze wich, das Atmen wurde leichter. Unter Aufbietung all ihrer Kraft ließ Bent Bakets Kehle frei. Hustend und würgend rutschte die mit dem Rücken an der Tür zu Boden, keuchend wie eine alte Frau, die die Treppe nicht mehr schafft.

„Herrin?", ächzte sie und kam wieder auf die Füße. „Was hab ich getan?"

Bent konnte keine Antwort geben, schnaufte selbst wie eine alte Frau, brauchte ein paar Herzschläge um zu sich zu finden. Dann langte sie Baket eine dermaßene Ohrfeige, daß ihr der Kopf gegen die Tür schlug.

„*Du* wolltest ihn doch!", brüllte sie, packte Baket bei den Armen schüttelte sie. „Konntest es nicht erwarten, in seiner Nähe zu sein. Hast ihn verliebt angeschmachtet. Hast ihm so lange schöne Augen gemacht, bis er sich in dich verliebte! Läßt du ihn darum in all dem Dreck verkommen? Bekommt er deswegen keine gescheite Mahlzeit? Darf er also deinetwegen und deiner Liebe wegen im Chaos hausen? Darf er deswegen Nacht für Nacht einsam und alleine verbringen? Was hat er dir getan? *Was* in aller Welt hat er dir getan, daß du so kalt und abweisend zu ihm bist!"

„Woher weißt du das?", schluchzte Baket tränenüberströmt, sich die Wange und den Hinterkopf reibend.

„Setz dich!", zischte Bent, packte sie am Arm, zog den Stuhl unter dem Tisch bei, schleuderte Baket hin zu dem Stuhl, nahm sich selbst den anderen, zog das Handtuch von dem Waschtisch, warf es Baket an den Kopf. Die schneuzte sich, weinte herzzerreißend in das Tuch. „Ich brauchte von Ranofer eine Auskunft; habe dein Haus gesehen! Ein einziger Dreckstall!"

„Es war ein schmachtender, schwärmender Mädchentraum", heulte Baket, „er hat sich nicht erfüllt! Sein schönes Gesicht, seine sehnsüchtigen, traurigen Augen… den mitleiderregenden traurigen Blick unter den zusammengezogenen dichten Brauen. Ich träumte von ihm, doch das Erwachen war ein anderes. Er ist kein schnuckeliger, süßer, schwärmerischer Traum… "

Schnuckelig? Süß?

„Ranofer ist ein ausgewachsener Mann! Ein Krieger! Kämpfer! Kein niedlicher, harmloser Jüngling, den man anschmachtet! Was ist bei euch los?"

Baket schluchzte, schniefte, schneuzte.

„Ich höre!", grollte Bent.

„Ich habe Angst vor ihm!", nuschelte Baket unter dem Tuch.

„*Wie bitte?*" Bent glaubte sich verhört zu haben. „*Angst?* Vor Ranofer? Vor dem Mann, der seit Jahren für deine, unsere Sicherheit in diesem Hause gesorgt hat? Vor einem anständigen, höflichen, braven, freundlichen Mann? Bist du von Sinnen?"

„Er ist so düster!"

„Düster? *Er* ist das Licht! Sein Name verehrt unsren Allvater! Er ist die Schönheit der Sonne, Baket!"

„Er ist schwermütig, traurig, düster und unheimlich. Ich weiß nicht, wie ich ihm begegnen soll. Und er ist so groß…", sie stockte, „überall, Herrin, wenn du verstehst was ich meine. Ich glaube, es war ein Fehler ihn zum Gatten zu nehmen…" Bent war sich sicher, daß nur noch ein Elefant mit seiner langen Nase, wenn es denn überhaupt so ein Viehzeuch gab, genauso trompetete wie die schluchzende Baket jetzt in das Tuch.

„Vielleicht solltest du seiner Schwermut mit Freude begegnen. Sein düsteres Herz mit Liebe aufhellen! Seiner Traurigkeit mit einem frohen Lachen entgegentreten. Ist dir so ein Gedanke schon einmal untergekommen? Vielleicht würde er sich auch einfach über eine gescheite Mahlzeit freuen, die die *Hemet* des Hauses für ihn gekocht hat." Der Spott troff nur so von Bents Lippen, sie mußte sich beherrschen, Baket nicht schon wieder das Tuch um die Ohren zu hauen.

„Er huldigt Sachmet. An unserem kleinen Hausaltar. Er betet sie an, fleht zu ihr. Und er träumt. Anscheinend furchtbare Träume. Ich kann neben ihm kaum Schlaf finden. Und…" Abermaliges trompetendes Schneuzen.

„Was und?"

„Er ruft deinen Namen, Herrin!"

„Unsinn!" Beinahe stockte Bent der Atem.

„Er ruft nach dir!" Das Schluchzen schüttelte Baket ordentlich durch. „Glaube mir. Warum macht er das?"

Weil er in seinen Träumen weiß, daß er mich liebt!

„Das weiß ich nicht. Baket, geh zu ihm! Koch ihm sein Essen, halte das Haus sauber, wasch die Wäsche. Du bist jetzt eine *Nebet Hay*! Du mußt das Haus und das Bett mit ihm teilen!"

Baket schüttelte ängstlich den Kopf.

„Hat er dir wehgetan?"

„Nein."

„Ist er zärtlich zu dir?"

Baket gab keine Antwort, starrte vor sich hin. Bent schlug mit der flachen Hand auf die Tischplatte. „Rede!"

„Ich habe keine Ahnung von Männern! Ich weiß nicht, ob das richtig ist!"

„Du wirst doch nach der ganzen Zeit deiner Ehe in der Lage sein, dich mit ihm zusammenzuraufen! Das kann doch nicht so schwer sein!" Bent schaute der jungen Frau ins Gesicht, versuchte sich zusammenzureißen. „Wie alt bist du, Baket?"

„Fünfzehn", schluchzte sie.

Er könnte ja glatt dein Vater sein! Warum nur habe ich das nicht bedacht?

… Und Bent sah ein junges Mädchen, gerade mal sechzehn Jahre alt, bis über beide Ohren verliebt in einen wunderschönen, schlanken, jungen Mann. Gebildet, vornehm, der sie dazu anhielt, Feste zu feiern, Spaß zu haben, sich schön zu machen, zu lachen, zu trinken. Den sie vernarrt anschmachtete, ihm verliebtes, närrisches Zeug ins Ohr flüsterte … den sie hintergangen hatte, weil sie ihn unbedingt haben wollte. Und als sie von ihm schwanger war, zerplatzte der Traum der großen Liebe in einem grauenvollen Alptraum …

… *Gib mir deine Kraft, Göttin des Blutes, reich mir deinen Arm, damit ich mich an dir aufrichten kann …*

Baket hatte niemanden, an dem sie sich aufrichten konnte.

„Liebst du ihn?"

„Ja!"

„Dann geh hin und schenk ihm deine Liebe! Auch wenn er ein heißblütiges Gemüt hat, versuche damit zurechtzukommen. Sag ihm, was du von ihm willst und er wird es dir geben!"

Das gute, weiße Kleid mit dem engen Netzüberwurf für die Hüfte und dem goldgelben Besatz, die Krone, der Schmuck. Ja! So war sie angemessen gekleidet um mit Ranofer zusammen die Heeresverwaltung aufzusuchen. Und Samut würde mitkommen. Das würde Eindruck schinden, solchermaßen amtlich wirken, daß niemand sie abwimmeln würde. Einem ehemaligen Offizier von Pharaos Armee würde man den Zutritt nicht verwehren. Und der ehrenwerten Sahu-Re, Herrin des Isistempels, *Semert Per Nesut, Semert Wati* der *Hemet Nesut Weret* [10] die erwünschte Auskunft geben.

Wollte er nicht in der Küche auf sie warten? Bei Weredji in der Wäschekammer seine alte Uniform des Tempels entgegennehmen und sich herausputzen? Wie sie es von ihm bei einer amtlichen Angelegenheit gewohnt war? Der blaue Schurz, das gestreifte Kopftuch, die Ledersandalen? Und sie war sich sicher, daß er seinen Kragen mit dem schweren Gegengewicht und den Perlen aus Karneol tragen würde und den Ring mit

---

[10] Frei übersetzt: Freundin des Königshauses, einzigartige Freundin der Großen Königlichen Gemahlin

dem blauen Stein am Mittelfinger seiner linken Hand. Dazu das breite Armband am starken, mächtigen Oberarm, aus Türkisen und blauem Glas, der glitzernden, glänzenden, schimmernden Fayence, dem *Tjehenet*, das sie ihm einst geschenkt hatte. Oh, sie kannte ihn nur zu gut. Spürte unter ihren Händen seine glattrasierten Wangen, schaute in seine schön geschminkten Augen. Den schweren, wuchtigen Gürtel mit dem Krummschwert und dem Messer würde er erst anlegen, wenn sie aufbrachen, denn in trauter, häuslicher Gegenwart einer Dame war er nie bewaffnet.

Sie schaute in den Spiegel, fand ihr Kleid zu gewagt, zupfte an den breiten Trägern, die gerade ihre üppigen Brüste bedeckten, das grob vernarbte Bild ihres Tintenschmuckes offenbarten.

Sechem Me t.

Sie meinte, die brutale Macht der Göttin zu spüren, das heiße Blut, das aus den *Medu Netjer* fließen konnte, und die wallende, kochende Wut, die sie, Bent, hinwegspülte, wenn Sachmet Besitz von ihr ergriff.

„Heute nicht!", seufzte Bent ihrem Spiegelbild zu, legte den Anch beiseite, schüttete sich Parfüm in den Ausschnitt und übers Haar, griff nach dem Umhang und verließ ihre Kammer.

Entschlossen betrat sie die Küche, blickte wie gewohnt zu dem großen Tisch hin, vermutete ihn an seinem angestammten Platz am Kopfende. Allein dort saß er nicht. Wie kam sie bloß darauf? Das war nicht mehr sein Platz. Er war nicht mehr hier. Nicht mehr ihr Hauptmann, nicht mehr ihr Wächter, nicht mehr ihr Liebhaber, nicht mehr ihr Gatte. Er war ein Fremder geworden. Montju saß jetzt dort, genoß an diesem späten Vormittag eine zweite Morgenmahlzeit.

„Guten Morgen Gebieterin!", nuschelte er mit vollem Mund, völlig überrumpelt die *Henut* [11] des Tempels um diese Zeit hier anzutreffen, sprang auf, salutierte.

„Guten Morgen, Montju. Setz dich wieder. Ist Ranofer schon da?"

Montju wies mit dem Kopf in die ruhige Ecke der Küche. Dort saß Ranofer, genauso gewandet, wie sie es sich vorstellt hatte, an einem der kleinen Tische breitbeinig auf einem niedrigen Hocker, vorgebeugt, die rechte Hand auf dem Oberschenkel abgestützt, mit der Linken sinnierend eine Spielfigur haltend. Ihm gegenüber Chemsit, beide vertieft in eine Partie Senet.

„Was machst du denn hier?", fragte Bent überrascht.

„Sch!", zischte Ranofer ohne den Blick von dem Spiel abzuwenden. „Sie verliert! Noch ein zwei Züge, dann hab ich sie!"

Chemsit saß wie verhext aufrecht vor dem Spiel, schaute gebannt mit offenem Mund Ranofers Zug zu, die Hände auf den Knien, im Gesicht die verzweifelte Überlegung für ihren nächsten Zug und die Verblüffung über

---

[11] Herrin

seinen geschickten Spielzug.

„Wie siehst du nur aus!", schimpfte Bent. „Ein wenig offenherzig für diese Tageszeit! Hast du keine angemessene Kleidung? Sitzt da in der Unterwäsche, schämst du dich denn gar nicht?"

„Mir ist der Becher warmes Bier umgekippt, alles auf den Rock. Weredji wäscht ihn mir gerade aus. Sei still! Ich muß aufpassen!"

„Der zieht dich sowieso über den Tisch! Im Senet ist er unschlagbar."

„Ruhe jetzt!", brummte Ranofer.

„Das ist doch…", brauste Bent auf, verstummte aber. So eine spannende Partie unterbrach man nicht, das gehörte sich nicht. Also betrachtete sie Ranofer eingehend, genoß seinen Anblick, bewunderte sehnsüchtig seinen schlanken, muskulösen Körper. Sie spielten anscheinend um etwas. Um Deben? Bent sah keinen Einsatz, bloß einen Bierkrug neben dem Tisch, Trauben und Granatäpfel in der Schale daneben. Bast thronte neben dem Tischchen wie eine Königin auf einem dicken blauen Kissen, schaute anscheinend interessiert den beiden Spielern zu.

„Was ist das für ein Fell da unter dem Tisch?"

„Sei still, Herrin!" Ranofer würfelte, machte seinen Zug und Chemsit verlor.

„Verdammt!", fuhr sie hoch. „Bent! Konntest du nicht still sein! Jetzt hab ich verloren!"

„Krieg dich mal wieder ein! Du hast doch nichts gesetzt."

„Was?", kreischte Chemsit aufgebracht. „Nichts gesetzt? Das Fell war der Einsatz!"

„Diese alte Ding? Ein bißchen abgewetzt, hä? Und voller schwarzer Dreckstreifen. Wen willst du mit diesem Balg beeindrucken?"

„Das ist weder Dreck noch ist es abgewetzt", grummelte Ranofer. „Und nun gehört es mir!"

„Das ist", Chemsit schubste Bent, „das Fell einer riesigen, mächtigen Raubkatze die weit, weit entfernt im Osten lebt. Niemand hier hat je so eine Katze gesehen. Das ist etwas ganz besonderes, wertvolles! Ein Frei… ein Kunde hat mich damit bezahlt und ich wollte es dir stolz zeigen. Doch dann kam dieser…" Sie trat Ranofer aufgebracht ans Schienbein, „Drecksack und wollte darum spielen!"

„Und jetzt ist es mein!" Ranofer grinste übermütig voller Besitzerstolz.

„Pah! Werd doch selig damit!" Chemsit klatschte ihm wütend eine in den Nacken.

„Womit soll er selig werden, meine Süße?", dröhnte es vom Eingang her. „Uh, wo ist dein Rock? Welch ein bezaubernder… Oh, verzeiht, Herrin. *Anch Uda Seneb!*"

„*Em Hotep*, Samut."

„Der hat mir das Fell abgeluchst!", schimpfte Chemsit hitzköpfig und wies auf Ranofer. Der hatte derweil Bast von dem Kissen hochgehoben, kraulte sie hingebungsvoll, hob das Kissen hoch, drückte es Bent in die Hand, „Ein Geschenk für sie!", flüsternd.

„Wenn du auch mit ihm darum spielst. Selbst schuld", lästerte Samut. „Seid ihr fertig? Können wir aufbrechen?"

„Och!" Chemsit stampfte zornig mit dem Fuß, verließ bitterböse die Küche.

Bent betrat die Barke des Tempels, nahm auf ihrem Sessel Platz, schaute über den glitzernden Fluß hinüber in die Richtung des Palastgeländes.

Per Aa!

Das Haus des Gottes, *Pen Tjehen Aton* [12], Der Glanz der Sonne. Und dorthin wollte sie nun. Sie, die kleine anmaßende Bent … Sie kramte das Schreiben aus ihrem Korb, las es, während die Barke zum Westufer hinüberfuhr, nochmal durch:

An die ehrenwerte Hohepriesterin der Isis, die Dame Sahu-Re, dies ist der Gute Gott, Starker Stier, Herrscher der Herrscher, Amenhotep Netjer Heqa Uaset, der dir dies schreibt. Selbstverständlich gestattet der Gute Gott, Herrscher der Herrscher, der ehrenwerten Hohepriesterin der Isis, der Dame Sahu-Re meinen Obersten Heerführer, den ehrenwerten Imi ra Mescha aufzusuchen, ihn zu fragen, was immer die Dame Sahu-Re in Bezug auf ihren Vater, einer der treuesten Söldner aus dem Lande Nehern, der im Dienste des Guten Gottes, meines geliebten Vaters Djehutimes, Men Cheperu Re, und welcher zu unserem großen Bedauern in unserem geliebten Nubien geblieben ist, wissen möchte.

„… dann kommen die Divisionskommandeure im Generalsrang, die *Imur Meschta*, denen sind die *Schreiber der Infanterie* und die Standartenträger unterstellt."

„Hm?" Bent ließt den *Qahet* zusammenfahren, steckte ihn zurück in ihren Korb, schaute Ranofer verständnislos an.

„Die Streitkräfte unterteilten sich schließlich in die Infanterie, Streitwagenabteilungen, Garnisons- und Außenposttruppen, Elitetruppen, unsere Flotte, dann die Söldner."

„Halt ein, Ranofer! Wer soll denn das verstehen?"

„Ein bißchen Ahnung solltet Ihr schon haben, Herrin, wenn Ihr dem *Imi ra Mescha* unter die Augen kommt. Samut und ich waren beim *Sa*, dem

---

[12] *Glanz des Aton*. Malkatta ist der arabische Name des Königspalastes, erbaut von Amenhotep III. am Westufer von Luxor

Regiment. Die *Pa Djet*, die Brigade, ist unterteilt in zwei Regimenter, die *Sa U*, sie bestehen zu gleichen Teilen aus Nahkampftruppen und Bogenschützen. Das Regiment wird von dem *Tjah Serut* angeführt und kann aus zweihundert bis zweihundertfünfzig Mann bestehen. Wir beide waren Nahkämpfer aus der Einheit der *Nachtu Aa*, Die großen Starken."

„Oh bitte! Daß ihr groß und stark seid weiß ich, alles andere brauch ich nicht zu wissen." Sie schaute ihren *Sekudum* zu, die einen Lotsen an Bord holten und sich zum Anlegen bereitmachten, betrachtete die gewaltigen Sandhügel vor dem großen Hafenbecken des Palastes. Langsam und bedächtig wurde ihre Barke nach den Anweisungen des Lotsen am eigentlichen Palastgelände vorbeigestakt, allem Anschein nach in einen gänzlich anderen Bereich. In einen Bereich, den sie nicht kannte, der ihr fremd war. Wenn doch nur ihr aufgeregtes Herz aufhören würde zu flattern.

„Wir wollten uns zu den *Wereret* melden, aber es kam alles anders...", plauderte Ranofer weiter.

„Wohin?"

„Zu den Streitwagenfahrern! Bei den *Maryanni*! Unter dem Schwiegervater des Guten Gottes, Juja, dem *Stellvertreter Seiner Majestät bei der Streitwagentruppe*. Oh Mann, das wärs gewesen, was Samut? Du als *Kedjen* und ich der *Seneni*."

„Herrin!", lachte Samut und schlug Ranofer freundschaftlich auf die Schulter, „Glaub ihm nicht alles! Du als Kämpfer und ich der Fahrer! Ha, träum weiter, alter Mann! *Ich* hätte gekämpft, Freundchen! Und *du* hättest die Zügel gehalten!"

Bent blickte sprachlos zwischen den beiden hin und her, die sich anscheinend in eine längst vergangene, fremde Welt träumten und jetzt mit beinahe glasigen Augen und begeistertem Gesichtsausdruck hinunter in den großen Hof blickten. „Männer!", schnaubte sie kopfschüttelnd und machte Anstalten die Barke zu verlassen.

„Meine Fresse!", zischte Ranofer verzückt, hielt ihr die Hand. „Wartet, Herrin, langsam auf der Bohle, ich halte dich. Samut, du Stinker, du wartest, bis wir da sind!"

„Nein!" Bent schüttelte ernsthaft den Kopf, als sie am Boden stand, machte einen Schritt rückwärts. „Nein! Damit fahre ich nicht!" Vor ihr standen zwei Streitwagen! Schnittige, leichte, schnelle Wagen, mit je zwei feurigen, lebhaften, fast honigfarbenen, in der Sonne golden leuchtenden Stuten bespannt. Dort in den Köchern, wo normalerweise die Pfeile und andere Waffen aufbewahrt wurden, hatte ein freundlicher Mensch je eine Lotosblüte hineingesteckt.

„Das sind Rösser aus dem Marstall des Gottes! Was für unglaubliche Schönheiten! Und seht doch, die Wagen. Herrin, welch eine Ehre. Wenn der

Imi ra Mescha solche Wagen schickt, damit eine Dame nicht zu Fuß gehen muß, dürft Ihr das nicht ausschlagen! Sind sie nicht wunderschön!" Ranofer tätschelte den Hals eines der Pferde, hielt es beim Zaumzeug, streichelte ihm über die edle Stirn. „Komm, hab keine Angst. Bent, sie wird dir nichts tun. Die beiden werden dich sicher zum *Imi ra Mescha* bringen." Er packte ihre Hand, hielt sie vor die schnaubende Nase des großen, stolzen Tieres.

„Sie ist ganz zart", hauchte Bent ergriffen vor soviel Schönheit und Anmut. „Und ich habe noch nie ein Pferd aus der Nähe gesehen."

„Na komm schon Herrin, ich bin ja bei dir. Deine erste Streitwagenfahrt wirst du so schnell nicht vergessen. Und der Junge da, er wird schön langsam machen mit seiner kostbaren Fracht! Nicht wahr?"

„Jawohl, Herr Offizier!"

Mit weichen Knien stieg Bent ein wenig kleinlaut von dem Wagen. War sie doch bloß Ranebs Karren mit dem Sitzbrett und seine alte, gemächliche Eselstute gewohnt; dagegen war diese, im Stehen verbrachte Fahrt eine ganz besondere, vor allem sehr flotte Erfahrung.

„Wenn die Dame sich einige Augenblicke gedulden möchte? Ich melde sie an."

„Natürlich." Bent trat in den Schatten des großen Torbogens, wedelte sich mit ihrem Fächer die Hitze und Aufregung aus dem Gesicht. Ranofer trat vor sie, drängte sie beinahe brutal an die Wand.

„Da drin", flüsterte er bedrohlich und griff ihr unters Kinn „sind harte Kerle, Mädchen. Grobe, brutale, ungehobelte Männer! Krieger! Wild und unanständig! Wenn sie eine Frau sehen, fackeln die nicht lang."

„Mit denen werd ich schon fertig!"

„Du?", er grinste anzüglich, kam näher, flüsterte ihr ins Ohr. „Ein eingeschüchtertes, banges Ding? Die machen kurzen Prozeß mit einer wie dir! Wie *ich* das am liebsten tun würde!" Er packte grob ihre Handgelenke, schob sie die Wand hoch, küßte ihr den Hals, griff ihr unverschämt in den Ausschnitt, fummelte an dem Knoten des Umhangs, zog ihn ihr von den Schultern, ließ sie los. Bent langte ihm wütend eine.

„Mach das weg Herrin, und dir wird Respekt gezollt! Mehr als der ehrenwerten Isispriesterin je gezollt würde!" Er lächelte sie an, liebevoll, beinahe zärtlich, streichelte ihr über die Tintenzeichnung. „Jetzt habe ich dich wütend gemacht, was? *So* wollte ich dich sehen! Deine Augen! Dieses gefährliche, grüne Glitzern! Laß die Rute! *Jetzt* kannst du da reingehen, *jetzt* kannst du ihnen entgegentreten!"

„Sag mal, hast du sie noch alle?", brummte Samut hinter ihm. „Spinnst du? Laß die Herrin los!"

„Ich habe ihr nur erklärt, was da drin auf sie zukommt." Ranofer legte den Umhang über den Streitwagen; der junge Soldat trat durch die Tür, bat sie herein. „Dann wollen wir mal!"

Bent umklammerte giftig den goldenen Griff der ledernen Rute, betrat den Innenhof, hinter ihr Samut und Ranofer, vor ihr der junge Mann.

„Riech mal", begeisterte sich Ranofer. „Da fühlst du dich sofort wie daheim."

„Überall dasselbe, Hauptmann! Ich glaub, ich bin wieder zu Hause."

„Na, ich brauch's nicht mehr. Aber vermissen tu ich es schon ein bißchen!"

Kerle! Nichts als riesige, bis an die Zähne bewaffnete, uniformierte Kerle! Harte Lederrüstungen, Handschuhe, Stiefel, große Schilde, Speere, Dolche, blitzende *Chepesch*-Schwerter. Schon hörte Bent die ersten scharfen, bewundernden Pfiffe, Grölen, Johlen. Dann: „Halt dein loses Maul, du Idiot!" Und es wurde stiller, je länger Bent durch den Hof schritt. Die Männer hörten auf mit dem womit sie beschäftigt waren, rempelten sich gegenseitig an, kamen näher, sie hörte ehrfürchtiges Wispern, ein gefährlich gezischtes „Halt die Klappe, du Affe!", ein gerauntes „Die Herrin der Schlacht!" und ein ungläubig gehauchtes „Die Dame die Sachmet ist!" Alle standen nun links und rechts des Weges, den Bent beschritt, neigten den Kopf, wenn sie vorbeiging. Sie zuckte vor einem laut gebrüllten „Achtung!" zusammen und alle standen stramm.

Der *Imi ra Mescha* betrat den Hof! Der oberste Heerführer Pharaos! Der Oberbefehlshaber über die Armee des Gottes! Er kam auf sie zu, neigte höflich den Kopf.

„Die ehrenwerte Hohepriesterin der Isis, die Dame Sahu-Re! *Anch Uda Seneb*, meine Dame!"

„Auch dir Leben, Heil, Gesundheit!" Bent brach heißer Schweiß aus.

„Ihr wurdet mir vom Guten Gott angekündigt, weil Ihr eine *Djed chet neb iret nes* [13] seid. Und selbstverständlich werde ich ausführen, was die Dame zu mir sagt! Bitte…", er wies mit Hand auf die geöffnete Tür hinter sich, „tretet ein."

Ranofer und Samut salutierten, folgten Bent durch die Tür.

„Bitte meine Dame!", sagte drin ein kleiner, vielleicht knapp zehnjähriger Junge, während er ihr den Stuhl bereit hielt. „Möchtet Ihr eine Erfrischung? Wein? *Irep Maa* selbstverständlich. Oder ein gutes *Henket*?"

„Gerne von dem Wein. Danke." Bent sank in den Stuhl, versuchte ihre aufgewühlten Gedanken zu ordnen, denn der *Imi ra Mescha* war ein gar ansehnlicher, stattlicher Mann. Er nahm gerade hinter seinem Schreibtisch Platz, schaute ihr tief in die Augen, „Die irgendwas sagt, daß man sofort für

---

[13] *Djed chet neb iret nes = Die irgendwas sagt, daß (man) (dann sofort) für sie ausführen wird* ist eigentlich ein Königinnentitel aus dem alten Reich.

sie ausführen wird", flüsternd. „Ein ehrenvoller Posten, meine Dame! Hohepriesterin der Isis!", polterte er, lehnte sich zurück, wartete bis der Junge ausgeschenkt hatte. Bent betrachtete das Kind, das in diesen jungen Jahren bereits die vollständige, schwere Uniform von Pharaos Armee trug.

„Horus im Fest!", meinte der *Imi ra Mescha* und tätschelte dem Bub den Kopf. „Mein kleiner Adjutant. Der Sohn meiner Schwester. Was tut man nicht alles für die liebe Verwandtschaft. So lernt er schon beinahe fünf Jahre bei mir. Er wird einmal der beste Soldat in unserem geliebten *Kemet* und er wird es noch weit bringen! Was mein Junge?"

„Ja, Herr General."

„Meiner Meinung nach gehört so ein Kind noch zwei drei Jahre in die liebenden, fürsorglichen Hände einer Mutter, bevor es der rauhen Welt der Männer anvertraut wird", erboste Bent sich.

„Da kann ich der Dame nicht beipflichten. Je eher man anfängt um so besser, härter wird der Soldat. Und ich kann mich des Eindrucks nicht erwehren, Euch zu kennen." Er starrte ihr dreist in den Ausschnitt.

Natürlich kennst du mich! Warst du mir nicht immer einer meiner liebsten Gäste? Wenn du da warst, füllte sich meine Schatulle auf wundersame Weise mit dem prächtigsten Schmuck und wertvollsten Silberbarren. Habe ich nicht von dir den Spiegel mit dem Griff aus Elfenbein? Hast du es nicht genossen, wenn du meine Rute zu spüren bekamst? Wenn ich gewußt hätte, wer du bist…

Sie hob die Hand mit der Rute, legte ihm die Spitze beinahe zärtlich auf die Schulter, funkelte ihn wütend an. „Natürlich haben wir uns schon einmal gesehen", schmeichelte sie, stand auf, beugte sich über den Tisch, schaute ihm tief in die Augen, zischte: „Jetzt erkenne ich Euch! Wir trafen uns flüchtig beim *Heb nefer en Ipet,* mein Herr. Welch eine Freude!"

„Tatsächlich, meine Dame. *Da* trafen wir uns, genau! Auf Euer Wohl! Und jetzt erzählt Ihr mir, weswegen Ihr herkommt. Auch Ihr wollt etwas für die liebe Verwandtschaft tun, wie mir zu Ohren kam. Ich habe mich kundig gemacht und kann der Dame Sahu-Re die gewünschte Auskunft geben. Horemheb! Die Rollen!"

Entgeistert ließ Bent den *Djema* sinken.
„Zweihundertsiebenunddreißig?", hauchend.
„Das tut mir leid. Aber *Nehern* ist nur ein unbedeutendes…"
„So viele?"
„Viele? Meine Dame! Aus Libyen und Syrien und dem Rest der Welt kommen tausende, ach was, zehntausende Söldner. Da fallen die paar Mitannier gar nicht ins Gewicht. Horemheb! Nimm der Dame die schwere Schriftrolle ab, gib ihr die Kopie. Alleine hundertzwanzig könnt Ihr aus euren Überlegungen streichen, die waren nie bis Nubien gekommen. Und gut

fünfzig noch nicht einmal in die Nähe unseres geliebten Uaset. Um die, die übrigbleiben braucht Ihr euch bloß kümmern."

„*Tju*. Selbst die sind noch genug. So danke ich dem ehrenwerten *Imi ra Mescha*, Dank für den Wein, die Gastfreundschaft und Eure Hilfe." Bent stand auf, strich den Rock glatt, griff nach ihrer Rute, ließ sie wie versehentlich fallen.

„Darf ich?" Er bückte sich danach, reichte sie ihr, flüsterte: „Schön Euch zu treffen, Herrin! Mir kam Schlimmes zu Ohren."

„Danke!", flötete Bent, nahm ihm die Rute ab. „Ich glaube", flunkerte sie plaudernd, „im Osten der Stadt, an dem kleinen Markt, einen zu kennen, der aus *Nehern* stammt. Kann aber sein, daß ich mich irre. Kennt Ihr euch da aus? Da steht seit kurzem ein Haus mit bunten Säulen und einer Hohlkehle, das *kann* man gar nicht verfehlen!"

„Nein, Tochter der Sachmet, in der Östlichen Stadt kenne ich mich nicht aus", sagte er höflich und mit einem Augenzwinkern, öffnete ihr die Tür.

„Würdet ihr vorangehen?", bat Bent ihre beiden Begleiter. Als die ein paar Schritte gegangen waren, raunte sie drohend: „Wenn du mein Geheimnis wahrst, wahre ich auch deines!"

„Ich bin Soldat, Herrin. Ich habe Ehre im Leib!"

Sie nickte ihm zu. „Und ich bin die Hohepriesterin der Isis. Habt Dank für Eure Hilfe."

„Immer wieder ein Vergnügen, meine Dame! Laßt mich Euch durch Pharaos Leibgarde hindurch hinausbegleiten."

Leibgarde?

In Bent kroch kochende Wut hoch, sie betrat den Innenhof, schaute über die schweigenden Männer, die anscheinend nur darauf gewartet hatten, daß sie wieder herauskam. Einer trat vor sie, in der Hand eine Standarte.

„Herrin der Schlacht", er ging vor ihr auf das Knie, neigte den Kopf, „würdet Ihr uns die Ehre erweisen, unser Regiment zu segnen?"

Sie schaute zu Ranofer hin der ihr aufmunternd zunickte und zum *Imi ra Mescha*, der ein wenig zur Seite trat.

„Nur zu, meine Dame. Die Herren verehren die *Dame des roten Tuches*, der Ihr allem Anschein nach huldigt. *Sechem Me t.* ist ihre Göttin. Sie folgen ihr bis in den Tod."

„Und Sachmet ist ein Teil von Isis. Und Isis wacht über Uaset, deshalb wird es glückselig leben! Erst recht, wenn solch tapfere Männer es beschützen!" Bent legte dem Soldat feierlich die Hand auf den Kopf.

„So nehmt von mir diesen Segen! Möge *Die Mächtige* euch allzeit beschützen, euren Mut, eure Kampfkraft stärken, allzeit an eurer Seite stehen!" Sie küßte tatsächlich noch die Standarte.

Der junge Mann zu ihren Füßen nahm ergriffen ihre Hand, küßte ihr den Handrücken, drückte ihn demütig gegen seine Stirn.

„Habt Dank, Herrin!"

„Achtung!", brüllte einer, alle standen stramm, „Was ist die Dame Sahu-Re?"

„*Djed chet neb iret nes!*", kam es wie aus einem Mund.

„Sie sind Euch treu ergeben!", schmunzelte der *Imi ra Mescha*, hielt Bent die Hand hin, um sie die drei Stufen hinunter zu geleiten. „*Anch Uda Seneb*, Dame Sahu-Re, geht in Frieden, und ich hoffe, Ihr findet, was Ihr sucht!"

„*Em Hotep*, Herr General, Danke."

„Ungehobelte, grobe Kerle?", zischte sie böse, als die Barke aus der Hafeneinfahrt fuhr. Samut und Ranofer betrachteten vom Geländer der Barke aus das spannende Manöver. „Pharaos Leibgarde?" Flink wie eine Katze zog sie Ranofer die Rute hinten über die Unterschenkel.

„He!", fluchte der und fuhr herum.

„Wage es nicht noch einmal mich so anzulügen, mir was vorzumachen! Wage es nicht…"

„Du wärest da rein gegangen mit zitterndem Kinn und weichen Beinen!" Hitzig packte er sie bei den Oberarmen, schüttelte sie, schaute ihr ins Gesicht. „Vor Angst bebend wie eine Jungfrau vor ihrem ersten Fick! Sollten sie dich so sehen? Die Herrin vom Isistempel, sich fürchtend vor einer Handvoll Soldaten? Wahrscheinlich noch stotternd? Wo war dein Mumm? Wo?"

„Das waren anständige, ordentliche Männer!" Unwirsch befreite sie sich. „Ich hatte keinen Grund mich zu fürchten!"

„*Du* hast dir bereits auf dem *Wereret* in die Unterhose gemacht!" Er schubste sie, zart, nicht daß sie ins Taumeln käme, Bent schubste zurück.

„*Du* hast dir Frechheiten herausgenommen!"

„*Du* hattest Schiß! Hundsgemeinen Schiß!"

„Das geht dich überhaupt nichts an!"

„Vor den Pferden erst recht!"

„Ihr streitet wie ein altes Ehepaar!"

„Halt *du* dich da raus!" Gemeinsam gingen sie gleichzeitig auf Samut los.

„Wo er recht hat, hat er recht!", lachte Ranofer laut.

„Ach halt doch die Klappe!", grummelte Bent und ließ sich in den Sessel fallen.

„Du hast jetzt ein ganzes Regiment hinter dir stehen, vergiß das nicht. Das hätten sie niemals getan, wenn du wie eine verschreckte Maus da aufgetaucht wärst. Hast du nun die erwünschte Auskunft bekommen?"

„Du kannst mich mal!" Bent schnaubte vor Wut wie Ranebs alter Esel.

„Neun!" Bent schob wütend den *Djema* zur Seite, Ranofer spuckte sein Klümpchen aus der Backe in den kleinen Napf. Die ganze Zeit, seit Bent die Rolle studierte, saß er gelassen bei ihr in der Schreiberstube, wartete ab, bis sie in Ruhe alles gelesen hatte. „Wie soll ich herausfinden, welcher von diesen Männern, die im gesamten Land verstreut leben oder bereits begraben sind, mein Vater war? Oder ob sie ihn gekannt haben."

„Hinfahren und fragen."

„Wie bitte?" Bent glaubte sich verhört zu haben. „Wo hinfahren?"

… Wenn du es wirklich willst, werde ich dich gehen lassen, Sahu-Re. Aber sei dir gewiß, daß dies den Tod mit sich bringt …

„Ich kann hier nicht weg! Das geht nicht!"

„Du willst doch wissen, wer dein Vater ist. Wenn du das herausfinden möchtest, mußt du diese neun Männer ausfindig machen. Doch sei dir gewiß, daß du am Ende vor einem Grab stehen könntest. Wenn du wenigstens seinen Namen wüßtest."

„Pf! Und diese Namen da kann man noch nicht einmal aussprechen. Scha… scha…ttiwazza? Ja, Schattiwazza! Kurtiwaza? Kikkuli? Teschup? Jetzt hilf mir doch mal!"

„Ich kann nicht lesen."

„Ach so, ja. Also: zweiundzwanzig von denen auf der Liste waren in jedem Fall zu jung. Elf von ihnen sind zurück in ihre Heimat. Die anderen, die übrigbleiben sind laut dieser Liste alle tot. Nur diese da kann ich fragen, ob sie ihn kannten, nur diese Neun kämen alle in Frage, haben sich im Land niedergelassen, sind nicht wieder nach Hause. Ob die noch alle leben?"

„Das ist so lange her, Bent, und wenn, dann sind es uralte Männer."

„Stell dir mal vor, mein Vater würde noch leben…" Bent zog die Nase hoch, „und er weiß nichts von seiner Familie…"

„Zeig mal den *Djema* her."

„Ich denke, du kannst nicht lesen!"

„Manches schon, mein Liebling."

„*Was*?"

„Hm? Macht Spaß mit dir zu reden und zu denken!"

„Redest du mit deiner Frau nicht?"

„Nein. Wozu?" Ranofer fuhr mit dem Finger die lange Liste entlang, „Einer in *Iunit*", murmelnd, „zwei in *Nechen*, je einer in *Djeba*, *Nubyt*", er lächelte Bent an, „*Die Goldene*", einer in *Swenu*, einer auf *Yabu* und einer auf *I at Rek*. Der *Insel der Zeit*."

„Insel der Zeit?" [14]

„Isis fand dort Osiris' Herz! Wußtest du das?"

„Nein!"

Wenn du mit mir dorthin fährst, finde ich dein Herz vielleicht auch dort? Einerlei wenn ich den Tod fände, weil ich Isis verlasse! Hauptsache ich gewinne dein Herz zurück, mein Liebling! Schau mich doch nicht so an! Mit diesen schönen leuchtenden, traurigen Augen. Die dichte Braue zweifelnd und grüblerisch zusammengezogen …

„Würdest du mit mir mitkommen?"

„*Ich?*"

„Dir vertraue ich."

„Ich weiß nicht, Bent."

„Ich brauche einen Leibwächter, sollte ich mich zu dieser Fahrt durchringen! Und das muß jemand sein, dem ich bedingungslos vertraue! Und Samut müßte mitkommen! Ich müßte mit euerem Hauptmann am *Ipet Resit* reden. Ranofer, ich würde das doppelte zahlen für die Zeit! Und noch jemand muß mitkommen, jemand der die Sprache der Mitannier beherrscht, ein *Sesch*… er kann sie lesen, ich glaube auch sprechen… Ach Unsinn! Ich kann hier nicht weg!"

„Wer kann die Sprache?"

„Djehutimes."

„Wer ist das?"

„Mein Bruder!"

„*Du* hast einen Bruder?"

„Ist das vielleicht verboten?"

„Reg dich mal nicht so auf! Natürlich ist das nicht verboten! Wenn du fahren willst, ist jetzt genau die richtige Zeit dazu. Das Wasser ist zurückgegangen und die kühle Jahreszeit kommt. Da machen viele eine Reise. Nur zum Spaß."

„Ich mache keine Reisen! Ich bin die Herrin vom Isistempel! Für so einen Unsinn habe ich gar keine Zeit!"

„Es würde dir Spaß machen! Weißt du noch, unser kleiner Ausflug auf dem Fluß? Als Montju beinahe Chemsits Schiffchen versenkte? Was hattest du Spaß auf dem Wasser!"

---

[14] Natürlich planen Bent und Ranofer hier eine klassische Nilkreuzfahrt von Luxor bis Assuan: Esna, Hierakonpolis, Edfu, Kom Ombo, Assuan, Elephantine und Philae.

Doch sie werden weder den Chnum-Tempel in Esna, noch den Horus-Tempel in Edfu oder den Doppeltempel von Kom-Ombo, geschweige denn den Isistempel auf Philae bewundern können, denn diese Ausflugsziele der modernen Nilkreuzfahrt sind Tempel aus ptolemäischer/römischer Zeit. Bent erlebt die Städte natürlich so, wie sie sich in ihrer Zeit präsentierten. Der „Zoo" in Hierakonpolis wird allerdings zu ihrer Zeit nicht mehr existiert haben, da habe ich meiner Phantasie freien Lauf gelassen.

„Ich habe nie Spaß!"

„Nein! *Du* bist von der ganz ernsten Sorte!", grinste er.

„Dummschwätzer!"

„Ranofer?" Baket stand in der Tür, schaute verwundert in den Raum, grüßte zu Bent hin. „Herrin!"

„Ach, da bist du ja! Wollte dich abholen." Ranofer stand auf, nickte Bent zu, packte Baket bei der Hand, drückte ihr ein Küßchen auf die Wange.

„*Mich* abholen? Ich habe gar keine Zeit…"

„Noch eine, die keine Zeit hat! Was ist bloß mit den Frauen los?"

„Und ob sie Zeit hat! Nicht wahr, Baket?" Das wütende Grollen in Bents Stimme war kaum zu überhören. „Du gehst schön mit deinem Mann nach Hause, kochst ihm ein gutes Essen. Und morgen früh kommst du wieder her. Nein, nein, geh nur, heute brauchen wir dich hier nicht mehr."

„Aber Tachut wollte mir noch…"

„Auch das hat Zeit bis morgen!"

„Ja, Herrin. Gute Nacht, Herrin."

„Haben wir alles?"

Tage später stand Bent kurz nach Sonnenaufgang aufgeregt auf dem Anleger, schaute zu der in *Iterus* Fluten sanft dümpelnden Barke des Tempels. „Wir hätten mehr Lebensmittel einpacken sollen!"

„Sie säuft bald ab! Noch mehr geht nicht. Und wieviele Truhen und Körbe, Betten, Sessel, Tisch, Stühle, Vorhänge, Schreibzeug, Bettzeug und Kissen sollen noch mit? Meinst du nicht, allmählich reicht es?", brummte Ranofer hinter ihr.

„Das sind doch nur zwei Truhen mit meinen Sachen, dieser Korb und…"

„Was ist in dem Korb? Brot? Ich glaub's nicht! Bent, *Kemet* ist gesegnet mit Korn, wir werden in jedem Ort, den wir anfahren Brot und Bier und Datteln kaufen können! Jetzt ist es aber genug, los! An Bord! Und ihr nehmt den Korb mit dem Brot wieder mit, verschwindet damit!"

Kara schniefte, Uadja stand mehr oder weniger unbeteiligt rum, schubste Nefru an Bord, deren Mann einer der Ruderer war, die Köchin rief ihr nach, ja alles richtig zu machen, Tachut brummte ein mißbilligendes „Hm! Verschwindest du jetzt bald!" und Pesechet nahm den Korb mit dem Brot entgegen. Chemsit knutschte oben an der Straße hemmungslos mit Samut ein paar Schritte abseits.

„Wo ist Baket?"

„Sie kümmert sich um eure Kranken! Während ihr alle hier herumsteht!"

„Paß auf dich auf, Bent!" Kara fiel ihr schluchzend um den Hals und drückte sie fest. „Wir werden uns bestimmt ein Jahr lang nicht mehr sehen!"

Ranofer lachte laut, zog Kara weg. „Meine liebe Dame, von hier bis *Swenu* braucht man im ungünstigsten Fall fünf Tage! Wenn wir uns selbst auch drei Tage an jeder Station aufhalten, sind wir spätestens in einem Monat zurück! Ein ganzes Jahr! Frauen! Nichts als Grillen im Kopf! Los hopp, Herrin! Verscheuche diese Hühner und geh endlich an Bord. Wir räumen den letzten Krempel schon noch ein."

„Und deine Sachen?"

„Das da." Ranofer wies auf sein Zeug, hievte sich das schwere, wertvolle Fell auf die Schulter. „Und wehe, hier tritt einer drauf, den erwürge ich eigenhändig!"

Bent betrachtete kopfschüttelnd die Decke und den kleinen Korb, gefüllt mit seiner zusammengerollten Schlafmatte, ein paar Wäschestücken, Latschen, Rasierzeug, Seife, Kamm und Schminke. Kurz schaute sie den anderen zu, die winkend im Haus verschwanden, die Pforte hinter sich schlossen. Dann betrat sie die kleine Kammer auf dem Deck, schaute sich um. Die andere Kabine hatte sie für Djehutimes vorbereiten lassen. Dort drin befand sich der Mast des Segels und er würde froh sein um diese Möglichkeit sich manchmal daran festhalten zu können.

Ich kann nicht weggehen! Ich werde sterben! Sie hat es mir gesagt!

Das goldene Abbild der Isis an ihrem Hals umklammernd, betete Bent zur Göttin. „Verzeih mir Herrin, aber ich komme ja wieder. Bestrafe mich nicht, ich will doch nur wissen, wer ich bin." Und ich bin froh, daß ich mit dieser Reise dem Opetfest und somit dem Kronprinzen fernbleiben kann. Mögen mir die Götter die Notlüge von der unaufschiebbaren Reise verzeihen!

Sie richtete das Bett, zog das Leintuch glatt, stellte die kleine Lampe auf den Tisch, ging wieder hinaus um von dort die Abfahrt nicht zu verpassen.

Anch Uda Seneb, Bent!" Djehutimes betrat gerade das Deck. „Dann wollen wir mal. Es ist mir eine Ehre, mit der Herrin des Isistempels auf große Fahrt zu gehen. Und daß du mein Wissen um die fremde Sprache der Hethiter brauchst. Natürlich kann ich sie schreiben, falls es notwendig werden sollte. Eine eigentümliche Schrift. Nichts als Striche und Dreiecke."

Bent gab keine Antwort, starrte mit offenem Mund den kleinen Jungen an, der hinter Djehutimes die Barke betrat.

Nefertem!

Unverhofft kamen ihr die Tränen, sie konnte den Blick nicht von dem Buben abwenden.

„Das ist", er zog den Jungen am Genick bei, „Wepwawet. Ohne ihn mache ich keinen Schritt. Na los du Wicht!", gab ihm einen Klaps in den Nacken, „Begrüße die Dame wie es sich gehört!"

„Laß den Jungen! Hör auf damit!"

„*Anch Uda Seneb*, Dame Sahu-Re." Der Knirps verneigte sich wie ein Großer.

„*Em Hotep*, Wepwawet." Ihr versagte beinahe die Stimme, ergriff des Knaben Hände, zog ihn zu sich, strich ihm mit tränengefüllten Augen über das kurze, schwarze Haar.

„Sie rufen mich alle Wepu. Warum weinst du?"

„Du erinnerst mich an jemanden. Er ist schon lange tot. Geh, hilf deinem Vater mit seinem Gepäck." Sie schaute ihm nach, giftete Djehutimes an: „*Öffner der Wege*? Du hast einen gar köstlichen Humor!"

„Was soll ich'n machen? Meinst du, das wäre einfach, hä? Ich bin froh, daß ich ihn hab."

„Dein Handlanger! Damit er hinkommt, wohin du es nicht schaffst?", lästerte sie. „Wie heißt der andere? Hüter des Hauses?"

„Meine Fresse! Du bist ja schlimmer wie meine Frau!"

„Du wirst mich noch kennenlernen!"

„Oh, wir legen ab!"

Bent schaute auf das Wasser, krallte sich in das Geländer der Barke, sah zu, wie die acht Männer der Rudermannschaft sie vom Anleger wegstakten, die Barke sich weiter vom Ufer entfernte. Sie waren noch nicht einmal in der Fahrrinne, als sie laut rief: „Fahrt zurück! Sofort!"

„Was?", brüllte der Kapitän.

„Auf der Stelle!"

„Wenn das so weiter geht, kommen wir heute nicht mehr bis *Iunit*, Herrin!"

„Mach gefälligst, was ich dir sage!"

Sie sprang beinahe von Bord, hastete die Stufen hoch, verschwand im Tempel, kehrte kurz darauf zurück. In ihrem Arm ein alter, abgeschabter Sessel, den sie keuchend bis vor ihre Kabine schleppte.

„Jetzt können wir!" Schnaufend ließ sie sich darauf nieder. „Das mußte mit, selbst wir *pena*!" [15]

Ranofer verdrehte die Augen, Djehutimes grinste sich einen.

„Weiber!", schnaubte Ranofer gutmütig. „Aber solang's nur ein Sessel ist."

„Wenn sie nicht noch verlangt, daß wir ihr die Sterne vom Himmel holen, geht's ja noch."

„Das bringt sie auch noch fertig!"

„Macht mal das fest!" Bent warf Ranofer, der mit Djehutimes und Samut am Bug saß und eine Partie Senet spielte, einen Ballen Stoff in den Schoß.

„Was soll das? Ich hänge bestimmt keine Wäsche auf!"

„Da oben, an dem Sonnendach. Ich habe keine Lust mir die Haut zu verbrennen. Das sind die Vorhänge. Außerdem starrt jeder hierher. Eben pfiff

---

[15] kentern

mir einer hinterher. Von einer anderen Barke; sie winken und rufen und juchzen. Nix wie Kerle! Als hätten sie noch nie ne Frau gesehen! Außerdem brauchen meine Ruderer mir nicht beim Essen oder so zusehen. Ich hab Hunger, ich muß was essen. Wo ist der Kuchen?"

„Samut! Mach das mal da fest!"

„Geht's noch?"

Djehutimes meinte gelassen, er sei außen vor, störte den begeistert plappernden Wepu, der aufgekratzt dem Bugmann Löcher in den Bauch fragte.

„Samut!" Ranofers Ton duldete keine Widerrede.

„*Tju*, Hauptmann!" Brummelnd band Samut die dünnen Vorhänge fest.

„Besser!", lobte Ranofer, „Viel besser!"

Richtig ausgeruht erwachte Bent am nächsten Morgen. Niemals glaubte sie besser geschlafen zu haben. Das sanfte Schaukeln der Barke hatte ihr süßen, tiefen Schlaf gebracht. Spät am Abend waren sie mit dem letzten Licht *Re-Atums* in *Iunit* angekommen, machten an einem sicheren, gemauerten Anleger eines breiten Kanales in Nähe des Hafens fest. Nefru hatte über einem Lagerfeuer einen deftigen, leckeren Eintopf gekocht und sie saßen nach dem Essen noch eine Weile in der lauen Nacht gemeinsam plaudernd beisammen.

Draußen hörte Bent jetzt Ranofer rufen, Samut antwortete, das Ganze verlor sich in einem platschenden Geräusch. Sie erledigte schnell ein paar dringende Geschäfte, deckte den Pott mit seinem Deckel ab, betrat das Deck, stellte ihn an die Seite. Irgendwo würde sie ihn später schon auskippen können. Gutgelaunt schaute sie übers Wasser. Unten balgten sich Ranofer und Samut nackt wie Ptah sie auf seiner Töpferscheibe geschaffen hatte, ausgelassen wie zwei junge Hunde im Wasser, *Chepre*, die Morgensonne, wie Gold auf ihren nassen, muskulösen Körpern glitzernd. Hingerissen bewunderte Bent die Kraft und Schönheit der beiden Männer. Uh! Bent bekam große Augen. Chemsit ist aber auch ein wahres Glückskind!

„Na komm schon, Djehutimes!", rief Ranofer lachend und prustend, sich das lange Haar aus dem Gesicht schüttelnd. „Wir passen schon auf!" Der saß am Ufer, auf einer der Treppenstufen, die ins Wasser führten, anscheinend all den Krempel der Männer bewachend. Ranofer zog Djehutimes entschlossen zu sich.

„Nein!", plärrte Wepu vom Ufer aus. „Nicht meinen *It* ins Wasser ziehen! Er kann das nicht!" Die bitterlichsten Tränen rannen dem Kind über die Wangen, während sich Djehutimes erhob und tatsächlich mit Ranofer und Samut ins tiefere Wasser stieg. Heulend rannte der Kleine an Deck, „Er wird ersaufen!", schluchzend. „Verbiete ihnen das, Dame!"

„Komm mal her, mein Schatz!" Bent zog den Jungen zu sich. „Ihm wird nichts passieren. Die beiden passen auf ihn auf. Und es wird ihm guttun. Weißt du, wie das ist, wenn man schwimmt? Bist du dann nicht ganz leicht? Hm? Im Wasser tut deinem *It* gar nichts mehr weh."

„*Tju!*"

„Und du gehst jetzt da runter und spielst mit ihnen mit, was hältst du davon?"

„'a", schniefte der Kleine wenig überzeugt und trollte sich.

„Komm mal her, du Affe!" Unten hielt Ranofer Samut am Arm fest, „Hast natürlich nicht an einen Spiegel gedacht! Kopf hoch!" Mit seinem scharfen Messer fuhr er Samut vorsichtig am Hals entlang, drehte am Kinn seinen Kopf von links nach rechts. „Jetzt sieht's gut aus! Djehutimes, soll ich dir auch an die Kehle gehen?"

„Dann mach mal!"

„Schau mal, Samut, sieht das fesch aus?"

„Meine Fresse! Wenn du damit zu Hause aufschlägst, will deine Frau sofort noch'n Kind von dir!"

„Ihr spinnt doch! 'n Krüppel verarschen! Was macht ihr da?"

„Fühl mal!"

„Och, ein Schnauzbart!"

„Sieht gut aus, laß ihn bloß! Steht dir! Wart mal, den mach ich schmäler, nicht bis unter die Nase, das ist zu dick. Und da ist noch Seife hinter deinem Ohr!" Schon tunkte Ranofer ihn lachend unter, zog ihn aber sofort wieder hoch.

„Ihr Arschlöcher!"

„Laßt meinen *It* in Ruhe!"

„Nochmal?"

Im Nu war die schönste Wasserschlacht im Gange. Bent konnte nur kopfschüttelnd zusehen. „Wie die kleinen Kinder!"

„Jetzt hab ich den Zwerg!" Samut hob den plärrenden Wepu hoch über seine Schultern. „Na spring schon!"

Juchzend hopste der Junge ins Wasser, „Nochmal, Samut!", rufend, als er wieder auftauchte. Und Bent überkam das Gefühl, daß Djehutimes zum ersten Mal in seinem Leben sowas wie freundschaftliche Kameradschaft erlebte. Und Freude über die unverhoffte Freiheit empfand. Aber trotz allem fragte sie sich, wo sie selbst baden sollte? Sie konnte doch nicht zu den Männern nackt ins Wasser hüpfen!

„Au! Verdammt!" Samut riß sie aus ihren Überlegungen, krallte sich geistesgegenwärtig den Vorhang, hielt ihn sich vor. „Entschuldigung, Herrin. Guten Morgen, Herrin."

„Ich bin nicht mehr eure Herrin!"

„Trotzdem." Ihm gelang ein Grinsen, er ließ den Vorhang los, stellte den vollen Kübel ab, krallte sich seinen Schurz von seiner Schlafmatte. „Ich habe mir gedacht, daß Ihr wohl nicht in *Iterus* Fluten planschen möchtet. Und Nefru bestimmt auch nicht."

„Danke." Bent schnappte sich den Kübel, verschwand damit in der Kabine.

„Und jetzt?", fragte Ranofer, als später alle von Bord gingen.

„Zur Bürgermeisterei. Oder?", meinte Bent. „Wo sonst sollen wir erfahren, wo dieser Mann wohnt."

„Also ich schaue mir erst mal an, wo sie den Fisch verehren. Dem kann man opfern, darf ihn dann sogar anfassen. Wenn ich schon mal hier bin." Djehutimes stützte sich gelassen auf seinen Medu. „Aber wo geht's lang?"

„Welcher Fisch?"

„Der Nilbarsch."

„Die verehren hier einen Fisch?" Bent konnte es kaum glauben.

„Sie verehren auch Chnum, Menhit und Heka", warf Ranofer ein.

„Heka? Soso. So soll uns die Zauberei helfen, diesen Mann ausfindig zu machen. Da kommen unser Kapitän und der Steuermann. Wo wart ihr denn?"

„Guten Morgen, Herrin. In der Schenke dort drüben. Fragten nach Zimmern, einem Badehaus, falls ihr länger bleiben wollt. Und der Kerl, den ihr sucht, hat am Markt eine Bude. Ist anscheinend Händler. Töpfer. Macht die großen Vorratskrüge."

Bent blieb vor Verblüffung der Mund offen stehen. „Also…!"

„Ich hab einfach in der Schenke nach ihm gefragt."

„Ist ja schon gut", grummelte sie. „Dann auf zum Markt. Oh nein, Djehutimes! Du bleibst schön bei uns! Deinen dicken Fisch kannst du dir später noch anschauen!"

„'schab kei Ahnung, Frau. Und kei Zeit, Alte. Siesch'du, was los iss? Guckst du! Die Töpfe müssen auf de Karre!" Der kleine dicke geschäftstüchtige Alte, fast so dick wie seine Vorratstöpfe, wollte sich an Bent vorbeischlängeln. Der blieb vor soviel Unhöflichkeit kurz die Luft weg, böse schlug sie mit der Faust auf den Tisch, daß die Näpfe und Becher darauf klirrend hüpften.

„Was regst du disch auf, Alte? Was iss mit deine Auge, hä? 'schab in Uaset kein Frau geschwängert! Seh isch aus, als ob isch… Nee, nee, und von de Kerle da auf deine Wisch kenn isch keine. War ganz andere Regiment. Mach ma Platz, isch muß vorbei…"

„Ich bin die Herrin vom Isis…" Schon umklammerte sie die Rute, bereit zum Schlag.

„Ho, ho! Nur nicht aufregen, Herrin! Sahu-Re, schön ruhig bleiben!" Ranofer zog sie schnell am Arm beiseite, bevor Bent dem unverschämten Kerl die Rute überziehen konnte. „Immer schön höflich bleiben!"

„Schon gut, danke!", rief Samut dem Händler nach. „Das war wohl nix! Gehen wir was essen? Ich habe Hunger."

„Was gibt es hier?"

„In der Schenke bieten sie heute Nilbarsch an."

„Pah!"

Später besichtigten sie gemeinsam den Tempel, in dem der gewaltige Fisch in einem dekorativen Becken gehalten wurde. Tatsächlich konnte man ihn anfassen, aber dafür mußte man bezahlen.

„Ich schlage vor", bemerkte Ranofer, „daß wir weiterfahren. Nach *Nechen*, Herrin. Dort ist eine Garnison. Und sie haben bequeme Räume für Reisende. Für all die Pilger, die sich die Götter ansehen wollen. Dort kommen wir gut unter und können die kommende Nacht an Land verbringen und nicht auf schaukelnden Bohlen."

„Also gut. Gehen wir zum Schiff zurück."

„Nefru hat bestimmt noch von ihrem leckeren Eintopf. Meint ihr, sie könnte ihn wärmen, bevor wir weiterfahren?" Man hörte tatsächlich Samuts Magen rumoren.

„Sie soll ihn wärmen, wenn wir angekommen sind. Ich weiß nicht, ob wir in der Garnison so spät noch was bekommen."

„Wir haben eben doch erst gegessen!", empörte Bent sich.

„Das ist die frische Luft auf dem Wasser, Herrin."

Tatsächlich saßen sie kurz drauf an Deck, bei einem kühlen Bier, Kuchen und Datteln, schauten in die gemächlich vorüberziehende Landschaft. Bent versuchte die Männer zu überhören, die hoch über ihr auf dem Kabinendach rumorten und in den Masten des Segels herumkletterten. Djehutimes half leise murmelnd seinem Jungen bei seinen Schreibübungen, Samut schärfte sein Schwert, Ranofer saß am Boden auf seinem kostbaren Fell, den Rücken an den Pfosten des Geländers gelehnt, kurz vorm eindösen, zuckte zusammen, rieb sich die Augen, schaute zu Bent herüber.

„Mir ist langweilig", grummelte sie ihm zu.

„Eine Partie Senet?", fragte er flüsternd.

„*Tju*!", sie nickte begeistert. Er zog sich einen Stuhl bei, baute das Spiel auf, setzte die Figuren auf ihren Platz, reichte Bent einen der Würfel, machte seinen ersten Zug.

„Soviel freie Zeit bin ich nicht gewohnt", nörgelte Bent, während sie würfelte.

„Ich auch nicht. Der Müßiggang macht hungrig, schläfrig und träge. Und Nefru hat ein helles Köpfchen", sagte er grinsend. „Was für ein verrückter Einfall, den Bierkrug an einem Seil im Wasser zu versenken. Und schon hast du verloren!"

„Oh! Na warte!" Bent lachte, schaute ihm zu, wie er das Spiel neu aufbaute, lehnte sich zurück, schlug die Beine übereinander. Und Ranofer hörte das leise Klingeln goldener Fußkettchen, das lockende Bimmeln unzähliger kleiner Muscheln. Und sie bemerkte an seinem unbeherrschten Blick: er hatte verstanden.

„Wie können in *Nechen* die Götter wohnen?", säuselte sie.

„Warts ab, Herrin. Das ist eine uralte Stätte. Von da kamen die ersten Guten Götter, die unser Land regierten. König Narmer und König Skorpion. Horus wurde auf dem *Hohen Sand* verehrt."

„Hoher Sand?"

„Er steht für den Urhügel. Ein gewaltiges Heiligtum."

„Eine Unterkunft für zwei Damen?" Der Offizier aus der Garnison nickte zu Ranofer hin. „Können die Damen nicht in einem gemeinsa…"

„Die *Ta Schepsi* Sahu-Re schläft nicht mit einer Küchenmagd in einem Raum!"

„Natürlich nicht, ich werde sehen, was ich tun kann…"

„Ist das denn die Möglichkeit!", brüllte einer über den Hof. „Ranofer! Du alter Draufgänger!" Schulterklopfen, harte Umarmung. „Wie schön, dich zu sehen! Was machst du hier?"

„Antef! Bist du immer noch hier? Kannst dich nicht losreißen, was? Ich begleite die *Ta Schepsi* Sahu-Re, die auf Reisen ging um etwas über einen altgedienten Soldaten zu erfahren. Verneige dich ja anständig vor der Dame. Sie ist die Hohepriesterin der Isis in unserem geliebten Uaset. Und ich bin ihr persönlicher Leibwächter!"

„Welch hoher Besuch! Seid willkommen, Dame! Selbstverständlich werdet Ihr im Gästehaus die beste unserer Kammern beziehen!"

„Danke."

„Kommandant?", meldete sich der Offizier ein wenig kleinlaut.

„Was?"

„Ich brauche aber eine offizielle Bestätigung…"

„Das ist Ranofer! Mein ehemaliger Offizier in Diensten seiner Allerheiligsten Majestät!"

„Die Bestätigung, Kommandant!"

„Du nimmst mir die Vorschriften zu genau!"

„Mit Verlaub… jeder Pilger, der…"

Bent holte den *Qahet* aus ihrem Körbchen, reiche ihn Djehutimes, der trat vor, hielt dem gewissenhaften, peniblen, übereifrigen Fatzken Bents

Schreiben vor die Nase, „Von unserem Guten Gott persönlich!", zischend, „Du siehst das Siegel? Ich hoffe, du kannst lesen, du Wichtigtuer!"

An die ehrenwerte Hohepriesterin der Isis, die Dame Sahu-Re, dies ist der Gute Gott, Starker Stier, Herrscher der Herrscher, Amenhotep Netjer Heqa Uaset, der dir dies schreibt. Der Gute Gott, Herrscher der Herrscher, stattet die Inhaberin dieses Schreibens, die ehrenwerte Imi ra Hat Netjer der Isis in unsrem geliebten Uaset, die Dame Sahu-Re, im Range einer Semert Per Nesut, Semert Wati der Hemet Nesut Weret, mit allen Rechten aus, und meine Majestät befiehlt, daß überall in meinem geliebten Kemet unverzüglich ihre Wünsche ausgeführt werden, und was immer die Dame Sahu-Re, die ehrenwerte Hemet Netjer Tepi en Isis in Bezug auf ihren Vater, einer der treuesten Söldner aus dem Lande Nehern, der im Dienste des Guten Gottes, meines geliebten Vaters Djehutimes, Men Cheperu Re, und welcher zu unserem großen Bedauern in unserem geliebten Nubien geblieben ist, wissen möchte. All ihren Wünschen in Bezug auf Herberge und Auskünften ist unverzüglich Folge zu leisten.

Der Offizier nahm beim Lesen Haltung an, salutierte vor dem Schreiben.
„Verzeiht, meine Dame, das konnte ich natürlich nicht wissen!"
„Du weißt vieles nicht, du Wicht!", zischte Bent unheilvoll. „Ich wäre dir dankbar, wenn du voran machen würdest! Es ist eine Unverschämtheit, eine Dame dermaßen warten zu lassen! Wie lange willst du mich noch hier stehen lassen?"
„Wenn Ihr mir folgen wollt!"
Bent betrachtete die Kammer. Sauber, ordentlich, frisches Bettzeug, daneben sogar ein Baderaum.
„Ja, gut", sie nickte, „Und Nefru? Wo kommt die Magd unter?"
„Keine Sorge, Dame. Wir haben Köchinnen, Mägde, ordentliche Frauen, bei denen kann deine Magd beruhigt schlafen."
„Ich will, daß mein Leibwächter die Kammer neben mir bezieht!"
„Natürlich. Und wenn Ihr mir gestattet, es ist bald Zeit für das Nachtmahl, wir würden uns freuen, wenn Ihr mit unserem Kommandanten, den Offizieren und unseren Damen speisen würdet."

„Gebratene Gazelle! Vom Drehspieß! Ihr habt richtig Glück heute, meine Dame. Dieser Bock hatte davon etwas weniger", säuselte der Kommandant Bent ins Ohr und er machte ihr ganz offensichtlich den Hof, obwohl seine Dame daneben saß.

„Sehr delikat, wirklich!" Bent rang sich ein zauberhaftes Lächeln ab, stopfte sich ein weiteres kleines Stück des außerordentlich leckeren Bratens in den Mund.

Am Morgen Brot mit Honig, kurz darauf den Nilbarsch, dann der Kuchen mit den Datteln, schließlich eine Portion von Nefrus leckerem Eintopf und jetzt auch noch das! Bent fühlte sich außerstande, auch nur noch einen einzigen Bissen hinunterzuwürgen. Mit einer eleganten Handbewegung schob sie den Teller von sich. „Ich bin es nicht gewohnt, am Abend so schwer zu speisen."

„Siehst du, Nofret", und Antef klatschte seiner Gattin auf den saftigen Hintern, „so machen das die feinen Damen in der Stadt! Rank und schlank, weil sie es gar nicht nötig haben, am Abend zu essen."

Der Dame Nofret blieb der Bissen im Hals stecken. Mit gespieltem Zorn schlug Bent dem Kommandeur ihren Fächer auf den Oberarm. „Aber, aber, mein lieber Antef! Solch eine Bemerkung könnte eine Dame in den falschen Hals bekommen! Wo bleiben Eure Manieren?"

„So war er schon immer", lächelte Nofret, obwohl sie ihrem Gatten wohl am liebsten die Augen ausgekratzt hätte, und wandte sich an die Magd. „Bringt mehr Wein und räumt den Tisch ab!"

„So, so, Dame Sahu-Re, Ihr wollt also etwas über zwei Söldner herausfinden. Die sogar hier stationiert waren." Neugierig beugte Antef sich über Bents Liste, „Au! Au!", rufend.

„Was denn?"

„Der da ist tot! Letztes Jahr. Schwindsucht."

„Oh."

„Aber der da", er wies mit dem Finger auf den Namen des Mannes, „der ist immer noch bei uns, was! Gleich morgen könnt Ihr ihn befragen."

„Was tragt Ihr bloß für ein bezauberndes Kleid, Dame Sahu-Re!", warf Nofret ein. „Wirklich. Hier auf dem platten Land, ach, alles Vornehme geht den Bach runter. Und verzeiht, daß wir alle an diesem einen großen Tisch sitzen", tadelte sie mit einem abfälligen Blick zu ihrem Gatten. „Die Sitten verrohen, selbst bei der glorreichen Armee unseres geliebten Gottes!"

„Aber Dame Nofret, das ist doch alles sehr nett!"

„Eure Tintenzeichnung auch!", warf Antef ein, stierte Bent in den Ausschnitt, schnappte sich ihre Hand, tätschelte sie. „Ihr bringt wahrlich Licht in unsere trüben, öden Tage. Hier ist nichts zu bewachen, nichts, wofür es sich zu kämpfen lohnt."

Sie legte zart wie ein Kätzchen ihr Pfötchen auf seinen Arm, beugte sich zu seinem Ohr hin, krallte rücksichtslos ihre mit Henna blutrot gefärbten Fingerspitzen in seine Haut, säuselte ihm ins Ohr: „Willst du, daß ich dir den Fächer um die Ohren haue oder soll ich dir gleich meine flache Hand ins Gesicht schlagen?"

„Ja, ja, meine Dame!", meinte er mit einem gespielten Lachen und ließ Bents Hand los. „Natürlich sollte ich der *Hemet* ein komfortableres Leben gönnen. Da habt Ihr ganz recht! Nicht wahr, mein Liebes. Nofret! Schätzlein, willst du die Dame Sahu-Re nicht fragen, von welchem ausgezeichneten Schneider sie ihre Kleider bezieht?"

„In der Tat, das würde mich interessieren, meine Liebe."

„Von Neschons Tochter, Dame Nofret, sie macht sogar die Kleider für die Königin!"

„Oh!" Nofret und den anderen Damen blieb vor Begeisterung der Mund offenstehen. „Oh!" Nofret beugte sich über den Tisch, an ihrem Gatten vorbei. „Ihr müßt mir alles davon erzählen! Von der Königin? Habt Ihr solche Kleider vielleicht bei der Dame Neschon gesehen?"

„Natürlich! Augenblicklich tragen die modisch interessierten Damen Kleider mit einem Träger."

Nofret machte große Augen. „Und?"

„Er läuft schräg über die Brust. Das sieht äußerst reizvoll aus."

Nofret schaute an sich herunter, stellte sich das offensichtlich an ihrem üppigen Busen vor, hauchte „Oh, wie gewagt!"

Bent blickte über den Tisch zu Ranofer hin, der kippte wütend wie ein in einer Reuse gefangener Kater den Becher Wein in seine Kehle, zischte leise ein drohendes „Fätzlein!"

„Für mich wird es nun Zeit mich zurückzuziehen. Habt Dank für die Gastfreundschaft." Bent stand auf, griff nach Liste, Fächer und Rute. „Es war ein langer Tag. Gute Nacht, Dame Nofret. Antef."

„Angenehme Träume. Dame Sahu-Re."

„Ich begleite die Herrin!" Ranofer stand ebenfalls auf.

„Natürlich. Als ihr Leibwächter."

Fast schon grob schubste Ranofer Bent in die Stube, zündete die Kerze an. „Das hätte ihm wohl gefallen, was?", schnaubend. „Eine vornehme Dame aus der Stadt!"

Bent gab ihm keine Gelegenheit, sich weiter über Antefs unmögliches Benehmen auszulassen, fiel ihm küssend um den Hals, zog ihn ungestüm zu dem Bett.

„Warte!"

„Worauf?"

Er zog an zwei langen Schnürchen aus seiner Rocktasche, daran hängend ein schmales, langes Beutelchen aus weißem, feinen Leinen. [16]

---

[16] „Gefühlsecht" waren diese Überzieher beileibe nicht. Und ihre Funktionstüchtigkeit sei dahingestellt. Doch auch damals ließ man nichts unversucht, unerwünschte Schwangerschaften zu verhüten.

„Das wirst du dir doch jetzt nicht umbinden wollen?", kicherte sie. „Mach das weg, das brauchen wir nicht!" Sie entriß ihm den Überzieher, schleuderte ihn in die Ecke. Wie zwei Verhungernde fielen sie übereinander her, sich gegenseitig die Kleider vom Leib reißend. Ranofer drückte sie auf das Bett, nahm sie hart, beinahe brutal. „Hör auf zu kratzen, Weib! Und nicht so laut! Das sollte niemand hören!"

„Du wirst doch nicht aufhören?", stöhnte sie hitzig als er innehielt, umklammerte ihn mit den Beinen, spannte zitternd vor Erregung den Bauch an.

„Was…" Ihm blieb kurz die Luft weg.

„Das ist doch nicht dein Ernst!", giftete sie. „Mach weiter!"

„So laß mich doch Luft holen!" Er rutschte von ihr herunter.

„Du wirst mich nicht da liegen lassen! *Ich* warte nicht!" Sie setzte sich rittlings auf ihn, unzüchtig, voller heißer Begierde, krallte sich in seine Brust, klatschte ihm wütend eine. Er packte ihre Handgelenke, hielt sie fest, sie befreite sich unwirsch aus dem Griff.

„Du wirst nicht lange brauchen! *Ich* weiß es! Du hast es schonmal so gemacht!" Der stumme, aufpeitschende, wilde Zweikampf entfachte noch mehr heiße Begierde. Sie beugte sich zu ihm herunter, küßte ihn heiß und verlangend, rutschte tiefer, nahm gierig sein Zepter in den Mund!

„Hör auf, Bent! Hör auf, mich zu kratzen! Geh von mir runter! Was ist das denn… das gehört sich nicht… woh…"

„*Du* wirst mich nicht warten lassen!", drohte sie lüstern, biß sanft zu, küßte und liebkoste ihre pralle und doch so zarte köstliche Beute, rutschte berauscht über ihren Erfolg über ihn, half mit der Hand nach, bis sie ihn schon wieder tief in sich spürte. „Du bist unanständig!", schnurrte sie in sein Ohr, biß ihm in den Hals, riß ihn an der Schulter, damit er sich mit ihr umdrehte und nochmal nehmen konnte …

Sie schaute ihn an, blickte ihm in sein schönes Gesicht während er sie liebte, schaute ihm in die leuchtenden Augen mit den langen, dichten Wimpern.

Ich kenne diesen Blick! Ich habe ihn millionenmal gesehen! Gleichgültig! Ausweichend! Kein Gespür für die Frau unter sich, nur für ihren Körper! Für meinen im Augenblick der Hitze entflammten, feuchten gierigen Schoß, in den du dein mächtiges heißes, forderndes Fleisch rammst. Du liebst mich nicht, siehst nicht mein liebendes Herz, meine für dich entbrannten Seelen, die sich nach dir verzehren. Dein Blick ist der Blick, den Männer Huren zuwerfen! Ich bin für dich nichts anderes! Du liebst mich nicht, du willst mich nur besitzen!

Keuchend und verschwitzt ließen sie voneinander ab.

„Zufrieden?", schnurrte er.

„Für den Anfang!" Sie legte ihr langes schlankes Bein über seine, dabei klingelten die Fußkettchen verheißungsvoll.

„Was?", lachte er.

„Die Nacht ist noch lang, Ranofer", gurrte sie, „und ich habe nicht vor, viel zu schlafen."

„Aber verschnaufen darf ich doch wohl? Na, komm her, Schönheit, in meinen Arm."

Bent blinzelte schläfrig in der hellen Morgensonne, kratzte sich wenig damenhaft den Schopf, tat, als ob sie genau zuhöre, unterdrückte ein Gähnen, betrachtete mit geheuchelter Bewunderung den alten, einsamen, traurigen Pavian in seinem Stall mit den Gitterstäben.

„Thot! Der Gott der Weisheit!"

„Tatsächlich?" Die Bissigkeit in ihrer Stimme war nicht zu überhören. „Und was war das eben? Da vorne, in dem andern Gehege? Der Ibis? War das nicht auch Thot?"

„Ähm… ja, meine Dame, natürlich, meine Dame!" Der Tierpfleger kam ins Stottern.

„Und eben, der alte Stier. Das war *Hep*? Der Gott Ptah? Dessen Seele in dem Apis-Stier wohnt, der eigentlich in *Hut ka Ptah* [17] verehrt wird? Ptah, dessen Gemahlin Sachmet ist?"

„Ja, ja!"

„Aha!"

„Und der Reiher bei dem Ibis ist tatsächlich ein *Benu*? [18] Was macht ihr, wenn er brennt?"

„Bent!" Vergebens suchte Ranofer sie zu besänftigen.

„Dann ist der Widder da *Ksanamu*?"

„Selbstverständlich!"

Bent ging weiter zu dem nächsten Gehege. „Und dieser… was ist das? Ein müder Sorgentropf? Ach, nein, dieser Falke ist bestimmt Horus?"

„Aber gewiß!"

„Weiß unser Guter Gott, daß sein göttlicher Vater in einem Koben eingesperrt ist, anstatt hoch über uns frei in den lauen Lüften zu segeln?"

„Äh…"

„Bent laß den Mann in Ruhe! Er macht doch nur seine Arbeit!"

„Das ist doch Lug und Trug hier!", zischte sie böse. „All die armen Tiere! Eingepfercht, alleine…"

„Es sind die Abbilder unserer Götter! Und somit sind sie selbst göttlich! Hör jetzt mit deinem Lästern auf! Komm mit mir in den nächsten Hof, und du wirst verstehen, warum sie hier versuchen das jahrhundertealte Wunder

---

[17] Memphis/Mennefer
[18] Phönix

dieser Stätte aufrechtzuhalten!" Ranofer trat zu dem Tierpfleger. „Du kannst uns alleine lassen. Ich kenne mich hier aus."

„Ja, Herr Ranofer. Ich kenne dich von früher. Aber faßt nichts an! Faßt um Himmels Willen nichts an!"

Bent folgte Ranofer durch einen düsteren Torweg, rümpfte die Nase über kernigen Mistgeruch, zuckte vor einem furchtbar lauten Geräusch zusammen, daß sie noch nie im Leben gehört hatte. Als würden riesige Dämonen aus der dunkelsten Unterwelt in eine gewaltige, verbogene, rostige Trompete pusten…

„Oh! Sie lebt noch!", rief Ranofer erleichtert. „Komm, Schönheit, du wirst sie lieben!"

Sprachlos stand Bent vor dem mit gemauerten Pfosten gesicherten Gehege, mit großen Augen, offenem Mund. Hinter den massiven Säulen ein Tier, so gewaltig und groß wie ein Haus, mit der Farbe der Asche des Feuers, mit wedelnden Ohren groß wie Bettlaken! Und die machten ordentlich Wind. Aus der Nase des Tieres … das war die Nase? Sie war mindestens vier Ellen lang! … kam abermals dieses ohrenbetäubende Trompeten! Und links und rechts davon zwei weiße Stümpfe, mit goldenen Bändern eingefaßt.

„*Yabu*!", hauchte Ranofer.

„Oh!" Bent kamen die Tränen. „Idris! Du hast mir kein Märchen erzählt! Oh, wie ist sie schön!" Bent trat näher, die Nasenspitze des Elefanten suchte tastend und vorsichtig ihren Weg.

„Sie weint!"

„Vielleicht kannst du sie mit einer Dattel bestechen?" Ranofer reichte ihr einen Korb, der am Boden gestanden hatte. Vorsichtig hielt Bent der suchenden Nasenspitze die Dattel hin. Und umsichtig, geziert und vornehm wie eine Dame mit zwei spitzen Fingern, erhaschte Yabu geschickt die Dattel, steckte sie in ihren großen Rachen.

„Als würde ich eine halbe Linse essen, was, meine Schöne! Hier, noch mehr." Ergriffen streichelte Bent die suchende Nase, schaute dem Tier in die sanften, klugen Augen mit den langen Wimpern, „Sie ist unendlich traurig", hauchend. „Sie ist die wahre Herrin, ach was, Königin der weiten Steppe, klug, weise und wissend. Man hat sie gefangen, ihrer alten Mutter, den Schwestern, den Tanten entrissen, hier eingepfercht! Sie wird nie wieder durch die lieblichen Auen ihrer wilden, geliebten Heimat streifen können." Tränen des Mitleids standen Bent in den Augen, unwirsch wischte sie sie weg.

„Hat sie dir das trompetet?", spaßte Ranofer.

„Ich habe ihr ins Herz gesehen!", schluchzte Bent, „Ich wünschte, ich könnte ihr die Freiheit schenken!"

„Sie würde alles niedertrampeln."

„Sie wäre dankbar!"

Bent hielt dem großen Tier die Hand hin, die tastende Nase krabbelte vorsichtig über ihre Finger.

„Verzeih mir! Ich kann dir nicht helfen!"

Yabu gab ein beruhigendes kollerndes Brummen von sich, wackelte mit den großen Kopf, neigte ihn ein klein wenig.

„Lebe in Frieden, Yabu!", hauchte Bent und ging mit Ranofer weiter.

„Taueret!", rief Bent erstaunt, als sie an dem nächsten Gehege standen. Darin ein großes Wasserbecken, in dem sich ein Nilpferd aalte. „Oh, wenn Kara das sehe könnte!"

Gleich daneben, das Wasserbecken von einer durchbrochenen Mauer abgeteilt, döste ein beinahe zwölf Ellen langes Nilkrokodil mit aufgerissenem Rachen in der Sonne!

„Sobek!" Ranofer faßte Bent am Arm. „Verstehst du es jetzt? Hier werden die Götter gehalten, gehätschelt und liebevoll umsorgt. Wenn man sie auf die Menschheit loslassen würde … nicht auszudenken was alles passieren könnte, würde ihnen nicht mehr genügend gehuldigt!"

„Sobek ist wahrhaftig beeindruckend!" Bent versuchte, den zerfledderten Kadaver eines Esels daneben zu ignorieren und machte daß sie weiterkam, huschte durch den zweiten Torweg, im Glauben, hier ginge es wieder hinaus, zuckte zusammen und blieb abrupt stehen, als ein lautes Brüllen durch die Gebäude hallte.

Sie meinte gerade, ihr gerinne das Blut in den Adern. Dann überkam sie rasende Hitze, ihr Blut schien zu kochen, zu brodeln, einem heißen, brennenden Strom gleich durch die blauen Kanäle unter ihrer Haut zu fließen. Der Tintenschmuck brannte wie ein loderndes Feuer; gleich würde er aufbrechen, aus seinen schwarzen vernarbten *Medu Netjer* das heiße, feurige Blut schießen und, von boshafter, gewaltiger Macht getrieben, alles um sich herum in glühender Feuersbrunst versengen. Schon spürte sie, wie ihre Augen sich nach oben hin verdrehten …

Mich sperrt niemand ein! dröhnte es in ihrem Kopf.

„He, he! Bent!" Ranofer konnte sie gerade noch auffangen, bevor sie wie ohnmächtig zu Boden gesunken wäre. Er tätschelte ihr die Wangen. „Trink mal was. Die Nacht kaum geschlafen und den ganzen Morgen in der Hitze herumlaufen! Das geht nicht. Trink!" Er hielt ihr einen Becher hin, den er offensichtlich an dem Wasserkrug da in der Ecke gefüllt hatte. Mit brennenden Augen schaute sie ihn an.

„Besser?"

„*Tju!*", krächzte sie, räusperte sich, klemmte das Haar hinter die Ohren, „Einen kurzen Augenblick schnaufen. Gib mir noch einen Schluck", betrat dann mutig den nächsten Hof.

Fauchende, wilde, unbeherrschte Wut, gepaart mit unbändiger Kraft sprang ihr entgegen!

Reißzähne so lang wie Bents Finger blitzten im Sonnenschein, gewaltige Pranken mit Krallen, scharf wie Ranofers Messer, schwarz wie die Nacht, schlugen gegen das Gitter, ohrenbetäubendes, zorniges Brüllen machte Bent fast taub.

Sachmet!

Sie stand wie verhext vor dem Gehege, starrte die gefangene Löwin darin an, „So begegnen wir uns endlich", hauchend, trat schließlich einen vorsichtigen Schritt näher. Die große Katze fauchte und knurrte, ging auf und ab, rieb ihren Kopf nach Katzenart an dem Gitter, ließ sich auf einmal gelassen vor Bent nieder, schaute sie aus grün schimmernden, leuchtenden, klugen Augen an, putzte sich schließlich niedlich und possierlich wie eine Hauskatze ihre Pfote und das Gesicht.

„Du bist auch *Bastet!*", flüsterte Bent ergriffen, „Sanft und zärtlich!", ließ sich auf die Knie nieder, rutschte zu dem Gitter hin.

„Komm da weg Bent!"

„Wäre meine Bast so groß wie du, ich würde mich zurecht vor ihr fürchten!"

„Bent! Nicht noch näher!"

„Du bist *Die Mächtige*, fürwahr! Deinen heiligen Namen trage ich für alle Zeit in meinem Leib geritzt, damit ich niemals vergesse!"

Die Löwin stand auf, kam mit ihrer Nase dicht an das Gitter, leise grollend, sanft schnaufend. Zitternd und zögerlich wie ein Kind streckte Bent atemlos die Hand aus und ehe Ranofer sie daran hindern konnte, streichelte Bent der Löwin durch das schöne Gesicht.

„Bist du von Sinnen!" Ranofer riß Bent vom Boden hoch, klatschte ihr eine Ohrfeige, drückte sie fest an sich, die Hand an ihrem Kopf, ihr Gesicht an seiner Brust „Wie kannst du nur?", brüllend.

„*Ich* bin die Frau die Sachmet ist!", brüllte Bent zurück und schubste ihn weg, sich sicher, daß ihre Augen in glühender Wut grün leuchteten, juckender, beißender Schmerz des Tintenbildes, heiß fließendes Blut daraus…

„*Ich* bin Sachmet!", brüllte sie abermals, schon wanderten ihre Augäpfel nach oben, heiß schlug ihr der Atem aus der Kehle, traten die ersten Blutstropfen aus dem Tintenbild. „An *meiner* Seite *Sia* und *Schai*… Ich allein bin das verzehrende Feuer …"

Ranofer sank entgeistert und anscheinend zu Tode erschrocken vor ihr demütig auf das Knie, neigte das Haupt, die Hand auf dem Herz.

„Herrin! Du meine Göttin! Verfüge über mich, wie es dir beliebt! Aber verschone Bent! Verschone Sahu-Re, sie hat ihr Leben Isis geweiht!"

„Isis vertreibt den Dämon mit Worten. *Ich* vertreibe den Dämon mit Taten!" Worte wie Donnerhall! Atem so heiß wie der Wind aus der Deshret.

„Hier ist kein Dämon, Herrin!"

O Isis, heilige Mutter Gottes, erhöre mein Flehen, steh mir bei in der Stunde… Isis, Mutter aller Götter, du Zauberreiche, ruf sie zurück!

Bent krallte sich an ihre Kette, umklammerte das Bildnis der geflügelten Isis, taumelte, schwankte, hielt sich für einen Herzschlag lang an Ranofers starker Schulter fest, blinzelte schnaufend in die helle Welt des jungen Tages.

Oh, das hätte er niemals sehen dürfen!

„Steh auf! Was machst du denn am Boden?", keuchte sie.

Er stand auf, klopfte sich den Staub vom Knie, schien ihr vollkommen erschüttert, obwohl er sich kaum etwas anmerken ließ.

„Die Göttin wohnt tatsächlich in dir!", flüsterte er außer sich, ihr blutendes Tintenbild betrachtend.

„Das ist nur der Rest meines Wahnsinns, Ranofer. Manchmal bricht er aus. Erinnere dich an die verwahrloste Frau, die ich einmal war; in der hintersten Kammer des Tempels."

„Ich habe mit einer Göttin gevögelt!", fluchte er aufgebracht. „Ich bin für alle Zeiten verdammt!"

Pharao hatte da keine Bedenken!

„Red doch keinen Unsinn!" Sie ergriff zärtlich seine Hand. „Ranofer, du mußt mir glauben! Siehst du jetzt ein, warum ich einen Leibwächter brauche? Jemand muß doch auf mich aufpassen!"

Er schaute ihr zweifelnd ins Gesicht, flüsterte: „Jetzt bist du wieder Bastet!"

„Ich bin Bent, Ranofer, hör auf mit dem Unsinn!"

„Ich hole dir von dem Wasser, damit du das Blut abwischen kannst und dann sollten wir zurückgehen." Anscheinend hatte er seine Beherrschung wiedergefunden.

„Ich muß noch mit dem alten Mann reden."

„Das solltest du auf später…"

„Ich bin Bent! Und *ich* bin die Herrin vom Isistempel!" Wütend schlug sie mit ihrer Rute durch die Luft. „Laß uns gehen!"

„Dieser alte Mummelgreis macht mich wahnsinnig!", raunte sie Ranofer kurz darauf zu, schaute zu dem Alten hin, der seelenruhig mit einem Messer Obst und Gemüse in grobe Stücke schnitt. Anscheinend bekam der alte Soldat hier das Gnadenbrot, durfte leichte Arbeit verrichten.

„Bist du schwerhörig?", plärrte sie.

„Jaja, das ist ungehörig. Soviel! Jeden Morgen", lächelte der Opa sein zahnloses Lachen. „Alles für das liebe Viehzeuch!"

„Kennst du jemanden auf dieser Liste?"

„Hä?"

„Ob du… ach! Pah!"

„Ptah, jaja, der *Große Bildner*! Da vorne, der Stier!"

„Meine Fresse!", grunzte Ranofer hinter ihr.

Bent nahm dem Alten das Messer ab, tätschelte seine Hand, schaute ihm tief in die Augen, tippte auf ihre Liste.

„Ob-du-jemanden-kennst-von-denen?"

Er hatte wohl verstanden, hielt sich die Liste dicht vor die Augen, dann wiederum weit weg, zeigte auf einen Namen.

„Nein! Der ist tot!" Bent klatschte unwirsch die flache Hand auf die Tischplatte.

„Der ist tot!"

„Das sagte ich doch!"

„Und *der* Halunke da hat in *Iunit* eine Töpferei! Sonst kenn ich keinen."

„Gleich schrei ich!"

„Komm, Herrin. Das hat doch keinen Zweck. Vielleicht hast du in *Djeba* mehr Glück."

„*Südliches Behdet*! So heißt das alles hier. Schaut nur: *Djeba*!", rief Ranofer vom Bug aus. „Die Hauptstadt des Falkengaus! *Wetjes Hor*! Seht nur die prächtigen Fahnen!"

„Pah!", schnaubte Bent. „Die können mit unserem geliebten Uaset nicht mithalten! Unsere Fahnen sind prächtiger! Unsere Tempel gewaltiger! Unsere Stadt leuchtender!"

„Immerhin haben sie hier die Mastaba des hochverehrten Gaufürsten Izi. Noch heute, nach beinahe zehn Jahrhunderten, wird der *Heri tep aa Sepat* als *Lebender Gott* verehrt."

„Sonst haben sie nichts?", mäkelte Bent geringschätzend. „Uaset hat einen leibhaftigen Gott!"

„Wie gehen wir vor?", fragte Samut. „Noch einmal wird der Zufall uns wohl nicht weiterhelfen."

„Ich fürchte", meinte Djehutimes, „dieses Mal müssen wir es amtlich angehen."

„Was meinst du mit amtlich?"

„Die Bürgermeisterei."

„Zum *Hati a en Niut*?"

„*Tju!*"

„So geht das nicht!", maulte Bent. „So können wir da nicht hingehen. Los! Macht euch fertig! Die Uniformen, Schminke! Schluß mit dem Lotterleben!"

Kurz darauf schaute sie zu, wie die Männer sich herausputzten, ging zurück in die Kabine, holte dort ihren Spiegel, hielt Djehutimes den Anch hin.

„Danke! Aber Wepu macht das sonst für mich."

„Ich halte ihn dir. Laß dem Kind sein Spiel."

„Nicht, daß er mir da absäuft!"

„Laß ihn ruhig mit meinen Bootsleuten plantschen. Sie sehen nach, daß an der Barke alles in Ordnung ist. Wenn dir das lieber ist, ich kann dich auch schminken."

„Das krieg ich auch so hin, Schwester."

„Nenn mich nicht so!"

„Es ist aber doch so!"

„Ich…", Bent blickte über das glitzernde Wasser des *Iteru*, „kenne dich nicht, du bist ein Fremder für mich."

„Und du bist mir so vertraut, als würde ich in einen Spiegel schauen."

„Du weißt nichts von mir!"

„Das brauch ich nicht. In uns fließt das gleiche Blut."

„Reich das *Sedemet* her! Mach die Augen zu!", raunzte sie. Mit unglaublicher Beherrschtheit malte Bent Djehutimes die Augen, betrachtete dabei sein Gesicht, ließ sich schließlich dazu hinreißen, ihm liebevoll über die Wange zu streicheln.

„Der Schnauzer sieht gut aus! Allmählich sieht man, was es werden soll."

„Doch kein Besen!", schmunzelte er. Sie schlug ihm zärtlich auf die Hand.

„Ich kenne keine Männer wie du."

„Das glaub ich dir. Was hat eine Hohepriesterin schon mit Krüppeln zu schaffen."

„Das mein ich nicht! Red keinen Stuß! Ich kenne niemand wie dich! Keinen Vater, keinen Onkel, keinen Bruder. Ich kannte nur…"

Freier

„Wen?"

„Männer, die mir hinterherstiegen!", blaffte sie.

„Ist ja auch kein Wunder!" Er grinste bewundernd, um dann ernst zu fragen: „Warum hast du keinen Mann?"

Ich habe doch einen! Er sitzt da vorne, albert mit Samut herum, macht sich schick und fein um mich zum Bürgermeister zu begleiten. Ich sehe ihn da in seiner ganzen männlichen Pracht, wie er sein Schwert gürtet, das Messer in den Gürtel steckt. Liebt mich in der Nacht in seinen Träumen, vergißt bei Tage, daß er mich kennt.

„Ich habe mein Leben Isis geweiht."

„Wie wurdest du Hohepriesterin? Ein wahrhaft gewichtiger Posten."

Du mußt durch die dunkelste Duat wandern, alleine in der Dunkelheit und Kälte einherschreiten, du mußt durchs Feuer gehen, dich demütigen und vergewaltigen lassen, dem Irrsinn anheimfallen, einen blutigen Schwur schwören, die grausamste Göttin Kemets dein Herz beherrschen lassen.

„Durch Zufall."

Mit zitternder Hand strich Bent eine Strähne ihres Haares hinters Ohr, versuchte ein mißglücktes Lächeln.

„Du fürchtest dich ja!" Mitfühlend packte er ihre Hand. „Wovor?"

Vor meinem Leben!

„*Ich* fürchte mich nie!"

Sie stand auf, schnauzte: „Was ist jetzt da mit euch? Seid ihr bald fertig!"

„Sofort, Herrin!"

Bent schob den Vorhang beiseite, wollte die Bohle betreten um die Barke zu verlassen, blickte fassungslos über die schweigende Meute am Ufer. Die halbe Stadt schien versammelt, allen voran schwer bewaffnete Soldaten der Stadtwache, die nun salutierten.

„Was soll das?", raunte sie Ranofer zu.

„Keine Ahnung!"

„Ich hole meine Krone! Einen Augenblick."

Hoheitsvoll betrat sie ein zweites Mal das Deck.

„Wir gehen voran, Herrin. Das da ist mir unheimlich."

Der Anführer der Stadtwache salutierte ein zweites Mal. „Es ist uns eine Ehre!", rufend.

„*Dwa Netjer ink!*" Bent neigte leicht den Kopf. „Und mit was habe ich diesen Empfang verdient?"

„Eine Hohepriesterin der Göttlichen Mutter? In der Stadt, in der Horus verehrt wird? Ihr macht Scherze mit mir!"

„Ich beliebe nicht zu scherzen!"

„Wie kann ich Euch dienen?"

„Zum *Hati a en Niut!*"

„Folgt mir, Herrin!"

„Ist es weit?"

„Gleich da vorn!"

Ranofer warf ihr einen fragenden Blick zu, sie nickte ihm zu. Weiterhin standen die Leute stumm und, ja ehrfürchtig, an der Straße, machten ihr Platz. Ein kleines Mädchen schlängelte sich naseweis nach vorne, in den Händchen einen kleinen, zerrupften Blumenstrauß, hielt ihn Bent hin.

„Danke."

Die Kleine spielte verschämt mit ihrem Kleidchen, drehte sich niedlich verlegen hin und her, sagte altklug: „Isis ist die *Mut* von Horus! Und du hast ein Bild von Isis auf deinem Segel."

„Ja, meine Süße", schmunzelte Bent erleichtert, „und du gehst jetzt ganz schnell zu deiner *Mut*, nicht daß sie dich im Getümmel suchen muß!"

Übereifrig seine Hände reibend kam der *Hati a en Niut* auf sie zu. „Welch eine Ehre! Eine Hohepriesterin der Isis, der Mutter unseres allseits verehrten göttlichen Horus, in unserer Stadt, wo der von uns allseits verehrte göttliche Horus seinen größten Sieg über den schändlichen Seth davongetragen hat! Meine Dame! Meine Dame! Ich bin überglücklich, Euch hier begrüßen zu dürfen!" Er fiel vor Bent auf die Knie, streckte die Arme vor. „Das ich das noch erleben darf!"

„Ich bin Sahu-Re und komme aus Uaset…"

„Aus der Hauptstadt?", ächzte der Mann auf seinen Knien. „Aus der Stadt unseres Guten Gottes? Oh, zuviel der Ehre…"

„Steh auf, wenn ich mit dir rede! Ich komme aus Uaset um hier einen Mann zu suchen. Dazu müßte ich in deiner Verwaltung etwas nachsehen."

„Verwaltung?" Die Verwirrung stand dem feinen Mann im Gesicht.

„Hier ist doch gewiß irgendwo verzeichnet, wer wo wohnt?"

„Wohnt? Heilige Frau, Ihr seid nicht auf einer Pilgerreise? Eine *Imi ra Hat Netjer* der Isis kommt doch nicht wahrhaftig in die Stadt unseres allseits verehrten göttlichen Horus, um in meiner Verwaltung zu stöbern?"

„Doch."

„Eine *Hemet Netjer Tepi en Isis*? Hohepriesterin jener Göttin, die die Mutter unseres allseits verehrten…"

„Strapaziere meine Geduld nicht noch länger!" Ihr Griff um die Rute fester, Ranofer räusperte sich vernehmlich, schüttelte unmerklich den Kopf.

„Lies dieses Schreiben, bitte." Sie hielt dem Bürgermeister den *Qahet* hin. Andächtig las er, Schweißperlen rannen von seiner Stirn, die feuchten Hände wischte er sich an seinem Hemd ab.

„Dort, wo die Steuern verzeichnet werden, dort findet man heraus, wo einer wohnt", hauchte er um Fassung bemüht.

„Dann bring mich unverzüglich dahin. Und sage mir, guter Mann, gibt es hier einen Gasthof, eine Schenke, mit guten Zimmern und einem Badehaus?"

Der gute Mann machte den Mund auf und zu wie ein Fisch auf dem Trockenen, „Gasthof?", murmelnd. Schnappte schließlich heftig nach Atem, schien sich auf seine Würde und sein Amt zu besinnen.

„Ich bin der Fürst des Falkengaues meine Dame!", flüsterte er, seinen inneren Aufruhr unterdrückend, „Mir unterstehen tausende Beamte, tausende Soldaten, tausende Bauern. Ich glaube nicht, daß *ich* weiß, in welcher Schenke man einkehrt!" Abermals wischte er Schweiß von seiner Stirn, rang sich ein Lächeln ab. „Aber einer *Semert Per Nesut, Semert Wati* der *Hemet Nesut Weret* gebührt eine standesgemäße Unterkunft. Ich würde mich überglücklich schätzen, wenn die *Semert Per Nesut, Semert Wati* der *Hemet Nesut Weret* in meinem bescheidenen Hause zu Gast wäre."

„Zuviel der Ehre." Bent ließ sich zu einem gnädigen Lächeln herab.

„Nicht zu fassen!", prustete Djehutimes, als sie den schattigen, mit luftigen Schilfrohrmatten überdachten großen Hof betraten.

„Hör auf!", zischte Ranofer und Bent bemerkte an seinem Tonfall, daß er sich mühsam das Lachen verbiß.

„Was ist denn?", keifte sie. „Hab ich was falsch gemacht?"

„Du hast den Fürsten nach einer Schenke gefragt, sowas kann auch nur dir einfallen, Herrin." Ranofer wischte sich ein Lachtränchen aus dem Augenwinkel, bemühte sich um Ernsthaftigkeit. Samut betrachtete gelassen die vielen Schreiber, die da an ihren unzähligen kleinen Tischen saßen und ihre Arbeit verrichteten. Der Oberaufseher dieser Arbeiten kam dienstbeflissen auf sie zu.

„Kann ich helfen?"

„Die *Ta Schepsi* Sahu-Re wünscht eine Auskunft...", sagte Djehutimes.

„Das hier ist keine Auskunftei!", erboste der Mann sich. „Hinaus! Hier werden die Steuern unserer Bürger..."

Djehutimes richtete ächzend den gepolsterten *Medu* unter seinem Arm, machte einen ungeschickten Schritt vor, stützte sich schwer auf seinen Stock, der Oberaufseher gab plötzlich erbärmliches Geschrei von sich.

„Oh, verzeiht! Das war keine Absicht! Was bin ich für ein Tolpatsch! Tut es sehr weh? Wenn Ihr Euch dieses Schreiben ansehen würdet?"

Bent reichte ihren *Qahet* rüber. Schnaufend setzte der Oberaufseher sich auf einen Schemel, rieb seinen Fuß, entrollte wütend das Schreiben, Djehutimes machte Bent ein freches Petzauge.

„Hier entlang, meine Dame!", keuchte der Oberaufseher, „Und ich fürchte, ich kann der *Imi ra Hat Netjer* der Isis nicht persönlich mit Auskunft dienen. Mein Fuß... wenn ihr verstehet..." Ächzend humpelte er hinaus, „Einen Kübel kaltes Wasser!", brüllend, „Sofort!"

„Eine Waffe, hm?", brummte Ranofer Djehutimes gutmütig grinsend zu, als sie den dämmrigen, kühlen Raum voller Schriftrollen betraten.

„Es bedarf nicht immer eines Schwertes, Herr Ranofer! So, dann wollen wir mal!"

„Wie willst du hier was finden?"

„Es ist überall das gleiche. Beamte haben nicht vor, lange zu suchen. Laß mich nur machen, Bent."

„Ist das langweilig!", stöhnte sie nach einer Weile.

„Ich hab's gleich! Nur Geduld!"

„Ach, pah! Geduld! Du durchstöberst wohl schon die hundertste Rolle."

„Neunzehn, Bent. Es waren nur neunzehn. Da! Das ist er! Guck!"

Entgeistert starrte Bent auf die Schriftzeichen.

„Vogelfüßchen?"

„Die Schrift der Hethiter und Mitannier."

„Striche und Dreiecke?"

„Ich sagte ja, eine eigentümliche Schrift. Da, daneben sein Name in unserer

Schrift!"

„Schattiwazza? Das heißt tatsächlich so?"

„Wenn's da steht."

„Und wo wohnt der nun?"

„Da müssen wir jemanden fragen der sich auskennt." Djehutimes schwang seinen *Medu* so kühn wie einen Kampfstock. „Der Herr Oberaufseher wird es wohl wissen."

„Und du bist dir sicher, daß er nicht mal jemanden erwähnt hat, der in Uaset war, dort Frau und Kind hatte?"

„Nein!", schluchzte die alte Dame in ihr Tuch, der Sohn und die Schwiegertochter tröstend hinter ihr, die Hände auf ihrer Schulter.

„Das tut mir leid für deinen Verlust. Wann ist er denn verstorben?"

„Vor drei Tagen!" Sie schneuzte sich, schaute Bent flehend ins Gesicht. „Wird er in eurem Himmel gut aufgenommen sein, Dame?"

„In unserem Himmel?"

„In der anderen Welt?"

„Oh, dort, ja, natürlich! Wenn er gottgefällig gelebt hat, wird Maat sein Herz für leicht befinden und ihn ohne Umschweife nach *Sechet Iaru* schicken."

„Wohin?"

„In die *Gefilde der Binsen*. Er wird friedlich sein Feld bestellen können?"

„Feld? Er war kein Bauer! Er war ein angesehener Augenarzt!"

„Äh, ja, das sagt man so, meine Dame."

„Ach?"

„Ich werde für deinen Gatten beten. Leb wohl, danke für deine Zeit."

„Man wird doch erwarten können, daß man nach all der langen Zeit in diesem unseren schönen *Schwarzen Land* seine Gepflogenheiten angenommen haben könnte!", grummelte Bent auf der Straße. „Habt ihr den Hausaltar gesehen? Aber nein! Schön an alten Gewohnheiten festhalten! Bloß nicht nach links und rechts schauen! Nicht einen unserer Götter kennen! Ausländer! Pah!"

„Hör auf zu schimpfen, Herrin!" Ranofer steckte sich mißmutig ein paar seiner gerollten Blätter in die Backentasche. „In diesem unseren schönen *Schwarzen Land* kann jeder tun und lassen was er will. Wenn die Leute die Götter ihrer Heimat anbeten, kannst du ihnen das nicht verbieten!"

„Was für ein unnützer Aufwand! Den ganzen Tag verplempert! Ich hab's satt! Wir finden niemals, wonach ich suche! Am besten, wir fahren nach Hause! Und in meinem ganzen Leben saß ich noch nicht auf einem Ochsenkarren!"

Ranofer spuckte zischend zwischen seinen Zähnen aus, half Bent und Djehutimes auf den wartenden, bunt bemalten Karren.

„Immerhin schön ausgepolstert mit Kissen und so! Der Herr Gaufürst ließ sich nicht lumpen! Und morgen fahren wir weiter durch den Gau *Netjerui*, nach *Nubyt*! So schnell gibst du nicht auf!"

„Laßt mich in Ruhe!", krächzte Bent durch die Tür der Kabine.
„Wir sind da, Herrin!"
„Hau ab, Ranofer!"
„*Die Goldene* leuchtet vor uns im Sonnenlicht!"
„Ich kann nicht!"
„Was ist denn los?"
„Hmpf..."
„Bent?"
„Du sollst abhauen, hab ich gesagt... oooh...!"
„Hast du dasselbe wie Djehutimes? Der konnte sich gar nicht schnell genug in die Büsche am Ufer schlagen!", rief er lachend.
„Nefru soll Blätter und Schoten einer *Schnedjet* pflücken und mir süßes Bier bringen! Mach schon!"

Ein wenig käsig um die Nase kam Bent später aus ihrer Kabine.
„Meine Fresse", witzelte Ranofer, „Du siehst gar nicht gut aus."
„Halt die Klappe!"
„Das ist das viele fremde Essen! Der feine Herr Gaufürst tischte wohl etwas auf, daß..."
„Du sollst still sein!"
„Ich empfehle dir trockenes Brot. Samut und ich ziehen alleine los. Du ruhst dich aus! Bleibst schön in der Nähe von deinem Topf. Nein! Keine Widerrede! Gib dein Schreiben her!"
Erst spät am Nachmittag kamen sie zurück.

„Wasabt ihr 'rausgefunden?" Bent ging es anscheinend wieder besser und auch Djehutimes war nicht mehr so blaß um die Nase.
„Ein Säufer! Ein widerlicher, stinkender Haderlump, der jeden und alles für sein Scheitern verantwortlich macht, nur nicht sich selbst. Nein, Bent, es war gut, daß du nicht dabei warst. Ich hab ihn ordentlich dazwischen gehabt, aber außer daß er den Augenarzt gekannt hat, er in Uaset fünf Kinder anerkannt hat, hab ich nichts aus ihm herausbekommen."
„Diese Reise isso unnütz! Ich wünschte, wir wär'n zu Hause geblieben!"
„Na, na, na! Wir haben doch unseren Spaß! Ist doch mal was anderes als der

tägliche Trott und es ist schön dem Müßiggang zu frönen.“

„Ich bin nicht aus Spaß auf Reisen gegangen!“, trotzte Bent wie ein kleines Mädchen und stampfte mit dem Fuß. „Und ich will ein Bad nehmen, will von diesem Schiff ’runter, will nach Hause!“

„Und ich hab Hunger! Hat Nefru was gekocht?“

„Erwähn es nicht! Kann nichts zu essen mehr sehen!“, brotzelte Bent.

„Du solltest noch von deinem süßen Bier trinken und dir ein wenig den Ort ansehen, die Beine vertreten.“

„Will nich!“

„Wieviel von dem *Henket* hattest du?“

„Weiß nich!“

„Samut, unsere Herrin hat einen Rausch!“

„Hab ich *nicht*!“ Abermals stampfte sie quengelnd mit dem Fuß. „Und du has‘mich überhaupt nich lieb! Keiner hat mich lieb!“

„Au, au!“

„Ranofer!“, schmeichelte sie süß wie Honig, „Has‘du mich lieb?“

„Sei still!“, flüsterte er.

„Nich ein bißchen?“

„Natürlich hab ich dich lieb, Herrin! So wie man seine Herrin liebhaben sollte!“

„Gehs‘du mit mir schlafen?“

„*Nein!*“

„Ich bin aber müde! Bidde bidde!“

„Du bringst mich in Verlegenheit, Herrin!“

„Ich liebe dich, Ranofer!“

„Bist du wohl still!“

Sie wollte ihm um den Hals fallen, er nahm sie grob bei der Hand, zog sie von Bord, tunkte sie unten ins Wasser.

„So, da hast du dein Bad!“

„Du gemeiner Drecksack! Du Schuft! Du dreckiger Schurke…“

Nochmals tunkte er sie unter. Gift und Galle spuckend tauchte sie auf, giftig wie ein Nilkrokodil, tobend, schlagend, kratzend und beißend.

„Hör auf, Bent! Alle schauen zu!“

„Das ist mir egal!“

„Hör auf, mein Liebling!“

„*Was?*“

„Nichts!“

Würdevoll wie eine Königin ging sie wieder an Bord, tropfend, vor Kälte bibbernd, knallte die Tür ihrer Kabine hinter sich zu.

„Bent?“ Er klopfte leise.

„Was?“, schmollte sie.

„Djehutimes hat Samut und Nefru und die Bootsleute in eine Schenke eingeladen. Nur zwei von ihnen sind noch da, schieben Wache, vorne an Land. Am Anleger."

„Na und?"

„Laß mich rein."

Stille

„Bent?"

„Du liebst mich ja doch nicht!"

„Ich liebe dich Bent!" Er kam herein, schloß schnell die Tür, huschte zu ihr ins Bett, nahm sie in den Arm. „Wenn es das ist, was du von mir hören willst, dann sage ich es dir auch."

„Aber es ist doch nicht wahr! Das lügst du doch!"

„Kann man seinem Herzen befehlen?"

„Nein!"

„Bist du mit Baket glücklich?"

Sie kuschelte sich kurz darauf zufrieden an seinen nackten, köstlichen Leib, zog die Decke über sie beide.

„Sollte dich meine Ehe etwas angehen?"

„Natürlich nicht. Aber ehrliches Interesse an deiner Person darf ich doch wohl aufbringen?"

Er seufzte, drückte Bent fest an sich. „Morgen werden wir nach *Swenu* kommen. Ich erwäge ernsthaft, nach Verwandten zu suchen und zu bleiben."

„Du kannst mich doch nicht alleine lassen!"

„Du brauchst mich nicht, bist stark, kommst überall alleine zurecht."

„Ich brauche dich! Wie kannst du sowas sagen? Was hätte ich in den letzten Tagen ohne dich gemacht?"

Ranofer machte Anstalten, das Bett zu verlassen. „Entschuldige, Herrin, aber es war ein langer Tag."

„Wo willst du hin?" Sie hielt ihn an der Hand fest.

„Ich sollte gehen. Dich nicht in Verlegenheit bringen."

„Bleib! Mach endlich die Lampe aus!"

Er lehnte sich zurück in die Kissen, zog sie abermals in seine Arme.

„Hattest du vor Baket schon mal eine Frau?" Spielerisch zärtlich streichelte sie über sein zartes Brusthaar und den dunklen, schmalen, hübschen Strich über seinem flachen Bauch.

„Nein."

„Warum nicht?"

„Als Soldat muß man nicht unbedingt eine Gattin haben. Sie könnte schneller Witwe sein als ihr lieb ist. Das wollte ich keiner Frau zumuten."

„Und eine Geliebte?"

„Nein. Nur hier und da lose Abenteuer."

„Deine Ehe ist nicht glücklich! Sie gibt dir nicht, was du dir erhofft hast? Ist es so? Baket ist zu jung, sie… wie ist sie? Macht sie das mit dir, was ich mache?"

„Das geht dich doch nichts an!"

„Sag es!"

„Bent!"

„Sag es mir!"

„Sie ist langweilig!", entfuhr ihm unbeherrscht. „Nicht wie du! Du bist ein loderndes Feuer, eine wilde Woge, ein heißer Wind. Deine Liebe ist Kampf, Erobern und süßer Sieg. Sie dagegen ist erkaltete Asche, stilles Wasser, eine laue Brise… kampfloses, ergebenes Aufgeben… Ich hätte sie niemals zur Frau nehmen dürfen…"

Bent schwieg einen Augenblick, betroffen, mit blutendem Herz. „Wenn du keine Geliebte hattest, was hast du dann gemacht?", fragte sie schließlich, obwohl sie die Antwort bereits wußte.

„Das sollte ich einer Dame nicht sagen."

„Du bist zu Huren gegangen!"

Er seufzte, drückte sie an sich. „Das sind anständige Frauen. Und sollte dich nichts angehen."

„Anständige Frauen!", schnaubte Bent.

„Ja, du hast Recht. Sie heucheln dir Liebe vor, sagen, du wärest der Stärkste, der Beste, der Liebste, der Kühnste. Sie lügen vortrefflich, fast könnte man es glauben. Du weißt, wie ich bin! Welche Frau macht das lange mit? Sie logen, schmeichelten, ich bezahlte mehr als üblich und… du bist die einzige, die… die es ehrlich meint. Die es genießt… Und wir sollten dieses Gespräch beenden. Das ist nichts für die Ohren einer *Ta Schepsi*, einer Hohepriesterin. Und ich bin müde, Herrin."

Bent pustete die Kerze aus, suchte seine Hand, schmiegte sich an ihn, starrte ein paar Herzschläge lang in die Dunkelheit, wollte noch etwas sagen, bemerkte, daß er eingeschlafen war.

Männer!

„Ich liebe dich, Bent", murmelte er im Schlaf, „Mehr als mein Leben! Du bist die Erfüllung all meiner Träume!"

Als sie früh am Morgen erwachte war er weg, der Platz an ihrer Seite längst erkaltet. Draußen hörte sie leises Gemurmel, also waren die Männer schon wach. Aus ihrer Truhe fischte sie ein trockenes Kleid, zog es über, kämmte sich, trat an Deck. Samut stellte ihr gerade einen Kübel frisches Wasser hin, grüßte freundlich, Ranofer lag schnarchend auf seinem Fell, Djehutimes saß an dem Tisch, vor sich Brot und Datteln, den Honigtopf und ein Krug warmes, süßes Bier. Samut hielt ihr den Stuhl, setzte sich ebenfalls, griff nach dem Brot.

Bitterböse funkelte sie Djehutimes an.

„Hast du gut geschlafen?", fragte er freundlich.

„Danke!" Gift in der Stimme, Wut im Herzen. Unwirsch riß sie Samut den Honigtopf aus der Hand, den er ihr höflich hinhielt, tunkte ein Stück Brot hinein.

„Was meinst du, wird uns in *Swenu* erwarten? Willst du mir nicht mal sagen, wen du überhaupt suchst?"

„Das geht dich überhaupt nichts an!", giftete sie.

„Ist die Dame heute morgen mit dem falschen Fuß aus dem Bett gestiegen?" Schon hatte er den Becher warmes Bier im Gesicht.

„Anscheinend!", bemerkte er schnodderig und wischte sich gelassen mit dem Mundtuch trocken.

„Samut, laß uns allein!"

„Sofort, Herrin."

„Mach das nicht noch einmal!", zischte sie Djehutimes zu, als Samut sich nach vorn ans Bug verzogen hatte.

„Soll heißen?"

„Du weißt ganz genau, was ich meine!"

Wepu kam gehopst, schnappte sich eine Handvoll Datteln. Djehutimes blickte ihn an, ein Blick der weder Widerstand noch Widerrede duldete, wies mit dem Kopf zum Bug hin und der Kleine verzog sich artig, packte sein *Kemit* aus, versenkte sich eifrig in die Schriften.

„Ja, bei dem Kind und deiner Frau mag das gehen. Aber misch dich gefälligst nicht nochmal in *mein* Leben ein!"

„Was willst du? Ich habe euch doch bloß die Gelegenheit gegeben, mal alleine zu sein!"

„Du gibst es also zu, daß du mit Absicht alle eingeladen hast!"

„Du brauchst einen Mann, Bent, und der Herr Ranofer ist der, den ich mir für dich vorstellen kann! Ich bin mit ihm einverstanden."

„*Was* erlaubst du dir?", fauchte sie böse. „Mit welchem Recht?"

„Recht? Mit jedem Recht! *Ich* bin das *Familienoberhaupt!*"

Für ein paar Herzschläge lang blieb Bent vor Empörung die Luft weg.

„Er ist ein verheirateter Mann!", konnte sie augenblicklich nur ärgerlich hervorbringen.

„Man kann sich scheiden. Das ist doch kein Problem. Zur Not werde ich mit ihm, und wenn wir zurück sind, mit seiner Gattin reden. Ich sehe doch, daß du ihn liebst. Und er dich. Ihr seid wie füreinander geschaffen! Verständigt euch mit Blicken, Gesten, ohne große Worte findet ihr gemeinsam…"

Bent krallte ihn, von überschäumender, grimmiger Wut gepackt, vorn am nassen, klebrigen Hemd, „Du", grollend, „weißt nicht, wer *ich* bin!"

„Du bist eine Frau bei der es längst an der Zeit ist, daß sie einen Mann abbekommt, Kinder kriegt! Bald ist es zu spät dafür."

Sie ließ ihn los, lehnte sich schnaufend und zornbebend im Stuhl zurück. Diese Wut kenne ich nicht! Ich kenne nur heißen roten Zorn! Doch diese Wut ist anders! Kalt, weiß, von einer Heftigkeit durchdrungen, die selbst mir fremd ist. Sie raubt mir die Worte, sie raubt mir den Atem! Läßt mich unbeholfen und hilflos wie ein dummes Kind zurück! Macht, daß ich mich wertlos, bedeutungslos fühle. Und was sagte Bek damals? Als ich allein mit ihm im Allerheiligsten stand?

... *„Men hat dich geschlagen? Einen verheirateten, erwachsenen Mann?"*

„Er ist trotzdem mein Vater, Bent. Er hat jedes Recht dazu!" ...

„Vorschriften?", säuselte sie mit falschem Lächeln. *„Du* willst mir vorschreiben, wie *ich* mein Leben zu verbringen habe?"

„Du mußtest lang genug ohne Familie, ohne den weisen Rat eines Mannes, der weiß..."

„Pack dein Zeug zusammen und verlaß die Barke!"

„... um was es im Leben geht, leben. Diese Bürde kannst du nun getrost ablegen."

„Hast du mich nicht verstanden?", zischte sie gefährlich. „Ich bin eine freie Frau Kemets! Ich bin unabhängig! Ungebunden! Ich bin Sahu-Re, die Hohepriesterin der Isis!", zürnte sie tobend, sprang wutentbrannt hoch, gab dem Tisch einen Rand, daß er umkippte, die Teller und Becher zerbarsten, das Bier umherspritzte, Djehutimes' Stock über den Boden schlidderte, der Honig über die Planken sich ergoß. „Ich bin die einzigartige Freundin der Königin! *Ich* lasse mir von *niemandem* irgendwelche Vorschriften machen! Weder von einem Mann, noch von einem Bruder, noch von einem König!"

Worte wie Donnerhall!

„Noch in dieser Stunde verläßt du meine Barke! Und du solltest besser nicht warten, bis ich meine Rute aus der Kabine hole!"

„Was geht hier vor?", brüllte Ranofer schlechtgelaunt, von Bents Wut aus dem Schlaf gerissen.

„Am besten, du wirfst ihn über Bord! Bevor ich mich vergesse!"

„Und *sie* will nicht zugeben, daß *ich* in der Familie das Sagen habe!" Djehutimes hievte sich aus dem Sessel.

„Das Sagen?" Ranofer schaute Djehutimes ungläubig an. „Bei der Herrin? Sag, mein Lieber, ansonsten geht es dir gut? Sie ist die Herrin vom Isistempel, unsere Königin ist ihre Freundin! Sie sitzt mit Pharao beisammen beim Opetfest! Mag sein, daß beim einfachen Volk der Mann das Sagen in der Familie hat, bei Sahu-Re gelten andere Maßstäbe! Runter vom Schiff!"

„Würdest du mir meinen *Medu* reichen?"

„Oh nein, mein Freund! Ich weiß, was du mit diesem Ding anstellen könntest! Du benutzt Worte wie Pfeile und deinen *Medu* wie einen Kampfstock. *Ich* kämpfe nicht mit einem Krüppel!"

„Hier, *It*!" Wepu hielt seinem Vater kleinlaut den *Medu* hin.

Auf einen Pfiff von Ranofer reichte Samut ihm dessen Krummschwert. Damit drohend, erbarmungslose Kälte im Blick, ging Ranofer kampfbereit einen Schritt auf Djehutimes zu.

„Du würdest sie mit deinem Leben verteidigen, was?"

„Ich habe ihr Treue geschworen! Mach, was sie befohlen hat!"

„Liebst du sie?"

„Nein!"

„Dann bin ich wohl einem Irrtum aufgesessen. Sie bezahlt dich nur gut für deine Dienste. Ich verstehe. Und entschuldige mich demütigst. Verzeih, Bent."

Mit Schwung kippte sie ihm für diese Frechheit den Kübel Wasser über.

„Was ist nun, Herrin?", der Kapitän betrat ihr Deck. „Wir sind bereit, warten auf das Kommando zum Ablegen."

„Jetzt nicht!", schnauzte sie.

„Jawohl, Herrin! Und ich schicke gleich einen mit Besen und Lappen her."

Djehutimes humpelte wortlos in seine Kabine am Heck, Bent schaute dem vor Wut schnaubenden Ranofer ins Gesicht.

„Nimm das Schwert herunter!"

„Was soll das heißen, du bezahlst mich für meine Dienste?"

„Nichts! Wie abgemacht zahle *ich* euren Lohn, nicht der *Ipet Resit*."

„Er hat es anders gemeint!"

„Sagtest du nicht selbst, er benutzt Worte wie Pfeile?"

„Du hast das doppelte versprochen, weil ich Tag und Nacht auf dich aufpassen soll! Du…", mit voller Wucht warf er sein Schwert von sich, kam einen Schritt auf sie zu, wirkte gefährlich, verwegen. Sie blieb stehen, mutig, zornig, ungehalten, bemerkte gnadenlose erbarmungslose Wildheit in seinen Augen. „… hältst mich aus? Zahlst für den Beischlaf!" Dicht vor ihr blieb er stehen, in seinen Augen war plötzlich nichts mehr zu lesen, zu erkennen. Höfliche Zurückhaltung, leidenschaftslose Kühle. Als stünde er am Isistempel auf Wache, als ginge es ihn überhaupt nichts an.

„Wie kannst du sowas sagen!" Bent stiegen heiße Tränen in die Augen.

„Ich werde in *Swenu* auch deine Barke verlassen!"

„Ranofer!" Samut packte ihn brutal am Arm. „Bist du von Sinnen? Hauptmann! He!" Ranofer schlug unwirsch Samuts Hand weg, bereit, ihm eins überzuziehen. „Ich bekomme auch das doppelte, und *ich* schlafe nicht mit ihr!"

„Gebt Bescheid zum Ablegen!", zürnte Bent.

„Djehutimes ist noch nicht von Bord!"

„Das ist sein Pech! Schmeißt ihn raus! Nordwärts!"

„Was?"

„Ich breche mein Vorhaben hier ab!"

„Dann war dieser ganze Aufwand umsonst? Dein Gesuch bei Pharao, dein

Besuch beim *Imi ra Mescha, Iunit, Nechen und Djeba*? Für nichts und wieder nichts? Die Streitwagenfahrt? Meine mühselige Suche gestern nach dem Säufer? Pah! Du bist feige!"

„Wer noch aussteigen möchte, um sein erbärmliches Dasein in *Swenu* zu fristen, sollte es jetzt tun!"

„Du bist feige, sage ich dir! Du fürchtest dich am Ende tatsächlich deinen Vater zu finden. Und du fürchtest dich, daß noch jemand käme, um dir Vorschriften zu machen! Und ich glaubte, ein Hauch von Liebe hätte dich zu deiner Reise bewegt! Doch du liebst nichts und niemanden!"

„*Wen* sucht sie?", fragte Djehutimes entgeistert. Mit seinem Gepäck stand er da, bereit die Barke zu verlassen, wartete daß Wepu von vorne seine Schriftsachen holte.

Bent gab dem umgekippten Tisch einen Tritt, setzte sich wütend in den Sessel.

„Hol deinen Kram, Wepu!"

Djehutimes setzte sich ihr gegenüber, wollte seine Hand besänftigend auf die ihre legen. Unwirsch zog sie sie weg. „Ich habe mich entschuldigt und bin bereit zu gehen. Es tut mir leid, wenn ich falsche Schlüsse gezogen und dich und Herr Ranofer in ein schlechtes Licht gesetzt habe. Und es liegt mir fern, dir irgendwelche Vorschriften zu machen. Dachte lediglich, ein guter Rat, nach alter Tradition vom Mann der Familie gegeben, könnte dir hilfreich sein. Ich habe mich gründlich geirrt und meine Befugnisse gewaltig überschritten. Du bist niemandem Rechenschaft schuldig und eine freie Frau Kemets. Gleichgültig, was kommen mag, solltest du deine abenteuerliche Suche fortsetzen."

Bent schaute übers Wasser, gab keine Antwort. Samut knurrte: „Ich verschwinde zu den Bootsleuten am Heck, das hier geht mich alles nichts an. Soll ich ihnen nun sagen, daß sie ablegen können? Und du", knurrte er Ranofer zu, „falls du gehen solltest: Leb wohl du Arsch!"

„Hau ab, du Idiot!"

Bent schaute zu den beiden Männern hin. „Ich habe dir nichts gesagt, Djehutimes, um dir am Ende vielleicht eine Enttäuschung zu ersparen. Und ich habe dich, Ranofer, nicht dafür bezahlt, daß du das Bett mit mir teilst. Wenn du gehen willst, kann ich dich nicht aufhalten. Und ich war in meinem Leben viel, aber feige noch nie! Samut!", rief sie ihm nach.

„Herrin?"

„*Ichnetj*!"[19]

---

[19] Südwärts

Bent schaute gelangweilt und entgeistert auf die gelben Felsen links und rechts des kargen Ufers, vereinzelt Gebüsch, ein wenig Papyrusdickicht oder ein paar Palmen, an manchen Stellen die Deshret bis zum Wasser vorgedrungen, glühende Hitze, Stille und die Unendlichkeit des blauen Himmels. Nirgends ein Dorf, geschweige denn Leute. Keine Kinder auf Esel oder Kühe hütend, niemand der mal herüberwinkte. Nicht einmal eins der allgegenwärtigen Nilpferde war zu sehen, auch keine Krokodile. Ödes einsames Land blickt sie an. Das Knarzen des Mastes und der Ruder, der Nordwind im großen Segel, das Plätschern der Wellen oder die klatschenden Flügelschläge auffliegender Ibisse und Reiher waren beinahe die einzigen Geräusche.

„Das ist ja nicht zum Aushalten!", grollte sie. „Diese Ödnis macht mich trübsinnig!"

„Eine Partie Senet, Herrin?"

„Du brauchst gar nicht so reumütig angeschlichen kommen!"

„Oder soll ich dir ein kühles *Henket* aus dem Wasser ziehen?"

„Hau ab!"

„Möchtest du vielleicht ein Stück von dem Kuchen? Mit *Wah*, süß, sehr lecker. Nefru buk ihn noch gestern abend."

„Verschwinde mit deinen Erdmandeln!" Bent wedelte heftig mit ihrem Fächer, verteilte die Hitze gleichmäßig.

„Ein Lied wird dich vielleicht aufheitern!"

„Du kannst singen, wenn du in *Swenu* geblieben bist!"

„So sag mir doch, was ich tun soll!" Seine Verzweiflung stand Ranofer im Gesicht.

„Auf die Knie und mich demütig um Verzeihung bitten, Fätzlein!", spaßte Bent verlegen unter Tränen. „Oder willst du, daß ich dir das *Achmiu* [20] um die Ohren haue?"

„Das nicht unbedingt!" Er grinste erleichtert, rieb sich den Hals und zog sich den Stuhl bei. „Ich werde in *Swenu* nach Verwandten suchen. Und wenn ich sie gefunden habe, geh ich heim mit dir."

„Ist mir doch egal!"

„Doch ein *Henket*?"

„*Tju!*"

„Senet?"

---

[20] Steuerruder

„Tju!"
„Kuchen?"
„Tju!"

Das schmale Flußtal wurde breiter, *Iteru* floß mächtig und träge dahin, wurde bald darauf zu *Gery, dem sich Schlängelnden,* die felsigen Ufer wichen sattgrünen Auen, bewachsenen Sandbänken, das Auge erfreute sich an Palmenwäldern, Weiden und Akazien, Papyrusdickicht und Binsen. Grüne Inseln tauchten im Strom auf, das Wasser wurde unruhiger. Wellen und kleine Strudel, Tänzerinnen gleich, huschten mal hierhin mal dorthin. Die gelben, sandigen Felsen veränderten hier und da die Farbe, als ließen sie das blutige Gebein der Erde durchschimmern. Mehr Barken tauchten auf, schwer mit Steinen beladen, auf dem Weg nach Norden, kleine Segelboote huschten vorbei. Die ersten Häuser tauchten auf.
Er stand auf, trat ganz nach vorne, blickte über den wie eine Papyrusdolde geschwungenen, grün, weiß und schwarz bemalten Bug hin über das Wasser.
„Swenu!", flüsterte Ranofer, von Wehmut ergriffen.
„Deine Heimat!", bemerkte Bent gefühlvoll und stellte sich neben ihn. „Deine Eltern. Leben sie noch hier?"
„Mutter starb, als ich ein kleiner Junge war. Die Großeltern waren meine Familie, Onkel und Tante. Und zwei ältere Brüder, die im Krieg blieben."
„Und dein *It?"*
„Ich kenne ihn nicht. *Mut* hat nie von ihm gesprochen."
„Warum legen wir an?"
„Unser Steuermann kennt diese Gewässer nicht. Es ist besser, wenn ein kundiger Steuermann der dieses unberechenbare, wilde Wasser kennt, das Ruder übernimmt. Wir halten nicht lange, schau, da kommt er schon. Wollen wir ihm Platz machen, er muß hier stehen und deinen Leuten Anweisungen geben."
Bent schaute zu, wie der Fremde ihre Barke betrat, freundlich grüßte, sich ans Bug stellte und gewissenhaft seine Arbeit erledigte.
„Von hier aus geht es nicht mehr weiter, Bent", erklärte Ranofer, schenkte von dem kühlen Bier aus, brachte dem Lotsen eins. „Hier ist die Welt für unsere schönen Schiffe vorbei. Höchstens noch einen *Schoinos* [21] weit ist der Fluß zu befahren, dann ist Schluß. Aber *Swenu* ist nicht Endstation. Hier blüht der Handel, aus dem Süden kommt das Elfenbein, Felle, Ebenholz, Gold, seltene Tiere, Edelsteine, Spezereien, was immer dein Herz begehrt. *Swenu* ist und heißt Handel."
„Du liebst diese Stadt ja!"
Ranofer gelang ein schiefes, verlegenes Grinsen. *„Tju!"*

---

[21] 10.500 Meter

„Wonach hältst du Ausschau?"

„Nach unserem Haus. Es muß jeden Augenblick zu sehen sein. Da!", er packte sie am Arm, wies mit der Hand zu einem blühenden Eiland. „Auf der kleinen Insel! Siehst du! Mit dem blauen Muster direkt unter der Balustrade der Dachterrasse!"

Bent betrachtete das Dorf auf dem kleinen, von üppigem, saftigem Grün überwucherten, blühenden Stück Land mitten im Strom.

„Anhalten!", rief sie. „Sofort! Beim nächsten Anleger dieser Insel"

„Warum?"

„Dein Herz sehnt sich! Du gehst jetzt nach Hause, und *ich* komme mit dir mit!"

Die Kinder kamen als erste gelaufen, staunten mit offenem Mund und tropfenden Nasen über die vornehme Barke, liefen lachend und juchzend mit, als Bent mit Ranofer durch das kleine Dörfchen spazierte.

„Du kommst jetzt rein!", hörten sie eine Frau rufen. „Längst Zeit, ich suche dich schon den ganzen Nachmittag!" Die Frau fischte sich aus der Meute der spielenden Kinder eins raus, daß vom Spielen ordentlich klebrig und dreckig war, schüttelte das maulende Bübchen am Arm gehörig durch, hielt inne, starrte Bent und Ranofer an wie zwei unverhofft aufgetauchte Gespenster, „Ranofer!", hauchend.

„Tante!"

„Bei allen Göttern! Du bist es wirklich!" Sie fiel ihm um den Hals, drückte ihn, drückte ihm fast die Luft ab, weinte, lachte, schimpfte, alles auf einmal.

„Ahaneith! Wie geht es allen? Sind sie wohlauf? Wer ist der Zwerg?"

„Deine Großmutter ist tot, Ranofer. Und ich wußte dich nicht zu finden!" Er kassierte mehrere liebevoll gemeinte, deswegen nicht weniger heftige Backpfeifen. „Deine letzte Nachricht bekam ich aus *Merwer*! Schämst du dich nicht! Sie ist seit zwei Jahren tot und jetzt kommst du erst? Wer ist das? Deine Frau! Oh, wie schön, meine Liebe, laß dich drücken!"

„Das ist…"

„Kommt mit herein! Und du…", das ging an das Kind, „kommst mir erst wieder unter die Augen, wenn du gebadet hast!"

„Ja, Oma!"

„Dann komm, meine Schöne. Du wirst froh sein, wenn wir im Haus sind. Das ist aber auch eine Hitze heute." Ahaneith hakte sich bei Bent ein, zog sie durch die Haustür in den Innenhof, klatschte in die Hände nach der Magd.

„Wein! Wasser! Brot und Kuchen! Eil dich! Oh, da kommt meine Tochter! Komm her, Mädchen. Sieh nur, Ranofer hat uns seine Frau mitgebracht. Wie lange bleibt ihr? Ihr könnt Mutters Kammer haben, sie steht leer, seit… Oh! Sie fehlen uns so, Ranofer!"

„Nicht weinen! Es wird ihnen gut gehen. Sie sind wieder beisammen! *Anch*

Uda Seneb, Meret."

„*Em Hotep*, Ranofer, du alter Halunke! *Em Hotep*…?"

„Bent! Ich heiße Bent."

„Da hat er nun endlich eine abgekriegt!" Meret schmunzelte. „Und dazu eine hübsche! Uih, was bist du groß! Entschuldigt mich, aber ich muß den dreckigen kleinen Kerl da baden…Gott, bist du klebrig!"

„Das ist nicht…"

„Ich bin seine Gattin, ja! Das ist sehr lieb von dir, Ahaneith, gerne nehmen wir die Kammer!" Sie rammte Ranofer den Ellbogen in die Seite. „Nicht wahr, Fätzlein!"

„Spinnst du?" Ranofer schloß aufgebracht die Tür hinter sich. „Warum hast du mich nicht sagen lassen…"

„Sie freuen sich so für dich! Laß sie im Glauben! Diese *eine* Nacht! Diese *eine* gnädige Lüge! Was hättest *du* ihnen erzählt? Wer ich bin? Die Hohepriesterin der Isis? Unter ihrem Dach? Eine Heilerin? Eine nicht unbedingt mitfühlende Wehmutter? Die Frau, deren Wächter du einmal warst? Die Frau mit der du auf dieser Reise Ehebruch begehst?"

Die Frau, die tatsächlich deine Gattin ist, du es nur nicht mehr weißt …

„Auf letzteres bin ich nicht unbedingt stolz!"

„Es ist aber eine Tatsache!"

„Mußtest du mich ausgerechnet jetzt an Baket erinnern!"

„Ja! Denn hier in diesem Hause, auch wenn wir uns für diese Nacht die Kammer teilen, wirst du ihr treu bleiben! Ich dulde keine Unzucht in deinem Elternhaus! Und irgendwann wirst du mit Baket hierher zurückkommen. Dann kannst du sagen, wir hätten uns geschieden."

„Wo ist er?", fragte Ranofer später mit gutmütigem Brummen, als sie alle zusammen im Innenhof bei Kerzenschein unter dem Sternenhimmel beim Essen saßen.

„Wo soll er schon sein, mein Junge."

„Sitzt er auf *Yabu* in seiner Garnison?", Ranofer grinste, riß sich ein Stück von dem Braten ab. „Wie passend. Bent möchte auch einen Verwandten besuchen, von ihrem… Eheglück berichten. Auf *Yabu*? So werden wir ihn besuchen. Können wir dort Unterschlupf finden?"

„Aber natürlich!"

„Dann werden wir morgen früh weiterziehen."

„Ach! Ein kurzer Besuch?"

„Ich bin nicht mehr in Pharaos Heer, Tante."

„Nicht? Aber warum denn? Was machst du denn?"

„Ich bin in der Hauptstadt Tempelwächter im Harem von Amun."

„Was? Unser Reichsgott?" Ahaneith schlug sich ehrfürchtig die Hand vor den Mund.

„Davor war ich Wächter am Tempel der Isis!"

„Der Gottesmutter?", hauchte sie. „Nein! Was für eine ehrenvolle Sache, mein Kleiner! Ich bin stolz auf dich! Und dein Onkel erst! Wenn er das hört, wird er versöhnt sein, daß du nicht mehr bei der Armee bist. Und wenn ihr Zeit habt, besucht doch das Heiligtum der Isis auf *I at Rek*. Wie lange seid ihr schon verheiratet? Habt ihr ein schönes Haus in Uaset? Nein, ihr wohnt bestimmt bei den Schwiegereltern!"

„*Tju*… Nein. Ein Haus, ein eigenes… einen Garten, einen großen Hund, der es bewacht…" Ranofer kippte den Becher Wein wie ein Verdurstender in seine Kehle, wischte sich Schweiß von der Stirn. „Wir sind erst seit kurzem… haben uns erst vor einigen Tagen… diesen Mond… Bent, sag doch mal was!"

„Kinder? Wieviele sollen es werden? Mute deiner hübschen jungen Frau nur nicht zuviel zu! Sie ist sehr schlank! Wie eine zierliche Gazelle!" Sie drohte ihm mit den Zeigefinger und wandte sich an Bent. „Laß dir bloß nichts gefallen! Ich habe zu meinem auch immer gesagt, vier sind genug, ich schaff das nicht. Und, meine Liebe, ich hoffe, du weißt, es gibt Überzieher und Zäpfchen und…"

„Tante!"

„Ach, stell dich nicht an! Hier, nimm von dem gebratenen Spießbock! Bent, mein Täubchen, nicht so schüchtern, du auch. Und von dem Kuchen. Greif zu!"

„Das war vielleicht ein rührseliger Abschied!"

„Wer weiß, wann ich wieder herkomme!", grollte Ranofer mißgestimmt, hielt Bent die Hand um ihr auf die Bohlen des Anlegers zu helfen. „Und daß ich ihnen all diese Lügen…"

„Du hast dich tapfer geschlagen! Aber Lügen? Nein, mein Bester, lügen kannst *du* nicht!"

„Wo ward ihr denn? Verschwindet einfach!", maulte Samut, als sie das Deck betraten.

„Bei Ranofer zu Hause. Wir sagten doch, daß es länger dauert. Legt ab, auf nach *Yabu*!"

Sie legten an der Anlegestelle der Garnison an, schon dort traten ihnen schwer bewaffnete Soldaten entgegen. „Euer Begehr?"

Ranofer hielt dem Mann das königliche Schreiben vor die Nase.

„Das ist Pharaos Siegel!"

„Dann weißt du, was du zu tun hast, Kamerad!"

Der Wachsoldat salutierte.

„Zu Chaba!"

„Sofort! Folgt mir."

„Ist das der Kerl, der über sechs Jahre nichts von sich hören ließ?", brüllte der große, schwere Mann. „Nimm gefälligst Haltung an!"

„*Tju, Tjah Serut*!", rief Ranofer strammstehend.

„Geht man so mit der Familie um?"

„Nein, Onkel!"

„Was?"

„Das war nicht richtig, Onkel!"

„Und du traust dich hierher?"

„Ja, Onkel."

„Laß mich dich umarmen, bevor ich dir in den Hintern trete! Warst du bei Ahaneith?"

„Laß mich los, Onkel, du drückst mir die Luft ab. Als allererstes, gestern."

„Sie hat dir hoffentlich ordentlich den Hintern versohlt!"

„Natürlich!" Ranofer gelang ein Grinsen.

„Und diese Schönheit da? Hm? Was schleppst du eine Frau in mein Regiment? Sollen meine Burschen vielleicht Heimweh kriegen? Wie soll ich die Kerle beruhigen, wenn sie da einherschreitet? Schön wie der junge Morgen, schlank und groß, hoheitsvoll wie eine Königin! Meine Dame!" Voller Galanterie machte er eine artige Verbeugung vor Bent.

„Mein Gattin…", krächzte Ranofer, verschluckte sich und krümmte sich in einem Hustenanfall.

„Gattin? *Du* hast eine *Hemet*?"

„Sie ist meine *Henut*!", rang sich Ranofer ein bewunderndes breites stolzes Grinsen ab, klatschte Bent mit der flachen Hand dermaßen saftig auf das pralle Hinterteil, daß es nur so knallte.

Komm her, mein Mädchen! Laß dich umarmen! Du wirst mir wie eine Tochter sein! Wie meine geliebte Meret!"

Bent ließ sich umarmen, ließ zu, daß Chaba sie bei der Hand nahm, über den Hof führte, ihr stolz einen gewaltigen Berg riesiger, gebogener Zähne zeigte.

„Zahn vom Elefant!", staunte Bent.

„Ja, das ist unser weißes Gold! Und wir, unser *Sa U*, unser stolzes Regiment, hüten diesen Schatz hier auf *Yabu*! So, kommt mal herein, in mein bescheidenes Quartier. Und dann erzählt dieser verlorene Sohn mal was ihn herumgetrieben hat."

„Du bist aus der Armee ausgetreten?" Chaba rieb sich mißbilligend das Kinn.

„*Nechen* und *Merwer* waren nicht das, was ich mir vorstellte."

„Ist alles verheilt?", polterte Chaba zornig.

„Ja doch."

„Zeig her!"

„Chaba!"

„Keine Widerrede!"

Ranofer zog sein Hemd aus dem Schurz, zeigte dem Onkel die große Narbe an seiner Hüfte.

„Wir hätten ihn beinahe verloren!", sagte Chaba zu Bent. „Wie hätte ich das Ahaneith beibringen sollen, hm? Sind seine Brüder doch schon in Kusch geblieben. Noch einen zu verlieren...", er spuckte grimmig auf den Boden, „... der Krieg ist nichts für Frauen und Mütter! So, nochmal, wen sucht ihr?"

„Kikkuli."

„Den alten Haudegen? Was wollt ihr von dem?"

„Du kennst ihn?"

„Er haust drüben, in der Stadt. Wer kennt ihn nicht. Konnte mit Pferden wie kein Zweiter. Komm mal mit, meine Schöne!" Chaba bat Bent auf's Dach, wies mit der Hand nach Osten auf die roten Felsen über der Stadt.

„Siehst du die rote Wolke?"

„Was ist das?"

„Der Steinbruch. Dort brechen sie den roten Granit. Kurz vor dem Steinbruch, dort wohnt der, den ihr sucht. Ein Verwandter von dir, mein Mädchen?"

„Ein ganz entfernter, ja."

„Und dann setzt ihr jetzt über, nehmt euch drüben einen Karren, am Anleger tummelt sich genug von dem Volk, und du, du...", er gab Ranofer einen Klatscher in den Nacken, „zeigst der Dame das Wunder, daß dort in den Felsen geschlagen ist! Sowas hast du im Leben noch nicht gesehen, Mädchen! Der Größte und Längste..."

„Onkel!"

„Hau schon ab, Sohn! Und ich hoffe, es dauert nicht nochmal sechs Jahre, bis wir uns wiedersehen!"

„Oh, Ranofer!" Bent krallte sich in seinen Arm, betrachtete aufgeregt das Getümmel der Stadt. Dicht gedrängt schoben sich die Menschen auf den engen Straßen, Händler, Soldaten, *Remet en Kemet*, Ausländer, Schwarze ...

Kurru!

Menschen, schwarz wie Ebenholz, groß, schlank, stolz, in bunte Gewänder gehüllt, wunderschön anzuschauen. Schwerer Goldschmuck blinkte auf dunkler Haut, kurzes, gewelltes Haar, feurige Augen in den dunklen Gesichtern mit den vollen Lippen.

„Leute aus Kusch, Bent. Nubier. In Uaset trifft man kaum welche, aber hier..."

„Ich kannte mal einen aus Kusch. Kurru."

„Hm, Kurru ist die große Stadt der Nubier."

„Er ist schon lange tot..."

„Das sind Kaufleute, Händler, reich wie Fürsten. Ach, schau, es geht aufwärts. Du wirst staunen."

„Er ist geborsten!" Bent betrachtete mit Bedauern den gewaltigen *Tehen*-Pfeiler [22], der da am Boden lag, fest verbunden mit dem Gestein um ihn herum.

„Deswegen liegt er ja auch noch da. Viele kommen her, um sich dieses Wunder anzuschauen."

„Für wen war er bestimmt?"

„Das weiß kein Mensch. Viel zu lange her. Aber wenn sie ihn aufgestellt hätten, wäre er der größte und längste *Tehen*-Pfeiler, der je gemacht worden ist."

„Beeindruckend!"

„Und jetzt suchen wir diesen Kikkuli!"

„In Uaset?", brummte der Mann, „Bring Bier, Weib! Sollen meine Gäste vielleicht verdursten?"

„Schon gut", besänftigte Bent, starrte den narbenübersäten, einäugigen, krumm verwachsenen, völlig im Gesicht entstellten Alten in seinem mit Kissen und Decken ausgepolsterten Sessel an als käme er aus einem grauenvollen Alptraum.

„Tja, Frau, wenn du Bein und Auge von mir sehen willst, das ist in der Deshret geblieben. Und der auch!" Er hob seine Hand an der der kleine Finger fehlte. „Wenn du es genau wissen willst, der ganze Kikkuli ist in der Wüste geblieben. Was du hier siehst, ist nur noch sein Schatten."

„Du warst *Kedjen*?", fragte Ranofer.

„Und was für einer! Sie gehorchten mir auf's Wort, diese Schönen, Wilden. Selbst heute noch liebe ich sie. War ich nicht *Aššušša Anni*? Sie sind gut! In ihren Seelen lebt nichts Böses! Es sind edle, reine, unschuldige Geschöpfe Gottes! Fährt *Šimige* nicht gar einen vierspännigen Wagen? Warum nur war *Šawuška*, die Herrin des Krieges, mir nicht hold?" Dem Alten versagte die Stimme, „Was habe ich bloß falsch gemacht?", flüsterte er leise. „Ich war zu furchtlos, wollte ein Held sein…"

„Ich verstehe deine Worte nicht!", ging Bent dazwischen, „Kennst du nun einen…"

„Herrin, laß ihn reden!", Ranofer legte ihr sanft die Hand auf den Arm, „Unterbrich ihn nicht in seinen Erinnerungen."

„*Sesemet* nennt *ihr* sie, die schönen Pferde!", Kikkuli richtete sich in seinem Sessel auf, in seinem Auge schimmerte wehmütiger Glanz. „Ich liebe sie! Auch wenn sie mir *das* antaten!"

---

[22] Der unvollendete Obelisk in Assuan

„Was ist passiert?"

„Das sollte ich vor einer Frau nicht erzählen."

„Bitte."

„Aus dem Wagen wurde ich geschleudert. Im hohen Bogen. Und der Kamerad schräg hinter mir... Es war ein Angriff, ging stürmisch zu. Er konnte nicht mehr anhalten, ausweichen und ist mit seinen Pferden über mich drüber... Und Pharaos Armee hat gute Feldärzte... Er hätte mich liegenlassen sollen, dort, in der Wüste!", grollte er bitterböse, schlug mit der Faust auf den Tisch. „Schluß mit diesen alten Geschichten! Und ich war nie in Uaset. Kenne dort niemanden." Er schaute seiner Frau zu, die Bier und Datteln auf den Tisch stellte. „Was, Alte?", schnauzte er gutmütig.

„Nein, du kennst keinen aus Uaset. Nehmt euch doch, bitte." Sie hielt Bent den Teller mit den Datteln hin. „Aber Marya war doch dort!"

„Der alte Spinner aus *Yabu*!", schnaubte Kikkuli abfällig.

„Ja! Du hast dich immer noch gut mit ihm verstanden. Kommt er nicht gern zu Besuch? Aber du alter griesgrämiger Esel vergraulst ja alle!"

„Ja, Weib. Der war in Uaset! Und er hat mir oft von seinem Mädchen erzählt... Wie hieß sie noch? Weiß nicht mehr, so lange her. Und geträumt hat er! Ha! Von dem Haus, in das er einzieht, wenn der Krieg vorbei ist! Reich und berühmt wollte er werden, sein Glück in Kemet machen! So ein Spinner! Als würden die feinen *Remet en Kemet* auf einen dahergelaufenen Mitannier warten..."

„Red doch keinen Stuß, Alter!" Seine Frau rempelte ihn rabiat in die Seite. „Er wollte weder reich noch berühmt werden! Er wollte der beste Streitwagenfahrer in Pharaos Armee werden. *Du* weißt, warum er keinen *Wereret* mehr anfaßt! Du weißt ganz genau, warum er nie wieder einem Pferd in die Nähe kommt! Du weißt ganz genau, warum er dich auch heute noch besuchen kommt! Hilft wo es nur geht!"

„Weil ihn seine Schuld plagt!", brauste Kikkuli auf, schlug abermals mit der Faust auf den Tisch, wischte sich die tropfende Nase herzhaft an seinem Ärmel ab. „Weil ich ihm vergeben habe und er mir das nicht glauben will!"

„Er konnte doch nichts dafür!" Die Frau hob ihren Kittel, schneuzte sich, wischte Tränen aus den Augen.

„Weißt du, wo er wohnt?", fragte Bent aufgewühlt.

„Auf *Yabu*."

„Alter! Es gibt zwei Dörfer auf *Yabu*!", brummte Ranofer.

„Fragt den Dorfschulzen im ersten Dorf gleich hinter der Garnison."

„Bei allen Göttern, Ranofer!" Bent stieg in den gemieteten Karren. „Ich kann nichts mehr von Krieg und Armee hören. Diese Greueltaten! Was für Schicksale! Es war dieser Marya, der ihn mit dem Wagen überrollt hat. Der, den wir als nächstes aufsuchen wollten. Und von was hat er bloß geredet?

Hast *du* das verstanden?"

„Nein. Ich kenne die Sprache nicht, spürte nur die Sehnsucht und Wehmut nach seinen jungen Jahren. Als er ein Draufgänger war, kräftig und gesund. Und er ist nicht so alt, wie er aussieht. Was für ein Wrack!" Er setzte sich neben sie, gab dem Fahrer ein Zeichen.

„Scheiße, Bent!", knurrte Ranofer gereizt, stopfte sich von seinen getrockneten braunen Blättern in die Backe. „Verzeihung!"

„Schon gut. Morgen gehen wir noch einmal nach *Yabu*."

„Wo finde ich den Dorfschulzen?", fragte Bent am nächsten Morgen eine Frau mit einem Wasserkrug auf dem Kopf. Noch war es kühl, *Chepre*, die Morgensonne, hatte sich noch nicht lange über den Horizont geschoben, strahlte vom blauen Himmel und die Leute waren schon mittendrin in ihrem Tagewerk.

„Da vorne, bei der großen *Nehet*." Die Frau wies mit der Hand zu einem gewaltigen, uralten Feigenbaum um dessen mächtigen Stamm herum eine hölzerne Sitzgelegenheit gebaut war. Dort saßen ein paar alte Leute beim morgentlichen Tratsch, Kinder hopsten herum, spielten mit kleinen Hunden. Andere Hunde lagen hechelnd ihren Herren zu Füßen. Eine Ziege lief meckernd herum, ärgerte einen der Köter, Katzen dösten träge im Sonnenschein.

„Ich suche den Dorfschulzen! Oder ist einer von euch der Mitannier Marya?", fragte Bent forsch, das Kläffen der Hunde mißachtend.

„Eh! Hast du gehört?", rief einer der Alten über die Schulter einem der anscheinend hinter dem Stamm saß zu.

„Immer schön eins nach dem anderen", brummte einer. „Erst flicken wir dem Bengel hier sein Spielzeug! Und wenn du es jetzt nochmal kaputtmachst, nehm ich es dir ab! Verstanden?"

„Ja, *It*!", klang es beinahe kleinlaut, dann schoß eine wilde Jagd an Bent vorbei. Ein süßes kleines Bübchen, mit einem klappernden Holzkrokodil auf Rädern! „Sobeks Armee vernichtet alle Bösen!", juchzend. Die Armee angeführt von dem tapferen Recken, tollkühn sein hölzernes Schwert schwingend.

Bent verlor völlig entgeistert beinahe jegliche Fassung, stolperte fast über die Schnur, krallte sich in Ranofers Arm.

„Meine Fresse!", grinste Ranofer Djehutimes zu und stellte Bent wieder auf die Füße, „die sind hier ja gewaltig kampfeslustig!"

„Wer will das wissen?" Ein großer, muskulöser, schlanker Mann stand da, hinter dem Stamm der *Nehet* aufgetaucht, hinter ihm die frühe Sonne, starrte Bent an, hingebungsvoll „Nefertari!" [23] hauchend.

---

[23] Die Allerschönste

„Danke! Ich suche Marya oder den Dorfschulzen, der mir sagen kann, wo ich ihn finde."

„Und was willst du von ihm?"

„Das werde ich ihm schon selbst sagen!", giftete Bent, von den unzähligen Schmeicheleien der Männer allmählich genervt.

„Sprich, ich bin der Dorfälteste und auch Marya." Der Mann kam auf Bent zu, die Sonne blendete sie nicht mehr. Er überragte sie um Haupteslänge, schaute sie an, als erinnerte er sich an etwas. Sein kurzes Haar fast weiß, das braungebrannte, wettergegerbte Gesicht nicht mehr jung, von Falten durchzogen, im kantigen Kinn ein Grübchen, herb, kernig, männlich, aber keinesfalls häßlich …

Bent starrte ihn an wie einen Geist, drehte sich um, schaute Djehutimes an, blickte zurück zu Marya.

„Das…", mühsam suchte sie nach Worten, „Ich fürchte, das ist eine Angelegenheit, die man nicht auf dem Dorfplatz besprechen sollte."

„Und ich fürchte, das ist eine Angelegenheit, die mich nichts angeht! Kommst daher, Dame, mit einem Krieger! Bewaffnet bis an die Zähne! Söldner, was? Sowas erkenne ich auf hundert Schritt. Und der andere? Ein Schreiberling, wie ich sehe. Nach einer friedlich gestellten Frage sieht mir das nicht aus!"

Mit zitternder Hand kramte Bent in ihrem Körbchen nach dem Schreiben, wollte es dem Mann reichen. Doch ihr heißes Blut, ihr überschäumendes, unbeherrschbares wildes Gemüt ließ sie innehalten, fast bedauerte sie, daß sie ihre Rute auf der Barke gelassen hatte. Und wie vor drei Tagen wallte kalte, weiße Wut in ihr hoch …

Vor Zorn bebend trat sie einen Schritt vor, „Ich könnte dir die Augen auskratzen!", zischend. „Ich bin das Kind einer Frau, deren ganze Phantasie sich darin erschöpfte, ihr Kind wie eine Ausländerin *Bent* zu nennen!", tobte sie aufgebracht. „*Tochter*! In den billigen Schenken wuchs ich auf, teilte meine Kindheit und mein Nachtlager mit den Freiern der Mutter!" Sie spuckte ihm zornentbrannt vor die Füße. „Ich bin die Tochter einer armseligen Hure und ihres Freiers!" Sie stieß ihm wild den Zeigfinger auf die Brust. „Eines Feiglings! Eines dreckigen Feiglings! Der die Frechheit besaß, sie nochmal zu schwängern und dann sitzen zu lassen!"

Marya wich alles Blut aus dem Gesicht, er schien etwas sagen zu wollen, verkniff es sich, donnerte stattdessen: „Du behauptest ungeheuerliches, Frau! Du bist viel zu jung! Es kann nicht sein, was du da sagst. Verschwindet! Verlaßt mein Dorf! Auf der Stelle!"

„Oh nein!", brüllte Bent. „So billig kommst du mir nicht davon! Weißt du, was du angerichtet hast? Weißt du, was ich durchgemacht habe?"

„Ich wäre dir dankbar, Söldner, wenn du dein keifendes Weibsbild beruhigen und augenblicklich von hier fortbringen könntest!"

„Weißt du, was er", aufgebracht wies Bent auf Djehutimes, „durchgemacht hat? Du kannst es dir in deinen schlimmsten Alpträumen nicht vorstellen, was dieses weggeworfene Kind durchgemacht hat! Ich hasse dich! Ich verachte dich! Würdest du doch in der Duat versinken! In der tiefsten, dunkelsten, kältesten Duat! Schande über dich!" Sie wollte den Schlappen ausziehen, damit sie ihn ihm an den Kopf werfen konnte, doch sie schaffte es nicht, verhedderte sich im Kleid, sank weinend auf den Boden, schluchzend, klagend, sich den Staub der Straße über den Kopf werfend.

Aus!

Die Suche war vorbei!

Diese abenteuerliche Reise hatte ihr tragisches Ende gefunden!

Als wäre das Dorf in tödlich trauernder Stille versunken, hörte man keinen Ton. Nicht von den Hunden, die Kinder spielten nicht mehr, kein Vogel zwitscherte im Geäst der alten *Nehet*, die Alten hatten längst ihr Geplapper eingestellt.

„Bent!" Djehutimes klemmte sich den *Medu* unter den rechten Arm, wollte ihr hochhelfen. „Komm, wir gehen."

„*Tju*!", schluchzte sie. „Es gibt nichts mehr zu sagen!"

Ranofer reichte ihr schweigend die Hand, zog sie vom Boden hoch. Ohne sich noch einmal umzudrehen machte sie einen Schritt.

„Nefertari!", sagte Marya in die gespenstische Stille. „Ihr Name war Nefertari! Und das war das erste Wort, daß ich in der Sprache der *Remet en Kemet* lernte. Die Allerschönste war sie fürwahr für mich! Die Einzigste! Sie war meine Gattin! Meine *Hemet*! Und als ich aus der Schlacht zurückkehrte, sagte man mir sie sei tot! Sie und mein kleines Mädchen und das Neugeborene. Und ich kehrte hierher zurück und begann ein anderes Leben. Deine *Mut*, Bent, war *meine* Frau! Deine Mutter war *keine* Hure!"

Sie blieb stehen. Konnte nicht atmen, nicht schreien, nicht weinen, glaubte, ihr Herz höre mit seinem Tanz auf. Klammerte sich an Ranofers starken Arm, er legte ihr den anderen beschützend um die Schulter.

„So baute ich mein Leben auf einer Lüge auf!", hauchte sie und die Knie versagten ihr fast den Dienst. „Wollte sein wie sie, wurde wie sie, verachtete sie. Verachtete mich. Alles Lüge! Mein ganzes Leben eine einzige Lüge! Ich wünschte ich wäre tot!"

Als sie wieder klar denken konnte, zu sich kam, fand sie sich allein auf der Bank unter der *Nehet* wieder. In ihrer Hand einen Becher Bier, neben sich eine Frau, ruhig, gelassen, schwarz wie Ebenholz, die glänzende, dunkle Haut wirkte wärmer als die anderer Menschen, stolz, schlank und schön, das krause Haar auf ihrem schönen Kopf keinen *Djeba* lang, an ihren Ohren große, goldene Scheiben, in denen das Sonnenlicht funkelte.

„Er ist ins Haus gegangen. Das alles hat ihn sehr mitgenommen."

„*Tju*", hauchte Bent, kaum eines klaren Gedankens fähig. Der kleine Junge mit dem hölzernen Krokodil fuchtelte wild mit seinem Schwert herum.

„Mehu! Unterlaß das!"

„Ja, *Mut*!"

„*Mut*?" Bent schaute die Frau an. Sie war höchstens so alt wie sie selbst.

„Er ist mein Gatte. Ich bin seine zweite Frau."

„Aha."

„Seine erste Frau ist bei ihm, kümmert sich."

„*Was*?"

„Seine erste Frau…"

„Ich bin nicht taub!"

„Bei meinem Volk ist es üblich, daß ein Mann sich soviele Frauen nimmt, wie es seiner angemessenen Position zusteht. Marya könnte sich noch mehr Frauen leisten, meinen Vater noch mehr beeindrucken, aber das will er nicht. Und er ist ein guter Mann!"

„Das kann ich nicht beurteilen", flüsterte Bent.

„Er hat fünf erwachsene Kinder mit seiner ersten Frau. Und ich habe drei."

„Bist du darauf vielleicht auch noch stolz?"

„Natürlich!"

„Dann fall ich ja nicht mehr ins Gewicht!", giftete Bent, stand auf.

„Willst du mit hineinkommen? Deine Begleiter habe ich versorgt. Sie warten drin auf dich. Ich heiße Shana. Eigentlich Shanakdaketo, aber das kann man ja kaum aussprechen", sagte sie freundlich schmunzelnd.

„Ich heiße Bent. Ganz einfach auszusprechen."

Bent folgte Shanakdaketo in den Innenhof eines großen, weiß getünchten Hauses, mit Mustern aus blauer und grüner Farbe bemalt, gegenüber der *Nehet*. Djehutimes und Ranofer saßen dort betreten im Schatten eines Mattenzeltes.

„*Du* benutzt Worte wie Pfeile, Schwester!", zischte Djehutimes. „Und du hast sie ihm mitten ins Herz geschossen! War das nötig? Was, wenn er nicht derjenige gewesen wäre, nach dem du suchtest?"

„Er sieht aus wie du! Ich konnte mich nicht irren!"

„Und du siehst aus wie deine Mutter!", hörte Bent hinter sich. „Ich bin Soldat, Junge, ich vertrage einen ordentlichen Anschiß. Und sie hat es in ihrer Aufregung gewiß nicht so gemeint."

„Ich habe jedes Wort so gemeint! Denn es ist die Wahrheit für mich!", fuhr Bent herum.

„Für jeden mag die Wahrheit anders aussehen. Meine Wahrheit war auch schmerzhaft. Ich wollte mein Leben mit ihr verbringen und das Schicksal hat sie mir entrissen! Willst du im Zorn von mir gehen, Tochter? Willst du deinem *It* nicht verzeihen?"

Bent starrte den Mann an, der sich ihr Vater nannte, fand keine Worte, das schmerzende Herz zum Halse heraus klopfend. Mit kalter Hand faßte sie an das Isisamulett um ihren Hals, fühlte die schwere goldene Göttin, die ausgebreiteten Flügel, die ausgebreiteten Arme und eine Welle wohlmeinender Güte.

„Wenn…", krächzte sie heiser, räusperte sich, „wenn es so war, wie du sagst, gibt es nichts zu verzeihen."

„Ich schwöre es dir, Tochter!"

„Ha!", lachte Bent herzlos. „Schwüre! Ich habe genug von Schwüren!" Hitze überflutete sie, unwirsch zerrte sie am Knoten ihres Umhangs, riß ihn sich von den Schultern, schüttelte den Staub aus ihm, zerknüllte ihn in ihren schweißnassen Händen.

„Die Frau die Sachmet ist!", flüsterte Marya aufgewühlt.

„Was?"

„Die Herrin der Schlacht! Sie begleitet jeden Krieger. Auch wenn er, wie ich, aus dem Ausland kommt!"

„Pah!"

„Was ist mit deinen Augen, Kind?" Er reichte ihr die Hand. „Man könnte meinen, du seist blind! Willst du dich nicht setzen?"

„Dann nähme ich deine Gastfreundschaft an!"

„Wäre das schlimm?"

Sie starrte ihm abermals ein paar Herzschläge lang ins Gesicht, machte einen Schritt auf ihn zu, „Ich sehe genug", zischend, übersah geflissentlich seine dargebotene Hand, ließ sich aber dazu herab, das Mattenzelt zu betreten.

„*Wer*?", grollte sie wütend. „*Wer* bei allen Göttern hat *dir* gesagt, *ich* sei tot?"

„Ich kam im Jahre eins des glorreichen Djehutimes, *Mit vollkommenen Erscheinungen, Mit beständigen Königtum, Mit reichlicher Schlagkraft, der die Neun Bogen zurückschlägt, dem Von Re Erschaffenen, Herrscher der Maat* aus Mitanni in das große, Verheißung versprechende Land am großen Strom, den die *Remet en Kemet Iteru* nennen."

„Pah!" Bent pusselte an einem Faden ihres Kleides, geflissentlich die ältere nubische Frau übersehend, die ihr den Becher saures Bier hinstellte und sich neben sie setzte.

„Ich bin sechsundvierzig Jahre alt und mein Name ist Marya, und das heißt in meiner Sprache *der heldenhafte Jüngling*. Und das war ich auch. Siebzehn Jahre jung und draufgängerisch wollte ich dieses Land erobern, mir einen Namen machen. Nennen die *Remet en Kemet* die Streitwagenkämpfer nicht *Maryanni*? Nach den tapferen Kriegern, die die Pferde in ihr Land gebracht haben und wissen, wie man mit ihnen umgeht? Ich war einer von ihnen! Verpflichtete mich als *Kedjen* Pharaos Armee zu dienen. Doch bevor ich auch nur heldenmütig irgend etwas erobern konnte, wurde mein Herz erobert. Sie arbeitete tüchtig in einer Schenke, in der ich einkehrte. Wie war sie niedlich! Zart, fröhlich und herzallerliebst. Du kannst dir nicht vorstellen wie das ist, wenn man fremd ist und ein liebevolles Lächeln dich aus deiner Einsamkeit reißt."

„Nein!", fauchte Bent, dröselte den Faden so fest um ihre Fingerkuppe, daß sie blau anlief.

„Wir sind nach Art dieses Landes den Bund miteinander eingegangen. Versprachen uns ewige Treue. Und bald darauf war sie schwanger."

Möge dieser Alptraum doch ein Ende haben!

Mit flehendem Blick schaute Bent zu Ranofer hin. Er nickte ihr aufmunternd zu.

„Du bist ihr Mann, was?"

„Nur ihr Leibwächter, Marya!" Er nahm sich von seinen Blättern, steckte sie in den Mund.

„Leibwächter? Was bist du? Deinem Kleid aus feinstem Leinen nach zu urteilen eine *Ta Schepsi*? Ist es *deine* vornehme Barke die seit drei Tagen die Stadt in Aufregung versetzt? Hm?"

Bent gab keine Antwort, warte ungeduldig auf die Antwort ihrer Frage.

„Sie war also schwanger und gebar unser Mädchen. Sie wollte mir gefallen, mir einen Teil meiner Heimat in der Fremde schenken und gab dir voller Stolz deinen Namen. Tochter! *Bent meri en Nefertari Marya*, so lautet dein Name."

Bent geliebt von Nefertari und Marya ...

Drei kleine Krakel? Tochter! Ist das alles, was ich bin? Nur krumme Striche und ein halber Kreis? Oh, wie erbärmlich ...

Ich bin kein Vogelfüßchen! Erst recht kein Klecks! Und ich will kein krummer Strich sein!

Ich bin Bent, und ich werde das hier durchstehen!

„Und ich zog mit dem König, den ihr Guter Gott nennt, in die Schlacht. Ruhmreich war sein Sieg! Und ich mußte in meiner Garnison bleiben! Tief im Süden, in der gewaltigen Festung *Buhen*. Alle nubischen Forts unterstehen dem Oberbefehl des Festungskommandanten von *Buhen*, der Söldner da wird es wissen. Stimmts?"

Ranofer nickte zustimmend.

„Ich schrieb ihr Briefe, daß sie auf mich warten solle, daß es mir gut geht, wohl konnte sie nicht lesen, schon gar nicht die Zeichen der Mitannier. Und, wie sich später herausstellte, konnte sie zu der Zeit auch keinen kundigen Schreiber aufsuchen, der ihr meine Briefe hätte übersetzten können. Sie kam aus eher ärmlichen Verhältnissen, konnte einen Schreiber demzufolge nicht bezahlen. Kameraden, die nach Uaset zurückkehrten, suchten sie regelmäßig auf, gaben ihr Kunde von mir. Und sie erzählten mir von ihr daß es ihr gut ginge, das Kind wohlauf sei. Sie, als Älteste, demnächst das Haus des Vaters erbe, wir ein zu Hause hätten, wenn ich zurückkäme. Sie hart in der Schenke arbeite, da sie ihren Lebensunterhalt bestreiten müsse. Wohl weil ich aus jugendlicher Unkenntnis auch versäumte anzugeben, daß mein Sold nicht nach *Buhen* geschickt, sondern an sie ausgezahlt werden sollte."

„Hast du nichts anderes als diese dünne, saure Bier?" Bent kramte aufgewühlt ihren Fächer aus dem Korb, wedelte sich Luft zu.

„Ich kann dir *Irep Maa* anbieten und bin mir sicher, daß du das zu würdigen weißt."

„Gerne."

„Den Herren selbstverständlich auch. Amanikhatashan, [24] bringe uns doch den Wein."

Die Frau an Bents Seite erhob sich. „Ich bringe auch was zu essen."

Shanakdakheto kam aus dem Haus, stellte einen Teller mit würzigem Gebäck und Becher auf dem Tisch, legte fürsorglich die Hand auf Maryas Schulter, die ältere Frau brachte einen Ständer für den Weinkrug, den Krug selbst, stellte alles an die Seite des Tisches.

„*Dwa Netjer ink*. Laßt uns allein. Und niemand soll uns stören."

„Ja."

„Ich kehrte schließlich zurück", fuhr Marya fort. „Nur für kurze Zeit, wie es beim Heer üblich ist. Sie stritt sich mit ihrem Bruder. War verzweifelt. Arbeitete immer noch in der Schenke. Wohnte dort. In einer Ecke, einer kleinen Kammer. Sie sparte und hortete ihren Verdienst, knauserte wo es nur ging. War bestrebt, eines Tages die gutgehende Schenke zu erwerben, hatte das mit dem alten Wirt, der sie wie es scheint, gütig wie eine Enkeltochter behandelte, schon ausgehandelt. War bedacht auf unser zukünftiges Wohl. *Ich* achte die Gepflogenheiten meines Gastlandes! Hier dürfen die Frauen das machen, was auch Männer machen, sofern sie in der Lage dazu sind: Arbeiten, den Verdienst nach Hause bringen, eine eigene Meinung haben, eigenes Vermögen erwirtschaften. Sie dürfen sich sogar von dem Mann trennen, wenn er sich ihr gegenüber ungehörig verhält. Nicht wie die Frauen meiner alten Heimat, die wie kostbarer Besitz hinter Mauern und verschlossenen Türen gehalten werden, damit kein anderer sie ansieht. Und ich konnte endlich die Sache mit meinem Sold klären. Und sie ging mutig daran, einen Anwalt aufzusuchen…"

„Wofür?"

„Der Vater hat ihr das Haus vererbt, doch der Bruder wohnte noch darin. Es gab Zank und Streit…"

---

[24] Shanakdakheto und Amanikhatashan sind Namen nubischer Königinnen. Ich verwende sie, da es mir kaum möglich ist, andere authentische nubische Namen zu recherchieren

„Ha!", lachte Djehutimes gehässig. „Heißt es nicht: *Baue dir selbst ein Haus, dann wirst du die Gehässigkeiten des gemeinschaftlichen Zusammenwohnens vermeiden! Sage nicht, ich werde das Haus meiner Eltern erben, denn das mußt du mit deinem Bruder teilen. Und dein Anteil werden immer die Ausgaben sein!"*

„Ja, so heißt es wohl bei dem weisen Any. Du bist schlau, hm?"

„Wär ich sonst Schreiber?"

„Das Haus gehörte jedenfalls ihr und sie wollte es nicht aufgeben. Ich wollte sie mit in den Süden nehmen, daß wir nahe beieinander wohnen könnten, doch sie war nicht bereit ihre Heimat zu verlassen und den Plan für den Erwerb der Schenke aufzugeben. Sie war in dieser Sache so dickköpfig, so stur! So eigensinnig! So wild! Ich redete ihr zu, redete auch mit dem Bruder und der Schwägerin endlich auszuziehen. Es war zwecklos, die Fronten verhärtet. Und so hauste ich mit ihr, wenn ich zur Erholung nach Hause durfte, in der Kammer der Schenke. *Ich* war es, Tochter, an den du dich erinnerst! *Ich* habe mit meiner Frau das Lager geteilt."

Bent trank einen Schluck von dem Wein, schaute ihn kalt an.

„Und dann?"

„Der König, der Gute Gott, wollte abermals eine Schlacht schlagen. Wiederum die Aufsässigen niederschlagen. In Nubien herrscht nie Ruhe, immer wieder zetteln Rebellen Revolten an. Im Jahre sieben seiner Majestät wollte der Gott erneut nach Süden ziehen. Doch zuvor machte ich mich abermals auf die weite Reise, kehrte ich heim, und...", Marya zögerte, schaute Djehutimes an, „Wie ist dein Name, Schreiber?"

„Djehutimes! Wie der Gute Gott!" Er spuckte seinen Namen beinahe verächtlich aus.

„Ich kehrte also heim und..."

„Hör auf herumzustottern! Du gingst heim und hast *mich* gemacht!"

„Es tut mir unendlich leid, dich so zu sehen!"

Djehutimes gab ein schmähliches, kaltes Lachen von sich.

„Die Schlacht war brutal", fuhr Marya traurig fort, offensichtlich von grausamen Erinnerungen überwältigt. „Wir erlitten große Verluste... Seth war uns nicht hold... die Kameraden zu verlieren... grauenvoll... eingeschlagene Schädel von Keulen und Kampfstöcken, Löcher, so tief, daß das Hirn herausspritzte, Pfeile in Hälse und Rippen. Das Blut überall... es erwischte einen nach dem andern... doch daran denkt man in solchen Augenblicken nicht."

Ranofer gab ein zustimmendes Brummen von sich.

„Du warst im Krieg?"

„*Tju!*", spuckte er zornig aus.

„Doch dann wendete sich das Glück uns zu! Seths Zorn erwachte und der Gott des Krieges und der Wüste stärkte den Kampfgeist unserer Krieger! Unsere tollkühnen *Maryanni* preschten mutig vor, der Staub der Deshret vom stolzen *Pa Djetu* [25] hochgewirbelt. Mein Kamerad, der vorausfuhr, bemerkte den großen Stein nicht, er und sein *Seneni* wurden aus dem *Wereret* herausgeschleudert, direkt vor meinem Wagen, ich konnte nicht mehr ausweichen... Ich vergesse im Leben nicht, wie meine Pferde ihm seine Knochen brachen, die Räder über ihn hinwegrollten, seine Schreie... Stürzte schließlich selbst aus dem schlingernden Wagen. Er war mein bester Freund, von Kindesbeinen an! Kamen zusammen aus unserem Dorf hierher, schworen uns ewige Freundschaft. Selbst schwer verletzt suchte ich ihn, mein *Seneni* konnte die Zügel greifen, die Pferde beruhigen, kehrte zu mir zurück. Wir fanden ihn und seinen verletzten Kämpfer und kehrten in das Feldlager zurück..."

„Vielleicht erinnerst du dich noch an die Frage die ich dir stellte! Ich wollte nicht hören, was du alles im Krieg erlebt hast!", unterbrach Bent ihn aufgebracht. „Diese Greueltaten! Heldentaten! Haben Männer sonst nichts zu tun, als sich gegenseitig den Schädel einzuschlagen? Da kriegt man ja Alpträume!"

„Es war auch ein Alptraum! Ich konnte und wollte ihn nicht alleine lassen! Die Feldärzte nahmen ihm das Bein ab. Sein Auge war nicht mehr zu retten, Knochenbrüche, er war völlig entstellt, mehr tot als lebendig!"

„Das ist er auch heute noch!", giftete Bent ungeduldig. „Und du wirst ihn nicht retten können! *Wer* hat dir gesagt, ich sei tot?"

„Es dauerte fast zwei Jahre bis ich wieder nach Hause kam. Ich fand Nefertari nicht in der Schenke, und sie hatte mir keine Nachrichten hinterlassen. Also suchte ich besorgt das Haus ihres Vaters auf. Die Schwägerin überbrachte mir mitfühlend die traurige Nachricht, daß sie schon über ein Jahr tot sei. Die Geburt des totgeborenen Kindes nicht überlebt hätte, die Tochter an einer Krankheit gestorben sei. Und all mein Sold, all ihr Gespartes war für den Arzt, die Wehmütter und die teuren Beerdigungen gebraucht worden."

„*Welche Schwägerin?*"

Bent meinte gerade, jemand zöge ihr den Boden unter den Füßen weg. Die Lippe wurde ihr kalt und taub, es klingelte und rauschte in ihren Ohren, sie zitterte wie in einer kalten Nacht nackt im Wind.

„Die Frau ihres Bruders."

„Die Tante?", grollte Bent gefährlich leise und stand von dem Stuhl auf, „Die Tante überbrachte dir *mitfühlend* die traurige Nachricht?"

„O o!" Ranofer sprang von seinem Stuhl hoch, „Sahu-Re!"

„Ich ging gebrochenen Herzens zurück nach *Buhen*. Suchte den Tod in den ewigen Scharmützeln mit den Rebellen... Er wollte mich nicht. Also begann ich ein anderes Leben, hier in *Swenu*..."

---

[25] *Pa Djetu* ist das Streitwagenkorps

„Bent!"

„Was ist mit ihr? Mit ihren Augen? Sie leuchten in grüner Wut!"

„Herrin!"

Schon fegte Bent schreiend, voll zorniger Raserei das Geschirr vom Tisch, stieß den Ständer mit dem Wein um. „Das wird sie mir büßen!", brüllend. „Bete, daß du tot bist, wenn ich zurückkehre!", geiferte sie, blutige Tränen der Wut weinend, „Bete, daß nicht noch eines deiner dreckigen Blagen am Leben ist, wenn *ich* zurückkomme! Bete, daß dein grunzendes Schwein von Mann tot ist, denn ich bin Bent und meine Rache wird fürchterlich sein! Auge um Auge! Bis ins letzte Glied! Meiner Rache entgehst *du* nicht!"

„Sahu-Re!" Ranofer packte sie, drehte sie mit dem Rücken zu sich, hielt ihre Arme fest, drückte Bent mutig an sich. „Nicht! Nicht die Löwin rufen! Bitte! Beruhige dich!"

„Laß mich los!", tobte sie in seinen starken Armen, beinahe ohnmächtig von rasender Wildheit besessen, von gnadenloser Wut und geballtem, gerechtem Zorn beflügelt, um sich tretend.

„Still, Herrin! Still! Ich bin ja da! Beherrsche dich!"

Sie konnte sich nicht aus seiner Umarmung lösen, er war viel zu stark, und so gab sie, anscheinend ruhig und gefaßt, nach, „Ich brauche die Löwin nicht!", flüsternd. „Nicht in dieser Sache!" Die mordlustige Kälte in ihrer Stimme verursachte Ranofer eine Gänsehaut. „Laß mich los, Ranofer."

Er gab sie frei, sie trat einen Schritt weg von ihm, betrachtete die Scherben am Boden, die entsetzten Gesichter der anderen, auch von Maryas Frauen, die aus dem Haus gelaufen kamen. Sie räusperte sich, ging zu Marya, der von Entsetzen gepackt aufgesprungen war, entgeistert ihr Gesicht betrachtete.

„Ich wünsche mich zu verabschieden!", grollte sie mit größter Beherrschtheit.

„Es sind noch nicht alle Worte gesagt. Willst du wirklich gehen? Mir nicht von deinem Leben erzählen? So fand ich dich und deinen Bruder durch einen glücklichen Zufall und verliere euch im gleichen Augenblick?"

„Ich werde dir das zerschlagene Geschirr und den verschütteten Wein ersetzen, Marya."

„Ich biete die Gastfreundschaft an! Bleibt über Nacht, laßt uns gemeinsam speisen, reden, nicht so auseinander gehen!"

„Ich brauche einige Augenblicke der Ruhe um nachzudenken." Sie schaute ihm ins Gesicht, suchte darin vergebens nach Erinnerungen, reichte ihm schließlich die Hand. Liebevoll ergriff er sie.

„Ich sehe nicht in dein Herz!", flüsterte sie verwirrt. „Genausowenig wie in Djehutimes' Herz. Doch sei dir gewiß, Marya, daß ich zu einer Stunde, die mir angemessen erscheint, zurückkehre. Und dann reden wir die Worte, die noch ungesagt sind!"

„So sei es, Tochter!" In seinen Augen Tränen.

„Gehen wir, Ranofer. Djehutimes?"

„Verzeih Schwester. Aber wenn Marya es erlaubt, würde ich gerne bleiben."

„Natürlich."

Schweigend traten sie den Rückweg an. Bent betrat ihre Barke, Samut sprang vom Boden hoch, wo er mit Wepu gesessen und Senet gespielt hatte.

„Herrin! Hattet ihr Glück? Was ist passiert? Sie blutet!" Das ging eher an Ranofer hinter ihr. „Wo ist Djehutimes?"

„Er bleibt noch."

„Wo ist mein *It*?"

„Zu Gast bei einem freundlichen Mann!" Ranofer hievte sich Wepu auf die Schultern. „Und du sollst brav sein, hat er dir aufgetragen. Na? Wollen wir schwimmen gehen?"

„Au ja, Ranofer!", freute der Kleine sich. Ranofer nickte Samut grimmig zu, daß er mitkäme. Bent betrat wie betäubt ihre Kabine, Nefru aufschreckend.

„Was machst du hier?"

„Nichts, Herrin!" Nefru knickste unbeholfen. „Das Bett habe ich frisch bezogen, Geschirr hinausgebracht und gefegt. Die Läden hochgeklappt, damit es nicht stickig heiß hier drin wird…"

„Danke! Geh, mach dir einen schönen Tag, schau dir die Insel an, triff deinen Mann, mach was du willst."

„Ja, Herrin. Danke Herrin!"

Bent stand da, unbeholfen, vor Wut zitternd. Wohin mit all diesen Gedanken? Wohin mit all diesem Schmerz? Mit weichen Beinen ließ sie sich auf dem alten Sessel nieder. Jener alte, abgewetzte, fast morsche Stuhl, der einst im Allerheiligsten des Isistempels stand, bevor Bek den feinen, weißen, steinernen Sitz brachte. Darauf hoffend, daß seine Kräfte auch hier wirkten, daß Isis ihr nahe sei, versank Bent in düsteren Gedanken, die keifende Stimme der Tante durch ihren Kopf geisterte:

Du bist nur ein unnützer Esser im Haus!

Bist alt genug, um auf deinen eigenen Füßen zu stehen!

Warum mußte deine Mutter sich auch verkaufen? Ging fort in die Stadt und kam mit einem dicken Bauch zurück!

Kannst froh sein, daß ich dich aufgenommen habe und nicht wie deinen armseligen Bruder im Tempel des Thot abgegeben habe!

Und was denkst du, hat mich ihre Beerdigung gekostet?

Verdammt sollst du sein, du dumme Göre! Du Tochter eines Säufers!

Immer und immer wieder diese keifende Vorhaltungen. Immer und immer wieder Schläge! Immer und immer wieder, fünf Jahre lang, wie ein Gebet, bis

Bent es nicht mehr hören konnte, bis sie, das kleine Mädchen, daß sie damals war, es selbst glaubte und die Erinnerung an ihre liebevolle *Mut* nur noch der Schatten eines schönen Traumes war.

Die bitterlichsten Tränen kamen ihr jetzt. Sich den Umhang vors Gesicht haltend, weinte sie in ihn hinein, schluchzend, bebend, voller Verzweiflung über ihr verkorkstes, gestohlenes Leben! All ihres Vermögens, der Mutter, des Vaters, des Bruders und des Erbes beraubt, auf die Straße hinausgestoßen! Nur deshalb war ihr all das Schlimme widerfahren, daß sie von da an erdulden mußte! Nur wegen der Tante, diesem raffgierigen Weibsstück!

Und was denkst du, hat mich ihre Beerdigung gekostet?

„Ha!" Bent lachte laut und böse, als sie sich an den, nachlässig in alte Leintücher eingewickelten Leichnam ihrer Mutter erinnerte, der in dem Erdloch verscharrt wurde. Ein trockenes Brot und einen Becher schales Bier mit auf die letzte Reise bekam, falsche Tränen geweint wurden. An den schreienden Säugling, mit dem krummen Händchen und Füßchen, der plötzlich verschwunden war, mit der Begründung, dort wo er jetzt sei gehe es ihm besser …

Versoffen! Alles versoffen!

All das, was Mutter und Vater erwirtschaftet hatten! Sich das Haus unter den Nagel gerissen und die wahre Erbin zur Tür hinausgeworfen, als sie lästig und erwachsen wurde, Fragen hätte stellen können.

Und so wurde ich selbst eine Hure!

Diese verzweifelte Wut war nicht auszuhalten! Bent trampelte mit den Füßen, zerriß den Umhang in Fetzen, schrie sich die Seelen aus dem Leib, versank schließlich in dumpf brütender Stumpfsinnigkeit.

Ranofer betrat ungefragt ihre Kabine, zog sie wortlos von dem Stuhl hoch, legte sich mit ihr auf das Bett, drückte sie fest an sich, strich ihr übers Haar, ließ sie weinen.

„Sch!", flüsterte er schließlich, „Fragtest du nicht, wenn du mich bräuchtest, ob ich dann käme? Ich bin ja da, Herrin! Ich bin immer für dich da! Auf immer und ewig! Das habe ich dir doch geschworen! Damals, als ich in deinen Dienst trat."

Abermals brach Bent in Tränen aus. Abermals waren seine Worte verdreht, völlig falsch, wie in einem grauenvollen Traum, in dem man träumt, man laufe, kommt aber nicht von der Stelle. Irgendwann löste sie sich aus seinem tröstenden, Geborgenheit schenkenden Arm.

„Ist es von hier weit bis zur *Insel der Zeit?"*

„Warum?"

„Dort ist ein Isisheiligtum. Ich möchte es aufsuchen. Ich brauche den Rat der Großen Mutter. Will hören, wie sie zu mir sagt:

Sieh mich an! Von deinen Gebeten gerufen, bin ich da, die Mutter der Natur, Herrin aller Elemente, Keimzelle der Geschlechter, Geisterfürstin, Totengöttin,

Himmelsherrin, Inbegriff der Götter und Göttinnen. Des Firmamentes Lichtkuppel, des Meeres Heilbrise, der Duat Jammerstille gehorchen meinem Wink. Ein Wesen bin ich, doch in vielerlei Gestalten, mit wechselnden Bräuchen und unter mancherlei Namen betet mich der ganze Erdkreis an. [26] Und dann werde ich ihr sagen, was mich bedrückt."

Er holte das Tuch bei der Waschschüssel, wrang es aus, fuhr ihr sanft durch das mit Blut, Tränen und Schminke verschmierte Gesicht.

„*Die Insel der Zeit* liegt nicht ganz einen *Schoinos* von hier."

„Ich will dahin! Jetzt! Sofort!"

„Dann muß ich die Männer der Barke zusammenrufen, einen Lotsen auftreiben."

„Sie sitzen nicht weit von hier unter dem schattigen Vordach der Schenke. Wir sind eben daran vorbeigekommen."

„Ich rufe sie." Ranofer verließ Bents Kabine, sie setzte sich an den kleinen Tisch, packte ihr Schreibzeug aus, setzte eine Nachricht auf, rollte das Schreiben zusammen, siegelte es, rief nach Samut.

„Das bringst du zu dem Dorfältesten Marya! Es ist nicht weit von hier. Auf dem Dorfplatz steht ein alter Feigenbaum. Rechts davon ein großes Haus mit Mustern an den Wänden. Dort mußt du hin, frag notfalls. Sag ihm, ich schicke dich, er soll es in deinem Beisein lesen und dir sofort Antwort geben. Du bleibst dort. Den Jungen nimmst du mit. Und wenn du Nefru siehst, nimmst du sie auch mit. Andernfalls such sie."

„Ja, Herrin!"

Bent hielt dem jungen Priester ihr Schreiben von Pharao hin.

„Aber Dame Sahu-Re, hier wohnt bestimmt niemand, der dir in Bezug auf deinen Vater eine Auskunft geben könnte."

„Ich bin, aufgrund dieses Schreibens, bemächtigt dieses Heiligtum zu betreten! Ich bin aufgrund meiner Position als Hohepriesterin der Isis in Uaset berechtigt, euer Haus und das Allerheiligste zu betreten! Gleichgültig deiner Zweifel."

„Aber natürlich. Bitte! Tretet ein."

Bent betrat den kleinen Innenhof, bemerkte geschäftig hin und her huschende Priester, betrachtete den kleinen, gut gepflegten Tempel, die weiß getünchten Mauern, die bunt bemalten Säulen ringsum, den plätschernden Brunnen. Unzählige Blumen blühten in verschwenderischer Pracht. Selbst vor

---

[26] Aus *Die Metamorphosen des Apuleius*. Quelle Wikipedia

der Tür des Allerheiligsten standen Vasen, brannten Kerzen, brannte Weihrauch und Kyphi in Töpfen. Ein kleines, schmuckes Haus, der Göttermutter geweiht, die hier das Herz ihres zerstückelten Mannes gefunden hatte. Vollkommen in diese Betrachtung versunken, bemerkte sie gar nicht, wie der Oberpriester an sie herantrat, mit einem Schlüssel die Tür öffnete, sich andächtig verneigte.

„Dame Sahu-Re!", hauchte er. „Mir kam zu Ohren, was Ihr in der Hauptstadt leistet. Und Ihr dort beinahe selbst wie eine Heilige verehrt werdet. Selbstverständlich lasse ich Euch zu ihr! Zu unser aller Mutter!"

Bent schaute ihn an, schaute in sein Herz, erblickte tiefe Frömmigkeit und demütige Verehrung.

„Zu Ohren?", fragte sie verwirrt. „Wie das?"

„Einer meiner Vetter", erwiderte er mit einem verlegenen, schüchtern wirkenden Lächeln. „Er lebt in Uaset. Ist im *Ipet Resit* ein ergebener Diener Amuns."

„So, so." Bent betrat das Allerheiligste, gewahrt im Dunkeln zu stehen, erblickte sie auch hier Kerzen und Blumen. Und die Statue der Göttin!

Beinahe lebensgroß saß sie auf einem Sitz, das Kinde auf dem Schoß, bunt bemalt, als sei sie leibhaftig anwesend. Bent sank auf die Knie, streckte die Arme vor.

„So begegnen wir uns endlich, Mutter!"

Ich bin da! Mutter der Natur, Herrin aller Elemente, Geisterfürstin, Totengöttin, Himmelsherrin, Mutter aller Götter! Die Zauberreiche, die den Dämon mit den Worten ihrer Lippen vertreibt!

Bent horchte in den hehren Augenblick heiliger Stille, das tanzende, wütende Herz beruhigte sich.

„Soll ich das alles demütigst ertragen?", fragte Bent in die Stille. „Sie haben mir alles genommen! Und mich in ein Leben geschubst, das sich weder meine Mutter noch mein Vater für mich ausgesucht hätten!" Wütend schlug sie mit der flachen Hand auf den Boden, daß die Handfläche vor Schmerz brannte. „Soll ich demütigst ertragen, daß ich mein Leben auf Lügen aufgebaut habe? Vertreibe diesen Dämon mit deinen Worten, Herrin des Himmels!", brüllte sie. Bösartige Hitze überkam sie auf einmal. Sie setzte sich auf, beißender Schweiß rann von ihrer Stirn, ihre Augen verdrehten sich, das Tintenbild begann zu brennen …

„Mein ist das Blut! Mein ist die Rache! Leiden sollt ihr, Schmerzen erdulden!", fauchte Bent gefährlich leise, faßte sich in den Ausschnitt, spürte das heiße Blut, die brennende Glut des Zorns und der Rache! Taumelnd stand sie auf, trat zu dem stummen Bildnis der Göttin, faßte mit ihren blutigen Händen nach Isis' Händen.

„Und…", keuchte sie mühselig, als käme die Stimme nicht aus ihr selbst, „Laß mich *sein* Herz finden, welches *Die Mächtige* mir geraubt hat! Wie du das

Herz deines Gatten hier gefunden hast! *Du* verstehst das doch! Bist du nicht auch eine liebende Gattin?"

Bent fühlte sich auf einmal weggestoßen, alleine, verlassen und ein Windzug verlöschte alle Kerzen.

Ein Wesen bin ich, doch vielerlei Gestalten

„So hilfst du mir nicht?", grollte Bent, „So war denn mein Weg umsonst?"

Bent horchte in diese geheimnisvolle Stille, das Tanzen ihres wütenden Herzens das einzige Geräusch …

„Nordwärts!", befahl sie barsch.

Bent stand fein herausgeputzt am Bug, betrachtete ein letztes Mal die blühende, geschäftige Stadt, die Inseln, den wilden ungezähmten Strom, die unzähligen gewaltigen grauen Felsen in seinem Bett. Sie faßte sich um die Oberarme als fröstele sie, spielte unbewußt mit den Schlangenarmreifen.

„Jawohl, Herrin! Setzt das Segel!" Der Kapitän verließ ihr Deck, rief dabei seinen Ruderern weitere Befehle zu. Bent ließ den Lotsen alleine da stehen, trat unter das Sonnendach. Betrachtete Marya, der da an ihrem Tisch saß.

„Noch einmal nach Uaset", er lächelte zurückhaltend. „Wie lange ist das her? Ich hätte nicht geglaubt, daß ich diesen weiten Weg noch einmal nehmen würde. Gerne komme ich mit euch mit, um zwischen dir und Tante und Onkel zu vermitteln. Und ich bin dir dankbar, daß du versucht hast mich zu finden."

Das laute Knattern des Segels im Winde unterbrach ihn. Bent reichte ihm ihre beringte Hand. „Ich will dir etwas zeigen. Und du wirst es auf dieser Fahrt nicht mehr zu Gesicht bekommen. Nur diesen kurzen Augenblick da wir *Yabu* umsegeln um zu wenden. Dann werden sie das Segel wieder einholen und bis Uaset nur noch die Ruder gebrauchen."

Offenen Mundes betrachtete Marya das große Segel, mit bunten Farben hineingewebt der Thron, das Brot und das Ei und das Bildnis einer gekrönten, sitzenden Frau – der Name der Göttin Isis.

„Wie verstehe ich das?", fragte er verwirrt, schaute zu Samut und Ranofer hin, die in ihren guten Uniformen da standen, zu Nefru, die ein wenig mit ihrem Mann scherzte, zu Bent zurück, sie eingehender betrachtend. Das sorgfältig frisierte Haar mit den zwei schmalen, perlenverzierten Zöfchen rechts und links des Scheitels, welche die ganze dunkle Pracht zu bändigen versuchten. Die schwarz geschminkten bleichen Augen, die schwere Kette mit dem Amulett der Isis, das plissierte Kleid aus feinem, weißen *Secheru*

Nesut mit den goldgelben Einfassungen, das im Winde flatterte, der Umhang mit seinem Isisknoten unter ihrer Brust, der sorgfältig das trügerische Tintenbild verbarg.

„Du bist nicht einfach eine reiche, vornehme Dame, die eine Vergnügungsreise unternommen hat?"

„Nein."

„Du bist eine *Ta Schepsi*?"

„Andere sehen das in mir."

„Bist du eine *Nebet Hay*? Hast einen Gatten mit Einfluß?"

„Ich bin eine freie Frau Kemets."

„Wenn du dies Bildnis in deinem Segel führst, dann gehört die Barke zu einem Tempel der Isis."

„*Tju!*"

„In Uaset?"

„*Tju!* Und ich bin die Herrin in ebendiesem!"

Marya schwieg ein paar Herzschläge lang, zwischen Verblüffung und Ehrfurcht schwankend, neigte den Kopf, sagte schließlich:

„Ich weiß nicht, wie man einer solchen Dame begegnet. Kniet man nieder?"

„Nein."

Bent schaute über den glitzernden Fluß, hoch zu ihren Leuten, die das Segel rafften, sich bereit machten, die *Wija* zurück nach Uaset zu rudern, schätzte die Entfernung zu den vier Ruderern am Bug ab, kam zu der Überzeugung, daß sie nicht hören konnten, was gesagt wurde. Genau wie die anderen auf dem Kabinendach, die damit beschäftigt waren, das eingeholte Segel ordentlich zu vertäuen.

„*Mut* brachte mich in das Haus der Tante", sagte sie leise. „Ich wußte ihren Namen nicht. Alle kleinen Mädchen nennen ihre Mutter *Mut*. Sie brachte mich in das Haus zu diesen Leuten, die ich nicht kannte, schrie und klagte, krümmte sich in Schmerzen, niemand war da der ihr half und ich verstand nicht wieso. Dann war das Kind geboren und sie blutete. Es hörte nicht auf und ich fürchtete mich. Daran ist sie gestorben. Und die Tante hat mich geschlagen, gedemütigt, getreten, hat mir die meiste Zeit nichts zu essen gegeben. Machte mir weiß, ich sei das verwahrloste Kind eines Säufers, *Mut* wäre eine Hure gewesen, eine billige Dirne, die sich für ein Stück Brot oder eine warme Mahlzeit in der Stadt an Männer verkaufte. Ich glaubte es sogar irgendwann. Doch in meinem Herzen konnte ich meine Mutter nicht verachten! Ich habe meine *Mut* liebgehabt! Sie hat mich nie geschlagen! Ich hatte nie Hunger gelitten! Doch ich war ein kleines Mädchen, wie mich gegen die Tante wehren? Denn meine *Mut* hat mich auch gelehrt, den Älteren gegenüber Gehorsam und Respekt zu zeigen. Ich habe mich daran gehalten, bis zu jenem Tag, da die Tante mich aus dem Haus haben wollte. Da habe ich mich gewehrt. Sie hat den Brotschieber auf mir kaputtgeschlagen und ich bin letztendlich gegangen."

Marya schluckte, schaute Bent bestürzt an, Wut im Gesicht, als ihm die ganze Tragweite dieser Verfehlung aufging.

„Dann hat sie mich angelogen? Ihr Mitgefühl nur geheuchelt? Nefertari verunglimpft! Die gesamte Familie verraten?"

„Ich bitte dich, Marya", Bent wies, unheimlich ruhig, mit der Hand unter das Sonnendach, „nimm wieder Platz. Wir wollen Ranofer diese Ehre erweisen. *Swenu* ist seine Heimat, wollen wir ihm diesen Augenblick des Abschieds in Ruhe gönnen. Wenn wir die wilden Wasser hinter uns gelassen haben, der Lotse von Bord gegangen ist, werde ich dir alles erzählen. Nefru!"

„Ja, Herrin?"

„Schenk uns den Wein aus und geh."

Bent schaute zu, daß Nefru alles richtig machte, blickte zu Ranofer hin, der, die Hand in das Geländer gekrallt, nach der kleinen, blühenden Insel schaute, zu dem gastfreundlichen Haus mit der liebevollen Tante, der fröhlichen Base, und Ahaneiths lustigen Enkelkindern. Seine angespannten Gesichtsmuskel zeigten ihr seinen großen Aufruhr und Bent spürte seine schmerzliche Sehnsucht nach einem geordneten zu Hause, den Überdruß des Umherziehens, mit nichts als Samut, seinen treuen Freund, an der Seite. Sie fühlte seine unendliche Müdigkeit und seinen abgrundtiefen Schmerz. Samut klopfte ihm gerade freundschaftlich auf die Schulter, sagte etwas, das Bent nicht verstand, Ranofer wischte sich kurz über die Augen, rempelte Samut in die Seite. „Blödmann!", hörte sie ihn gutmütig brummen.

„Wirst du mit Djehutimes in der Kabine zusammen zurechtkommen, Marya?"

„Selbstverständlich. Er scheint ein feiner Kerl zu sein."

„Das weiß ich nicht. Ich kenne ihn erst seit kurzem."

„Wie das? Er erzählte mir von eurem Zusammentreffen, doch ich will es auch aus deinem Munde hören."

„Er kam zu mir, und das ist dem Zufall geschuldet, ihn plagte ein Geschwür auf seiner Hand, das geheilt werden konnte. Der Isistempel in Uaset ist ein Haus der Heilung. Ich bin Heilerin, Marya, und Wehmutter."

„Welch ein beachtlicher Werdegang. Wenn man bedenkt…"

„Ich erkannte ihn an seiner Hand", unterbrach Bent ihn. „Ich vergesse niemals was ich sehe oder höre. Ich habe das arme Kind damals gesehen und bedauert, mir und meiner toten *Mut* geschworen, daß ich auf das kleine Brüderchen gut acht geben werde. Dann brachten sie ihn fort, ohne daß ich davon wußte. Sie haben ihn einfach weggebracht… weggeworfen… Ihn achtlos auf die Stufen eines Tempels gelegt, in der Hoffnung, daß, bevor er verhungert, sich irgendwer seiner annehmen würde."

Marya schnaufte, unterdrückte anscheinend mühsam seinen gerechten

Zorn. „Du redest von meinem Sohn!"

„Ich bitte dich mir zuzuhören! Ich werde noch von viel mehr reden!" Bent griff nach ihrem Becher, trank einen Schluck. „Wenn ich auch sage, daß ich niemals vergesse, so sind mir doch viele Vorfälle aus meiner frühen Kindheit nicht mehr bewußt. Man ist wohl zu klein, um sich an alles zu erinnern."

„Mehu wird schon in ein paar Tagen vergessen haben, daß du auf Besuch warst. So mag es dir auch ergangen sein, als ich dich und deine *Mut* besuchte", entgegnete Marya beherrscht. „Und was du in den Kameraden gesehen haben magst, die Nefertari Kunde von mir brachten."

„Wahrscheinlich." Bent wies auf den gedeckten Tisch, den Kuchen, die Feigen, Datteln, Trauben, Melonenstücke, ja sogar Granatäpfel ließ sie auftreiben, deren süße Kerne in einer Schale glänzten. „Bediene dich. Du wirst Kraft brauchen, wenn du mir zuhören willst."

„*Dwa Netjer ink*, Tochter."

„Dieses Wort aus deinem Munde hat einen fremden Klang für mich. Ich trage noch einen Namen. Den der Hohepriesterin der Isis. Man nennt mich auch Sahu-Re."

„Re ist dir nahe?"

„Der Allvater behütet mich. Ich will dir nun von meinen Namen berichten, Marya, denn ich trage viele."

„Du drückst dich sehr gewählt aus. Allem Anschein nach kamst du in vornehme Verhältnisse, nachdem du das Haus von Onkel und Tante verlassen hattest?"

„*Tju!*", lachte Bent bitter. „In vornehme Verhältnisse! Ich wuchs im erbärmlichsten Elend auf, und sie warf mich hinaus! Deshalb hatte ich das Glück als Küchenmagd in ein vornehmes Haus zu kommen. Du kannst dir nicht vorstellen, wie es ist, sich satt zu essen und nicht mehr geschlagen zu werden! Dort traf ich Bek, den Sohn des Hauses, und er war froh darum, mich, dieses einfache Mädchen zu treffen. Denn die Mädchen aus seinem Stand, mit denen er gewöhnlich verkehrte, waren ihm zu aufgeblasen. Und es kam, was kommen muß, wenn zwei junge Menschen sich treffen und Zeit miteinander verbringen… Bek verliebte sich in mich, fand mich lässig, draufgängerisch, wild, alles das, was er, der liebe, brave Junge, selbst nicht ist… Und *er* nennt mich *Bent Wenemet, Tochter der Blüten!*"

„Wie schön!"

„Er ist immer noch mein bester Freund. Er brachte mir das Schreiben bei und das Lesen. Und wir versprachen uns, den Bund miteinander einzugehen. Träumten von einer gemeinsamen Zukunft. Ha!" Bent tippte sich an die Stirn. „Ich wußte sofort, daß kann nicht gut gehen. Ich bin nicht aus seinem Stande! Ich putzte in der Küche seines Vaters Gemüse, schuppte Fische, rupfte Tauben und anderem Geflügel die Federn aus, fegte die Küche und den Hof. Ich rang ihm das Versprechen ab auf mich zu warten. Zu warten, bis ich eine vornehme Dame wäre, seinem Stande angemessen!"

„Er wartete wohl nicht?"

„Unterbrich mich nicht!"

„Entschuldige."

„Ich habe dir zugehört, als du erzähltest. Du wirst in den letzten beiden Tagen Djehutimes zugehört haben, was ihm in seinem Leben zugestoßen ist. So höre, was ich jetzt zu sagen habe!"

„Sprich, Tochter. Ich werde aufmerksam zuhören!" Er griff nach seinem Becher.

„Ich wollte lernen, es zu etwas bringen. Bek beweisen, daß ich das schaffe. Brachte meinen ersten Verdienst in den großen *Ipet Sut*, fragte dort einen Priester ob er mir helfen könnte. Ich hätte alles gezahlt, was er verlangt hätte, wenn er mich etwas lehren würde. Doch dort nehmen sie keine Schüler aus ärmlichen Verhältnissen. Sie nehmen nur Kinder von vornehmen Leuten..." Aufgewühlt trank Bent einen Schluck, stellte den Becher ab.

„Ich war dreizehn Jahre alt! Und fühlte mich dumm, weil man mir nie etwas beigebracht hatte. Und ich wollte mehr wissen, viel mehr als Bek mir beigebracht hatte! Alles richtig machen! Man sagte mir, im Tempel der Isis würden Schülerinnen angenommen. Man könnte eine angesehene Hebamme oder Heilerin werden. Deshalb war ich nicht vollkommen enttäuscht und machte mich beflügelt von diesen Aussichten auf den Rückweg. Aber ich habe mich in dem Gewirr der Korridore dort verlaufen. Jemand trat mir in den Weg, in einem einsamen, zugigen, düsteren Gang der zu den Abtritten führte. Dort schob er mich, die Jungfrau, hinein, schlug mich fast besinnungslos, vergewaltigte mich, schlug mich ganz zusammen."

Marya spuckte den Mundvoll Wein im hohen Bogen von sich, schlug die Hand vor den Mund, wischte ihn ab, schaute Bent mit aufgerissenen Augen an.

„Und das meiner Erstgeborenen!", zürnte er voller Wut. „Ich hoffe", polterte er aufgebracht, „du hast ihn ausfindig gemacht und Vergeltung geübt. Wenn nicht, werde *ich* das tun!"

„Ich weiß wer das war, kannte ihn flüchtig. Und Vergeltung wurde geübt. Und ich bitte dich leise zu bleiben. Ich werde auch nur reden, wenn Djehutimes mit dem Kind am Bug sitzt, er sich nicht in der Kammer hinter uns aufhält. Das, was ich dir erzähle, soll in deinem Herzen verborgen bleiben. Ist lediglich für deine Ohren bestimmt! Versprich mir das! Niemand darf davon erfahren!"

„Ich verspreche es!"

„Sie flickten mich im *Ipet Sut* wieder zusammen. Die gebrochene Rippe heilte, die ausgerenkte Schulter wurde schmerzhaft an ihren angestammten Platz zurückgeschoben, die große Wunde an meinem Kopf und mein blutender Schoß heilten ebenso. Aber mein Herz heilte nicht. Und ich konnte und wollte Bek nicht mehr unter die Augen kommen. Fand letztendlich Arbeit in einer Weberei."

Marya nickte zustimmend, vorsichtig seinen Wein probierend, darauf gespannt, was als nächstes käme.

„Es dauerte nicht lange…", fuhr Bent zögernd fort, denn das war nicht unbedingt ein Gespräch das man als Frau mit einem fremden Mann führen sollte, „und…"

„*Was?*" Der Zorn in Maryas Gesicht war nicht zu übersehen.

„Der Drecksack hatte mir ein Kind gemacht!"

„Ich glaube nicht, daß ich *diesem* Enkelkind Liebe entgegenbringen kann!" Ergrimmt stellte er heftig den Becher ab, Bent schenkte ihm nach.

„Es gibt keinen Enkel!"

„Gut daß du das Kind verloren hast!"

„Ich habe es nicht verloren! Ich habe diese Ausgeburt der dunkelsten Duat in einem Tempel der Bastet aus mir herausschneiden lassen! Es kostete mich den Verdienst eines ganzen Jahres! Mein allererster Verdienst! Mit dem ich lernen wollte! Damit ich eine vornehme Dame werde!"

Marya erhob sich ruhelos und aufgewühlt aus dem Sessel. „Dieser Müßiggang ist nichts für meine alten Knochen. Ich muß mir ein wenig die Beine vertreten. Wir sollten später weiterreden."

„*Tju!*"

„Gibt es hier heute nichts zu essen?", polterte Ranofer, als Bent mit Marya bis ans Bug spazierte. „He! Nefru! Willst du uns heute deine Kochkünste vorenthalten? Hör auf mit deinem Kerl zu schäkern!"

Bent schaute über den großen Strom, schaute den Ruderern zu, die kraftvoll, gleichmäßig und geschickt die große Barke nach Norden ruderten, zwischendurch von Ranofer und Samut unterstützt, die übermütig ihre gewaltigen Kräfte messen wollten.

„Noch vor dem Abend", spottete sie, „werden wir in *Nubyt* sein. Wirst du es solange aushalten?"

„Sie soll wenigstens die Datteln herbringen. Ich verhungere gleich!"

„Nefru!"

„Ja, Herrin!"

„Hast du ihnen nichts gebracht?"

„Ich habe es vergessen."

„Und die vier anderen Ruderer? Hinten? Die beiden Steuermänner? Der Kapitän?"

„Äh…"

„Sei froh, daß meine Rute in der Kabine liegt!"

„Entschuldigung, Herrin!" Sie machte einen Knicks und sich eiligst davon.

„Wieviele Enkelkinder hast du, Marya?" Bent streckte sich, lehnte sich an das Geländer, betrachtete die Landschaft.

„Keine Ahnung!", brummte er gutmütig. „Ich habe das Gefühl, es kommt täglich eins dazu. Fünfzehn? Zwanzig? Ich habe aufgehört zu zählen. Das ganze Haus ist voll von diesen pummeligen Plagegeistern! Krabbeln überall herum, man muß aufpassen, daß man nicht noch auf eins drauftritt! Sabbern, schreien, stinken die dicke Windel voll, pieseln mir auf den Schurz…"

„Das lügst du doch!" Bent mußte lachen.

„Es sind vierzehn. Fünf davon sind schon mehr als verständig. Und ich liebe jedes einzelne von ihnen", grinste er zurück. „Und dann noch die Brut von dem mit dem *Medu*!" Er nickte wohlwollend zu Djehutimes hin. „Wieviele hat er gemacht, hm?"

„Vier", Bent schmunzelte, „soweit ich das beurteilen kann. Und das fünfte sei in Arbeit."

„Wenn er den feschen Schnauzbart beibehält, will sie sofort noch eins!"

„Vierzehn!" Ranofer spuckte im hohen Bogen seine braune Brühe zwischen den Zähnen durch hinaus auf's Wasser. „Und *meine* Frau hat keine Zeit!", zischte er verächtlich.

Und Bent fiel der alte einsame Mann ein, der in der Garnison in *Nechen* für das Viehzeug Gemüse schnippelte …

„He!" Das begeisterte Grölen der Mannschaft hallte ihnen schon entgegen, kaum daß sie wieder am Anleger ankamen. Stolz luden Ranofer und Samut einen gebratenen Hammel und zwei große Bierkrüge von dem Karren ab.

„Wo habt ihr denn den aufgetrieben?"

„Wir haben dem da seine Garküche leergekauft!" Samut klatschte dem Esel auf das Hinterteil, winkte dem Händler zu daß er fahren könne. „Los, steckt ihn auf den Spieß, ich will heißen Hammel!"

„Was ist denn jetzt los?", fragte Bent, betrachtete erstaunt den Pavillon des Tempels, den die Männer einträchtig aufbauten.

„Zu einem Festmahl gehört auch ein Festzelt, werte Dame! Und Musik!"

„Aber wer hat denn den Pavillon eingepackt?"

„Ich!", grinste Ranofer. „Hab vermutet, daß wir ihn brauchen könnten. Und als du sagtest, weil Nefru das Essen vergessen hat, lädst du uns alle heute abend ein, sollten wir diese Gelegenheit zum Feiern nutzen! Einer hat ne Flöte dabei, ein anderer ein Tamburin, das sollte zum Lärm machen genügen. Ein ordentliches Lagerfeuer habt ihr derweil entfacht, Respekt!"

„Und ich habe mit Nefru einen großen Topf Linsen gekocht. Mit Sellerie und Lauch und mit Pfeffer! Und ich habe Brot gebacken."

„*Du*?" Ranofer blieb der Mund offen stehen.

„Glaubst du, ich kann das nicht?", giftete Bent empört.

„Meine Fresse, Ranofer. Schnell weg, bevor die Herrin dir die Schöpfkelle überzieht! Niemals die Köchin ärgern!"

Als alle mit essen und trinken beschäftigt waren, rief Bent Nefru zu sich.

„Warum hast du den Männern nichts zu essen gebracht? Sie arbeiten schwer, wenn auch der Fluß die meiste Arbeit macht, sie nicht an unserem Fortkommen hindert. Sie brauchen all ihre Kraft um uns sicher nach Hause zu bringen. Wie konntest du das vernachlässigen?"

„Es tut mir wirklich leid, Herrin. Aber als ich dir den Wein ausschenkte, du sagtest, ich könnte gehen, hab ich das wohl falsch verstanden, denn ich war glücklich. Genau wie an dem Tag, als du mir die Deben schenktest und sagtest, ich könne meinen Liebsten sofort heiraten, bräuchte nicht ein Jahr warten. Erinnerst du dich? Ich konnte es nicht erwarten meinem Mann zu sagen, daß ich ein Kind erwarte."

„Das…" Bent räusperte sich, schluckte ihren Ärger runter, „kann ich verstehen. Geh zu ihm, feiert euer Glück!"

„Oh danke, Herrin!"

„Aber daß mir das nicht nochmal vorkommt!", schnauzte sie.

„Nein, Herrin, bestimmt nicht, Herrin!"

„Das war eine weise Entscheidung, meine Tochter", meinte Marya tags darauf, als er abermals bei Bent unter dem Sonnendach saß. Lachend sagte er: „Wenn sie auch alle heute einen gewaltigen Brummschädel haben!"

„Ich war es ihnen schuldig. Sie haben uns gut hin und wieder hergebracht. Und sie sind solch weite Reisen nicht gewohnt. Wohl fahren sie alle paar Tage mit der Barke, damit sie ihre Kraft und Ausdauer nicht verlieren, und um zu schauen, das mit dem Schiff alles in Ordnung ist. Aber eine so weite Reise machen sie nie. Und ich bin auf sie angewiesen. Auf die Männer, wie auf die Barke. Wenn ich sie brauche, sind sie alle da."

„Du hast ein großes Herz scheint mir."

„Mein Herz ist ein verkohlter Klumpen faules Fleisch!"

„Na!", empörte er sich.

„Sie rissen es mir mit dem Bastard aus dem Leib."

„Jetzt aber!"

„Ich blieb im Tempel der Bastet. Ging nicht mehr zur Weberei zurück."

„Aha?" Er schaute sie an, anscheinend nicht wissend, von was sie redete. „Als Priesterin? Du hast anfangs der niedlichen Katzengöttin gedient? Ich mag Katzen, halte selbst sechs oder sieben davon. Sie sind aber auch zu possierlich."

Bent verschlug es die Stimme angesichts seiner Unwissenheit.

„Du magst mich", sagte sie schließlich, „ruhig und gelassen da sitzen sehen. Doch in meinem Inneren tobt ein Krieg. Nur weil wir hier auf der Barke sind, halte ich meinen maßlosen gewaltigen Zorn im Zaum. Und weil du mein Vater bist, weil du verstehen sollst, deshalb will ich dir von mir erzählen. Du sollst verstehen, was passieren wird, wenn *ich* wieder in Uaset bin!"

„So sprich weiter!"

„In einem Tempel der Bastet wird nicht den possierlichen Katzen gehuldigt, Marya."

„Nicht?"

„In einem Tempel der Bastet wird Liebe verkauft!"

Er schien zu versteinern. In seinem Gesicht keinerlei Regung.

„Die Männer die zu mir kamen nannten mich Bentsachmet, *Tochter der Löwin*! Ich bin eine Hure gewesen!"

Er nahm sich, anscheinend teilnahmslos, von den Trauben aus der Schale, stierte dabei schweigend vor sich hin.

„Es fiel mir nicht schwer, glaubte ich doch es sei mir vorbestimmt. Rechtfertigte es damit, weil Mutter es auch tat. Und ich hatte eine gut Zeit", fuhr Bent fort, obwohl er den Anschein machte, nicht noch mehr hören zu wollen. „Konnte Vermögen erwirtschaften, hatte Freundinnen an meiner Seite. Genoß meine Jugend mit Musik und Spaß und Tanz, schönen Kleidern und Schmuck. Konnte in einem ordentlichen Bett schlafen, mit feinstem Leinen bezogen, mit weichen Kissen und wärmenden Decken für die kühlen Nächte. Anstatt mich in einem dreckigen Haus auf dem Boden auf einer noch dreckigeren Matte zu wälzen, hatte jeden Tag satt zu essen, konnte in gut riechendem, warmen Wasser baden."

„Willst du dir das schön reden!", krächzte er aufgebracht, erbost bis ins Mark.

„Ich will daß du verstehst!", brüllte sie, funkelte ihn an, klatschte mit der Hand auf die Tischplatte. Er zuckte zusammen, starrte ihr ins Gesicht.

„Sind sie grün?", fragte sie ärgerlich. Er nickte nur.

„Dort", fuhr sie fort, „verliebte ich mich eines Tages in einen wundervollen jungen Mann. Schön war er, gebildet, freundlich und geheimnisvoll. Du hast noch andere Töchter?"

„Vier."

„Dann wirst du verstehen, wie ein junges Mädchen einen Mann anhimmeln kann, ihm schmachtend und vernarrt ihre Liebe gesteht."

„Nicht unbedingt. Backfischangelegenheiten sind und waren Sache meiner Frauen."

„Ich liebte ihn abgöttisch. Ich ließ zu, daß er mich schwanger machen konnte, denn so, glaubte ich, könnte ich ihn für mich allein gewinnen, ihn halten."

„Ein Enkel der das Kind eines Freier ist! Wahrlich...", er konnte nicht weiterreden, bebend vor Erbitterung und Zorn.

„Es gibt keinen Enkel!"

Marya schwieg, mühsam beherrscht, starrte zu den Ruderern hin. Wepu durfte mithelfen, hing wie ein kleiner nasser Lappen an den langen Stangen, stolz auf seine unglaubliche Körperkraft, nicht bemerkend, daß der Ruderer von hinten nachhalf.

„Mein Stolz auf dich, auf die Hohepriesterin, bröckelt immer mehr", zischte Marya verächtlich.

„Auch wenn dem so ist, du wirst mir weiter zuhören. Du sollst wissen, was passiert ist, was mir angetan wurde! Dieser großartige, wundervolle, wunderschöne Mann, von dem ich glaubte, die Liebe meines jungen Lebens gefunden zu haben, der Vater meines ungeborenen Kindes…" Bent unterbrach sich, von der schmerzlichen Erinnerung erschüttert. „Ich ging ihm nach eines Tages, wollte wissen, wo er wohnt, wo er arbeitet. Ich fand es heraus, an einem schmerzlichen grauenvollen Vormittag, als ich ihm zu seiner Arbeitsstätte folgte… zu der Richtstätte… denn er war Pharaos Henker!"

„Ich glaube nicht, daß ich noch mehr hören will!" Marya war sämtliches Blut aus dem Gesicht gewichen. Bleich und bis auf den Grund aller seiner sieben Seelen erschüttert, stand er auf um seine Kabine aufzusuchen.

„Ich bin noch lange nicht fertig!", zischte Bent, vom Kapitän unterbrochen, der laut „Wir bereiten uns auf's anlegen vor. *Djeba*! Die Hälfte unserer Rückreise ist geschafft!" rief.

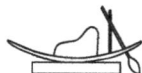

„Diese Dummheit hatte ich mir selbst zuzuschreiben, daran war niemand anderer schuld." Bent setzte sich am nächsten Morgen zu Marya unter das Sonnendach, schenkte von dem dicken Bier aus, reiche ihm das Brot und den Honigtopf. „Hast du trotz allem gut geschlafen?"

„Das schaukelnde Boot und mehrere Becher Wein beruhigten mich."

„Wir werden in *Iunit* noch einmal nächtigen müssen, bevor Uaset erreicht ist. Bis dahin werde ich dir alles erzählt haben."

„Vielleicht läßt du mich erst mal meine Morgenmahlzeit einnehmen. Noch mehr Schreckensbilder auf nüchternen Magen vertrage ich nicht."

„Ich sollte dieses Kind nicht bekommen", erzählte Bent später weiter, „denn dem Henker ist untersagt eine Familie zu gründen. Ich mußte es aber gebären, hatte auf Grund des Abortes Schwierigkeiten. Meine maßlose

Verzweiflung kannst du nicht im Geringsten nachvollziehen. Meine unbändige Wut auf das Leben! Auf das Sitzengelassen werden. Diese Demütigung! Waren auf Grund der Vergewaltigung mir die Männer schon zuwider, setzte dies hier allem die Krone auf. Meine Verachtung, meine Wut, meine Abscheu! Es raubte mir den Atem, ließ mein Herz stocken, erkalten. Mein einziger Halt schien Sachmet, deren Tochter ich mich hochmütig schimpfte. Bastets rasendes, böses, zorniges Gegenstück. Sachmet ist nicht niedlich! Sachmet ist nicht possierlich! Sachmet ist die reine Wut!" Bent sprang hoch, riß sich den Umhang von den Schultern.

„Schau hin!", grollte sie. „Schau ganz genau hin! Ein Messer, eine Klinge, scharf wie ein Schwert! Damit habe ich ihren göttlichen, mächtigen Namen in mein Fleisch geritzt und ihr geschworen, niemals mehr zu lieben!"

„Es blutet ein wenig." Marya betrachtete schaudernd das vernarbte, schwarze Tintenbild auf Bents Brust.

„Das ist ihre Wut!" Bent setzte sich wieder, griff nach dem Mundtuch, tupfte die kleinen Blutstropfen ab, legte sich den Umhang wieder über die Schultern, band ihn zu.

„Zwischenzeitlich konnte ich einen Teil meines Vermögens für ein Haus eintauschen", erzählte sie weiter, als sei nichts geschehen, als spräche sie von einer andern Person. „Ein schönes Haus, mit einem Garten, es wurde mir ein Heim, mein eigenes! Ich hatte endlich ein zu Hause! Und ich begann das Kind zu lieben, während es in mir heranwuchs und ich liebte es wie eine Mutter ihren Sohn nur lieben kann, als er denn endlich geboren war. Er war mein Leben, mein Sonnenschein, mein Liebling, mein Augapfel." Bent griff nochmal zu dem Mundtuch, fing damit die Tränen auf. „Sein Name war Nefertem. Und er war der süßeste und klügste Junge auf der ganzen Welt! Sieh…" Sie schneuzte sich, „sieh dir Wepu an und dein kleiner Mehu, dann kannst du dir vorstellen, wie Nefertem ausgesehen hat. Sie ähneln ihm beinahe wie Brüder."

Marya konnte seine Aufregung und sein Mitleid nicht unterdrücken. Aufgewühlt nahm er Bents Hand in seine. *„Was* ist mit dem Kind passiert, Tochter?"

„Ich ging nicht mehr in den Tempel der Bastet zurück, Marya."

„Gut!", er nickte zustimmend, tätschelte ihre Hand. „Dieses Leben wäre nichts für dich gewesen."

„Ich mußte für das Kind sorgen, für meine Magd und auch für mich."

„Natürlich."

„Ich mußte das Haus halten können."

„Aber ja."

„Ich kaufte das Nachbarhaus und machte dort mein eigenes Hurenhaus auf!"

Marya stand so heftig von dem Sessel auf, daß der polternd nach hinten kippte und verließ wortlos den Tisch.

Bent blieb sitzen, von ihren dunklen, bösen Erinnerungen übermannt, [27] augenblicklich zu keiner Regung fähig. Ranofer trat zu ihr, hob den Sessel auf, setzte sich lässig neben sie, griff nach dem Brot, strahlte sie an.

„Hast du dich mit ihm gezankt?"

„Nein."

„Ist dein hitziges Gemüt mit dir durchgegangen?"

„Nein."

„Willst du, daß wir in *Nechen* halten?"

„Nein."

„Kann ich dir was gutes tun?"

„Nein."

„Soll ich dich allein lassen?"

„Nein."

„Macht Spaß!", brummte er nach einer Weile.

„Was?"

„Schweigend mit dir in die Gegend starren. Nur mit Samut geht das noch besser."

„Blödmann!", blaffte sie mit einem Grinsen.

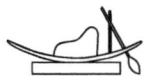

„Willst du wissen, Marya, warum sie mich Sahu-Re nennen?", hauchte sie heiser. Unverhofft tauchte sie wie ein geisterhafter Schemen neben ihm auf, er zuckte vor ihr zurück, erschrak vor ihrer Erscheinung.

„Ich habe allmählich die Befürchtung, daß ich gar nichts mehr von dir wissen will!"

„Morgen sind wir in Uaset", unkte sie mit unheimlichem, heiseren Grollen, blickte mit den wie blind wirkenden Augen zu ihm hin, suchte vergeblich in seinem Herzen zu lesen.

„Und wenn ich in Uaset angekommen bin, werden sich manche wünschen tot zu sein!" Bents Stimme klang dumpf und düster wie das grollende Rufen einer Löwin. Die kalte Hand um den goldenen Griff der Rute geklammert.

„Bei allen Göttern, Tochter! Was redest du! Und was trägst du für ein Kleid? Schwarz wie die Nacht! Düster wie der Tod! Genau wie der Schmuck aus schwarzem Glas." Er betrachtete entgeistert ihr gemaltes Gesicht.

Was er sah war eine vornehme Dame! Das lange Haar, glänzend, schwarz,

---

[27] Oder muß das in Zeiten von „gendern" und „jedem gerecht werden" jetzt „überfraut" heißen? ;-)

sanft gewellt, fiel ihr lose über den Rücken. Gewandet in ihr edles, schwarzes Kleid, geziert mit dem teuren, blinkenden Schmuck. So vollendet schön und stolz wie eine *Ta Schepsi* … Das Gesicht der vertraute Dämon mit dunkler Augenschminke und feuchten, blutroten Lippen, kalt und glatt. Eine Frau so giftig und gefährlich wie eine Natter, ja gar wie eine Kobra …

Vergebens suchte er Bent in dem Bild. Jenes kleine Mädchen, daß er einst kannte, das fröhlich juchzend umherhopste, wenn der Vater mit ihm scherzte. Jenes glückliche, ausgelassene Kind, das voller Neugier darauf wartete, welche Süßigkeit der Vater ihr wohl zum Geschenk machte. Wo war sie? Wo das kindliche Glück? Wo ihr Lachen? Hinweggefegt vom Schicksal, durch ein gnadenloses, liebloses Leben getrieben, war all ihr mädchenhafter Liebreiz entschwunden …

Auge um Auge wisperte der Wind in den Binsen

Er schaute Bent tief in die bleichen, leuchtenden Augen unter der schwarzen Farbe des *Sedemet*. Ihr Blick wirkte geradewegs wie aus der dunkelsten, tiefsten Duat. Wie der eines Dämons! Einer Totenfürstin gleich! Längst erloschen das Feuer darin, verblaßt jeglicher lebensfrohe Glanz …

Hexe von Uaset

„Schwarz ist meine Farbe!", brach Bent den unheimlichen Bann, wies mit der Rute auf den mit Kissen ausgepolsterten Sessel, daß er sich setze, nahm ebenfalls Platz.

„Ich ging einst in die Stadt. Frohgemut, draufgängerisch. Wollte mir einen Namen machen. Wolltest du das nicht auch? Sind wir uns darin nicht ähnlich? Sie riefen mich Bent. Sie riefen mich Tochter der Blüten und Bentsachmet. Und dann kam eine Zeit, in der ich nicht mal mehr einen Namen hatte, ja nicht einmal mehr wußte, daß ich überhaupt je einen hatte…" Bent stand nochmal auf, rief nach Nefru. *„Irep Maa*, Mädchen! Bring, was ich dir auftrug!"

Nefru richtete alles schnell und geschickt auf dem Tisch her, huschte davon.

„Dies ist ein besonderer Augenblick, Marya und ich denke, wir sollten speisen, wie es sich bei Leuten, die einen Namen haben geziemt. Ich brachte gebratene Tauben, Fleisch vom Rind, Kuchen, Brot mit Anis, Granatäpfel, Melonen, Feigen, Datteln und den Wein. Dazu eine scharfe Soße von den Feigen mit Pfeffer."

„Ein wahres Festmahl. Doch mir deucht, mir könnte das Festmahl im Halse steckenbleiben."

Bent schenkte von dem guten Wein ein, reichte ihm den feinen, tönernen Becher.

„In meinem Haus", sagte sie heiser, „habe ich gläserne Becher. Wertvoll und teuer, wie es sich kaum jemand leisten kann. Bunt, wunderschön anzuschauen, mit Mustern wie von kleinen bunten Fischen oder Vögeln. Das Licht der Sonne oder der Kerzen spiegeln sie wieder und sie funkeln und glitzern wie wertvolles Silber. In meinem Haus hatte ich Decken aus feinster weicher Wolle wie sie von den Hethitern gewebt wird. Sie halten Ziegen, deren Wolle so leicht und luftig wie die Feder eines Vogels ist. In meinem Haus hatte ich Möbel von schwarzem Ebenholz, duftendem Zedernholz verziert mit Einlagen aus Karneol und dem glänzendem *Tjehenet* und dem Zahn vom Elefant. Das Elfenbein schimmerte im Kerzenlicht der wertvollsten Alabasterlampen, den Duft von Bienenwachs verströmend. In meinem Hause wurde kein billiges Öl für rußende Lampen hergenommen! In meinem Haus hatte ich Geschirr aus dem fernen *Keftiu*, Tonwaren wie sie kein anderer herstellt. Fein und dünn, glasiert mit den buntesten Farben. Mein Kind konnte von Tellern essen, die man einem Fürsten oder einem König hätte hinstellen können."

„Hatte? Konnte?"

„Dein Enkelsohn mußte nichts entbehren, schritt wie ein Prinz in feinstem *Secheru Nesut* einher, gewebt von einer Frau, die für die Königin die Kleider webt. Er besaß eigenen Schmuck, Ringe, Ohrringe, Armreifen, Perücken. Schlief in einem Bett mit weichen Kissen und Decken. Dein Enkelsohn konnte lesen, schreiben, mit dem Wurfholz umgehen, mit Pfeil und Bogen schießen. Er war mutig, klug, draufgängerisch und liebenswert. Er war fröhlich und lustig, ausgelassen und glücklich. Dein Enkelkind hatte unzähliges Spielzeug, Bälle, hölzerne Tierchen, die klapperten oder Räder hatten, er besaß ein Senetspiel, Schakal und Hund, er hatte Freunde, Spielkameraden... Und er hatte Kurru! Der ihm wie ein liebender Großvater war. Der meine Stütze war. Jener alte, gewitzte Nubier, der einmal bei einer alten Hofdame gehalten wurde wie ein Schoßhündchen... Dein Enkelsohn, Marya, wurde sieben Jahre alt..."

Bent begann zu zittern als fröre sie, konnte kaum den Becher mit dem guten Wein halten. Mit Mühe stellte sie ihn auf den Tisch zurück, „Reich mir deinen Arm, damit ich mich an dir aufrichten kann!", zischend.

„Du bliebest besser sitzen! Was ist dir?"

„*Dich* meine ich nicht!", fauchte Bent unwirsch, trank von ihrem Wein, griff nach einem Stückchen von dem Kuchen.

„Mein Haus", sagte sie, „verströmte vornehmen Glanz! Ich konnte wie eine Fürstin leben, gut für mein Gesinde sorgen. Jeden Abend gab es ein Fest darin, mit Musikerinnen, Tänzerinnen. Noble, reiche Männer waren die Gäste."

„Ich will das nicht hören!"

„Ich sage es aber trotzdem! Unterbrich mich nicht!" Bent schlug die Rute brutal auf den Tisch, funkelte ihn zornig an. „Diese Männer kamen wegen mir! Weil *ich* mit diesem Ding hier ihnen zeigte, *wer* die *Nebet Per*, die Herrin des Hauses ist!"

Maryas Unverständnis und seine Fassungslosigkeit standen ihm ins Gesicht geschrieben.

„Halte mich meinetwegen für lasterhaft, denk was du willst! Es war *mein* Leben, das ich führen mußte!"

Er gab keine Antwort, kippte den guten Wein wie Wasser in seine Kehle, schenkte sich nach.

„Und dann, eines Abends", fuhr Bent fort, sich die größte Mühe gebend ruhig zu bleiben, „kam jener in mein Haus, der mich auf den stinkenden Scheißhaus vergewaltigte!"

Marya zog scharf die Luft ein, darauf gefaßt, Schlimmeres zu hören.

„Er kam mit einer Horde lärmender Saufkumpane und auch wohl nur aus purem Zufall. Ich habe sie hinauskomplimentiert und dachte, gut bei der Sache weggekommen zu sein." Bent griff nach ihrem Wein, nüchtern würde sie das, was jetzt kam nicht überstehen.

„Aber?"

„Sie kamen zurück!"

„Und dann?"

„Ich will mein Herz verhärten! Kalt soll mein Blut bleiben, Haß soll mein Begleiter sein, Wut soll mich führen! Gib mir deine Kraft, Göttin des Blutes, sei mein heiliger *Medu* auf den ich mich stütze!"

„Was murmelst du?"

„Sie kamen zurück!" Bent zog tief die Luft ein, trank ihren Becher aus. „Zerschlugen in meinem schönen Haus alles war darin war. Sie haben mich vergewaltigt, einer nach dem anderen… an den Armen festgehalten, stehend, vorgebeugt, von hinten, am Haar hochgezogen, daß ich alles sehen mußte… meinen Haushofmeister erstochen, meine Freundinnen und meine Magd solange vergewaltigt und verprügelt bis sie tot waren. Mein Kind! Mein Kind! Er kam von gegenüber gelaufen, vom Lärm angelockt… oh, wäre er doch nur in seinem Bettchen geblieben! Wäre er doch nur fortgelaufen! Aber nein! Er war ja ein Held! Spielte mit seinen Holzpüppchen Soldat und Feldherr! Er kam mit seinem Holzschwert, trat dem Dreckschwein mutig ans Schienbein, schlug ihm das hölzerne Schwert in das fies grinsende Lachen…"

„Bent! Mein Mädchen…" Marya faßte ihre Hand, drückte sie, „schau mich an! Schau *mich* an, nicht in die Vergangenheit!"

„Ich bin nicht fertig!", stöhnte sie, zog ihre Hand zurück, „Und dieses Monstrum packte mein Kind an den Füßen, hielt es hoch, schüttelte ihn."

Mama, hilf mir

„Ich konnte ihm nicht helfen! Sie hielten mich ja fest! Tief in mir drin irgendein dicker, widerlicher Schwanz! Er hat mein Kind mit den Kopf an die Wand geschlagen, Vater, immer und immer wieder! Ich konnte ihm nicht helfen!" Bent kippte einen weiteren Becher Wein in ihren Hals, sammelte sich, riß sich zusammen, denn sie bemerkte daß Ranofer mißtrauisch herüberschaute und jeden Augenblick nach dem Rechten sehen würde.

„In dem ganzen Chaos", sagte sie gefaßt, „fielen Lampen um, Vorhänge, Kissen und Decken brannten im Nu lichterloh. Sie lachten, grölten, warfen alle Lampen um, bis das Haus hellodernd brannte und verschwanden schließlich. Ich versuchte mein totes Kind aus den Flammen zu ziehen, ich schaffte es nicht, verbrannte mir dabei die Arme, Hände, Gesicht und Hals, konnte mich mit letzter Kraft völlig entstellt aus dem brennenden Haus retten."

„Und dein Name?", fragte Marya aufgewühlt, von Entsetzen gepackt, keines klaren Gedankens mehr fähig.

„Ich hatte keinen Namen mehr!"

„Du erzählst mir nur weiter, wenn du das auch kannst!"

Bent nickte Marya zu, nahm auf ihrem Sessel Platz, versuchte sich die Morgenmahlzeit schmecken zu lassen. Sie blinzelte in die Morgensonne, versuchte das pochende Kopfweh zu vergessen, daß sie plagte, denn den vergangenen Abend und die Nacht hatte sie lediglich mit etlichen Bechern von dem starken *Irep Maa* überstanden.

Sie schaute eine Weile lang zu Ranofer hin, der wie in den vergangenen Tagen mit Samut zusammen ein gutes Stück mitruderte, damit sie ihre Muskeln stärken konnten, richtete das schlichte, unauffällige Kleid, das einem groben Kittel ähnelte, warf den dicken Zopf über die Schulter, glich eher einer Magd denn einer Herrin.

„Ich fiel in die Dunkelheit!", sagte sie schließlich. „In eine kalte, erbarmungslose Dunkelheit. Fühlte nur Schmerz. Im Herzen und am Leib. Vergessend wer ich war, vergessend was mir angetan wurde. Es gab weder Zeit noch Raum für mich. Ich schwebte dahin, ohne zu schmecken, was ich aß, ohne zu fühlen, daß mein Körper lebte. Jemand hat mich von der Straße aufgesammelt, mich in eine Schenke geschleppt, gab mir Brei, saures Bier, alte Lumpen, Schlafmohn, schickte schließlich Männer zu mir, die mir einen Lappen um den Kopf warfen und sich über den recht ansehnlichen Rest hermachten. Bereicherte sich so an meinem Elend. Ein guter Mensch hat sich letztendlich erbarmt und brachte mich in den Tempel der Isis, in der Hoffnung, daß man mich wenigstens ein bißchen heilen könnte."

Marya streichelte ihr erschüttert sanft über die Wange.

„Sie scheinen ein Wunder vollbracht zu haben. Ich habe schon verbrannte Frauen gesehen. Wenn ihnen das plötzlich auflodernde Herdfeuer Gesicht und Hals versengte. Grauenvoll anzusehen! Die Unterlippe am Hals festgewachsen, der offene Mund, die Lider halb auf den Wangen hängend, die Nasenspitze fehlt…"

„Dann kannst du dir vorstellen, wie ich aussah", Bent schloß die Augen, „Ein Monstrum" flüsternd.

„Nicht doch!" Liebevoll lag seine Hand an ihrer Wange.

Sie schaute ihm flehend und wie um Beistand bittend ins Gesicht, „Vater!", schluchzend.

„Tochter!", er nahm sie in den Arm, „Es macht mich stolz, daß du mich so nennst! Darüber verblaßt alles andere, mein Kind!" Er fing die Träne auf, die ihr über die Wange rollte. „Ich bin ja da! Ich bin ja endlich da!"

„Warum nennen sie dich Sahu-Re?", fragte Marya später, als sie während der heißen Mittagsstunden gen Uaset trieben.

„Ich…" Bent suchte mühsam nach den richtigen Worten, denn sie durfte nicht alles offenbaren, griff nach ihrem Fächer, wedelte sich Luft zu. „Ich… Im Tempel der Isis fiel ich endgültig dem Wahnsinn anheim. Niemand wußte, wer ich war, keiner kannte mich, erkannte mich. Glaubte Sachmet habe Besitz von meinen Seelen ergriffen. Blutrünstiger, rachedurstiger Wahnsinn bemächtigte sich meiner und sie konnten mich, die Rasende, Wütende, Geifernde, dort nur halten, indem sie mich in eine düstere Kammer sperrten. Die wenigen sanftmütigen Augenblicke nutzend mich zu versorgen. Der Güte und Weisheit der alten Herrin des Tempels habe ich es zu verdanken, daß ich hier sitze! Sie wollte mich nicht aufgeben, versuchte meinen Lebensmut zu wecken. Ließ nichts unversucht, mir mit allen möglichen Heilmitteln die Schmerzen zu lindern, welche die groben Narben auf meiner verbrannten Haut verursachten. Ihre Liebe und Herzenswärme zu mir war unerschütterlich. Aufopfernd pflegte sie mich. Schaffte es, Bek ausfindig zu machen, der mich aus der Dunkelheit reißen konnte! Als ich ihn erkannte, er vor mir stand, nicht das Monstrum sehend, sondern die Freundin aus längst vergangenen Tagen, fiel mir alles wieder ein, was ich erdulden mußte."

„Er scheint ein guter Mann!"

„Er ist der feinste Kerl den ich kenne!" Bent griff nach dem Becher mit dem Wasser, rührte einen Löffel Honig hinein, trank. „Und doch auch er konnte den Wahnsinn nicht aufhalten. Er brach wieder durch! Und abermals mußten sie mich in der Kammer halten wie ein Stück Vieh! Doch Iaret, meine Vorgängerin, wollte mir immer noch helfen, mich nicht aufgeben. Was sie letztendlich tat, tun mußte, um meine Seelen zu retten und meinen Körper zu heilen, darf ich dir nicht verraten. Das gehört zu den geheimen Mysterien der Isis."

Marya nickte. „Ich achte die Götter dieses Landes, Bent. Ich huldige ihnen. Die Götter meiner alten Heimat sind mir längst fremd geworden."

„Aus diesem Grund, Marya, sehe ich jünger aus, als ich eigentlich bin. Was auch immer also Iaret tat um mich zu retten; es kostete sie ihr Leben!"

„Oh!"

„So zieht denn jede Tat", sinnierte Bent und betrachtete Ranofer mit schmerzendem Herzen, „gleichwohl ob sie gut oder böse ist, eine andere Tat nach sich! Als hätte der sanfte Flügelschlag eines Schmetterlings diese ganze Kette an Ereignissen nach sich gezogen. Hätte die Tante gehandelt wie eine liebende Tante, mich nicht aus dem Haus geworfen, wäre das alles nicht passiert!"

„So darfst du nicht denken, Bent! Wäre ich nicht als Jüngling nach Kemet gekommen, hätte ich deine Mutter nicht getroffen. Und dann wäre das nicht passiert. So gesehen ist es meine Schuld. Oder die Schuld meiner Eltern. Wenn sie nicht zärtlich beieinander gelegen hätten, gäbe es mich überhaupt nicht. Oder, geh noch weiter zurück: hätten die Großeltern nicht zärtlich beieinander gelegen, gäbe es meine Eltern nicht!"

„Alles ist miteinander verbunden und verwoben! Ein Wesen doch viele Gestalten! *Alles* in der Welt hängt zusammen! Hat seine Ursache und seine Wirkung!"

„Deine Mutter hat sich entschieden in der Schenke zu arbeiten. Sollte das der sanfte Flügelschlag deines Schmetterlings gewesen sein? Wenn sie nicht dort gearbeitet hätte, wäre ich ihr nie begegnet! Hätte mich der Durst und der Wunsch nach Gesellschaft nicht in die Schenke getrieben, wäre ich ihr, der herzlichen und liebreizenden Frau nie begegnet!"

„Hätte die Tante Güte bewiesen, wäre das alles nicht passiert!" Bent schlug mit der flachen Hand auf die Tischplatte. „Stell dir vor, eines Tages, aus welchem Grund auch immer, käme jemand auf den dummen Gedanken, diesen wunderbaren Fluß eindämmen, aufstauen zu wollen. Seine Wildheit in einem Bett einfangen, ihn zwingen, nicht mehr frei zu fließen. Es ihm unmöglich machen, das Land zu überschwemmen. Und irgendwann, in Millionen Jahren, würde das Land versiegen, kein segensreicher Schlamm mehr über die Felder schwemmen. Die Äcker so all ihrer Lebenskraft beraubt brächten nur noch dürres Korn hervor. Würden sich zu Wüste wandeln, zu Deshret. Dann gäbe es irgendwann überhaupt kein Korn mehr! Die Menschen würden erst darben und dann verhungern! Kemet, unser wunderbares, einmaliges stolzes *Schwarzes Land* wäre tot! Nur weil jemand in einem Anfall von Größenwahn einen Fluß bezwingen wollte! Nein! Jede Tat zieht eine andere Tat nach sich!"

„Du scheinst mir eine weise Frau zu sein, Bent."

„Ich bin bloß ein dummes Kind, das versucht die Welt zu verstehen!" Bent schaute ihm ins Gesicht, suchte vergebens nach einer Erinnerung, nach einem kleinen Funken, der ihr sagen würde, daß dieser Mann ihr Vater sei, dem sie bedingungslos folgen würde, so wie sie einst vertrauensvoll der Mutter gefolgt war. Warum nur schwieg ihr Herz? Marya kam ihr immer noch wie ein Fremder vor.

„Iaret", sagte sie schließlich, „war eine weise Frau. Eine Heilerin, von Isis beseelt. Wohl hatte sie auch das zweite Gesicht, denn sie sah voraus, was geschehen würde. War sich sicher, daß ich vollständig geheilt würde. Setzte mich als ihre Nachfolgerin ein. Um sich letztendlich aber abzusichern, daß Sachmet nicht nochmals Besitz von mir ergreift, daß jemand da sein müßte, um über mich zu wachen, so übertrug sie diese Verantwortung dem Vater der *Mächtigen*! Re, der Allvater, sollte seine gewalttätige, blutrünstige Tochter zurückrufen können! Und so ist er mir ständig nahe!"

Bent verstummte, blickte über den Fluß, erhob sich, trat unter dem Sonnendach hervor.

Vor ihr leuchtete das Westgebirge!

Zu seinen Füßen schimmerte *Pen Tjehen Aton*! Der Glanz der Sonne! Das Große Haus!

„Uaset!", hauchte sie aufgewühlt. „Ich bin zu Hause!"

Marya trat neben sie, vom Anblick der leuchtenden Stadt, der Stadt des Königs, überwältigt. Die bunten Fahnen an den prächtigen Tempeln wehten im segensreichen Nordwind wie zur Begrüßung!

„Ich dachte", hauchte er, „nach ihrem Tod nie wieder einen Fuß nach Uaset setzen zu können. Mir scheint, es war gestern als ich Uaset im Schmerz verließ."

„Und so, Vater, erhielt ich wieder einen Namen. *Ich* bin die", rief Bent laut, von ihrem Gefühl übermannt, „der Gott nahe ist!"

Sie trat vor, an das Geländer der Barke, erblickte ihren Tempel unter dem Dattelhain und die wehenden Fahnen der Göttin, das fröhliche Gejohle ihrer Mannschaft über die glückliche Ankunft überhörend.

„Ich bin die Tochter, der der Vater nahe ist!", brüllte sie. „*Ich* bin Sahu-Re!"

Laut knallend schlug ihre Rute durch die Luft, als sie die Bohlen ihres Anlegers betrat.

„Zeit aufzuräumen!", zischte sie, reichte am Fuß der Treppe ihrem Vater die Hand. Kaum daß sie die unterste Stufe betreten hatte, hallte ein Donnerschlag über die Stadt des Königs, Funken stoben durch die Luft, Wind kam auf, eine dunkle Wolke schob sich vor die Sonne.

Und sie erblickte endlich sein Herz!

Erblickte Wut!

Erblickte maßlosen Zorn und glühende Raserei!

Heiß brennende Rachegelüste brodelten in ihm!

Er würde blutige Vergeltung fordern für das, was seiner geliebten Familie angetan wurde! Auge um Auge bis ins letzte Glied!

Freundlich, ruhig und besonnen, wie sie ihn die letzten Tage durfte kennenlernen, lächelte er ihr aufmunternd zu.

„Willkommen Vater", sagte Bent mit ruhiger Stimme, als Montju sie freundlich begrüßte, ihr die Pforte öffnete.

„*Em Hotep*, *It*, in *meinem* Hause!"

„Bent!"

Kara kreischte dermaßen ohrenbetäubend wie das sonst nur ein Backfisch fertigbringt, ließ den Korb mit frischer Wäsche fallen, rannte auf sie zu, daß die Hühner, welche pickend im Innenhof herumspazierten, gackernd auseinanderstoben, fiel ihr hopsend um den Hals, Tränen der Freude weinend, schluchzend, lachend.

„Da bist du ja! Wir haben dich so vermißt!" Sie ließ Bent los, schaute empört zu Marya und Djehutimes hin, die hinter Bent hereinkamen. „Äh… Entschuldigung, aber dies ist das Haus der Isis, ihr könnt hier nicht einfach so reingelatscht kommen! Wenn du Hilfe brauchst", das ging an Djehutimes, „mußt du dich für den Moment auf deinen Freund stützen, ich rufe gleich jemand, der sich um euch kümmert!"

„Sie gehören zu mir!", krächzte Bent, die der überschwenglichen Wiedersehensfreude von Kara kaum Stand halten konnte und sich über den furchtbaren Lärm im Haus wunderte.

„Achso."

„Das ist mein Vater, Kara."

„*Was*?" Kara fiel die Kinnlade runter.

„Und mein Bruder!"

„*Wer*?"

„Was ist denn das hier für ein Tumult?", schimpfte eine, sich lauthals energisch Gehör verschaffend. „Und welche dumme Gans hat schon wieder die Gartentür offengelassen?"

„Tachut!" Bent ließ Kara stehen, umarmte Tachut, küßte sie in ihrem Gefühlschaos überschwenglich auf beide Wangen.

„Hm!", brummte die Alte unwirsch. „Bist wieder da! Wurde auch Zeit! Sammelt gefälligst endlich die Hühner ein!"

Pesechet kam hilfsbereit mit einem Stuhl gelaufen, bot ihn Djehutimes an.

„Danke!" Er schüttelte den Kopf. „Den brauch ich nicht."

„*Nicht*?"

„Nein!"

„Aber das ist ja der Bub, dem ich den Hammer auf die Hand geschlagen habe! Alles wieder gut, hm?"

„Ja, danke!"

Tachut klatschte Djehutimes so zärtliche, mütterlich wohlwollende Ohrfeigen, daß seine Wange errötete. Urplötzlich tauchte ein großer schwarzer Hund auf, kläffte sich die Seelen aus dem Leib, sprang vor Aufregung ganz aus dem Häuschen an den Leuten hoch, gebärdete sich wie toll.

„Pesechet! Laß den Jungen in Ruhe! Geh weg mit deinem Stuhl! Geh weg, Köter! Was ist das denn? Noch mehr Volk drängt durch die Pforte! Oh, der Herr Ranofer! Und der andere gute Junge, wie heißt du noch, mein Sohn?"

„Samut, Dame Tachut."

„Was macht denn mein Hund hier? Sat, kusch dich!"

„Baket hat sie hergebracht!", rief Kara in dem Lärm. „Damit sie nicht alleine ist. Sat, bist du jetzt ruhig!"

„Still jetzt, Sat!", befahl Ranofer vergebens, „Wo ist sie denn?"

„Nach Hause gegangen, sie braucht mal Ruhe."

„Ja, ja und wer ist der Zwerg da? Hm?", fragte Tachut. „Zu wem gehörst du denn, mein Kleiner?"

„Zu meinem *It*!"

„Aha!"

„Und ich muß mal!"

Pesechet nahm Wepu bei der Hand: „Komm, ich zeige dir wo und danach gehen wir in die Küche. Dort ist bestimmt ein Stückchen von süßem Kuchen für dich!"

„Kann das Hündchen mitkommen? Komm, Hündchen, komm mit!"

Bent stand wie angewurzelt.

Das war kein Tempel! Das war ein Tollhaus!

Der alltägliche Wahnsinn hatte sie wieder!

„Wir sind hungrig!", versuchte sie sich in dem Geplapper, Geschnatter, Gegacker, Geschrei und Gebell Gehör zu verschaffen. „Und müde und durstig! Was gibt es zu essen? Wo ist die Köchin? Hinein mit euch allen! Samut, sag der Mannschaft, sie sollen in den Festsaal kommen, wenn sie ausgeladen haben, sich frisch gemacht haben! Wir wollen alle zusammen sitzen und…"

„Du mußt mir alles erzählen! Bent, mein Süßes, ich bin so froh, daß du wieder…"

„Später! Heute nicht mehr! Hör auf zu flennen, Kara!", brauste Bent auf, ließ gebieterisch die Rute knallen, „Kusch dich, Köter!", es knallte nochmal, Sat verzog sich jaulend, „Ich brauche zwei Kammern für meine Gäste! Wo sind welche frei? Ruft die Mägde! Und was, bei allen Göttern, ist das hier im Hause für ein ohrenbetäubendes Geschrei?"

„Das sind all die süßen kleinen…"

„Einerlei, ich hoffe Uadja kümmert sich und stellt das ab!"

„… Kinderchen denen wir auf die Welt geholfen haben. Ganze siebzehn! Jedes rund und gesund…" Kara verstummte, als sie Bents Gesichtsausdruck bemerkte. „Säuglinge, Bent!", zischte sie empört. „Säuglinge schreien da. Ich habe dir ja gesagt, daß nach der Seuche… Uadja!", plärrte sie, „Sieh zu, daß die Kinder ruhig sind!" Man hörte mehrere Türen zuschlagen und dann war Ruhe. Nur ein Huhn gab noch ein leises Gack von sich.

„Besser!", lobte Ranofer, „Viel besser! Ich habe hier deine Truhe, Herrin. Soll ich sie in deine Kammer bringen?"

„Bitte!" Bent schaute in die Runde, schnaubte ein wütendes „Pah!", zog Marya am Ärmel seines Hemdes. „Wir gehen in meine Wohnräume, solange bis Kammern für euch hergerichtet sind!"

„*Was?*", maulte sie kurz drauf, als sie Marya und Djehutimes Platz angeboten hatte, sich selbst erledigt auf ihr Bett setzte. „Weswegen grinst ihr so?"

„Sind *das* ehrwürdige Priesterinnen der Großen Mutter?"

„Hmpf…" Bent schnappte sich ein Kissen, hielt es sich vor den Bauch, zupfte an einer Feder, deren Kiel sich piksend durch den Stoff drückte. „Ihr werdet baden wollen, denk ich mir jedenfalls, euch ein wenig ausruhen und so. Die Kammern werden bald fertig sein, bis dahin kann ich euch zeigen, wo das Badehaus und der Abtritt ist…"

„Da kann jetzt kein Kerl baden!", meinte die Magd resolut, die gerade Bents Kammer betrat und forsch Wasser, Honig und saures Bier auf den großen Tisch knallte. „Da sind gerade ein paar Frauen zu Gange. Das geht nicht!"

„Sie werden ja wohl bald fertig sein!"

„Dann ist das warme Wasser alle! Und Weredji wird keine Lust haben…"

„Zu was Weredji keine Lust hat, sage ich ihr selbst!", fuhr Bent hoch. „Hinaus! Und wage es nicht noch einmal, ohne anzuklopfen meine Kammern zu betreten!"

Von draußen schrilles, aufgebrachtes Gekreisch, abermals Gegacker und derbe Flüche – von ‚du Dreckskerl' bis hin zu ‚du altes Ferkel' waren sämtliche Schimpfworte vertreten – dazwischen dröhnte Samuts dunkle Stimme die irgendwas von „tut mir echt leid" brummte.

„Was ist denn nun los?", brüllte Bent in den Hof, entgeistert die aufgebrachten, halbnackten Frauen betrachtend.

„Herrin! Ich hab wirklich nichts gemacht! Wollte nur dorthin, wo auch der Zwerg hinmußte und dann in den Baderaum! Halt sie mir vom Leib! Diese Weibsleute sind schlimmer als Dämonen der Unterwelt!" Er duckte sich, weil ein Schlappen nach ihm geworfen wurde.

„Du bist ein ausgemachter Dummkopf!", lachte Ranofer von irgendwoher. „Wo siebzehn Säuglinge kreischen, da gibt es auch siebzehn Mütter!"

Bent schloß schnaubend die Tür hinter sich, im gleichen Augenblick wurde sie wieder aufgerissen.

„Das geht so nicht!", lamentierte die Köchin lauthals, betrat resolut Bents Kammer, „*Anch Uda Seneb*, Herrin! Also wirklich nicht! Schön, daß du wieder da bist. Guten Abend, die Herren! Wo soll ich Mahlzeiten für soviele Leute auftreiben? Hm? Soll ich schnell ein zwei Ziegen schlachten lassen? Soviele Männer, die Fleisch haben wollen. Hatte heute Fisch für uns alle eingeplant! War es schön auf der Reise? Wieviele sind das denn nun genau?"

„Raus!", zischte Bent.

„Das Essen, Herrin!"

„Geh es meinetwegen an einer Garküche besorgen, aber verlaß *sofort* meine Wohnung!"

Bent schaute sich ihre Leute an, die lachend und schnatternd nach dem Essen beieinander saßen. Marya und Djehutimes hatten sich gleich zu den Männern gesellt, plauderten mit dem Gärtner, seinen Jungs und dem Kapitän. Ranofer und Samut quatschten mit dem ersten Steuermann. Uadja, Pesechet und Kara schnatterten ununterbrochen wie eine Schar Gänse, fragten die Mägde ob auch ja alle Hühner wieder eingefangen waren. Allein Tachut saß ruhig da. Mißtrauisch betrachtete Bent sie eingehend, rückte schließlich mit dem Stuhl näher.

„Wo ist dein Stock, Tachut?"

„Hm?" Mit einem verblüffend ahnungslosen, arglosen Gesichtsausdruck mümmelte die alte Dame weiter auf ihrer Dattel.

„Dein *Medu*? Und du brauchst nicht wie ein Hase zu mümmeln!"

„Hab ich vergessen!"

„Jetzt laß mal die Datteln! Was ist hier los?"

„Was soll'n los sein?", trotzte die Alte wie ein ertapptes Kind.

„Sie sind alle außer Rand und Band! Kaum daß ich weg war. Machen was sie wollen, benehmen sich auch so. Kara hat die Zügel schleifen lassen! Was? Sie tanzten ihr wohl gehörig alle auf der Nase rum!"

„Laß Kara in Ruh!" Tachut konnte gar nicht schnell genug eine weitere Dattel in den Mund schieben.

„*Was* hast du gemacht?" Bents Tonfall verhieß nichts Gutes. Tachut machte riesengroße, unschuldige Kinderaugen, kaute so schnell, daß Bent tatsächlich meinte, ein Hase sitze vor ihr.

„Nichts!"

„*Du* warst im Allerheiligsten!"

„Du spinnst doch! Hm!"

„Du hast weniger Falten im Gesicht! Kommst weniger krumm daher!"

„Hemait!"

„Red doch keinen Stuß!", zischte Bent aufgebracht.

„Dir kann man nichts vormachen, hm?"

Bent gab keine Antwort, starrte entgeistert und um Fassung bemüht schnaufend in den Festsaal.

„Sie hätte es alleine nicht geschafft", flüsterte Tachut und legte ihre Hand auf Bents Hand. „Nicht nachdem all die schwangeren Frauen bei uns entbinden wollten. Es waren über dreißig, Bent. Nur noch siebzehn sind es jetzt. Sie konnte nicht gleichzeitig die gute, fürsorgliche Wehmutter *und* die Herrin des Tempels sein. Nicht eine ist uns gestorben! Nicht ein Kind ist uns gestorben! Das Wohl der Frauen und Kinder ging Kara zu Recht über alles. Was hätte ich denn tun sollen?"

„Mir fehlen die Worte!", schnaubte Bent böse.

„Ich habe Nodjmet ausfindig gemacht, sie zurückgeholt und zwei weitere Frauen, die hier einmal gearbeitet haben. *Und* ich habe dafür gesorgt, daß die wohlhabenden Damen uns gut bezahlen. Deine geforderten sechshundert Deben habe ich bei fast jeder eintreiben können! Also ist unser Auskommen gesichert!"

Und Bent gewahrte für einen kurzen Augenblick wie Tachut einmal gewesen war. Eine Frau die sich durchsetzen konnte, Befehle geben konnte, mit ruhigem, besonnenem Gemüt die Geschicke des Hauses in die Hand nahm. Tachut standen Tränen in den Augen. Bent drückte ihre Hand.

„Die Entscheidung fiel mir nicht leicht, Mädchen! Und es war eine schmerzhafte Erfahrung. Außerdem werde ich es eines Tages wohl bereuen." Tachut schenkte sich Wein ein, griff nach ihrem Becher, trank ihn aus. „Um so schwerer wird mir einst mein Abschied fallen! Jetzt da ich merke, wie es gewesen ist, da die Knochen nicht mehr schmerzen, die Augen wieder scharf sehen. Und was mir erst alles zu Ohren kommt…" Sie versuchte ein liebevolles Lächeln, wischte die Tränen fort. Und jetzt", sie stand umständlich von dem Sessel auf, stützte sich wie gebrechlich wirkend am Tisch ab, warf eine Dattel nach Ranofer. „Der Große da, hm, Junge!" Ranofer fühlte sich berufen, drehte sich um. „Los! Komm her! Hilf einer alten Frau mal die ihren Stock vergessen hat. Ah, ja, du bist ein guter Junge, hm! Wie war dein Name nochmal?"

„Ranofer, Dame Tachut. Soll ich dich tragen?"

„Ja, ja! Oi, oi!" Sie griff ihm wie haltsuchend genüßlich in den kräftigen Oberarm. „Du bist aber stark!"

Bent blieb vor Entrüstung erst mal die Spucke weg, machte ein böses Gesicht, stampfte zornig mit dem Fuß, daß ihre Fußkettchen klingelten. Und sie bemerkte an Ranofers unbeherrschtem Blick: er hatte verstanden!

„Das ist dein Abschied, Herrin!", flüsterte er ihr kurz darauf ins Ohr, während er sie zärtlich liebte.

„Was machst du denn?", seufzte sie ergeben, wand sich unter seinen sanft streichelnden, warmen Händen.

„Ich übe mich in Zurückhaltung, Schönste! Ich will dich genießen! Halt still, Schönheit, ich tu dir doch nichts." Er nahm sie – so zart und gefühlvoll wie in der ersten scheuen Tagen ihrer Liebe – daß Bent beinahe die Tränen kamen.

„Werd' ich dich wiedersehen?" Er stieß zu, sanft, langsam, quälend langsam, innehaltend. „Es war eine schöne Zeit mit dir...", noch ein Stoß, behutsam, feurig, mit heißer Begehrlichkeit, „entgegen jeder Vernunft...", tief, heißblütig und leidenschaftlich, „Ich werde es vermissen!"

„Nicht doch! Oh, hör bloß nicht auf!"

„Das hab ich auch nicht vor! Seh ich dich wieder?" Er drückte sie an sich, die Hände fest an ihrem Hintern, hielt pochend inne, tief in ihr drin, schaute ihr tief in die Augen. „Tränen? Wie lange denkst du kann ich das noch halten? Mich beherrschen? Gib mir eine Antwort, Schönheit, eher mach' ich nicht weiter. Hör auf zu weinen! Alles bebt!"

Sie schlang die Beine um ihn, heftig, hart, spannte den Bauch an, klammerte sich an ihm fest, lustvoll keuchend und gleichzeitig bitterlich schluchzend.

„Du bist verheiratet, Ranofer..."

Noch ein Stoß, heiß, brutal, endgültig ... wie ein glühendheißer Strom fühlte sie seinen Samen in sich.

„Ja! Leider!", keuchte er vor Lust stöhnend, rückte ein Stückchen zur Seite, Bent setzte sich auf, Ranofer legte seinen Kopf an ihre Brust, spielte mit ihrem langen Haar, „Ich weiß nicht was das werden soll", flüsternd, „du gehst mir einfach nicht mehr aus dem Kopf, Anna!"

„Seit wann sprichst du die Sprache der Hebräer?" Bent gelang ein Schmunzeln, zwinkerte die Tränen weg und streichelte sein Haar.

„Hm?"

„Du *wirst* mich wiedersehen, mein Herz! Ich brauche doch ständig deine Hilfe."

„Ich sollte gehen, Herrin, ich habe nichts, aber rein gar nichts in diesen deinen Kammern verloren! Wenn irgendwer auch nur den leisesten Verdacht schöpft, bin *ich* geliefert! Und *dein* Ruf ist dahin!"

„Ruf?", schnaubte sie. „Was habe ich schon für einen Ruf!"

„Du bist die unangefochtene Herrin, Sahu-Re. Herrschst über dieses Haus mit gerechter Hand. Ein jeder wird von dir gleich behandelt, wird weder bevorzugt, noch vernachlässigt. Sei es die niedrigste Magd oder ein hoher Beamter, der sich hier verarzten läßt. Wärest du ein Mann, Bent, du wärest ein angesehener Offizier, dem die Männer bedingungslos folgen. Darin gleichst du mir, deshalb achte und verehre ich dich. Du bist mir wie Samut, einem guten ebenbürtigen Freund gleich. Mit dir kann ich reden, denken, gemeinsam schweigen, hast wie ein Mann einen messerscharfen Verstand. Das hier", er drückte sie an sich, „das hier dient allein dem Spaß, der Freude, dem Genuß. Dieses Gefühl der Glückseligkeit kann ich mit dir nur teilen, weil du mir ähnlich bist. Ich wünschte, ich könnte dich lieben wie man eine Frau liebt. Doch das kann ich nicht, Herrin. Mein Herz gehört Baket, und doch wünschte ich, sie wäre wie du…"

Wenn ich ein Mann wäre, wäre ich dein bester Freund? Könntest nach Art der Männer schweigend mit mir um das Lagerfeuer sitzen, hineinstarrend, in der Hand einen Becher Bier? Oh Ranofer, das ist wahrlich nicht das, was eine Frau hören möchte. Niemals werde ich dein Herz erobern können, niemals wieder wirst du mich lieben. Was nützt mir deine Hochachtung, dein Respekt? Obwohl mir deine Worte schmeicheln, sie sind nicht das, was ich mir erhoffte, mir nach dieser Reise wünschte.

Sie schwiegen eine Weile, lauschten den Geräuschen der Nacht.

„Mach ihr ein Kind, Ranofer!", schluchzte Bent schließlich in die Stille.

„*Was?*"

„Dann findet dein Herz Ruhe und sie wird vielleicht zugänglicher sein. Geh zu deiner Frau! Mein Herz, mein Liebling, vergiß mich! Vergiß, was auf dieser Reise passiert ist."

Er setzte sich heftig auf, packte sie bei den Schultern, schaute ihr ungläubig ins Gesicht. „Du liebst mich ja!"

„Nein!", log sie schluchzend unter Tränen.

„Wie soll ich dies verantworten?"

„Ich liebe dich nicht! Und du liebst mich nicht! Es ist einzig Genuß. Du hast es doch selbst gesagt"

„Ich weiß überhaupt nichts mehr!"

„Ich…" Bent griff nach der Decke, zog sie über ihre nackten Leiber, „muß noch eine Sache erledigen. Sie wird mir nicht leicht fallen. Und dabei brauche ich deine und Samuts Hilfe. Wirst du da sein, wenn ich dich rufe?"

„Ich bin immer für dich da!"

„Morgen werde ich mehr wissen und übermorgen… oh!"

Er packte sie, nahm sie hart, beinahe gefühllos, wild und unbeherrscht, „Herrin der Schlacht! Ich werde da sein!", keuchend, verschaffte erst ihr und dann sich selbst einen scharfen, heißen, berauschenden Höhepunkt.

Noch vor dem Hahnenschrei erwachten sie. Er benutzte Bents Baderaum, kam heraus, gekleidet in seinen guten Schurz, frisiert, frisch, gut duftend. Der dunkle Schatten seines kurzen Bartes gab ihm ein verwegenes Aussehen. So gutaussehend und adrett wie er gestern abend dem kleinen Fest beiwohnte, küßte er Bent, die da stand, das Leintuch um den Leib gewickelt, liebevoll auf die Wange, klatschte ihr auf den Hintern, „*Henut!*", scherzend, die Tür öffnend.

„Ich wollte nur melden, Herrin", rief er von draußen in den Raum, „keine besonderen Vorkommnisse in der Nacht!" Dabei macht er ihr ein liebevolles Petzauge.

„Ranofer?"

„*Baket*! Mein Schatz!"

„Du bist zurück? Guten Morgen, Herrin!"

„Guten Morgen Baket!"

„Wie war es?"

„Kalt wie Asche! Stilles Wasser und eine laue Brise!", grollte Ranofer aufgewühlt, packte Baket bei der Hand und schloß die Tür.

Bent wählte ein schlichtes Kleid, legte den Schleier um den Kopf, verließ den Tempel, ließ sich von Raneb zu ihrem Haus fahren. Schloß dort die Tür auf, betrat den Garten, öffnete die Haustür, fand Küche und Wohnhalle verlassen, betrat das Schlafzimmer, schreckte Chemsit und Samut aus einem gepflegten Morgenfick hoch.

„Bist du völlig irre!", kreischte Chemsit und warf mit dem Kissen nach ihr. Samut sprang aus dem Bett, verhedderte sich in dem Leintuch, versuchte irgendwie neben dem Bett Haltung anzunehmen, „Herrin", stammelnd.

„Stell dich nicht so an! Wo ist deine Magd?"

„*Wer*? Ich glaub, ich hör schlecht!"

„Also? Wo? Ich muß sie was fragen!"

„Bakt wird drüben sein, aufräumen! Mach daß du rauskommst!", keifte Chemsit.

„Macht nur weiter! Laßt euch nicht stören."

Feine, vornehme Leute! Bent betrachtete den Raum mit den wertvollen Möbeln, den wehenden Vorhängen, die unzähligen Schriftrollen in den Regalen hinter dem wuchtigen Tisch, lächelte die überkandidelt süßlich schmunzelnde Dame an.

„Er wird sofort da sein! Ein Stündchen oder so", näselte die mit spitzer Schnute, von oben herab.

„Aber ja. Wißt Ihr, meine Dame", Bent setzte sich unaufgefordert in den bequemsten Sessel mit den dicksten Kissen, „ich bin den weiten Weg vom Tempel der Isis her gekommen…"

„Oh!"

„*Tju*! Dessen Oberpriesterin ich bin…"

„Nicht wahr?" Der Dame fiel augenblicklich das falsche Lächeln aus dem Gesicht.

„Doch. Seid Ihr des Lesens kundig?"

„Natürlich!"

„Bitte! Wenn ich Euch das schon mal zeigen darf!" Bent hielt ihr den *Qahet* hin, der ihr schon auf der gesamten Reise sämtliche Türen geöffnet hatte. Die Dame erbleichte, plärrte daraufhin wenig damenhaft „*Neferka*!" durchs gesamte Haus, „*Sofort* kommst du her!"

„Wie gut, daß Bakt nicht mehr im Haus ist!", bemerkte Bent spitzfindig.

„Meint Ihr? Aber woher kennt *Ihr* denn meine alte Magd?"

Bent zuckte lapidar mit den Schultern, betrachtete ihre Fingernägel eingehend, richtete ihre Ringe. „Der Herr Anwalt läßt sich aber Zeit!"

„Da ist ja der Herr Anwalt schon!", polterte einer, „Was plärrst du denn so? Guten Morgen die Dame, *Anch Uda Seneb*! Schatz, laß uns doch bitte alleine. Was ist das für ein Schreiben? Hast du einen Geist gesehen? Nun, komm, mach die Tür von außen zu! Ah! Ein Schreiben von unserem Guten Gott! Ihr möchtet Auskunft? Um was geht es denn, Dame Sahu-Re?"

Na bitte! Wenigstens einer hier war zu etwas zu gebrauchen!

„Es geht um ein Haus. In dem Dorf südlich des Fischerhafens. Das fällt doch in deine Zuständigkeit? Nicht wahr? Na also! Und ich fragte mich, ob es da Unterlagen dazu gibt. Grundstücksurkunden oder so. Und alles liegt gut zwanzig dreißig Jahre zurück."

„Das hat mein Vater noch gemacht. Dazu müßte ich im Keller nachsehen. Wenn Ihr mir den Namen sagen könntet?"

„Nefertari."

„Und das Jahr?"

„Im Jahre zwei oder drei seiner allergeheiligten Majestät Djehutimes. Oder noch später."

„Nefertari?", fragte er nochmals.

„*Tju*!"

„Ich meine mich zu erinnern. Vater hat mich zu der Zeit an alles herangeführt, ich durfte die ersten eigenen Verhandlungen führen. Ich meine, eine Dame Nefertari habe sich mit dem Bruder um das Erbe gestritten… einer meiner ersten Fälle, sowas bleibt haften… ach das ist so lange her…"

„Das wird jene sein, die ich meine! Erinnere dich doch bitte!"

„Wozu erinnern? Wir gehen in den Keller, dort liegen sämtliche Schriftrollen aller Verhandlungen die mein Vater und ich je führten!"

„Da!", rief er kurz drauf begeistert. „Das ist es!" Neferka hielt Bent die Rolle hin. „Und da…", er fuhr mit dem Zeigefinger an weiteren Rollen vorbei, zog ein kleines Schriftstück aus dem Regal, „Das ist die Besitzurkunde! Ich habe gut für ihr Recht gestritten, alles für sie erreicht, aber die Urkunde wurde nie abgeholt…"

Bent streckte zögernd die Hand danach aus.

„Na! Na!", empörte sich Neferka. „Auskunft ja, aus der Hand geben nein! Die gehört Euch nicht!"

„Nefertari war meine Mutter!"

„Auch dann nicht!"

„Stehen noch Schulden aus?"

„Nein, es wurde alles bezahlt."

„Aber dann kannst du sie mir doch geben!"

„Wen ich in Euren Tempel käme, behaupten würde, eins der dortigen Schriftstücke gehöre mir, würdet Ihr es mir geben?"

„Natürlich nicht!", bemerkte Bent verständig. „Aber, sag doch selbst, wie soll ich das nach all den langen Jahren beweisen? Wie soll ich mein Erbe antreten?"

„In dem du mir zwei glaubwürdige Zeugen bringst, Dame Sahu-Re."

„Ich habe keine zwei glaubwürdige Zeugen!", zischte Bent. „Mutter starb, Vater war Soldat in Nubien. Tante und Onkel haben mich als Kind aus dem Haus geworfen, im Glauben nie wieder was von mir zu hören. Haben meinen Bruder ausgesetzt und meinem Vater, als er aus dem Krieg kam, Lügen aufgetischt! Ich habe nichts! Ich bin Bent meri en Nefertari Marya und kein Mensch weiß das!" Bent wischte sich unwirsch eine Träne fort und wollte den Keller verlassen.

„Bent?", rief er ihr hinterher. „Sagtest du Bent? Niemand sonst heißt hier so. Schau! Hier steht dein Name!" Er zeigte ihr das Schriftstück. „Und auch der Name deiner Mutter, sowie Marya. Ist das ein Name? Der Name des Vaters?"

„*Tju!*"

„So nimm die Urkunde! Ich gebe sie dir! Selbst wenn ich mich irren sollte, es ist kein großer Wert, und ich werde keinen Schaden anrichten, wenn ich sie dir aushändige!"

„Ich danke dir! Du warst sehr freundlich!"

„Aber gerne doch! Ich bringe Euch zur Tür!"

„Meine Fresse, Raneb!", hörte Bent tags drauf Ranofer und Samut draußen auf der Straße mit dem Alten flachsen. „Hast du deinen Fuhrpark erweitert? Wo ist denn dein altes, störrisches Eselmädchen?"

Bent schloß die Pforte hinter sich, stieg die Stufen hinab, betrachtete verwundert den schicken, bunt bemalten Karren vor den ein prächtiger Ochse gespannt war.

„Oh, Raneb, sie war gestern doch noch munter… sie wird doch nicht…" Bent legte ihm mitfühlend die Hand auf den Arm.

„Sie konnte nicht mehr!", brummte Raneb, spuckte mürrisch seinen Grashalm aus.

„Das tut mir leid!"

„Bekommt jetzt das Gnadenbrot!"

„Ach!"

„Ja, ja, Herrin. Dank Euch kann ich mir diesen neuen Karren leisten. Ich hoffe, die Herrschaften wissen das auf ihrem Ausflug zu würdigen?"

„Mit Sitzbank und Kissen?", lachte Ranofer, „Und ob wir das zu würdigen wissen. Komm Djehutimes, ich helf dir rauf. Marya? Brauchst du Hilfe?"

„Aber bestimmt nicht!"

„Ist das wieder ein amtlicher Auftrag, Herrin?", fragte er Bent, als er ihr auf den Karren half. „Ihr seid gut gekleidet und tragt das Amulett der Isis. Soll ich mit Samut vorweg gehen?"

„Nicht notwendig, Ranofer. Steigt mit ein, es ist ein weiter Weg. Unterwegs erkläre ich dir alles, was du wissen mußt. Wenn wir dort sind, *dann* wird's amtlich!

So schmuddelig wie Bent es in Erinnerung hatte war das Dorf gar nicht! Eigentlich recht schmuck! Mühselig suchte sie sich zu erinnern wo es lang ging. Stellenweise waren die Gassen so eng, standen die Häuser so dicht beieinander, daß sie befürchtete, der Karren würde steckenbleiben. Doch gerade wegen der Enge konnten sich die kleinen Häuser unter Atons Strahlen nicht so aufheizen, blieben in ihrem Innern schön kühl.

Nie wieder wollte ich dieses Dorf betreten! Nie wieder wollte ich dieses Haus betreten! Nie wieder wollte ich diesen Menschen begegnen!

„Haltet an! Da am Brunnen! Ich weiß wieder, wo wir lang müssen! Mit dem Karren kommen wir nicht dahin, wir müssen einen guten *Schenoch* zu Fuß gehen!"

Endlich standen sie vor dem Haus das Bent suchte.

„Klopfe, Ranofer!"

Ranofer pochte an die verwitterte, morsche Tür des schon von außen vergammelten Hauses, ein riesiger, fetter, widerlicher Kerl in einem kurzen, schmuddeligen Schurz öffnete. Klebrig, ungewaschen, offensichtlich stockbesoffen, haarig wie ein Affe. Er stank dermaßen, daß es Bent in der Kehle würgte.

„Hä?", schnauzte er aus einem Maul, in dem sich nur noch ein einzelner schwarzer Zahn heimisch fühlte.

Bent starrte ihn an, erinnerte sich an das Kind, daß er einst gewesen. Der Junge, dem sie das Klopfholz und die Seife in die Hand gedrückt hatte, wenn sie am Kanal die fadenscheinige Wäsche waschen mußte. Sie flüsterte Ranofer von hinten etwas zu.

„Wir möchten die Dame des Hauses sprechen, deine Mutter!", grunzte Ranofer angewidert.

„Warum? Was hat die Alte angestellt?"

Bent trat vor, donnerte: „Gib die Tür frei, Trunkenbold! Sollst du fragen, wenn eine vornehme Frau das Haus betreten will!"

„Was ist da los?", keifte es aus dem Hof und Bent erschrak bis ins Mark als sie diese Stimme hörte, gewahrte den Brotschieber, die Schläge, die Tritte. Umklammerte ihre Rute, zog tief Luft ein, als die alte Vettel zur Tür kam, den tumben fetten Drecksack mit Schlägen an den Hinterkopf vertreibend.

„Ja bitte?"

„Erkennst du mich?", fragte Bent kalt.

„Oh!", schmeichelte die magere, häßliche, zahnlose, anscheinend von unzähligen Schwangerschaften völlig ausgelutschte Alte, rang die Hände. „Was für eine feine Dame! Nein. Was willst du denn, mein Täubchen? Du kannst nichts sehen, gell? Ich glaube, du hast dich in der Tür, ja sogar gleich im ganzen Ort geirrt."

„Man sagte einmal zu mir", Bent unterbrach sie, suchte mühsam nach den rechten Worten, suchte vergebens ihre Wut und den maßlosen Zorn, welche all die Jahre ihre Begleiter waren, „hüte dich bloß vor dem Tempel der Isis! Nichts als Zauberinnen sitzen in seinen Mauern, dazu gemacht, kleine, dumme Mädchen wie dich einzufangen und für ihre Zwecke zu benutzen!"

„Aha! Um mir das zu sagen, klopfst du an meine Tür?"

„Um dir zu sagen, daß dieses Haus *mir* gehört, deshalb klopfe ich an diese Tür!", brüllte Bent, ihre Angst vor der Erinnerung beiseite schiebend, genau wie sie aufgebracht die alte Vettel grob beiseite schubste, um den Innenhof zu betreten. Der schmierige Fettsack konnte seine Mutter gerade noch auffangen, stellte sie auf die Füße, trat wutschnaubend wie ein wildgewordener Bulle auf Ranofer zu, wollte ihm eine langen, lief ungebremst in Ranofers vorschnellende Faust. Sein letztes Zähnchen verabschiedete sich auf unverhofft rabiate Weise. Fast mit Bedauern spuckte der Kerl es aus, betrachtete es verdutzt in seiner Handfläche.

„Uäh!", schüttelte Ranofer sich, wischte sich die Hand am seinem Schurz ab. „Der ohne Zahn wird jetzt geduldig zuhören, Herrin!"

Bent betrachtete angeekelt das Elend, den verlotterten Innenhof mit dem kaputten Ofen, rümpfte die Nase über den Unrat, der sich bis zur obersten Kante der Umfassungsmauer des kleinen Hauses türmte. Ratten huschten vorüber, denen die räudige, verlauste Hauskatze nicht mal einen Blick gönnte.

„Waf fällt dir ein!", ließ sich eine lispelnde, undeutliche, empörte, geifernde Stimme vernehmen. „Macht, daf ihr verfwindet! Kommft daher, hauft meinem Bruder den Fahn rauf! If werde die Dorfbüttel holen! Die verhaften euf! If kenne daf Reft! Daf darf man nift!"

Bent fuhr herum, musterte das zeternde Weibsstück. Die sah aus wie die Tante vor zwanzig Jahren, allerdings blöde vor sich hin schielend, frech wie Rotz, dumm wie Scheiße! Das war der Balg, weswegen Bent damals aus dem Haus gejagt wurde! Die Tochter ihres Vaters! Die Tochter eines Säufers!

„Sofort verschwindet ihr!" Drohend kam die Alte derweil mit einem Brotschieber bewaffnet auf Bent zu, diese entriß ihr den Schieber, klatschte ihr eine dermaßen Ohrfeige, daß die Tante hintenüber fiel, von dem sabbernden Suffkopf abermals aufgefangen. Und abermals wollte er auf Ranofer losgehen. Der schob lässig sein Blätterklümpchen von einer Backe zur anderen, spie dem Widerling die braune Brühe vor die Füße, verpaßte ihm locker einen zweiten Faustschlag, knurrte gelassen: „Kann den ganzen Tag so gehen!" [28]

„Was bildest du dir ein? Behauptest das Haus gehört dir?", giftete die Tante. „Verschwinde! Auf der Stelle! Und nimm deinen Schläger mit!"

„Lies!" Bent hielt ihr die Urkunde hin.

„Ich kann nicht lesen! Dazu braucht es einen kundigen, amtlich bestellten Schreiber, der die heiligen Worte lesen kann, Frauenzimmer!"

„Ich habe zufälligen einen dabei! Dank deiner Güte und Umsicht! Djehutimes, wärest du so nett?"

Er trat hinter Samut vor, entriß Bent das Schreiben, entrollte es so, daß die Frau auch ja genau seine rechte Hand bemerken konnte, stützte sich dabei auf seinen Stock, las laut vor.

„Es gibt hier keine Nefertari!", keifte die Tante bösartig. „Hat es nie gegeben! Macht euch ab! Bringt mir einen Zeugen, einen einzigen, der bestätigt, daß es hier eine Nefertari gegeben haben soll und ich lasse vielleicht mit mir reden!"

„Das war die Schwester von deinem Säufer!", hörte man plötzlich von der Straße aufgebrachte Nachbarn plärren. „Ein ordentliches, anständiges Mädchen! Nicht wie du, du bösartiges Weibsstück!" Ein paar Nachbarn betraten gerade neugierig den Hof.

„Sie *hat* einen Zeugen dabei, Weib!", ließ sich Marya grollend vernehmen. „Wenn du dich nicht an *sie* erinnern willst, vielleicht erkennst du *mich*? Mich, dem du einst salbungsvoll vorgelogen hast, seine Frau sei tot, sein Sohn sei tot, seine Tochter sei tot! Damit du dir dieses Haus und unser Vermögen aneignen konntest!"

Mit dem Blick einer räudigen, verschlagenen Ratte schaute die Tante Marya entgeistert ins Gesicht, schaute zu Bent hin, zu Djehutimes. Dann ging ein Leuchten über diese häßliche, gehässige Fratze, ein dämonisches Lächeln erschien auf den ausgemergelten, verlebten Zügen.

„Du bist Bent!", säuselte sie, als könne sie es nicht glauben, trat auf Bent zu, wollte sie offensichtlich umarmen. „Mein Mädchen! Mein gutes Mädchen! Wie ist es dir erga…"

Der laute Knall der Rute war für den Augenblick das einzige Geräusch.

Kurz darauf kreischte das schielende Weibsbild die Welt zusammen, die Tante hielt sich schweigend die blutende Wange.

„Ich kann", raunte Bent heiser, „damit alles treffen, was ich will. Und wenn sie nicht sofort mit dem Geschrei aufhört, wird sie es am eigenen Leib erfahren!"

„Halts Maul!"

---

[28] Sagte auch schon Steve Rogers ;-)

„Du sollst wissen, Tante", Bent rang nach Worten, trat neben Djehutimes, „daß ich meinen Bruder, den du wie Müll irgendwohin geworfen hast, gefunden habe. Vielleicht erinnerst du dich?"

„Ich habe ihn ordentlich auf die Stufen des Tempels gelegt!", geiferte sie. „Alle machen das so mit Kindern, die keiner will! Mit Krüppeln! *Ich* habe mir nichts vorzuwerfen! Was willst du denn? Hat ihm doch nicht geschadet! Ist doch ein stattlicher Kerl geworden! Schreiber!"

„Ja!", grollte Djehutimes gehässig und schubste sie grob mit der Spitze seines *Medu*. „Da hielt dich ein letzter Funke Anstand wohl davon ab, mir, dem Säugling, einfach einen Lappen auf's Gesicht zu drücken, was!"

„Was erlaubst du dir!"

„Alles!"

„Jetzt ist es genug!", donnerte Marya, zornig wie Seth der Kriegsgott selbst. „Ich sollte dich niederträchtiges Weibsstück eigenhändig zerstückeln und die Brocken deines abscheulichen Kadavers in den Fluß werfen…"

Bent hielt den aufgebrachten Marya am Handgelenk fest. „Warte! Sie soll sich rechtfertigen dürfen, wie vor jedem ordentlichen Gericht!"

„Gericht?", kreischte die Tante.

„Halt den Mund, ich bin nicht fertig!", brüllte Bent. „Warum hast du keine Wehmutter gerufen als Nefertari ans Gebären ging? Vertrauensvoll kam sie ins Haus ihrer Familie, darauf hoffend, von liebenden Händen umsorgt zu sein. Sie hatte genügend Deben dabei, sich die allerbeste Behandlung leisten zu können! Ein Vermögen daß sie sich mit Marya zusammen erwirtschaftet hatte. Doch da war dein Plan wohl schon gefaßt, was? Es gab keinen Gebärstuhl, keine Hebamme, keine schützenden Amulette! Du hast sie verrecken lassen! Noch nicht mal einen Arzt gerufen! Und in der nackten Erde verscharrt! Mit einem abgenutzten alten Lappen bedeckt! Ein altes, hartes Brot und einen Becher schales Bier als Grabbeigabe! Dem armseligen Totenpriester dieses Dorfes vorgeheult wie arm ihr seid!"

„Der Ausländer da hat es nicht besser verdient! Hätte er doch auf seine Frau aufpassen sollen! Und auf seine Tochter! Ging ja zum Heer! Ließ sich nie blicken! Bin ich die Hüterin meiner Schwägerin?"

Mit einem unglaublich raschen Handstreich entwand Marya Ranofer sein Schwert, schwang es vor Zorn und Schmerz brüllend, jeden Augenblick würden Köpfe rollen.

„Nein!", tobte Bent, „Nicht!"

Ranofer war schneller, fiel Marya in den Arm, Samut half ihm, das Schwert aus Maryas Händen zu winden.

„Das wäre zu gnädig!", zischte Bent. „Viel zu gnädig!"

„Was glotzt ihr so?", kreischte die Tante, sich umsehend wie ein Tier in der Falle. Immer mehr Nachbarn tauchten auf, selbst auf den umliegenden Dächern. Eine schweigende, bedrohliche Meute.

„Wo, Tante, ist dein versoffener Mann? Wo die andern Kinder?"

„Ich bin der Älteste!", ließ sich der ohne Zahn dümmlich vernehmen. „Und das meine Schwester. Sonst lebt niemand mehr. Alle tot."

„Wieviele Kinder hattest du?"

„Elf, Bent! Elf!", greinte die Tante. „Wie sollte ich die alle satt bekommen? Hm, wie? Ich konnte dich nicht auch noch durchschleifen... Du hast es doch geschafft! Stehst da wie eine feine Frau... Nicht wie meine armen Kinder die..."

„Ist noch etwas von dem Vermögen meiner Eltern übrig?"

„Nein! Wie gesagt, meine armen Kinder..." Irgend jemand auf dem Dach schaffte es, der Tante mitten ins Gesicht zu spucken.

„So höre mein Urteil!" Bent betrachtete die schweigenden Leute auf den Dächern, im Hof und der Straße.

„Urteil?"

„Verlaßt auf der Stelle dieses Haus! Du, dein Sohn und deine Tochter! Du brauchst nichts mitnehmen. Alles, was in diesem Hause ist, gehört mir!"

„Bitte nicht! Alles, nur das nicht! Wovon sollen wir denn leben?", kreischte die Alte.

„Das ist mir völlig schnurz!"

„Bent! Mein liebes, liebes Mädchen! Es tut mir so leid, wenn du das alles nicht verstehst... Du warst ja viel zu jung um das alles richtig zu begreifen..."

Die schmeichelnd jammernde Stimme verursachte Bent Brechreiz.

„Tante", schmeichelte sie zurück, so falsch und süßlich, als würde sie einem Freier ihre Liebe gestehen. So giftig und gefährlich wie eine Natter, ja gar eine Kobra, „Tante, es ist nicht nötig über Versöhnung zu reden!"

„Nicht?" Ein Hoffnungsschimmer stahl sich in der Tante Gesicht.

„Siehe", säuselte Bent weiter, „du tatest gut daran, mich damals aus dem Haus zu werfen. Ich ging fort in die Stadt, bekam eine gute Stellung, kaufte mir ein Haus! Lebte rechtschaffen, nach der Götter Gebot!"

„Du warst immer schon ein liebes Mädchen..."

„Laß mich ausreden, Tante!" Bents heisere Stimme nahm ein unheimliches tiefes Grollen an, sie spürte wie ihre Augäpfel nach oben zuckten ...

„O, o!", brummte Ranofer.

„So höre, was ich zusagen habe: *Ich* habe keinen Gott beleidigt! *Ich* habe keinem ein Leid zugefügt! *Ich* habe niemandem etwas weggenommen! *Ich* habe keine Tränen verursacht! *Ich* habe niemanden getötet! *Ich* habe nichts getan, was die Götter verabscheuen! *Ich* habe nichts Krummes an Stelle von Recht getan!" Bents Stimme wurde laut, klang schließlich wie das tiefe, kollernde Rufen einer Löwin, Wind kam auf.

„*Ich* bin Bent!", brüllte sie, „Und mein ist die Rache! *Ich* bin Sahu-Re! *Ich* bin die Herrin des Isistempels! *Ich* bin die Zauberreiche, die den Dämon mit den Worten ihrer Lippen vertreibt! *Ich* besitze Isis Macht auf Erden! *Ich* bin

Sachmet, bemächtige mich der Frevler! Ich bin das verzehrende Feuer! Bin die Wahrheit und die Gerechtigkeit! Du bist außerhalb der Maat! *Ich* das rächende Auge des Vaters! An meiner Seite *Sia* und *Schai*!"

Heißer, glühender Wind brauste heran. Heuschrecken fegten durch den kleinen Hof, Bents Tintenbild begann zu bluten. Das schielende Frauenzimmer zwängte sich vor Angst kreischend an Samut vorbei, wollte auf die Gasse laufen. Grob packte er sie.

„Laß sie, Samut!"

„Ja, Herrin!", er gehorchte entgeistert, starrte Bent an, als hätte er seine *Henut* noch nie gesehen.

„*Ich* werde nicht weggehen!", brummte der fette, klebrige Ochse. Bent machte einen Schritt auf ihn zu, mit glühenden, grünen Augen, blutendem Tintenschmuck, zog ihm zornig die Rute über.

„Ich vertreibe den Dämon allein mit den Worten meiner Lippen! Hinaus!"

Rückwärts stolpernd, ihn vor sich her treibend, bugsierte Bent ihn durch die Tür hinaus.

„Und jetzt zu dir!" Drohend trat Bent auf die Tante zu, „Ich bin die Hohepriesterin der Isis, Weib!", zischend. „Deine ruchlose Tat hat mich letztendlich zu dem gemacht, was ich heute bin!" Sie packte die alte Frau vorne am Kittel, zog sie dicht zu sich heran. „Ich, Tante", Bents trübe, wie blind wirkende Augen glühten mit einem blaßblauen Licht! Dann flackerten sie grün, voller Haß und Abscheu, blutige Tränen, grauenvoll anzuschauen, liefen aus ihnen heraus, „Ich bin Isis! Ich allein bin die Hexe von Uaset!" So flink wie eine Katze die Maus fängt, geschickt wie eine Löwin Beute macht, faßte Bent die Tante an der Kehle, drückte ihr wutschnaubend die Luft ab.

„Halt ein, Bent! *Sie* gehört mir ganz alleine!"

„Nein Marya! *Mein* allein ist die Rache! Auge um Auge! Bis ins letzte Glied! *Du* wirst dich nicht an ihr besudeln! Hinaus Weib! Bevor ich mich endgültig vergesse!"

Und wie von Dämonen gehetzt verließ die Tante kreischend und schreiend den Hof, „So wartet doch auf mich!" plärrend.

Bent betrat die schattige Gasse, den aufgebrachten Marya, welcher der Vettel nachgehen wollte, am Handgelenk packend.

„Warte!"

„Ich hätte sie eigenhändig erwürgen sollen!", tobte er außer sich. „Sie in die Wüste treiben sollen! Sie der Gerichtsbarkeit übergeben sollen! Aber du! Du läßt sie laufen! Nimmst mir auf schmähliche Weise meine Rache aus der Hand! Ich bin das Familienoberhaupt! Mir allein stand es zu, sie zu richten! Wie soll ich mit dieser Schande leben!" Erbost entriß er ihr seine Hand. „Sollen sie etwa milde davonkommen? Ist *das* deine vielgerühmte Rache, die du mir prophezeitest?"

„Nein."

Bent schaute mit kaltem Blick der davonschlurfenden Tante nach, bemerkte die vielen Leute auf den Dächern, vor ihren Haustüren, in der Gasse stehend, das Ende der Gasse blockierend.

„Nein?"

„Sie sind verurteilt und werden gerichtet!", unkte Bent düster, als der erste Stein das schielende, kreischende Weibsbild traf. Schreiend rannte sie stolpernd weiter, durch die schattige Gasse, wollte hinaus auf den hellen Platz mit dem Brunnen. Immer mehr Steine wurden geworfen, dicke Kiesel, grobe kleine Felsbrocken, von einer schweigenden, das Urteil fällenden Menge. Ein dumpfer, dichter Schauer aus glühender Verachtung geboren. Die anfänglich fluchenden Schreie und Beschimpfungen sich in bange Angstschreie verwandelten, in schrille Schmerzensschreie und vergebliche Hilferufe ... sich in ein Röcheln wandelnd, in gespenstische Stille ...

Keiner der drei kam am Ende der Gasse lebend an ...

„Das war ein Gottesurteil!", flüsterte Marya bestürzt, blickte in den düsteren Schatten der Gasse, bemerkte genau wie Bent, wie die Leute schweigend von den Dächern und der Straße verschwanden.

„Meine Fresse", flüsterte Ranofer entgeistert, „Wo haben die soviele Steine hergeholt?"

„In dieser Gegend", krächzte Bent, „sind die Leute gewappnet. Hier gibt es keine blitzende Schwerter, scharfe Messer, geschweige denn Pfeil und Bogen. Hier gilt von jeher das Faustrecht."

„Wir sollten gehen, Herrin."

„Ich bin nicht fertig, Ranofer!"

„Laß es gut sein, Tochter!" Marya packte sie bei der Hand. „Es ist vorbei!"

„Es ist vorbei, wenn *ich* es sage!", donnerte Bent, riß ihre Hand zurück, betrat das muffige Haus. Ihr blieb beinahe der Atem stehen bei dem Gestank der Verwahrlosung. Trotzdem kippte sie einige Gefäße aus, hob die Schlafmatten hoch, wühlte in den wenigen Vorratsgefäßen, bemerkte schließlich einen losen Ziegel in der Wand. Holte ihn heraus, fand einen leeren ledernen Beutel, darauf gemalt eine Luftröhre mit Herz, ein Schilfblatt, ein Mund ...

Nefertari

Die Allerschönste

Sie steckte den Beutel ein, fand an der gewohnten Stelle den Kübel, befand das Wasser darin für gut, wusch sich Gesicht und Ausschnitt.

„Bringt mir die Leichen her!", befahl sie barsch.

„Bei aller Liebe, Herrin! Sowas fasse ich nicht an!"

„Besorgt ein Seil, sagt Raneb, er soll seinen Ochsen ausspannen! Schleift sie hierher! Macht, was ich sage!"

Angewidert betrachtete Bent kurz darauf die mißhandelten toten Leiber, spuckte auf sie, griff nach dem Brotschieber, scharrte sie mit umliegenden Unrat zu, fand am Boden den ausgeschlagenen Zahn, schob auch ihn zu dem Haufen, warf den Brotschieber und das Seil obenauf. Schließlich trat sie in das Haus, kehrte zurück, in der Hand ein Krug mit billigem Öl, vergoß es auf den Kadavern. Trat schließlich zum Ofen, fand das kleine Hölzchen mit den Löchern und dem dazugehörigen Stäbchen, nahm ein wenig von den Flusen und dem trockenen Gras daneben, entfachte ein Flämmchen.

„Mein ist die Rache! Bis ins letzte Glied! Bis in die ewige Unendlichkeit! Brennen sollt ihr! Eingehen in die Dunkelheit des *Hetemit*! [29] Verlöschen in der ewigen Finsternis der Verdammnis! Ich allein bin das verzehrende Feuer!"

Mit Todesverachtung warf Bent Zündhölzchen und Zunder auf den Haufen aus Müll und Unrat.

„Wahrlich!" Einen grauenvollen Fluch ausstoßend stand sie da wie eine Totenfürstin, mit hocherhobenen Armen, das hellolodernde, schwarz qualmende Feuer betrachtend: „So spricht das *Ta medjat imit Duat*! Ich, die Wütende, welche die Hinterhältigen schlachtet! Ich bin die Herrin der Barke, die den Widersacher abwehrt bei seinem Hervorkommen! Eure Körper sollen gestraft werden mit dem strafenden Messer! Eure Seelen vernichtet, eure Schatten zertreten, eure Köpfe abgeschnitten sein! Das Feuer der Schlange *Die Millionen verbrennt* ist gegen euch! Die Glut der Göttin ist gegen euch! Das Messer der Göttin ist in euch, verstümmelt euch, metzelt euch nieder!"

Bent trat ein paar Schritte zurück.

„Brennt alles nieder! Werft den Unrat in das Feuer! Auch alles was im Haus ist! Nährt es! Schürt es! Brennen sollen sie! Vernichten will ich sie!"

Mit tränenden Augen schaute sie zu, wie all ihr Schmerz, all ihr Leid knisternd und knallend mit schwarzem dichten stinkendem Qualm verbrannte, in Funken davonstob, zu Asche zerfiel, vom segensreichen Nordwind hinweggefegt wurde.

„Tochter!" Marya faßte sie an der Hand, hustete. „Es ist genug! Nicht daß das Feuer auf die umliegenden Häuser übergreift. Und niemand von uns faßt diesen Unrat an."

„Ich will ihre endgültige Vernichtung sehen!", zischte sie haßerfüllt.

„Ein Mensch brennt länger als du dir vorstellen kannst. Solange will ich nicht hier bleiben! Komm!" Er legte seinen Arm um sie, führte sie von dem Scheiterhaufen fort. „Nachbarn wollen das machen. Sie boten sich an, alles zu verbrennen und auf das Feuer achtzugeben, froh darum, daß diese gräßliche

---

[29] *Hetemit* bezeichnet in der ägyptischen Mythologie den in der Duat liegenden Ort der Vernichtung. Ein geheimer Platz im Jenseits, wo Feinde der Götter und der Verstorbenen gerichtet, bzw. vernichtet werden. Sie erfahren so den zweiten Tod. Ein Übertritt der Seele nach *Sechet Iaru* (das Paradies) wird unmöglich.

Nachbarschaft ein für alle Mal vorbei ist."

Bent schaute sich um, erblickte ein paar stämmige Männer, die eben noch auf den Dächern ringsum standen.

„Wir machen das, Dame!", sagte einer verlegen.

„Kenn ich dich nicht?"

„Aus dem Haus nebenan Bent. Du hast mich, besser gesagt meine roten Ohren, nie gesehen. Warst immer viel zu beschäftigt. Schade. Ich hatte dich gern."

„Nein, das habe ich nicht gesehen. Verzeih mir."

„Es gibt nichts zu verzeihen."

„Werft den Rest der übrigbleibt in die Müllgrube."

„*Tju*! So machen wir das!"

„Ich werde wiederkommen!"

„Das wäre schön, *Henut*!"

„*Em Hotep*!" Und zu den anderen: „Gehen wir! Es wird Zeit zurückzukehren."

„Ich werde zu Fuß nach Hause gehen! Und allein!" Bent betrachtete Ranebs bunten Karren, den Ochsen, der sich geduldig wieder einspannen ließ, den Platz mit dem Brunnen.

„Das dulde ich nicht, Herrin! Das ist viel zu weit!"

„Ranofer, ich bin eine freie Frau Kemets, gehe den Weg, den ich mir ausgesucht habe. Niemand wird *mich* daran hindern!"

„Natürlich nicht!"

Es war gut zu gehen. Ihr war, als fiele eine schwere Last von ihr ab. Die Gedanken wurden frei. Die heißen, wilden Gedanken an Rache, Vergeltung und Vollstreckung. Wie die Rauchschwaden des reinigenden Feuers der Hinrichtung, der völligen Vernichtung, verzogen sie sich.

Bent atmete tief durch, zog den Schleier über Haar und Schultern damit sie sich unter Atons Strahlen nicht verbrannte, wanderte mit geneigtem Kopf den einsamen, staubigen Weg entlang. Ein Weg so steinig, heiß und schmerzhaft wie ihr ganzes Leben bisher steinig und schmerzhaft gewesen war. Und sie erinnerte sich daran, wie sie diesen Weg vor vielen Jahren schon einmal beschritten hatte. Furchtsam, voller Bangigkeit vor dem Kommenden. Ein junges Mädchen, beinahe noch ein Kind, einsam und alleine, ohne den Schutz der Familie hinaus in die rauhe Welt gestoßen. In der sie sich behaupten sollte! Aus dem Haus geworfen, voller Angst vor dem was vor ihr lag, dumm und unwissend zitternd in die Stadt des Königs schlurfte. Mit nichts am Leib als ihrem alten, geflickten, verwaschenen Kittel. Die paar dürftigen Habseligkeiten in einem alten Beutel. Zu gut erinnerte sie sich an ihre müden, aufgeschrammten Füße, den verbrannten, kahlen, räudigen Schädel, ihre mageren Beinchen, die kaum den Weg schafften. An ihre unglaublich schreckliche Angst. Aber auch an ihren unerschütterlichen Mut! Ihre Tapferkeit! Und an ihren Eigensinn, ihre Wildheit, ihren Willen sich von nichts und niemanden unterkriegen zu lassen! Sie erinnerte sich an Satet, die sie am Ende dieses Weges wie eine liebende Mutter in Empfang genommen hatte! Und an Bek, als er ihr das erste Mal unter dem blühenden Busch begegnet war.

Sie mußte diesen steinigen, schweren Weg gehen! Das Dorf mit seiner Enge verlassen. Um hier anzukommen! Um ihre Namen zu erhalten! Um ihre Familie zu finden! Um nach vorne zu schauen und alles Schwere, Steinige hinter sich zu lassen!

Bent blieb stehen, hörte einem munteren Schwarm Schwalben zu die von ihrer Sommerreise zurückkehrten, schaute sich um, hob stolz den Kopf, richtete sich zu ihrer vollen, wahren Größe auf.

„Ich bin Bent!", rief sie laut den fröhlichen Schwälbchen zu. „Ich bin Bent meri en Nefertari Marya! Und ich werde dich nie vergessen, *Mut!*"

Mit flottem Schritt ging sie über die Brücke am Kanal, marschierte hoch erhobenen Hauptes durch das Fischerviertel, dieses Mal die unsinnigen Warnungen der Tante sich von den Kerlen fernzuhalten absichtlich mißachtend! Betrat dort eine Schenke, kaufte sich ein erfrischendes saures Bier, beobachtete durch die offene Tür Ranebs Karren, der gemächlich vorbeizockelte, gab den gutmütig schäkernden Kerlen in der Wirtschaft lachend kecke Antworten, kaufte sich ein zweites Bier.

„Du bist mir eine!", lachte einer bewundernd, klatschte ihr auf den Hintern, drückte sie an sich. Sie klatschte zurück, griff ordentlich die knackige Pracht seines strammen Hinterns, wuschelte dem vergnügten Kerl das Haar durcheinander, trank aus, verließ die Schenke.

„Wo gehst du hin, schönes Kind?", rief er ihr lachend nach.

„Nach Hause!", rief sie fröhlich zurück. „Ich gehe nach Hause!"

Von weitem erblickte sie ihren Palmenhain, die Männer, die darin arbeiteten, bewunderte die Datteln am Boden; ein wunderbar süßer Teppich in buntem Rot, Gelb, Braun.

Dankbar ließ sie sich am Brunnenrand nieder, schöpfte sich eine Handvoll Wasser, nahm sich von den Datteln. Schaute einem kleinen Mädchen zu, das anscheinend seinem *It* helfen sollte, die Datteln zum Trockenen auszulegen. Sie war viel zu klein um ernsthafte Arbeit verrichten zu können, und so hopste sie fröhlich umher, niedlich kichernd wie es nur kleine Mädchen können, kam neugierig und sich verschämt drehend auf Bent zu, lächelte vertrauensvoll wie es allein ein unschuldiges Kind konnte ihr süßestes Lachen, steckte sich den Daumen in den Mund.

„Was ist das?", nuschelte sie, und wies mit dem anderen Händchen auf die weißen strahlenden Mauern hinter den Palmstämmen.

„Das, mein Schatz", Bent hob das Kind auf den Schoß, zupfte ihm den Daumen aus dem Mund, „Das ist das Haus der Großen Mutter Isis. Isis ist eine weise Frau, ihr Herz listiger als das von Millionen Menschen. Ihr Spruch erlesener als der von Millionen Göttern, sie hat tiefere Einsicht als Millionen Geister. Es gibt nichts, was sie nicht weiß im Himmel und auf Erden! Du sollst sie achten und ehren, Respekt zeigen, wenn du ihr Haus erblickst. Darfst aber niemals Angst davor haben! Denn nichts als weise, gütige Frauen wohnen in seinen Mauern, dazu da, auf kleine, süße Mädchen wie dich aufzupassen!"

ÄGYPTEN, LUXOR

Sonntag, 25. September 2011 A.D.

LUXOR, WESTBANK
IM HAUS DER ARCHÄOLOGEN

„Das glaube ich jetzt nicht!", schimpfte Anna, schenkte sich Tee aus, lehnte sich an die Küchenzeile, betrachtete Kais Schreibkram auf dem Tisch. „Sie können uns doch nicht im Stich lassen!"

„Sie können!" Kai stellte seine Teetasse in die Spüle, schob seine Papiere zusammen, klappte ein paar Ordner zu, schnappte seinen Laptop. „Sie haben über siebzehn Jahre für das DAI gearbeitet, jetzt wollen sie was anderes machen."

„Aber wie sollen wir ohne Sarah zurechtkommen? Sie hat all unseren Schreibkram erledigt! All unsere Sachen organisiert. Niemand kennt uns so gut wie sie. Wir sind aufgeschmissen ohne die beiden."

„Thomas hat einen Job bei der BBC gekriegt, krieg dich mal wieder ein! Und wir haben bereits eine neue Schreibkraft, sie ist drüben im großen Büro. Vielleicht gehst du dich einfach mal vorstellen."

„Pf!", schnaubte Anna, machte die Tasse nochmal voll, ging hinüber ins Büro, betrachtete wie vom Donner gerührt die kleine Frau vor dem Kopierer, stellte dermaßen heftig die Tasse ab, daß der Tee überschwappte. Geistesabwesend wischte Anna die Schweinerei von der Tischplatte, schaute die Neue an. Irgendwo in den Tiefen ihres Bewußtseins war sie sich sicher, diese Frau schon einmal gesehen zu haben. Doch wo und wann?

„Du bist Anna? Was?", zwitscherte die Frau, drehte sich um, strich sich die Strähnen ihres schicken, schwarzen Pagenschnittes hinter die Ohren. „Schön, daß wir uns endlich kennenlernen! Hab schon viel von dir gehört. Und man sagte mir, daß du heute kommst. Ich heiße Karoline! Und ich soll dir das hier geben." Sie angelte auf dem Schreibtisch nach Unterlagen, hielt sie Anna hin.

Anna gab keine Antwort, schaute entgeistert in das kleine liebe Gesicht der anderen, die gut einen Kopf kleiner als sie selbst war, zierlich, ein ganz kleines bißchen üppig, und ihrer Meinung nach nicht unbedingt sehr helle. Giftig und flink wie eine Katze eine Maus fängt, entriß sie Karoline das Schreiben, überflog es.

„Meine Güte, bist du unhöflich", plapperte Karoline. Irgendwie hörte Anna Bewunderung aus ihrem Tonfall. „Ist dir eine Laus über die Leber gelaufen? Aber sie haben mich schon vorgewarnt."

„Jetzt hör mal gut zu, du gackerndes Hühnchen! Habe ich mit dir vielleicht die Schulbank gedrückt? Verkneif dir deinen vertraulichen Ton mir gegenüber, verstanden! Was ist das für ein Schreiben? Was soll das?" Anna schaute nochmal hin. „Kai!", schnauzte sie, „Was in aller Welt soll diese Scheiße? Wieso Deir el Medine? Was soll ich da?" Anna trat in sein Büro, doch von Kai weit und breit keine Spur.

„Du blöder Feigling!", plärrte Anna ihm nach, als sie draußen den Defender hörte. Wütend stampfte sie in das andere Büro zurück, trat mit voller Wucht gegen den Aktenschrank. „Verdammter Mist!"

Karoline stand wie angewurzelt mitten im Raum. „Du solltest nicht gegen unschuldige Möbel treten!"

„Das ist ein wahrer Alptraum!", stöhnte Anna bestürzt, setzte sich, ließ den Kopf in die auf dem Tisch verschränkten Arme sinken. „Ich wollte, ich gäbe endlich wach!", brüllte sie unbeherrscht, stand so hastig auf, daß der Stuhl polternd hintenüberkippte, trat wütend nochmal gegen den blechernen Aktenschrank daß es nur so schepperte. Anna knallte den Stuhl unwirsch wieder auf seine Füße, setzte sich. Karoline trat einen vorsichtigen Schritt näher, setzte sich Anna gegenüber. In ihr wohnte wohl ein sonniges Gemüt, das unerschütterlich an alles Gute in der Welt glaubte.

„Um was geht es denn? Vielleicht kann ich dir helfen?"

„Du?", giftete Anna, vollkommen aufgewühlt, beinahe erschüttert.

„Vielleicht sollten wir nochmal von vorne beginnen? Ich heiße Karo. Hallo. Du bist... Sie sind Frau Berger? Schön, daß wir uns kennenlernen, habe schon viel von Ihnen gehört. Und von der Statue und..." Sie zog vernehmlich die Nase hoch, in ihren Augen glitzerten Tränen.

Anna hielt ihr lax die Hand hin. „Anna. Hallo! Wir duzen uns hier alle. Wo kommst du her?"

„Berlin."

„Hmpf..."

„Ich habe Sie... dich schon dort gesehen. Im Neuen Museum, im Saal bei der Büste der Nofretete. Sie gaben da ein kurzes Interview für das Morgenmagazin. Tschuldigung...", sie kramte ein Taschentuch aus der Hosentasche, schneuzte sich, „Ich hab oft schnell dicht am Wasser gebaut."

„Ist ok." Anna las abermals ungläubig das Schreiben vom DAI. Das gesamte Team war diese Saison in Deir el Medine eingeteilt. Weg, weit weg von Kom el Hettan, weit weg von Annas gewohntem Umfeld, und viel zu nah an der Felsenkammer ...

„Sie ist so schön!"

„*Wer*?"

„Nofretete."

„Ah."

„Aber nicht zu vergleichen mit der Statue, die du gefunden hast. War es nicht in der Nähe von Deir el Medine? Als ich hörte, daß hier eine Stelle frei wird, hab ich mich sofort beworben. Ich hätte auch in Frau Bickels Team unterkommen können. Aber im Team von Frau Berger… ohjesses!" Sie sprang hoch, wedelte mit der Hand vor ihren Augen, schniefte, zwinkerte, als könne sie dadurch die Tränen davon abhalten zu fließen, schneuzte sich schon wieder ergriffen. „Ich glaube, ich bin ihr größter Fan, Frau Berger!"

„Ach was!" Anna angelte in ihrer Tasche nach den Zigaretten, zündete sich eine an, betrachtete Karoline mit kaltem Blick.

Hör auf zu flennen, Weib, du weißt, daß ich das nicht ertrage! Gleich schrei ich! Trampele mit den Füßen! Das gibt es doch nicht! Das kann gar nicht sein! Du bist tot! Du bist tot, Elena! Du kannst nicht hier stehen und mir den Kopf vollquasseln! Du kannst nicht hier stehen und flennen, Kara! Kara! Mein Licht! Am liebsten würde ich dir um den Hals fallen …

„Da sind Telefonate für Sie angekommen." Karoline hielt Anna ein paar Zettel hin.

Mit zitternden Fingern blätterte Anna in dem Schreiben vom DAI, unfähig sich auf irgendwas zu konzentrieren. „Lies es mir vor, ich will mich jetzt nicht kümmern", krächzte sie heiser.

„Ein Herr Ney meinte, Sie hätten den Schlüssel vergessen, Sie sollten ihn heut abend im Büro abholen… jetzt weiß ich nicht: den Schlüssel oder den Herrn Ney… und ein Herr Abdalla wollte wissen, ob er die Reservierung aufrecht halten soll und Sie mögen sich doch bitte schnellstmöglich mit ihm in Verbindung setzen. Ein Herr Berger hat angerufen… oh, das ist bestimmt Ihr Mann… und wollte wissen, ob Sie gut angekommen sind. Dann hat der Herr Ney nochmal angerufen; er möchte Sie daran erinnern, ihr Handy aufzuladen. Und ich bin nicht als Telefonistin hier angestellt, Anna."

„Entschuldigung, Kara. Was?"

„Telefonistin. Nicht mein Job!"

Anna kramte fahrig die Papiere zusammen. „Nein. Natürlich nicht!"

„Alles gut?"

„Nix ist gut!", fauchte Anna. „Ich hab keine Lust in einem Friedhof herumzubuddeln! Ich war jahrelang Kom el Hettan gewöhnt. Und jetzt das!"

„Hm", brummte Karoline. „Kann ich verstehen. Aber wenn Sie in Kom el Hettan weitergraben wollen, müssen Sie das Team wechseln. An Ihrer Stelle würde ich mich fragen, was mir da lieber wäre."

„Ich laß doch mein Team nicht im Stich!"

„Das dachte ich mir! Was ist nun? Wollen wir beginnen?"

„Beginnen? Mit was?" Anna knöpfte ihre Hemdbluse auf, wedelte sich mit dem Schreiben Luft zu, stand auf, drehte die Klimaanlage zwei Grad runter.

„Uih! Was für ein cooles Tattoo! Ich meine ja nur. Sie wollen doch bestimmt die Ergebnisse der bisherigen Grabung…"

„Ich bin nicht zum Arbeiten hier, mein Vertrag beginnt erst am ersten Oktober."

„Oh! Na gut, dann machen wir es am ersten Oktober."

„Was machen?"

„Meinen Einstand feiern. Ich wollte damit warten, bis Sie da sind."

„Auch das noch!"

„Ach nein! Das ist ja ein Samstag, Arbeitstag. Am Donnerstag? Der neunundzwanzigste?"

„Meinetwegen."

DIENSTAG, 27. SEPTEMBER 2011
HOCH ÜBER DEIR EL MEDINE, 10:30 UHR

Mit eiskalten Händen steckte Anna den Schlüssel in das Schloß, schaute sich noch einmal um. Nichts als Einsamkeit, steile Felsen, Sand und Geröll, blauer, dunstiger Himmel, in dem ein Falke schwebte und seine heiseren Rufe hören ließ. Ein Stück unterhalb wartete der Defender, wirkte in dieser urtümlichen, rauhen, wilden Kulisse wie ein Artefakt aus einem Science-Fiction-Film. Tief unter ihr Deir el Medine, jenes Dorf der Arbeiter und Künstler, die einst an den königlichen Gräbern arbeiteten. Weiter weg, noch tiefer lag Qurna. Sie drehte den Schlüssel um, zögerte ein paar Augenblicke, stieß die Tür auf.

Schauerlich scheppernd und knarzend öffnete sich das dunkelrot angestrichene, solide Eisentor ein weiteres Mal. Erschaudernd und mit einem nervösen Frösteln betrachtete Anna den kleinen, düsteren Vorraum, den Sand am Boden, die mit Zement geflickte, grob aus dem Felsen gehauene Decke. Die beiden geschlossenen Türflügel mit ihren bunten Hieroglyphen. Dahinter stand einst die Statue! Dreieinhalb Jahrtausende lang …

Sie knipste die Stablampe an, nahm die Sonnenbrille ab, stellte den Rucksack auf den Boden. Draußen leuchtete der helle Tag, hier drin verstaubte, heiße Dämmerung.

Sie bückte sich, hievte mit einem Schraubenzieher einen der Steine aus der Rille am Boden, faßte in die Nut der steinernen Tür, öffnete sie. Dumpfe, muffige Luft und unheimliche Dunkelheit schlugen ihr entgegen.

Das Licht der Lampe fiel auf ihn. Er saß in der Nische zu Füßen des Anch, den Kopf seitlich an die Wand gelehnt, die Hände im Schoß. Eine ausgetrocknete Leiche. Eingefallene Augenhöhlen, heruntergeklappter Unterkiefer; die ledrige vertrocknete Haut über den darunter sichtbaren Knochen einer Mumie gleich. Beinahe wirkte er, als habe er demütigst den Tod erwartet. Ein fürchterlich gruseliger Anblick!

Anna hielt die Tränen zurück, betrachtete den alten toten Mann, kaum in der Lage ihren Haß auf ihn aufrechtzuhalten. In gewissem Maße empfand sie fast sowas Mitleid für ihn. Was mußte er hier drin für eine Angst ausgestanden haben! In völliger Dunkelheit, ohne Licht, ohne Wasser und Nahrung. Allein mit seinen Gedanken, seinen Erinnerungen!

Anna sank zu Boden, setzte sich auf die Hacken, legte die Lampe neben sich, schaute in die Kammer mit dem Toten. Es wird schnell gegangen sein, oder? Er hat nicht lange gelitten, was? Ein alter, kranker, verbrauchter Mann, ein paar Tage ohne Wasser! Ohne richtige Luftzufuhr! Er brauchte nicht mehr viel, er wird schnell gestorben sein! Vielleicht sogar an einem Herzschlag; in dem Moment, als ihm klar wurde, daß er hier nicht mehr herauskann. Du bist eine Mörderin Anna! Mit dieser Schuld mußt du nun leben! Und endlich ist es vorbei! Für alle Zeiten! All das, was ich im Juni in dieser Höhle zu hören bekam, nichts als Humbug! Hirngespinste! Ein Alptraum! Eine leibhaftige Löwin! Pah! Die Leiche hier ist doch der Beweis! Ich bin Anna! Es gibt keine Bent! Ich bin eine vollkommen unberechenbare Irre! Multiple Persönlichkeit! Schizophren! Gaga! Seit dem Tag der Sonnenfinsternis vor zwölf Jahren! Da hat es angefangen! Aber statt mal zum Arzt zu gehen, zu einem Neurologen, mir das Hirn scheibchenweise im CT untersuchen zu lassen, versteckte ich mich ja lieber hinter meiner Arbeit, beschäftigte mich noch mehr mit dem alten Ägypten, anstatt der Sache auf den Grund zu gehen! Wurde immer bekloppter! Und jetzt? Jetzt bin ich eine Mörderin! Um Gottes willen, wie soll ich damit leben? Wohin mit der Leiche? Er kann doch unmöglich hier drin bleiben? Was, wenn die Antikenverwaltung den Schlüssel sucht? Was, wenn ein anderes Archäologenteam hier weitere Untersuchungen anstellen will? Was, wenn wieder ein Fernsehteam ankommt, um hier drin zu filmen? Er muß hier weg! Aber wie?

„Du hast mich angelogen, Frau!", hauchte es aus der Kammer, heiser, dumpf, wie aus dem Totenreich, wie aus einer Gruft.

Anna stockte der Atem, die Luft blieb ihr weg, ungeheures Grauen trieb ihr heiße Tränen in die Augen, maßloses Entsetzen schickte eiskalte Schauer und eine beinahe schmerzhafte Gänsehaut über ihren Leib. Erstarrt blieb sie sitzen, unfähig zu irgendeiner Regung, starrte in die Kammer, starrte ihn an.

„Wenn du ein klein wenig die Lampe wegdrehen könntest… das schmerzt…"

„Ja."

Trockener Hals, als wäre die Spucke eingetrocknet, ja die gesamte Kehle. Schüttelfrost trotz der gnadenlosen Hitze. Ich rede mit einer Mumie! Ich befinde mich in einem Horrorfilm! Mittendrin! Bin die Hauptdarstellerin, die geschlagene Heldin, die sich nicht aus einer aussichtslosen Lage retten kann! Ha! Lara Croft auf der Jagd nach antiken Schätzen! Wo ist das Happy-End? Die letzte Kugel in der Knarre, um mich schwerverletzt aus dieser unausweichlichen Situation zu retten? Wartet der Held nicht schon längst um mich in seine Arme zu nehmen, mich endgültig zu retten? Ich sollte mir selbst eine scheuern, aber gründlich, diese Tür zuschlagen und endlich verschwinden …

Anna packte die Lampe, hielt sie hoch, leuchtete in die Kammer. Er hielt sich den Arm vors Gesicht; wie konnte das Licht in den toten Augen schmerzen …

„Du solltest tot sein!", keuchte Anna, von Grauen und Panik geschüttelt. Sie hörte nur ein leises, verbittertes Lachen, ließ die Lampe fallen und hastete schnaufend hinaus in den Sonnenschein. Betrachtete die Einsamkeit, die steilen Felsen von el Qurn, Sand und Geröll, blauen, dunstigen Himmel und den Falken, der seine heiseren Rufe hören ließ. Tief unter ihr Deir el Medine, weiter weg Qurna.

Ägypten! Nicht wahr? *Masr!*

Siebenundzwanzigster September zweitausendelf!

Strahlender Sonnenschein, siebenunddreißig Grad im Schatten! Wind aus Nord! Da unten mein Auto. Heute nacht Neumond!

Oder?

Luxor, da drüben, im Dunst!

Uaset

Die Stadt des Königs!

Ich bin Anna! Eine vollkommen unberechenbare Irre! Und ich stehe das durch!

Sie ging wieder hinein, betrachtete kalt den toten Mann in der Nische; die Hände im Schoß, den Kopf an die Wand gelehnt, der Mund geschlossen, die Augen offen!

„Ich *kann* nicht sterben", hauchte er.

Stöhnend ließ Anna sich im Sand nieder, erblickte dort Spuren einer Raubtiertatze, wedelte hastig mit der Hand darüber.

„Du *bist* das Mädchen", flüsterte er, „das mir im *Ipet Sut* begegnete. Ja?"

„Was?"

„Heute sagt ihr Karnaktempel dazu."

„Ich versteh dich nicht, sprich lauter!"

„Du warst so hübsch!", ächzte er, rutschte näher, eine grauenvoll anzuschauende vertrocknete, völlig von Staub bedeckte Mumie. „So temperamentvoll! Voller Leben! Ihr ward so glücklich miteinander. War es Neid? So könnte man es nennen! Neid auf diesen kleinen verwöhnten verhätschelten liebenswerten hübschen Scheißer, dem alle Herzen zuflogen! Selbst deins! Im Garten, ich habe euch gesehen! Tag für Tag. Kindlich, kindisches Glück, unverdorben!"

„Ich weiß nicht, von was du redest!" Aufgewühlt kramte Anna aus dem Rucksack eine Flasche Wasser, setzte sie an den Hals, spülte die trockene schmerzende Kehle, hielt einen Moment inne, betrachtete ihn schaudernd, reichte ihm schließlich die Flasche. Zögernd griff er danach.

„Behalt sie!"

Bedächtig trank er, stellte die Flasche neben sich, „Güte?", keuchend. „Du bist *mir* gegenüber barmherzig?"

„Ich bin kein Unmensch!"

„Das war das Liebenswürdigste, was mir je in all den letzten Jahren begegnet ist. *Dwa Netjer ink!*"

„*Hasti!*"

„Ich hätte das nicht tun dürfen."

„Du hast es aber gemacht!", giftete sie, kramte nach den Zigaretten, steckte sich eine an. „Aber tröste dich! Deinen Bastard hab ich aus mir herausschneiden lassen. Keine Angst, daß noch mehr von deiner Sorte auf dieser verschissen Welt leben! Und weißt du was? Ich habe es mit Freude getan! Und es war mir scheißegal, daß ich daran beinahe krepiert bin!"

„Ich habe dich schwanger gemacht?" Fassungslosigkeit in seiner heiseren Stimme.

Anna lachte herzlos, schaute ihn nicht an, stierte vor sich hin, rauchte auf, stopfte die Kippe tief in den Sand, krallte die Faust in den Sand und das Geröll unter sich. „Ich war ein Mädchen! Ein dreizehnjähriges Mädchen! Du warst ein ausgewachsener Kerl!" Voller Wut schleuderte sie ihm den Dreck ins Gesicht.

„Ich habe *ihn* treffen wollen. Wollte *ihm* wehtun."

„Das ist dir gelungen!", zischte Anna bitter. „Komm da raus und sieh dir *das* an! Zwei Leben hast du zerstört!", schrie sie, „Seins und meines! Sieh dir das an!"

Mühsam erhob er sich, stützte sich an der Wand, den Türen ab, sank ermattet gegenüber der Türflügel wieder auf den Boden, versuchte die Hieroglyphen zu entziffern.

„Das sind Gottesworte", krächzte er. „Aber ich kann es nicht lesen. Meine Augen können das nicht mehr."

„Bek hat das gemacht!", zürnte Anna. „Er klagt dich an! Er haßt dich! Weil du mich ihm weggenommen hast! Und er verflucht dich für alle Zeiten! Weil du schuld an seinem Elend bist! Möge dein Geist niemals Ruhe finden, sagt er, Millionen von Jahren sollst du umherirren. Keinen Frieden finden. Denn du hast die junge Liebe zerstört! Er hat es für mich gemacht! Für die, der der Gott sich nähert. Für die Tochter der Blüten. Es ist das Grab seiner Liebe, der Ort seiner Schmerzen und seiner nicht enden wollenden Qual!"

„Das steht da?"

„*Tju!*"

„So hat *er* mich auch verflucht… Ich kam in das Haus seines Vaters. Die Eltern tot. *Er* war dort der Prinz! Ich bloß das arme Waisenkind, geduldet…"

„Halts Maul!", fauchte Anna. „Ich habe dich dort gesehen! Herausgeputzt, mit Schmuck behangen! Dir mangelte es an nichts! Men liebte dich! Du bist ein kleinkariert denkendes Arschloch! Meintest, alles auf Erden müsse nach deiner Pfeife tanzen! Erzähl mir bloß nicht die billige, abgelutschte Story von wegen ich hatte eine schlechte Kindheit!"

„Ich verstehe deine Worte nicht."

„Du hast noch nie irgendwas verstanden was nicht mit deinen eigenen Bedürfnissen zu tun hatte!" Sie sank an der Tür zu Boden, setzte sich mit angezogenen Beinen ihm gegenüber, angelte nach der Wasserflasche, warf sie ihm hin, grummelte: „Trink noch, es hilft."

„Gegen was?"

„Du siehst besser aus, nicht mehr so... mach einfach! Ich ertrage diesen Anblick nicht länger!"

„Wie ist dein Name, Tochter der Blüten?"

„Was?" Anna stand auf, trat zornig in den Sand am Boden. „Du hast mir all das angetan und weißt noch nicht einmal, wer ich bin?" Sie trat zu ihm hin, geneigt ihn an seiner dreckigen Galabiya zu fassen, zu schütteln, ihm ins Gesicht zu schlagen, unterließ es aber. „Weißt du, was du mir angetan hast?", brüllte sie. „Was du mit deinen fünf Minuten Spaß den du mit mir hattest, mir angetan hast? Du hast mein Leben zerstört! Mir mein Leben geraubt! Mein Herz getötet! Meine Liebe, meine Zärtlichkeit, mein Lachen geraubt! Mein Vertrauen, meine Zuversicht, mein Zutrauen getötet! Mich zu einer harten, unerbittlichen, unnachgiebigen Frau gemacht! Zu einem Monstrum! Wie du eins bist!"

„Ich war siebzehn Jahre alt", flüsterte er, als sei dies eine Rechtfertigung.

„All das? Rechtfertigt das all mein Leid? All die Jahre? Jahrtausende?"

„Und das andere?", schnauzte sie böse. „Hast du das vergessen?"

„Was noch?"

„Das Kind das du getötet hast! Die Frauen, die du getötet hast! Mein Haus, daß du abbrennen ließest!"

Er ließ die Wasserflasche sinken, starrte Anna ins Gesicht, „Nein! Ich habe es nicht vergessen", flüsternd. „Auge um Auge, Frau. Dann sind wir dahingehend quitt. Dein Kind für meines!" Er trank einen Schluck und allmählich sah er wieder aus wie der alte Bettler.

„Sag mir deinen Namen, Madame Berger."

„Bent!", sagte Bent. „Und er hieß Nefertem! Sein Name war Nefertem, du Dreckstück!" Ihre Hand im Ausschnitt, das feurige Brennen des Tattoos beinahe genießend, das heiße Blut fühlend, schon zuckten ihr die Augäpfel nach oben, flackerndes rotes Licht aus der Stablampe. „Mein ist die Rache... leiden sollst du... ruf sie zurück, Herrin des Lebens... Auf ewig sollst du den Tag verfluchen, der dein Todestag sein sollte... Reich mir deinen Arm... Nein! Verdammt!" Sie taumelte, stützte sich an der rohen Wand ab, sank daran abermals zu Boden. Von draußen hörte man die Stille des glühendheißen Gebirges, die Lautlosigkeit des blauen Himmels. Selbst die Rufe des Falken waren verstummt. Und über allem wachte Meretseger, die Göttin die das Schweigen liebt.

„Jung und übermütig", murmelte er in das Schweigen. „Reich und draufgängerisch. Große Klappe, noch größerer Schwanz!" Er lachte bitter in sich hinein, als hätte er den Witz des Jahrtausends erzählt. „Was zählen die einfachen Leute? Hm?"

Anna starrte ihn haßerfüllt an, jedes Wort blieb ihr in der Kehle stecken. Diese Arroganz! Überheblichkeit!

„So wurde ich erzogen", flüsterte er nachdenklich. „Wir waren feine Leute, *Schepsi*, ja, so nannte man es, Vornehme! Dienerschaft gehört da nicht dazu, sie sind da, wuseln herum, knicksen, verbeugen sich, gesichtslose, namenlose Schatten. Nimm dir, was du kriegen kannst, pack das süße Leben mit beiden Händen. Genieße es! Das sagte mein Vater zu mir, bevor er krepierte. An irgendeiner Krankheit, die auch Mutter dahinraffte." Er trank die Flasche leer, schaute Anna ins Gesicht. „Ich bin seit mehr als dreitausend Jahren gesichtslos, namenlos. Ein Schatten, ein Niemand... ich weiß jetzt, was es bedeutet. Wir waren besoffen, Bent, als wir dein Haus betraten. Und eins gab das andere!"

„Pah!"

„Sie sind tot!", krächzte er, gänzlich aus dem Zusammenhang, aber konfuses Geschwätz war Anna von ihm ja schon gewohnt. „Alle. Dahingeschlachtet, alle, in einem grauenvollen Gemetzel... alle meine Freunde... nur ich blieb übrig... Mich hat der Mörder nicht gewollt..."

„Warum hast du Raphael niedergestochen, du Dreckschwein!"

„Was ist das? Worte der Hebräer."

„Meinen Mann! Auf der Straße! Vor dem Winter Palace!"

„Du solltest wissen, daß ich es ernst meine! Du hast den Fluch immer noch nicht von mir genommen!"

„Ich kann keinen Fluch von dir nehmen!", brauste Anna auf. „Ich bin Archäologin, kein Exorzist! Wir leben im einundzwanzigsten Jahrhundert! Du hast sie doch nicht alle!"

„Wie lange war ich hier drin?"

„Vier Monate!"

„Wir haben den *Pesdjenet Hut Heru*?"

„Ach, pah!"

„Vier Monde mit den Erinnerungen der Vergangenheit eingesperrt! Mit den Dämonen der Finsternis! Angesichts meiner Zeit hier auf Erden nicht mehr als ein Atemzug, ein Wimpernschlag. Allein mit meiner Niedertracht, meiner Überheblichkeit, meinem Stolz. Nicht das leuchtende Westgebirge sehend, die grünen, köstlichen Fluten des *Iteru*, nicht den segensreichen *Imachyt* in meinem Gesicht spürend. Nichts als Dunkelheit und quälende böse Gedanken... Nur ich und meine unsterblichen verdammten Seelen. Keine Nachfahren, niemand der um mich trauert. An dem Tag, als ich dich mit Gewalt nahm, schon da war ich verflucht! Denn das Kind, das du abgetrieben hast, wäre mein einziger Nachkomme gewesen. So ist niemand da, der sich meiner erinnert. Es ist schlimmer als das *Hetemit*! Schlimmer als alles, was mir je wiederfahren ist. Ich wünschte, man würde endlich meine gottverfluchten Seelen vernichten. Es sollte genug sein, nicht wahr? Es sollte ein Ende finden!" Er unterbrach sich, betrachtete gedankenverloren seine Hände.

„Sieht der Rest auch so aus?" Anna nickte angewidert. „Dann wird ein ehrlicher, flehender Blick meinerseits dein Herz mir nicht gewogen machen. Einerlei! Höre, Frau: Es tut mir leid, daß ich deinen Gefährten getötet habe!"

Ungläubig hob Anna den Kopf, schaute zu ihm hin. „*Was?*"

„Es tut mir leid, Dame! Ich kann es nicht rückgängig machen. Auch nicht den Tod deiner Freundin. Und der anderen Frau in deiner Heimatstadt. Nichts als Verbitterung wohnt in meinem kalten Herz. Vielleicht tat ich es deswegen."

Anna lachte ein gehässiges Lachen, „Verbitterung!", grollend. „Und meine Verbitterung?" Aus dem Augenwinkel bemerkte sie im Schein der Lampe im Sande hinter der Tür etwas glitzern.

Das Stilett!

Abgebrochen, nutzlos. An der Tür selbst kleine, kaum sichtbare Kratzer. Bestanden sie doch im Gegensatz zu dem Kalkstein der Kammer aus schwarzem Granit. Gleich daneben seine Schreiberpalette.

„Seit drei Jahrtausenden wandere ich ohne zu sterben an diesem Ort gebunden, verdammt, verstoßen, gehaßt. Als ich dich vor Jahren hier das erste Mal erblickte, habe ich dich nicht sofort erkannt, obwohl mir war, dich zu kennen! Zweifel nagten in meinem kalten Herz und ich begann, dir aufzulauern, wollte Gewißheit. Erst an jenem fernen Neujahrsmorgen war ich mir sicher! Habe dich erkannt, hegte keine Zweifel mehr. Es muß einen Grund geben, Frau! Einen Grund, weswegen du hier bist! Du, nur du kannst den Fluch brechen!"

„Nenn mich nicht so!"

„Ich habe nicht darüber nachgedacht, Frau, damals, als der Gute Gott herrschte. Bloß versucht, die Spuren der sinnlosen Tat zu verwischen. Ich war ein aufstrebender junger Adeliger, mit der Aussicht auf einen gewichtigen Posten. Ich konnte doch… wie nennt ihr das heute? Karriere! Ja, so heißt das… meine Karriere nicht auf's Spiel setzen… Eine Dummheit, eine gnadenlose Dummheit! Vom Wein enthemmt, von den Saufkumpanen aufgestachelt. Ich kann es nicht ungeschehen machen! Ich habe dein Kind auf dem Gewissen, deinen Gefährten, deine Freundinnen und deinen schwarzen Knecht."

Er richtete sich auf, setzte sich auf seine Unterschenkel, beugte sich vor, umständlich, ächzend, streckte die Arme aus, neigte den Kopf, die Stirn im Sande.

„Deswegen büße ich seit Ewigkeiten. Ich habe verstanden. Höre meine Worte: Ich bin Amenhotep Sa Hapu, Dame Bent. Ich war Baumeister des

Guten Gottes! *Tjai chu her wenemi Nesu! Iripat, Rindervorsteher des Amun in Ober- und Unterägypten, Sem-Priester im Goldhaus. Vermögensverwalter der Sat Nesut Sitamun!* Ich habe Leid zugefügt. Ich habe Tränen verursacht. Ich habe getötet. Ich habe getan, was die Götter verabscheuen. Ich habe Krummes an Stelle von Recht getan. [30] Es tut mir leid, was ich dir angetan habe! Ich bereue! Aus tiefstem Herzen! Verzeih mir, wenn du mir auch nie vergeben wirst."

Ihr Schluchzen kam unverhofft, heftig, riß Anna in einen furchtbaren Gemütszustand, das Herz hörte für ein paar Augenblicke mit seinem unsinnigen Tanz auf, der Atem stockte, Tränen flossen. Wie im Schock stand sie auf, rannte aus der Kammer in das helle Licht des Tages, schrie sich dort die Seele aus dem Leib, daß es laut von den Felswänden widerhallte.

Nur *ein* Wort der Reue!

Nur ein *einziges* Wort des Bedauerns wollte sie hören!

Und jetzt das!

Einsamkeit, felsige Ödnis der westlichen Deshret, Sand und Geröll, blauen, dunstigen Himmel. Über ihr *Meretseger*, tief unter ihr *Set Maat, Ort der Weltordnung.*

Kemet! Nicht wahr? *Das Schwarze Land!*

Der *Pesdjenet Hut Heru*, Tag zwölf im Jahre fünf des Guten Gottes Amenhotep Neb Maat Re!

Strahlender Aton an Nuts blauem Firmament, glühende Hitze! Wind aus Nord! Heute nacht Neumond! Der *Tag der Erneuerung des Horus!*

Oder?

Uaset, da drüben, im Dunst!

Die Stadt des Königs!

Ich bin Bent! Und es ist vorbei!

Nach einer Weile flüchtete sie vor der gnadenlosen Mittagshitze wieder in den dumpfen, kühl anmutenden Schatten der Felskammer. Er lag noch so am Boden, demütig, kauernd, anscheinend Abbitte leistend. War er vielleicht tot? Sollte die ehrlich gemeinte Reue, seine Entschuldigung, ihm Erlösung gebracht haben?

Anna sank an ihren Platz neben dem Türflügel, betrachtete ihn ein paar schmerzhafte Augenblicke lang.

„Ich bin Bent und ich bin Anna. Ich nehme deine Entschuldigung an!", flüsterte sie heiser. „Ob ich es verzeihen oder vergessen kann, weiß ich nicht."

„*Dwa Netjer ink!*", hörte Anna ihn seufzen. Er erhob sich mühsam, kroch an die Wand zurück, lehnte sich dagegen, starrte vor sich hin.

„Wie?", hauchte er, schwach, kraftlos, mutlos, „Wie, Dame, kann es sein,

---

[30] *Wedelträger zur Rechten des Königs* und seine weiteren Titel. Anschließend kehrt er das sogenannte *Unschuldsbekenntnis* um, macht ein Schuldbekenntnis daraus.

daß *du* immer noch auf dieser Schwarzen Erde wandelst?"

„Ich starb. Nach einem erfüllten Leben", hauchte Anna. „Und ich fand mich eines Nachts hier in dieser Höhle wieder! Kniend vor dieser Kammer! Darin eine Statue von mir!" Sie schlug erbost mit der Faust auf den Boden, „Die Wiedergeburt, die uns, den *Remet en Kemet* einst prophezeit war, bekommt bei mir eine völlig neue Bedeutung!" brüllend. „Es gibt kein *Sechet Iaru*! Keine Äcker! Es gibt nur *Kemet*! Nur das Land! Es ist ewig! Und es sind *seine* Äcker, die wir unentwegt bestellen!" Sie wischte heiße, schmerzhafte Tränen von den Wangen, angelte aus dem Rucksack Taschentücher und zwei Flaschen Mineralwasser, warf ihm eine hin, schneuzte sich, trank. „Vielleicht", sinnierte sie, „vielleicht war ich hier nicht fertig? Wer weiß das schon?"

„Wegen mir", flüsterte er niedergeschlagen.

„Mag sein." Anna schneuzte sich ein zweites Mal, stopfte das Taschentuch in die Hosentasche. „Du hast meinen Gefährten nicht umgebracht. Er hat es überlebt!"

„Den Göttern sei Dank!", stöhnte er aufgewühlt.

„Er sucht dich! Er will Rache! Er ist ein Krieger, Amenhotep, das solltest du wissen."

„Auge um Auge. Es ist sein gutes Recht", flüsterte er atemlos.

„Und ich werde jetzt gehen. Es ist alles gesagt. Du mußt hinaus, ich muß diese Kammer verschließen."

„*Tju*." Er kroch zurück in die Kammer mit dem Anch, suchte und fand die geborstene Klinge, den dazugehörenden Griff aus Elfenbein, griff nach der Palette, richtete sich mühsam an der Wand auf, hielt Bent alles hin.

„Nimm es. Gib es deinem Freund in deiner Heimat. Er wird wissen, was man damit macht. Ihr habt Fortschritte gemacht, findet unsichtbare Spuren, könnt aus dem Blut lesen. Beider Frauen Blut wird man bestimmt an Klinge, Griff und Etui finden und auch das Blut deines Mannes. Sag ihm, daß ich es war, er kann aufhören, den Mörder seiner *Hemet* zu suchen. Nimm es. Sie gehört mir nicht mehr! Ich habe die Berechtigung verloren, sie zu tragen. Ich bin kein angesehener, ehrenwerter *Sesch*, nur ein Niemand, ein Schatten. Ein Mörder. Ich stehe außerhalb der Maat."

Draußen sank er neben dem Eingang zu Boden. „Ich werde mir einen anderen Platz suchen, Dame. Nicht mehr dem Hotel gegenüber. Sei dir sicher. Dir nicht mehr auflauern, dich abpassen. Und wenn ich wieder einigermaßen zu Kräften gekommen bin, dann gehe ich hinunter. Vielleicht bleibe ich für immer in Malkatta."

Anna zog die Hemdbluse aus, wickelte die Schreiberpalette hinein, „Geh zu den Kolossen, da kommen mehr Touristen hin", packte alles in den Rucksack, ging ohne sich noch einmal umzudrehen den steinigen, heißen, buckligen Weg hinunter.

Raphael drehte sich im Bett um. Anna hörte die Bettwäsche rascheln, schlüpfte im Dunkeln zu ihm unter die Decke, „Wollte dich nicht stören", flüsternd.

„War noch wach. Wo warst du denn so lange? Ich hab mir verdammte Sorgen gemacht. Hast dein Handy immer noch nicht aufgeladen."

„Im Hotel."

„Ist was passiert?"

„Nein. Wieso?"

„Du klingst bedrückt."

„Bin nur müde."

„Warum behältst du das Zimmer bei, hm? Komm doch ganz zu mir."

„Alte Gewohnheit."

„Komm her, Schönheit. Ich halte dich."

„Ich hab eine neue Kollegin."

„Ach?"

„Sarah und Thomas sind nicht mehr im Team."

„Schade, die zwei waren nett."

„Kara hat jetzt Sarahs Platz."

„Und? Wie ist sie so?"

„Frag nicht! Eine fusselige, chaotische, total verpeilte Quasselstrippe. Furchtbar lieb. Furchtbar verheult, flennt bei jeder Gelegenheit. Wir sind eingeladen. Morgen abend. Sie will ihren Einstand geben." Und wenn du sie triffst, werde ich dich verlieren! Du wirst zu Elena zurückgehen und mich vergessen. So wie du mich schon einmal vergessen hast!

Sie kuschelte sich in seinen Arm, hielt sich an ihm fest, atmete seinen Duft, schmeckte seine Haut, sich gewiß, ihn auf bald ein zweites Mal für immer verloren zu haben.

„Das ist Kara, Raphael!" Anna zog ihn am Arm zu Karoline hin, bebend, bange, mit rasendem Herzklopfen schaute ihm ins Gesicht, darauf gefaßt, er zeige irgendeine Regung, irgendeine Geste des Erkennens.

„Hey!"

„Karo, Anna. Hallo. Wow, bist du groß!" Sie hielt einen Teller mit Häppchen hoch. „Du bist der, der den Käfer so schön hergerichtet hat? Hab davon gehört. Kai schwärmt ohne Ende von dem Auto. Anna und ihr roter Käfer sind hier beinahe Berühmtheiten."

„Was gibt es noch außer den kleinen Happen?", maulte Anna grundlos.

„Oh? Hühnchen, Reis, Falafel, Salate, Fladenbrot… alles wegen der Rechauds draußen aufgebaut. Geht doch in den Innenhof. Willkommen, schön daß ihr da seid."

„Danke", brummte Raphael, zwängte sich an Kai vorbei durch die Tür hinaus. „Hallo Kai."

„Hallo! Alles wieder gut?"

„Alles gut."

„Kennst du sie?" Anna hakte sich bei Raphael ein, schlenderte mit ihm durchs Haus.

„Wen?"

„Karo."

„Nein. Sollte ich?" Er kniff die Augen zusammen, schüttelte kurz den Kopf.

„Ich frag ja nur. Büro!"

„Hm."

„In der Küche waren wir gerade."

„Hm."

„Mein Schlafzimmer, zugleich Büro!"

Raphael betrachtete den kargen, gefliesten Raum. Bett, Nachtschrank, ein Spint, Ventilator, ein Webteppich vor dem Bett, den bescheidenen Schreibtisch, chaotisch, voller Unterlagen, und den unbequemen Bürostuhl davor. Auf dem anderen Stuhl Annas große Reisetasche.

„Bißchen spartanisch, hm?"

„Jetzt weißt du, warum ich das Hotelzimmer liebe."

Er gab keine Antwort.

„He!"

„Was?"

„Ich zeig dir das Haus und du träumst! Du warst noch nie hier, ein bißchen mehr Interesse könntest du schon zeigen."

„Ich hab Hunger! Und dann bin ich brummig!"

Sie suchten draußen einen Platz, nahmen sich was zu trinken, betrachteten das aufgefahrene Buffet.

„Willst du mir nicht endlich mal erzählen, wie es zu Hause war?"

„Nein."

„Geht es deinen Großeltern wenigstens gut?"

„Ja."

Schau mich doch nicht so an! Mit diesen leuchten Augen. Als sei jegliche Freundlichkeit daraus entschwunden. Als würden sie brennen, mit einem eiskalten Feuer, vor Wut brennen, einzig darauf aus, Rache zu nehmen, Vergeltung zu üben ...

„Hast du ihn in den letzten Tagen gesehen?", knurrte er und nahm den Teller entgegen, den Anna ihm hinhielt.

„Nein. Hallo Andrea."

„Hallo ihr zwei, ihr wollt allein sein, hab schon verstanden, bin schon weg."

„Er ist weder an den Kolossen, noch auf der Corniche, auch nicht in

Malkatta. Wie vom Erdboden verschwunden. Überall wo ich ihn suche…"

„Darf ich?" Karoline zog sich den Stuhl bei, nahm einfach bei ihnen Platz. „Schmeckt es? Ach Chefin, Sie haben ja gar nichts mehr zu trinken. Soll ich…"

„Ich bin nicht deine Chefin!"

„Chefausgräberin", feixte Karoline und klapperte mit der Gabel auf ihrem Teller. „Ich hab das Gefühl, Sie sind schon ewig meine Chefin. Und du Raphael kommst mir furchtbar bekannt vor. Sind wir uns nicht schon mal begegnet?"

„Nicht daß ich wüßte" knurrte Raphael, rieb sich Schweißperlen von der Stirn.

„Linsensalat. Lecker, oder? Man sollte nur nicht zuviel davon essen… Ihr wißt schon…", schmunzelte sie, „nennen wir es höflich Magenverstimmung…" Karoline unterbrach abrupt ihr freundliches Geplauder, stellte entgeistert ihren Teller ab, starrte Raphael ins Gesicht, legte vertraulich die Hand auf sein Knie, „*Jetzt* weiß ich wer du bist!", hauchend.

Nimm deine Hand da weg, du kleine Hexe oder ich kratz dir die Augen aus!

Ihr wäret genau die Richtige für mich, Dame Kara

Wir sind ineinander gerasselt

Anna klammerte sich an ihr Glas, bereit Karo den Inhalt ins Gesicht zu kippen.

„Dein Bild! Es war in den Zeitungen! Du bist der, der im Frühjahr vor dem Winter Palace…"

„Schon gut!" Der Griff an seinen Hals, an die Narbe, wenn ihn etwas aufwühlte schon ein gewohntes Bild.

„Es war den Sommer über hier *das* Stadtgespräch! Dann bist du, Sie, ja gar nicht Annas Mann?"

„Nein!"

Sie schaute zwischen den beiden hin und her, irgendwas dämmerte ihr, „'tschuldigung, Chefin", flüsternd.

„Die ist drollig, oder?" Anna kam aus dem Bad, verrieb den Rest der Nachtcreme in ihrer Hand, schlüpfte zu ihm unter die Decke. „Eigentlich furchtbar lieb. Aber dermaßen verpeilt."

„Ich frage mich wo er ist."

„Irgendwie kommt sie mir bekannt vor…"

„Jetzt hör doch mal auf mit der! Er kann sich nicht in Luft aufgelöst haben. Irgendwo muß er sein! Irgendwo hat er sich ein Schlupfloch gesucht. Ich sollte im Ramesseum nach ihm suchen. Oder in dem anderen Tempel, in Medinet Habu. Vielleicht hat er sich nach Deir el Bahari verzogen? Ins Tal der Könige. Bettelt er sonst auch dort? Hast du ihn dort schon gesehen? Das ist doch ein lohnendes Feld."

„Du wirst ihn nicht finden!"

„Ich werde ihn finden, Anna, so sicher wie das Amen in der Kirche. Und ich werde ihm…", er unterbrach sich stöhnend, rieb sich mit Daumen und Zeigefinger die Augen, kniff sich in die Nasenwurzel.

„Was hast du denn?"

„Müde."

„Mein Liebling, tu mir das nicht an! Vergiß doch diesen alten Sack. Vergiß deine Rache!"

„Ich hatte einen Traum, Anna." Raphael verschränkte den Arm hinter seinem Kopf, stopfte sich das Kissen passend, zog sie zu sich, drückte sie an sich. „In deinem Haus, in der Nacht, als ich Georg die Schnauze polierte und auf dem zweiten Sofa dem schnarchenden Sam… Sascha zuhörte."

„Niemand nennt Alexander Sascha."

„Egal. Ich will das endlich geklärt haben, Mädchen. Ich will, daß alles seinen geregelten Gang geht, sollte ich ihn finden, sollte es nicht so laufen, wie ich es geplant habe. Ich will, daß du hier schalten und walten kannst, Vollmachten hast."

„Wie kommst du denn auf sowas?", versuchte Anna ein nervöses Lachen, streichelte ihm sanft über den Bauch, über die Brust und wieder hinunter, griff ihm zärtlich zwischen die Beine.

„Ich kann Sara nicht alles allein zumuten… He! Der gehört mir! Hör auf an mir rumzuspielen."

„Das fühlt sich aber gut an. Der gehört mir, mir ganz alleine!", gurrte sie. „Ich will nicht schalten und walten."

„Sollte was schiefgehen… Anna!"

„Wie war sie?"

„Wer?", seufzte er, erwiderte hitzig ihren feurigen Kuß, faßte ihr ins Haar, griff fest zu, vergaß für den Augenblick endlich sein grauenhaftes Vorhaben.

„Hat sie das gemacht, was ich mache?", schnurrte sie zärtlich, biß ihm in den Hals, griff lüstern in hartes, pralles, geiles Leben.

„Hörst du wohl auf! Anna! Woh…" Er packte sie, drückte ihre Arme hoch, beugte sich über sie, nahm sie. Hart, fast brutal, hitzig und fordernd. Sie wehrte sich, krallte sich in sein Haar, zerkratzte ihm die Haut, biß ihm in die vollen, sinnlichen, küssenden Lippen, schlug ihm gegen die Brust, spürte ihn tief und hart in sich.

„Du bist kein Traum! Nicht wahr?", stöhnte er sehnsüchtig, riß sie an sich, angestachelt von ihrer rücksichtslosen Wildheit.

„Nein, Ranofer!"

„*Deine* Liebe ist Kampf, Erobern und süßer Sieg! Du ergibst dich niemals!"

„Niemals!", stöhnte Anna lüstern in das Kissen, gab ihm zärtliche Ohrfeigen, ließ sich von seiner wilden, animalischen Wollust mitreißen, war geneigt ihm fauchend und beißend die Haut vom Leib zu ziehen. Er wirkte wie ein wilder unberechenbarer reizbarer Krieger, hart und unnachgiebig, archaisch. Wie ein Fremder. Als wäre er ein anderer, nicht mehr der besonnene, ausgeglichene Raphael, ihr zärtlich wilder Liebhaber.

„Hör auf Anna, hör auf dich zu wehren! Ich vergesse mich!" Ein gefährlicher Unterton schwang in seiner Stimme. Es klang wie eine Drohung, seine Liebe wirkte schlagartig wie eine mächtige, alles zerstörende, alles mit sich reißende brutale Urgewalt, als würde sein dunkles, schweres Gemüt durchbrechen, eine düstere Gewalt von ihm Besitz ergreifen. Entfesselter, animalischer, unbeherrschbarer Sex, hart, derb, beinahe gewalttätig. Wild und frei, gleich zweier Löwen …

„Dieses Glitzern in deinen Augen, ich kenne es…" Sie spürte ihn noch härter, noch fester in sich. „… ich… kann mich nicht mehr beherrschen!"

„Ich will nicht, daß du dich beherrschst! Vergiß dich doch! Süßer, kleiner Tod", keuchte sie, einer hitzigen Ohnmacht nahe, „nur ein paar Augenblicke…" Mit brachialer Urgewalt riß die Heftigkeit seines Orgasmus' sie in eine dunkle, tiefe Ekstase, in einen betäubenden, schwarzen blutgierigen Rausch völliger Wollust, eines heißblütigen, rasenden Rausches weit jenseits jeglicher Zärtlichkeit. Seine wilde Ekstase riß sie hinab in jenen fremden, gefährlichen, feurigen Abgrund tief in ihr drin.

Heiß brennende, lodernde, leidenschaftlich flammende Erlösung, Schweiß auf der Haut, zärtliche Küsse und Umarmungen …

„Was war das?", schnaufte sie, als sie wieder einigermaßen zu Atem gekommen war.

„Mein Liebling! Anna!" Er tätschelte ihr zart die Wange. „He! Habe ich dir wehgetan?"

„Nein!"

„Entschuldige!", schnurrte er zerknirscht. „Ich weiß nicht, was über mich gekommen ist."

„Ich habe es genossen!", hauchte sie, „Ich liebe deine wilde, ungezügelte Art…"

„Zu Spitzenzeiten bringe ich hundertzwanzig Kilo auf die Waage. Ein bißchen viel für eine zierliche Frau…" Er unterbrach sich, schaute sie mit bestürzter Miene an. „*Ranofer*? Sagtest du eben *Ranofer* zu mir?"

„Hm?"

„Ich sollte nach Assuan zurückgehen!", murmelte er.

„Was?" Abrupt setzte Anna sich auf, das wohlige heiße Prickeln im Schoß vergessend. „Spinnst du!"

„Das geht nicht gut aus! Ich sollte weit weg von allem sein. Weg von mir selbst, meiner Erinnerung…"

„Das kannst du doch nicht machen!"

Er legte sich wie ein paar Minuten zuvor auf den Rücken, den Arm unterm

Kopf, zog sie wieder in den Arm.

„Diese Nacht in der Hotelbar, mein Liebling, und der heiße Sex anschließend in deinem Zimmer; du warst für mich wie ein wertvolles, kostbares Geschenk!"

„So habe ich mich auch gefühlt! Du warst so liebevoll... ich fühlte mich wohl mit dir, obwohl ich dich überhaupt nicht kannte..."

„Mein Leben war vorher schon schwierig und kompliziert. Doch seit du mir über den Weg gelaufen bist, ist überhaupt nichts mehr wie es war. Als liefe alles aus dem Ruder! Als hättest du mich verhext! Bin wegen dir beinahe abgekratzt... und dieses Damoklesschwert namens Georg... Wer bin ich schon? Ein Türsteher! Ein Nachtwächter! Wäre es nicht das Beste für uns beide? Wenn ich einfach nicht mehr da wäre? Du dich ganz deiner Arbeit und deinem eigenen Leben widmen könntest Wenn ich aus deinem Leben verschwände? Mir eine andere suche, mit einem Herz so kalt wie Asche... "

Sie setzte sich auf, Tränen in den Augen, mit schmerzendem Herz, riß ihr Kissen bei, haute es ihm um die Ohren. „Das hast du nicht wirklich gesagt!", giftete sie. „Das kannst du nicht meinen! Du kannst mich doch nicht allein lassen! Ich brauche dich doch!"

„Ich brauche dich auch, Anna", er nahm ihr grob das Kissen ab. „Habe ich dir nicht im Juni mein Herz zu Füßen gelegt? Dich etwas gefragt? Ich warte immer noch auf deine Antwort! Und *dies* gilt immer noch", er griff ihre Hand, legte sie zärtlich auf sein Herz. „Es schlägt nur für dich!"

Seufzend legte sie ihren Kopf auf seine Brust, krallte sich an ihn, hörte seinen wilden rasenden Herzschlag.

„Dieser Traum, Mädchen, in deinem Wohnzimmer...", flüsterte er, „Ich träumte davon, dich zu kennen. Ich träumte davon, daß ich dir einen Heiratsantrag gemacht habe. Ich träumte, du hast ihn angenommen. Wir sind den Bund miteinander eingegangen."

„Was redest du denn?" Anna setzte sich auf ihre Hacken, die dünne Decke vor sich gekrallt, schaute ihm bestürzt ins Gesicht, in die leuchtenden grünen Augen mit ihren dichten langen dunklen Wimpern. „Um Gottes willen! Sei still!"

„Sehe ich Tränen?" Er legte die Hände an ihre Wangen, schaute ihr tief in die Augen, zog sie zu sich runter. Seine Küsse so zärtlich, inniglich seine kosenden Hände. „Liebste, nicht! Wo ist dein Mut geblieben? Sag ja! Lady, du liebst mich doch!"

„Nicht! Nein! Raphael! Sag es nicht!" Sie wollte aufgewühlt aus dem Bett schlüpfen, erinnert an einen schmerzvollen Abend, der glücklich begann und im absoluten Desaster endete. „Es wird in einer Katastrophe enden... bitte, sei still..."

Er hielt sie fest, sie kam nicht von ihm los, nicht von ihm, nicht von dem Schicksal.

„Schau mich doch nicht so an! Nicht küssen! Nimm deine Hände weg... bitte, Raphael, erinnere dich nicht! Das verkraftest du nicht..."

„Erinnern?" Er ließ sie los, „An was?", streichelte ihr über das Tattoo, *„Sechem Me t."*, flüsternd.

„Was?" Anna schwanden vor Angst fast sämtliche Sinne.

„Die Göttin die jeden Krieger begleitet. Ich weiß ganz genau *wer* du bist!"

„Wer?" Anna lachte bitter, schubste ihn voller Verzweiflung. „Ich bin Anna, du verfluchter blöder Kerl, wer soll ich schon sein? Ich bin... Oh bitte, sei still, sag es nicht, sprich es nicht aus! Ich verfluche mich! Verfluchtes Weib! Das Tattoo! Das Tattoo hat dich erinnert..."

„Du wirst mich *niemals* heiraten!"

„Nein!", schluchzte sie erschüttert.

„Weil du schon meine Frau bist, *Bent!"*

Anna entfuhr ein schmerzvoller Schluchzer, er nahm sie fest in den Arm, wiegte sie, flüsterte in ihr Ohr: *„Mein Herz, meine Liebste, nimm mich. Ich bin für dich da. Auf immer und ewig! Das schwöre ich dir! Bei dem allmächtigen huldvollen Gott, dessen Schönheit mein Name preist!* Du hast *ja* gesagt! Kannst du dich auch an diesen Traum erinnern? Du weißt es! Nicht wahr? Dir geht es genauso, das weiß ich jetzt! Das ist kein vermaledeiter Traum? Das sind Erinnerungen! Verfluchte Erinnerungen an etwas längst entschwundenes! Gib mir eine Antwort, Schönheit! Sag, daß das kein Alptraum ist!"

„Das ist der schlimmste Traum meines Lebens!", hauchte Anna in seinem Arm, klammerte sich weinend an ihn.

„Ich bin nicht bekloppt, oder?" Raphael machte sich los, schaute Anna ins Gesicht. „Dieser pennende Kerl auf dem anderen Sofa, Alex, ich kenne ihn! Ich kenne deinen Georg. Ich bin Soldat, Anna! Träume und andere Hirngespinste gehören nicht zu meinem Leben, zu meinen Gedanken. Das sind Dinge, mit denen sich Sara beschäftigt, nicht *meine* Welt! Doch dies ist was anderes, etwas, dem ich keinen Namen geben kann. Du weißt es, Bent! Du weißt, was das ist! Wie lange schon? Sag es!" Er packte sie bei den Oberarmen, schüttelte sie sanft. In seinen Augen leuchtete die reine Wut.

„Ranofer!", schluchzte sie.

„Das ist mein Name?"

„Tju!"

„Was?"

„Ja!"

„Wie lange? Ich war drauf und dran, einen Arzt aufzusuchen. Ich dachte, ich dreh durch, an dem Samstag als ich dich mit dem Tattoo sah, an meinem Geburtstag. Weißt du, wie ich mir vorkomme?"

„Ja!", schrie sie in höchster Not.

„Was ist das, Anna? Die Hölle auf Erden? Noch eine? Ich habe genug davon! Wie lange weißt du davon?"

„Seit Juni", heulte sie, machte sich los, suchte nach dem Päckchen Taschentücher auf dem Nachtschrank. Schweigend starrten beide vor sich hin, sprachlos, verwirrt ob der Unvermeidlichkeit des Schicksals.

„Du hast mich sterben lassen, Bent!", knurrte er schließlich erbittert.

„Nein!", fuhr sie hoch, „Das stimmt nicht!"

„Ich war krank und kam zu dir. Du hast mir nicht geholfen. Danach fehlt jede Erinnerung!"

„Das ist nicht wahr!", weinte Anna. „Ich rettete dein Leben! Ich habe dich vor *ihr* gerettet! *Sie* wollte dich umbringen, ich…" Sie ließ das Taschentuch fallen, strich ihm über die Narbe am Hals, flüsterte: „Ich habe einen Schwur gebrochen und wurde bestraft indem sie mir deine Liebe nahm. Du hast sie vergessen, unsere große Liebe, nahmst eine andere zur Frau und bist aus meinem Leben verschwunden." Wild schlug sie ihm mit den Fäusten auf die Brust. „Du Spinner mußtest ja auch den Ausflug nach Assuan machen!", schrie sie verzweifelt. „Und Elena heiraten! Warum hast du nicht einen Trip nach Luxor gebucht, du Idiot! Wir könnten seit sechzehn Jahren glücklich zusammensein! Ich war da! Ich war doch da! Ich… Ich hasse dich! Ich hasse dich! Wo bist du nur gewesen?"

Er zog sie in den Arm, drückte sie an sich, ihr Gesicht an seiner Brust, die Hand auf ihrem Haar. „Ich bin doch da! Ich bin ja endlich da! Hör auf Anna, hör auf zu weinen! Bent! Herrin! Sahu-Re! Ich bin doch da!"

FREITAG, 30. SEPTEMBER 2011
WESTBANK, RAPHAELS HAUS, 07:30 UHR

„Was mach ich nur mit dir?", grinste er sie am nächsten Morgen verlegen an, kramte im Kühlschrank, stellte Butter und Marmelade auf den Tisch, kramte Besteck aus der Schublade, raufte sich theatralisch das Haar, kratzte sich am Kopf.

Anna schaute ihm liebevoll zu. „Wird das ein Frühstück?", neckte sie.

„Äh… mein Frühstück wird dir immer noch nicht gefallen. Obwohl Sara einkaufen war."

„Ach was?"

Er packte sechs Eier aus, kramte Tomaten, Paprika, Gurken und Möhren aus dem Gemüsefach, dazu Äpfel aus der Obstschale. Anna betrachtete erheitert seine Schätze.

„Ich muß den Speck loswerden, den ich mir bei dir angefuttert habe!"

„Ja, ok!", sie nickte eifrig. „Hast eine richtige Wampe!"

„*Was*?", jammerte er mit Bestürzung, kniff sich in die schlanke Hüfte, zog das T-Shirt hoch, begutachtete kritisch seinen perfekten Six-Pack.

„Aber Kaffee hast du?", lachte Anna.

„Ja!"

„Brot?" Sie hob das Marmeladenglas hoch.

Mehrere Schranktüren klappten auf und zu.

„Nöp!"

„Müsli?"

„Fehlanzeige!"

„Eier mit Speck, gegrillten Tomaten und gebackenen Bohnen?"

„Nö!"

„Dann nehm ich die gebackenen Eier mit ohne alles."

„Ok."

„Kommst du *jetzt* zu mir?" Er kaute geräuschvoll auf seinem Apfel. „Das Angebot steht, Anna, wenn dir was nicht paßt… ich bau für dich um. Platz ist genug. Chica, nimm die Nase vom Tisch! Raus!"

„Laß mir Zeit, mein Liebster. Laß mir das Hotel als Zufluchtsort." Anna schenkte Kaffee nach, pickte den Rest Ei vom Teller. „Und umbauen brauchst du erst recht nicht." Er lachte verhalten, ein wenig verächtlich. „*Nicht* umbauen!", schnurrte sie, legte zärtlich die Hand auf seinen Arm. „Es ist perfekt! Bitte, mach das nicht! Es ist gut so, wie es ist. Ich fühle mich hier wohl. Es ist ein… ein zu Hause! Schau mich doch nicht so an!"

„Gardinen?"

„Nein!", lachte sie.

„Ein Tischdeckchen?"

„Oh, bitte!", strahlte sie ihn an. „Laß alles wie es ist!"

Unter der Tür durch, die zu Saras Wohnung führte, rutschte ein Zettelchen über die Fliesen.

„Post von Mami", grinste Raphael, stand auf, las. „Kaffeeklatsch heute mittag bei ihr. Was hältst du davon? Hm? Ich würde dich gern meiner Mutter vorstellen", flachste er. „Bist du bereit für Kaffee und Kuchen mit der zukünftigen Schwiegermutter?"

„Du bist ein Riesenkindskopf! Natürlich."

Er griff nach einem Stift, kritzelte ein ‚geht klar' auf den Zettel, schob ihn zurück.

„Was hat dein Großvater gesagt, als du unverhofft vor seiner Tür standest?", knallte sie ihm unvermittelt hin.

„Er hat mich in den Arm genommen, Anna. Mir die Luft abgedrückt und gedroht mir in den Hintern zu treten."

„So so!", schmunzelte sie. „Und wie seid ihr verblieben?"

„Daß er mich liebhat", er grinste verlegen.

„Das ist doch schon mal was."

„Was hat Georg gesagt, als ihm aufging, wer du bist."

„Wie?"

„Baumeister Bek?"

„Mußt du denn unser nächtliches Gespräch wieder aufwärmen? Er hat an dieses Leben keine Erinnerung. Obwohl er die Statue gemacht hat. Niemand kann sich erinnern. Weder Ibrahim, noch Ahmed, noch Andrea. Auch Karoline nicht."

„Die kennst du auch?"

„Kara!"

„Das ist doch utopisch, Anna, total irreal! Das kann nicht sein! Das sind doch Hirngespinste, Einbildung!"

„Wir können nicht *beide* einen an der Klatsche haben, Raphael. Wir wurden zurückgeschickt, damit unsere Liebe sich erfüllt", flüsterte Anna. „Aber ich fürchte, das geht nicht lange gut. Wenn du erst merkst, daß *sie* es ist...", sie schaute ihm flehend in die Augen, „deine große Liebe..."

„Von was redest du?"

„Kara."

„Was ist mit der?"

„Ihr seid ineinander gerasselt. An jenem Tag, als du mich vergessen hast... An jenem grauenvollen schrecklichen Morgen, da mir klar wurde, daß du mich nicht mehr kennst, unsere Liebe vergessen hast... Sie kam aus ihrer Tür, schusselig, eilig, paßte nicht auf, knallte in dich rein, du hast ihr aufgeholfen... wie Elena! Auf dem Markt in Assuan..."

„Elena!", schnaubte er und trank seinen Kaffee aus. „Sie ist tot, Anna! Karo ist nicht Elena."

„Nicht?"

„Nein!"

„Ich wollte deinen Schmerz nicht aufwühlen."

Er stierte grüblerisch in die leere Tasse, schob sie am Henkel auf dem Tisch hin und her. „Dieses Land", er lachte verdrießlich, „dieses Land macht einen verrückt. Alles dreht sich im Kreis, alles hängt an der Vergangenheit! Klebt im ewig Gestrigen!"

„Wie in einem Flaschengarten...", hauchte Anna, „ein einziger Kreislauf, autark, unabhängig. Wie die Wassertropfen in einem Flaschengarten..." Sie nahm ihm die Tasse aus der Hand, „Die ganze Welt ist ein Flaschengarten! Und wir sind die Wassertropfen!"

„Baket!", murmelte er geistesabwesend.

„Was?"

„Ihr Name war Baket! Erkaltete Asche, stilles Wasser, eine laue Brise... kampfloses, ergebenes Aufgeben... Ich hätte sie niemals zur Frau nehmen dürfen... Ich liebte sie... aber etwas war falsch daran... fühlte sich nicht richtig an. Wer ist Ahmed? Und was hat der Portier mit der Sache zu tun?"

„Geschichten für lange Winterabende", flüsterte Anna. „Laß es doch gut sein, Raphael!"

„Alex ist Samut! Er war mein Freund!"

„Alex ist Polizist, in Deutschland! Hör schon auf! Du wirst es ihm niemals sagen können! Nur erneut versuchen können seine Freundschaft zu gewinnen. Niemand wird uns das alles je glauben! Uns höchstens als bekloppt hinstellen, versponnen, nicht ganz dicht. Guckt mal, da kommen die zwei, die glauben schon einmal gelebt zu haben, nix wie weg! So wird es laufen, Ranofer, so und nicht anders. Allein Sara könnte den Hauch einer Ahnung haben, würde es verstehen."

„Sara?"

„Tachut!", hauchte Anna und fühlte wie ihr die Augäpfel nach oben zuckten. „Die Prinzessin."

„Was hat denn meine Mutter damit zu tun?"

„Sie war Nebethat. Die Herrin des Hauses!"

„O, o, Anna! Du bist ja komplett weggetreten!"

„Und sie allein wußte außer mir, was es mit dem Thron auf sich hat. Die Herrin der Magie und der Weissagung... Isis' Schwester, meine Freundin..."

„Liebling! He, Schönheit!" Er schnipste mit den Fingern vor ihrer Nase, „Henut!", polternd.

„Ja, Sara hat vielleicht den Hauch einer Ahnung, sonst keiner." Anna trank aus, knallte entschlossen die Tasse auf den Tisch, schaute ihn an.

„Meine Fresse! Kannst du einem einen Schrecken einjagen!"

„Entschuldige."

„Ich muß ein bißchen was arbeiten, mein Schatz. Muß rüber ins Büro. Es ist einiges liegengeblieben. Macht es dir was aus?"

„Natürlich nicht. Geh nur, ich räume hier auf."

„So soll es aber nicht laufen!"

„Na geh schon!"

„Wenn wir mit dem Kaffeeklatsch fertig sind, machen wir uns einen schönen Abend, versprochen. Ja? Nur wir zwei!"

„Hau schon ab! Ich bringe bis dahin mal deine Männerwirtschaft auf Vordermann!", spaßte sie, zwinkerte ihm zu.

RAPHAELS HAUS, 15:45 UHR

Sie schaute Raphael genüßlich zu, wie er sich nackt in den großen Spiegeltüren von seinem Schlafzimmerschrank betrachtete, zwei Türen öffnete, sich von allen Seiten in Augenschein nahm. „Fast nichts mehr zu sehen, hm?", meinte er.

„Siehst gut aus", schnurrte sie. „Aber was hast du mit dem weißen Hemd und der Krawatte vor? Und findest du nicht, daß eine schwarze Hose für Kaffee und Kuchen bei Mutti nebenan ein bißchen overdressed ist?"

„Nicht?"

„Nein."

„Das?" Er hielt ein lachsfarbenes Hemd hoch.

„Es hat lange Ärmel!", sie schmunzelte. „Sag mal, was hast du vor?"

„*Ich*?" Er guckte wie ein Lausbub, den man bei einem Streich ertappte.

„Du willst ihr sagen, daß wir zusammenbleiben, ein richtiges Paar sind, was?"

„Anna", er kramte weiter in dem Schrank, fischte ein moosgrünes Leinenhemd raus und die weiße Jeans, setzte sich zu ihr auf's Bett, packte ihre Hand, „der Bund, den wir eingegangen sind, der zählt in dieser Welt nicht."

„Das weiß ich. Er gilt nur für uns beide."

„Du hast mir immer noch keine Antwort gegeben", zärtlich legte er ihr den Finger auf die Lippen, „nein, psch, ich will keine", beugte sich über sie, „jedenfalls nicht jetzt", angelte aus der Nachttischschublade Papiere. Beglaubigte Vollmachten! „Aber du sollst wissen, daß ich es ernst meine, wenn du denn bereit bist. Du mit Georg einig geworden bist. Mit dir einig geworden bist. Und bis dahin", er drückte ihr alles in die Hand, „nimm das bitte an dich."

„Das kann ich nicht!", hauchte sie entgeistert. „Du setzt zuviel Vertrauen in mich."

„Ich habe sonst niemanden, Anna. Sara wird auch nicht jünger."

Sie hielt entgeistert eins der Kuverts hoch, „Das geht zu weit!", flüsternd.

„Es ist ja bloß die Kopie!"

„Du kannst mir doch nicht dein Testament in die Hand drücken! Bist du denn völlig irre!"

„Wenn mir mal was zustoßen sollte… du hast gesehen, wie schnell das geht, als die Sau mir sein Messer in den Bauch rammte… ich will dich abgesichert wissen, ich will… und mein Laden… will, daß du… verdammt!" Jetzt hatte er tatsächlich Tränen in den Augen.

„Ich versteh dich ja, mein Liebling. Ich nehme es an mich! Und ich verspreche dir, dir Antwort zu geben. Und *du* mußt mir versprechen, dein Vorhaben aufzugeben!" Wütend boxte er in das Kissen. „Denn nur deshalb machst du das. Wenn du ihn hast, du deine kalte Rache ausübst, und nicht weißt, was danach kommt. Hab ich Recht? Wenn du einen alten dementen kranken Mann umgebracht hast und du dich vielleicht vor dem Gesetz verantworten mußt. Denn wenn du ihn findest, wirst du nicht lange zögern, ihm wahrscheinlich auf der Stelle das Genick brechen, egal wo und wann. Und es wird dir und deinem unbeherrschten Temperament egal sein, ob Zeugen dabei sein werden. Willst du mir damit deine Liebe beweisen? Verstehst du das unter unserem Zusammensein? Daß ich auf dich warte, während du in einem ägyptischen Gefängnis allmählich verrottest, darauf hoffend vorzeitig entlassen zu werden? Haben wir *darauf* so lange gewartet? Meinst du, aus diesem Grund hat das Universum uns diese Liebe, diese zweite Chance geschenkt? Dann geh hin, Raphael, und tu, was du nicht lassen kannst. Er hat sich in Deir el Medine versteckt. Ich habe ihn dort gesehen."

Er sagte nichts, saß breitbeinig auf der Bettkante, Ellenbogen auf den Oberschenkeln, Kopf in den Händen, betrachtete ausgiebig den Boden. Chica kam ins Schlafzimmer gelaufen, geduckt, wirkte wie der sprichwörtlich geprügelte Hund, wuselte quietschend und schnaufend mit eingeklemmten Schwanz und hängenden Ohren herum, legte ihm die Schnauze auf's Knie, schaute ihn treu, voller Vertrauen an.

„Sie hat ja Angst!", bemerkte Anna.

„Sie hat nichts im Schlafzimmer verloren!", grollte Raphael leise, packte Chicas Kopf mit seinen Pranken. *Was* machst du hier?" Der Hund entwand sich seinem Griff, machte einen Satz und sprang auf's Bett, kuschelte sich zitternd an ihn. „Jetzt wird's Zeit! Raus!" Jaulend sprang sie vom Bett, verkroch sich darunter. „Hier macht anscheinend neuerdings jeder was er will! Mensch Sara! Warte wenn ich dir rüberkomme!"

„Sie wird sie maßlos verwöhnt haben als du nicht da warst."

„Sie ist ja restlos versaut! Komm da raus! Hier!"

„Laß mich mal!" Anna legte sich vor dem Bett auf den Boden.

„*Du*?"

„Chica! Mädchen, komm zu mir! Raphael, sie bebt vor Angst!"

„Das ist ein Dobermann, Anna! Ein Wachhund, scharf wie eine Waffe. Sie hat keine Angst zu haben."

„Komm her, Mädchen, ja, ist gut! Oh, bäh!" Anna wischte sich durchs Gesicht, Raphael packte den Hund beim Halsband, öffnete die Terrassentür, bugsierte ihn aus dem Schlafzimmer hinaus in den Garten.

„Alle meine Frauen gegen mich", er grinste resigniert, rieb sich das Kinn, „Das grüne?", hob das Hemd hoch.

„Ja! Das paßt wunderbar zu deinen schönen Augen!"

„Du siehst auch lecker aus! Schicker Einteiler."

„Danke." Sie drehte sich in der Hüfte, streckte ihm verführerisch den Rücken hin, „Rückenfrei", hauchend.

„Wow, Lady!" Er klatschte ihr bewundernd auf den Hintern, Anna griff nach ihrem großen Seidenschal, legte ihn sich um die Schultern. Raphael schlüpfte in seine Jeans, knöpfte das Hemd zu, machte den Gürtel zu, schaute in den Spiegel, wuschelte sich durchs Haar.

„Sind wir fertig?"

„Wenn du es bist!", lächelte Anna.

„Dann komm, ich hab Hunger."

Raphael öffnete die Korridortür, ließ Anna den Vortritt. Köstlicher Kaffeeduft strömte ihnen entgegen, Anna hörte das Blubbern der

Kaffeemaschine. Dazu roch es verteufelt gut nach frisch gebackenem Kuchen; das Windspiel klingelte seine süße Melodie zu Vivaldis Klängen, der Zimmerspringbrunnen plätscherte.

„Apfelkuchen!", bemerkte Raphael neckend und schnupperte, „Und dazwischen ein bißchen Pot! Voll drauf, das Mädel!" Er linste in die leere Küche, schnappte sich dort einen Keks, wedelte damit vor Annas Nase, „Den würd ich kleinen Kindern nicht anbieten!", zog sie zum dämmerigen Wohnzimmer hin, „Ich leg sie übers Knie!", schob sich den Keks in die Backentasche, nuschelte: „Allen Ernstes! Der Hund ist total versaut!"

„Sie ist draußen, auf der Terrasse. Da kommt sie, sag ihr das schön selbst."

„Da seid ihr ja!", flötete Sara euphorisch, fiel Anna um den Hals, küßte ihr die Wangen. „Wie schön, meine Liebe. Ich hab dich ja richtig vermißt. Was meinst du? Wie findest du mein Kleid? Nicht zu affig? Nimmst du den Kuchen, Raphael? Er steht in der Küche. Kommt mit raus, ich habe dort eingedeckt. Es ist einfach zauberhaft heute, nicht wahr? Ich möchte euch jemanden vorstellen... Ach", sie schlug sich wie einst Columbo an die Stirn und ging zurück in die Küche, „die Obstschale, der ißt ja keinen Kuchen, Anna, geh doch schon mal durch!"

„Du bist völlig breit, Ma!"

„Ach was!"

„Wieviel von den Keksen hattest du schon?"

„Hm?"

Unter der Markise, am schön eingedeckten Tisch auf der Terrasse saß ein vornehm wirkender Herr, erhob sich, knöpfte sein Jackett zu, kam auf Anna zu. Ein großer breitschultriger, gutaussehender, nicht mehr junger Mann. Wirkte er bedrohlich? Anna blieb auf halbem Weg stehen, in den hellen Sonnenschein draußen blinzelnd. Herrgott, was ist das für einer? Den kenn ich doch? Finde ich ihn unsympathisch? Auch wenn er gut aussieht, perfekt gekleidet, gepflegt, frisch rasiert, gut duftend daherkommt. Diese Augen! Diese roten, tränentriefenden Augen, als hätte er einen bösen Heuschnupfen! Sie wirken abschreckend, wenig vertrauenerweckend …

Sugardaddy

In Anna sperrte sich alles, fast wollte sie rückwärts aus dem Raum gehen, bemerkte, wie sie grundlos aggressiv wurde. Hörte Raphaels geknurrte Frage, wer der Typ sei, hörte wie aus weiter Ferne Saras aufgekratztes Geplauder, von wegen dem guten alten lieben Bekannten – Sebastian Roth sei sein Name – den sie nach so vielen unendlich einsamen Jahren endlich wieder getroffen hätte, dem Sommer, den sie ja fast gemeinsam verbracht hatten, glücklich darüber, sich nach langer Zeit wieder gefunden zu haben

Anna stand da, eine gefühlte Ewigkeit, als wäre die Zeit eingefroren, stehengeblieben, als würde eine Uhr ticken … als würde Sand rieseln …

„Madame Berger!" Der Gast nahm ihre Hand, hauchte voller Galanterie einen Kuß darüber, doch Anna war, als fühle sie seine heiße feuchte rauhe Zunge, die ihr auf widerlichste Art und Weise den Handrücken abschleckte, fühlte sich unter diesem kalten, enthemmten, unverschämten Blick wie nackt, völlig entblößt. „So sehen wir uns endlich wieder!"

Sie wollte ihm die Hand entziehen, doch er hielt sie fest, zwar sanft doch unerbittlich. Anna fühlte sich geküßt, an ihn gedrückt, voller wilder obszöner Geilheit, ohne eine Spur von Scham, roch Blut, Schweiß und Sperma, ein Geruch wie verbranntes Metall, wie er beim Schweißen entsteht, scharf, stechend.

„*Sie* ist in *dieser* Welt *meine* Nebethat, *meine* Herrin des Hauses", hörte sie ihn sagen und in ihrem Kopf dröhnte seine dunkle, tiefe Stimme wie Schlachtenlärm. „Und irgendeiner mußte ja den Krieger machen, der zu dir zurückgeschickt wurde! Es ist mir doch gelungen? Oder? Bist du zufrieden mit ihm? Besorgt er es dir anständig?"

Mit einem Ruck entzog Anna ihm ihre Hand, trat schnaufend einen Schritt zurück.

„Beschwöre nicht meinen Zorn, Madame Berger! Ich habe ihm alles was gut ist in mir mitgegeben. Ich werde *ihm* niemals etwas antun, denn er ist ein Krieger und die achte ich."

Anna meinte er zöge sie abermals dicht an sich, spürte seinen ehernen Leib mit dem harten Glied, fühlte seine heiße, rohe, brutale Hand in ihrem Ausschnitt, an ihren Brüsten.

Reich mir deinen Arm …

„*Sie* wird dir nicht helfen! Du hast ihr in *diesem* Leben nicht geschworen! Das da ist nur ein Bild, nur schwarze Striche auf heißer, zarter Haut." Sie fühlte seine Zunge an ihrem Hals, heiß, lüstern, seine Hand auf ihrem Hintern, auf dem Weg zwischen ihre Beine, seine Stimme wie Donner an ihrem Ohr: „Die Statue war leer!" Abermals nahm er ihre Hand, hauchte weltmännisch einen Kuß darüber. „Und jetzt gibst du mir das Herz aus Glas, Madame Berger, oder du wirst meinen Zorn am eigenen Leib erfahren!"

„Setz dich hin!", raunzte Raphael schlechtgelaunt, packte sie grob am Handgelenk, entriß sie ihm so, brach den unheimlichen Bann. Anna klatschte sich ein Stück Kuchen auf den Teller, kippte Milch in ihren Kaffee, rührte mit dem Löffel so klimpernd um, daß alle ein wenig genervt zu ihr hinschauten, musterte Raphael, der den Gast mit düsterem Gesicht mißtrauisch betrachtete.

„Ich habe es nicht!", sagte sie laut. „Das Herz! Ich habe es ihr längst zurückgegeben!"

„Was?", säuselte Sara.

„*Er* weiß, wovon ich rede!"

Anna funkelte Saras Gast böse an, „Du bekommst es niemals!", fauchend, und sie spürte, wie ihre Augen sich verdrehten, fühlte die glühende Hitze ihres Tattoos, das juckende, brennende Beißen, das heiße Blut in ihrem Dekolleté, die unbändige Wut in ihrem Herzen.

„O, o!" Raphael sprang hoch. „Nicht! Anna!"

„An *meiner* Seite Sia und Schai!", brüllte Anna, stand auf, zog sich den Umhang fester, trat zu ihm, zog Roth an der Krawatte hoch.

„Wer bist du?", fauchend. „Ein Gott der Männer! Pah! Ein Gott der Wüste! Nochmal Pah! Ein Gott des Krieges! Du nimmst Leben, Herr der Schmieden, Gott der Handwerker! *Mein* Herz bekommst du nicht!"

Heiß schoß das Blut aus ihrem Tattoo, ihre Augen leuchteten in wilder, weißer Glut mit einem fanatischen blauen Feuer.

„Nicht habe ich *ihr* ein weiteres Mal geschworen! Nein! Denn siehe! Ich bin der Anfang und das Ende! Ich hüte das Leben! Siehe, *ihr* habe ich geschworen! Ihr, der großen und mächtigen Herrscherin aller Götter, deren Namen die Götter preisen! *Ich bin Sahu-Re! Ich* bin die Herrin des Isistempels! *Ich* bin die Zauberreiche, die den Dämon mit den Worten ihrer Lippen vertreibt!" Anna drehte sich um, blickte über den Nil nach Luxor hin, hob die Arme, ließ den Umhang fallen. Auf ihrem Rücken ein Tattoo, über beide Schulterblätter reichend!

Leuchtend! Erhaben! Heilig!

Das Bildnis einer riesigen geflügelten, gekrönten Göttin!

„*Ich* besitze Isis Macht auf Erden! *Ich* allein bin die Hexe von Uaset! Siehe! Ich bin Isis!"

Peret, 5. Tag des Mechir im Jahre 1 der Pandemie
(20. Dezember 2020)

2. überarbeitete Auflage, Schemu, siebter Tag des Ipip
(22.05.2022)

Die Göttinnen	Ihre Ehegatten
Sachmet: *Die Mächtige*	**Ptah:** *Der Bildner*
Beider Sohn **Nefertem:** *Vollkommen an Sein und Nichtsein*	
Isis: *Thron, Herrin des Lebens*	**Osiris:** *Stätte des Auges*
Nebethat (Nephtys): *Herrin des Hauses*	**Seth:** *Anstifter der Verwirrung*
Neith: *Die Schreckliche, Herrin des Wassers*	**Chnum:** *Der Widder/Schaf (Verbindung zu Neith unter Vorbehalt)*
Selket: *Die, welche atmen läßt*	
Maat: *Wahrheit und Weltordnung*	**Thot:** *Melden oder Erschlagen*
Mut: *Mutter*	**Amun:** *Der Verborgene*
	Re oder Ra: *Die Sonne* *Der wichtigste, oberste Gott des alten Ägypten*

Real existierende Personen zur Zeit dieser Geschichte:

Amenhotep III.	Pharao
Amenophis Hapu/ Amenhotep Sa Hapu	Baumeister, Seher, Schreiber, Berater unter Amenhotep III.
Bek	Vater des Tutmosis
Eje	Großwesir unter Amenhotep III.
Horemheb/Haremhab	Oberster Heerführer, später Pharao
Juja	Tejes Vater
Kikkuli	Der Name eines mitannischen „Pferdeflüsterers", den ich hier hergenommen habe um der tragischen Figur des Verunglückten Authenzität zu verleihen
Taduchipa/Nofretete	Vermutlich die Tochter des Eje, Gattin Echnatons
Teje	Große Königliche Gemahlin von Amenhotep III.
Tie	Ejes Gattin

Der Song den Raphael laut mitsingt ist natürlich *Dont Stop me now* von Queen.
Das Haus am See auf Seite 27 ist ein Hit von Peter Fox

Und kein Sachmet-Band ohne Kätzchen am Ende! Danke Elke!

Im Niltal herrscht der Nordwind, *Imachyt,* vor, was für das Segeln stromaufwärts günstig ist. Nilabwärts dagegen muß gerudert werden. So stellte sich auch die Himmelsrichtung in der Hieroglyphenschrift vereinfacht dar: Nordwärts reisen (stromabwärts rudern) wurde mit dem Bild eines Bootes mit eingezogenem Segel geschrieben; Südwärts reisen, *Ichnetj,* (stromauf segeln) dagegen mit gesetztem Segel.

Der ägyptische Kalender (Die Monate beginnen immer am 15.)

Achet (Zeit der Überschwemmung)
Juli - Oktober, **Herbst**, umfaßt die Monate:
Djehuti: Juli,
Pa-en-ipet: August
Hut-heru: September
Ka-her-ka: Oktober

Peret (Zeit der Saat)
November - Februar, **Winter**, umfaßt die Monate:
Ta-abet: November
Mechir: Dezember
Pa-en-Amenhotep: Januar
Pa-en-Renenutet: Februar

Schemu (Zeit der Ernte)
März – Juni, **Sommer**, umfaßt die Monate:
Pa-en-Chonsu: März
Pa-en-inet: April
Ipip: Mai
Mesut-Re: Juni

Dazu kommen fünf Zusatztage, die *Heriu-renpet*:
Vom 30. Juni – 04. Juli die Geburtstage des Osiris, Horus, Seth, der Isis und der Nebethat

<u>Dezember 2020,</u>

Die Pandemie wütet noch immer unter der Menschheit, das normale Leben wird noch lange auf sich warten lassen. Ausgehen, bummeln, Weihnachten, Silvester, alles war und ist anders als wir es gewohnt waren. Auch für mich war vieles anders. In diesem Schreckensjahr mit seinen Ausgangssperren und Kontaktverboten habe ich tatsächlich drei Romane geschrieben. Dazwischen „*Sachmet Der Schwur*" und „*Sachmet Blutmond*" neu überarbeitet und herausgebracht. Unfaßbar wie viele unzählige Stunden ich am Schreibtisch saß. Stunden, die ich sonst mit Freunden, Familie verbracht hätte. Schöne Abende genießend, Tanzen gehen mit unserer kleinen Clique. Oder Essen gehen, in einem schicken Restaurant mit Bedienung am Tisch und nicht das Essen in einer Warmhaltepackung aus dem Fenster gereicht bekommen.

Urlaub? Was ist das? Gewohnt im Jahr manchmal drei Urlaube zu machen, so saßen wir dieses Jahr zu Hause rum. Bauten die kleine Terrasse unten, vor dem großen Balkon und direkt im Garten, zu einem lauschigen Plätzchen mit Sicht- und Sonnenschutz und Sonnensegel um, verbrachten dort fast den gesamten Sommer. Große Teile von „*Sachmet Die beiden Herrinnen*" und „*Sachmet Die Rache der Löwin*" schrieb ich, mit dem Laptop bewaffnet, inmitten von blühenden Hortensien, Lavendel, Salbei und Geranien…

Und als wäre dieses furchtbare Jahr nicht schon schlimm genug, so erlag Anfang November meine Schwester ihrer schweren Krankheit. Ich widme ihr hier in aller Stille dieses Buch; daran zu schreiben hat mich von manchem trüben, traurigen Gedanken abgelenkt…

Nicht wenige von uns werden 2020 einen lieben Menschen verloren haben, ihre Arbeit, ihre Existenz, ihre Lebensgrundlage. Hoffen wir, daß 2021 besser wird, hoffen wir, daß die Impfungen bringen was uns die Experten versprechen. Hoffen wir auf die Zukunft, sehen wir ihr tapfer ins Auge!

Abermals möchte ich an dieser Stelle betonen, daß die Ansichten meiner agierenden Personen das Lebensgefühl der damaligen Zeit und nicht mein eigenes Wunschdenken wiederspiegeln. In erster Linie meine ich damit meine drastische Ausdrucksweise hinsichtlich kleiner Kinder, die man „wegwirft" und „Krüppel". Die antike Welt war geprägt von hartem Lebenskampf! Kinder - möglichst viele - ein Garant dafür, im Alter versorgt zu sein. Sie mußten gesund und robust sein, um dem harten Leben die Stirn bieten zu können. Zu damaliger Zeit gab es weder Inklusion noch irgendein Verständnis für Menschen mit einer körperlichen Behinderung. Und es hat mir Formulierungen entlockt, die man im heutigen Zeitalter noch nicht einmal mehr denken sollte!

Da meine Sachmet-Bände bis auf wenige Ausnahmen ausschließlich aus der Sicht von Bent/Sahu-Re/Anna geschrieben sind, bin ich nicht näher auf die militärischen Gegebenheiten im alten Ägypten eingegangen. Bent/Sahu-Re (und natürlich auch Anna) muß sich also darauf verlassen, was die Männer ihr erzählen. Selbstverständlich habe ich gründlichst zum Militärwesen der damaligen Zeit recherchiert, (auch zu dem Krieg auf dem Balkan) auf tiefergehende Ausführungen aber auf Grund der Erzählweise verzichtet.

Als ich beschrieb wie Marya hinter dem Stamm des Feigenbaums auftaucht und ich ihm im Geiste Gesicht und Gestalt geben mußte, hörte ich, daß Sean Connery verstorben war. Und da wußte ich, wie ich mir Marya vorzustellen hatte! Für mich sieht Bents Vater fortan aus wie jener ‚eitle spanische Pfau der eigentlich ein Ägypter war', Juan Sánchez Villa-Lobos Ramírez den der großartige Schauspieler in *Highlander* gab.

Geographisch gesehen ist ein seltsameres Land als Ägypten kaum vorstellbar: langstreckt und schmal erweckt es den Eindruck einer Stadt die sich an einer einzigen Straße entlang ausbreitet: dem Nil, der alles miteinander verbindende Fluß und seiner Oase mitten in der Sahara. Schiffe waren daher das wichtigste Verkehrs- und Transportmittel. Man weiß nicht, wann der Mensch zu segeln lernte, aber die frühesten Belege für Segelschiffe und Schiffsbau treten in altägyptischen Darstellungen auf. Mich mit einer altägyptischen Barke einzuschiffen und loszufahren hat unglaublich Spaß gemacht. Mir vorzustellen, wie die reiselustigen Ägypter ihr Land erlebt hatten war schon eine Herausforderung. Und meine Fotos die ich in einem anderen, reiselustigen Leben von Cheops' Barke geschossen habe, waren äußerst hilfreich beim Vorstellen und Erläutern von Bents Barke, die allerdings nicht so groß ist.

Das hintergründige Motiv dieses Buches ist - ohne daß ich näher darauf einging - die Familie. Wahrscheinlich in diesem Jahr bei vielen der letzte und einzige Ankerpunkt. Zusammenhalt, Geborgenheit, Menschen auf die man sich verlassen kann. Ohne Familie irren wir umher, fühlen uns verloren, einsam. Auch wenn sie weit weg sind, oder wie im Fall der Kontaktbeschränkungen, nicht erreichbar, so sind sie doch da! Und in ihren Herzen ist immer Platz für uns!
So bleibt mir, am Ende dieses Buches, am Ende dieses Jahres, nur noch eines:
Ihnen allen, liebe Leser, wünsche ich Gesundheit und ein gutes, ein besseres, glücklicheres 2021 als es 2020 war!

Herzlichst Ihre
Katharina Remy

(30.12.2020)

Mehr Infos über die fantastische, exotische Welt des alten Ägypten und über die Autorin natürlich auch auf Katharina Remys Internetseite:
http://www.amhorizontdersonne.de

Alle bisher von Katharina Remy erschienenen Ägyptenromane sind sowohl in den Buchhandlungen wie in jedem Online-Buchshop verfügbar. Alle Romane sind selbstverständlich auch als E-Book erhältlich

Am Horizont der Sonne
ISBN: 9783749497249
Historischer Roman um Pharao Tut-Ench-Amun

Tut-Ench-Amun lebt!
Jedenfalls in der Erinnerung der Menschen und in meinem Roman. In dieser Geschichte lebt Pharao Tut-Ench-Amun, Sohn der Sonne, Starker *Stier, vollkommen an Wiedergeburten,* sein nicht erfülltes, allzu früh beendetes Leben weiter!

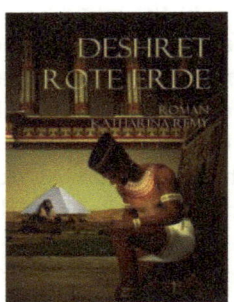

Deshret Rote Erde
ISBN: 9783839183243
Historischer Roman um den Bau der
großen Pyramide von Giza und dem Bau der Sphinx

Baumeister Chenu haßt Pharao Chufu von ganzem Herzen. Doch beide sind durch das Wissen um brutale Morde und Familiengeheimnisse auf Gedeih und Verderb aneinander gebunden …

Sachmet Flammende Herzen
ISBN: 9783752667547

9 Kurzgeschichten rund um die Helden der Sachmet-Reihe
Nur als E-Book erhältlich

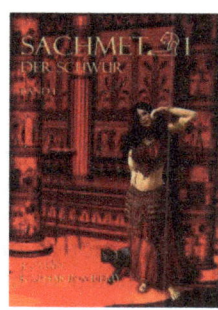

Sachmet Band 1 Der Schwur
ISBN: 9783752848717
Historischer Roman um die Hohepriesterin Sahu-Re

Das Mädchen Bent schwört im Zorn der grausamen und tückischen Sachmet, der mächtigsten und gewaltigsten Göttin Ägyptens einen blutigen Schwur …

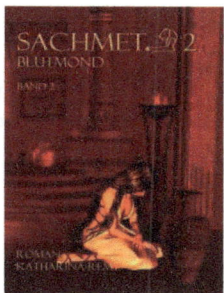

Sachmet Band 2 Blutmond
ISBN: 9783748146889
Historischer Roman um die Hohepriesterin Sahu-Re

Eine unheimliche Himmelserscheinung bedroht das *Schwarze Land*. Bent, von Visionen geplagt, fürchtet, Sachmet wolle ein zweites Mal die Menschheit vernichten …

Sachmet Band 3 Die beiden Herrinnen
ISBN: 9783751907408
Historischer Roman um die Hohepriesterin Sahu-Re

Grausame Morde geschehen in Uaset! Selbst auf den Stufen des Isistempels findet man ein Mordopfer. Doch Bent, obwohl sie bereits ein Jahr dem Tempel der Isis als pflichtgetreue Hohepriesterin Sahu-Re vorsteht, vergißt selbst über all diesen Sorgen niemals ihren schmerzvollen Leidensweg …

Sachmet Band 4 Die Rache der Löwin
ISBN: 9783751929813
Historischer Roman um die Hohepriesterin Sahu-Re

Ranofers Tod wäre vielleicht zu verkraften gewesen. Doch daß er Bent und ihrer beider große Liebe einfach vergessen hat, stürzt die ehrbare Hohepriesterin der Isis in tiefste Betrübnis. Von diesem erneuten Schicksalsschlag grausam getroffen, im Herzen kalt, fühlt Bent sich außerstande ihr Leben weiterzuführen …

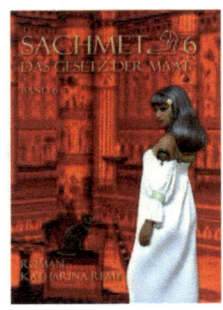

Sachmet Band 6 Das Gesetz der Maat
ISBN: 9783755716341
Historischer Roman um die Hohepriesterin Sahu-Re

Bent in ihrer Position als Hohepriesterin des Isistempels ist zu einem prunkvollen Fest geladen: Die Hochzeit des Kronprinzen! Doch hat nicht Sachmet selbst vor Jahren einst prophezeit, mit Bents Hilfe den Prinzen töten zu wollen? Aber eine Absage läßt Pharao Amenhotep nicht gelten …

Mit Freude stelle ich Ihnen hier die Romane meiner Schriftsteller-Kollegin Ilona Arfaoui vor. Illustriert mit ihren phantastischen Bildern sind ihre Bücher neben dem Lesegenuß auch ein Fest für die Augen!

Der König der Schatten
Phantastischer Roman
ISBN: 783749408054

Schon seit vielen Jahrhunderten herrschen die Dunklen über einen der letzten heidnischen Clans Irlands. Regelmäßig werden von ihnen magisch begabte Kinder als ihre Schüler auserwählt

Cahal, einer ihrer Schüler und Sohn des Königs, will sich ihnen allerdings nicht mehr unterwerfen und zettelt eine Meuterei an. Zusammen mit seinen acht Gefährten gelingt es ihm, die verhaßten Dunklen Herrscher in das "Schwarze Land" zu verbannen. Er ahnt nicht, welche Tragödie er damit auslösen wird.

512 Seiten, davon drei Seiten farbig illustriert

Ilona Sonja Arfaoui, Jahrgang 1950, lebt mit ihren drei Katzen in Stuttgart. Sie arbeitete als Werbeberaterin und Grafik-Designerin in der Werbeabteilung eines Verlages. Sie hat die Fortsetzung des Schattenkönigs „*Der Hexenmeister, die Macht und die Finsternis*" herausgebracht und im ersten Halbjahr 2022 wird die Trilogie mit „*Die Anderen - Chroniken aus dem Schwarzen Land*" beendet sein. Außerdem ist von ihr eine kleine Katzengeschichte „*Die Katze, der Traum und der Pharao*" mit 9 farbigen Illustrationen erschienen.
www.ilonaarfaoui.com